날 미치게 하는 그대

날미치게 하는 그대 1

이달아 장편소설

You drive me crazy
crazy You drive me

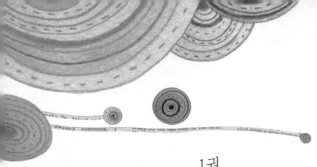

1권

| CONTENTS |

2권

You drive me crazy

crazy You drive me

오빠가 돌아왔다

한 남자가 베이지 색 코트 깃을 세우며 입국 게이트를 빠져나왔다. 커다란 선글라스가 새하얗고 갸름한 얼굴의 반을 가리고 있음에도 그는 앞에서 제 사람을 기다리고 있던 여자들의 시선을 온전히 집중시켰다. 그러거나 말거나, 남자는 유유히 그 자리를 벗어났다.

공항을 나오자마자 인호가 도준의 어깨를 툭 쳤다.

"한도준, 10년 만에 한국 땅을 밟은 감회가 어때?"

하지만 도준은 대답 대신 선글라스를 벗고 맑은 가을 하늘을 무심한 눈빛으로 물끄러미 올려다보았다.

"대답을 기대한 내가 바보지."

작게 중얼거린 인호는 지나다니는 여자들에게 이리저리 시선을 옮겼다.

"역시 한국 여자들이 최고라니까? 단아하고 예쁘고 섹시하고. 죽여준다, 진짜."

그제야 도준이 무거운 입을 열었다.

"한국에 들어오기 싫다고 징징거렸던 건 잊었나 보지?"

"여자랑 미래는 별개거든? 미래가 보장된 미국을 마다하고 매각 위기에 놓인 쓰레기 처리하자고 한국 가자는데 누가 좋아해?"

"지금도 늦지 않았어. 돌아가고 싶으면 돌아가던지."

정 없이 툭 한마디 던지며 대기하고 있던 차에 오르는 도준을 찌릿 노려보는 인호였지만 그것도 잠깐뿐이었다. 한두 번 겪은 쌀쌀맞음이 아니었으니.

"한 여사님 쇼크로 쓰러지기 전에 한국에 들어왔다고 연락은 드리지 그래?"

"반겨줄 것도 아닌데 뭐하러. 그 정도로 쓰러지실 나약한 분도 아니고."

"그거야 그렇지만. 그래도 두 모자가 만나는 자리에 나는 좀 빼주라."

부드럽게 시동이 걸린 차가 소리 없이 출발을 하자 인호가 다시 말을 이었다.

"그나저나 느닷없이 한국으로 돌아가겠다고 선언한 이유가 뭔지, 정말 말 안 해줄 거야?"

이제 그만 포기할 법도 한데 인호는 불굴의 의지로 지치지도 않고 물어봤다. 도준도 지치지 않고 똑같이 침묵을 고수했다.

창밖으로 던진 그의 시선 끝에 아른거리는 건 몇 달 전 SNS에서 본 여자의 사진이었다. 그의 일정을 앞으로 확 당길 수밖에 없게 만든. 얼마나 봤는지 그의 머릿속에 선연하게 각인이 되어버린.

암흑과도 같은 하루하루를 보낸 그와 달리, 사진 속 제아는 눈부신 미소를 짓고 있었다. 그것도 다른 남자의 곁에서. 과거에는 '문이준'이었고, 이젠 '한도준'이 된 자신을 까맣게 잊은 채 말이다.

도준은 자신이 없는 어딘가에서 지금도 환하게 웃고 있을, 피 한 방울 섞이지 않은 여동생을 향해 마음속으로 서늘한 경고를 날렸다.

'문제아, 내가 돌아왔어.'

거래처와의 미팅이 늦게 끝났음에도 불구하고 제아는 부랴부랴 클럽 '디데이'로 향했다. 오늘은 새로운 사장의 취임식 겸 회식. 단 한 명의 불참도 용납하지 않겠다는 상부의 지시가 떨어진 것이다.

혜성처럼 나타난 젊은 사장은 등장부터가 남달랐다. 서울에서 제일 잘나간다는 클럽을 통째로 빌린 회식이라니.

때마침 지로에게서 전화가 왔다.

[음흉한 늑대들이 득실거리는 곳에서 회식이라니! 못 간다고 해!]

"한지로, 나한텐 너도 늑대거든? 그리고 놀러 온 게 아니라 엄연히 회식이야. 공과 사는 구분하자."

[나같이 선량한 늑대가 어디 있다고? 네 손목 한 번 제대로 못 잡아본 나한테 그런 말 하면 안 되지!]

잔뜩 억울함이 묻어나는 음성에 제아의 입가에 살포시 웃음이 묻어났다.

"어휴, 누가 보면 정말 네가 내 애인인 줄 알겠어."

[지금이라도 난 문제아의 애인…….]

"나 도착했어. 쓸데없는 말은 그만하고 끊자."

일방적으로 전화를 끊은 제아는 크게 심호흡을 한 후 서서히 클럽으로 발을 들였다.

자욱한 연기, 현란하면서도 어두운 조명, 시끄러운 음악, 스테이지를 꽉 채운 젊은 남녀들의 끈적이는 부비부비 댄스.

"휴, 이런 데 진짜 오랜만이네."

오늘따라 심장은 왜 이렇게 뛰어대는지. 꼭 무슨 일이 일어날 것만 같다.

두근거리는 가슴을 가만히 손으로 누르며 2층으로 올라가려는 순간 들려온 소리가 그녀의 뒤통수를 세차게 후려쳤다.

톡, 톡톡톡, 톡, 톡톡톡, 톡, 톡톡톡.

흔히 들을 수 있는 소리인데도 심장이 미친 듯이 떨렸다. 화들짝 놀라 뒤를 돌아보았지만 아무도 없었다. 그런데도 무언가에 홀린 것처럼 발을 뗄 수 없었다.

"이제 환청까지 들리네."

한참 만에야 정신을 차린 제아는 쓸쓸한 웃음을 흘렸다. 썰물처럼 빠져나가는 두려움과 동시에 밀물처럼 밀려드는 아스라한 그리움.

그녀가 룸에 들어서자마자 쓴소리가 쏟아졌다.

"누가 보면 혼자서만 일하는 줄 알겠어. 어떻게 된 게 회식도 지각이야?"

이미 싫은 소리에 익숙한 제아는 아무렇지 않게 현영의 옆에 자리를 잡았다.

"스테이지에 있는 사람들은 대체 뭐야. 클럽 통째로 빌린 거 아니었어?"

"나이 지긋한 사람들은 3층에서 술 마시고 젊은 사람들은 마음껏 즐기라고 사장이 2층이랑 3층만 빌리라고 했대. 일반인들을 받는 대신 물 관리 철저히 하라는 메시지까지. 새로 온 사장 완전 대박이지?"

현영은 신이 난 듯 웃었지만 제아는 차마 따라 웃을 수 없었다. 국내 재계 2위인 제일 그룹의 계열사 중에서 제일 어패럴은 규모만 컸지 애물단지가 된 지 오래였다.

가뜩이나 제일 어패럴이 매각된다는 흉흉한 소문이 도는 판에 노는 데 일가견 있는 사장이라니. 제일 어패럴이 망하는 건 이제 시간문제였다.

"현영아, 이러다 우리 회사 진짜 망하면 어쩌지?"

"망하면 딴 데로 옮기지 뭐."

양주를 입 안에 털어 넣으며 속 편한 소리를 하고 있는 현영을 제아는 부러운 시선으로 보며 속으로 중얼거렸다.

'학벌과 스펙, 무엇 하나 빠지지 않는 너야 상관없겠지.'

"자, 자, 문제아 씨! 쓸데없는 걱정 그만하고 오늘만큼은 빼지 말고 술이나 한잔하시죠?"

"나 술 못 먹잖아. 그리고 내일 아침 일찍 일어나서 물류 센터 가봐야 해."

"그럼 우리 스테이지 나갈까? 물 장난 아니야, 오늘."

"난 클럽에서 만나는 남자는 별로야."

지금의 제아는 남자에게 관심도 없었고, 또 남자 만나 연애질을 할 상황도 아니었다. 그런데 다른 직원들은 그녀의 말을 제멋대로 비꼬아 들었다.

"대학도 못 나온 주제에 이런 곳에서까지 고상한 척은."

"그러게 말이야. 혼자 열심히 일하는 척, 부지런한 척, 바른 생활 하는 척. 재수 없어."

한마디 하고 싶은 걸 꾸역꾸역 참는 제아의 손을 테이블 밑으로 꼭 쥔 현영이 분위기 전환을 시도했다.

"우리 심심한데 내기나 할까요? 최고 VVIP 룸이 있는 4층에 잠입해서 새로 온 사장님 사진 찍어 오기! 어때요?"

"4층은 우리 같은 레벨은 통과도 못해. 물 관리가 얼마나 살벌한데."

"그러니까 내기하자는 거죠. 새로 오신 화끈한 사장님이 코피가 날 정도로 잘생겼다는 소문을 제가 접수했답니다!"

"에이, 말도 안 돼. 하버드대 나왔다는데 잘생겼다고? 대머리에 배불뚝이가 아니라?"

"비서실에서 흘러나온 정보예요. 그 정도면 믿을 만하지 않아요?”

한참 열띤 대화가 오가는 중에도 제아는 다른 생각에 빠져 있었다.

지금 시각은 10시 30분. 막차 버스가 끊기기까지 30분이 조금 넘게 남았다. 버스를 놓치면 집까지 소요되는 택시비는 무려 2만 8천 원?

거기까지 생각이 이르자 제아는 벌떡 자리에서 일어났다. 그런 그녀의 손목을 현영이 잡았다.

“문제아, 어디 가?”

“나는 여기 있어 봤자 분위기만 망쳐. 버스 끊기기 전에 집에 가야 돼.”

미련 없이 일어나던 그 순간, 그녀의 귀를 번쩍 뜨이게 하는 소리가 들렸다.

“5만 원 빵 내기. 수단 방법 가리지 말고 무조건 사장님 얼굴 가까이서 사진 찍어 오기. 성공한 사람 있으면 내일 점심시간 때 모여서 정산하는 거야. 어때, 콜?”

“완전 재밌겠다. 근데 우리 중에 4층 통과하는 사람이 있긴 할…… 엄마야!”

“그 내기! 저도 할게요.”

갑자기 불쑥 끼어드는 우렁찬 음성에 정 주임의 말이 잘렸다.

“제아 너, 간다고 하지 않았어?”

얼떨떨한 표정으로 묻는 현영의 옆에 앉으며 제아는 넌지시 속삭였다.

"현영아, 나 5만 원만 빌려줘. 빌려주면 이자 만 원 쳐줄 테니까."

다행히도 하늘은 그녀를 버리지 않았다. '파티 여왕'이라고 불리는 제아의 친구 지연이 하필 오늘 딱 '디데이' 클럽에 있을 줄이야! 지연의 클러치를 빼앗아 파우더 룸에서 열심히 화장을 하는 제아의 손놀림은 무척이나 분주했다.

"그래서 지금 30만 원 벌겠다고 이 짓을 하려고?"

"너한테는 껌 값이겠지만 나한테는 어마어마한 돈이야. 내 용돈, 차비랑 점심 값 하면 딱 떨어지는 거 너도 잘 알잖아."

"그러다 5만 원도 날리면 어쩌려고?"

"그럴 일 없어."

마지막으로 오렌지색 립스틱을 입술에 바르며 제아가 자신만만하게 대답을 했다.

"그건 어디서 나오는 자신감이래?"

"4층 물 관리 심하다면서. 우리 부서 여직원들 중에 4층 통과할 만한 사람 없거든. 밑져야 본전이라 이거지."

"대신 너는 택시비만 날린다는 거. 지금 막차 끊기기 20분 전이거든요?"

"내가 실패하면 지연이 네가 대신 사진 좀 찍어다 줘. 웨이터 오빠한테 부탁하면 넌 거기 통과될 거 아니야."

"그러기야 하겠지만."

그때 제아가 돌아섰다. 립스틱과 마스카라뿐인데도 분위기가 확 달라 보여 지연은 잠시 할 말을 잃었다.

"어때? 파티 여왕 이지연 씨, 이 정도면 4층 통과할 만해?"

"퍼펙트야. 한 가지만 빼고."

뭔가 마음에 들지 않는다는 듯 눈을 내리깐 지연이 눈썹 칼을 손에 들었다. 그러곤 제아의 치마 옆 선을 과감하게 터버리고 목까지 잠긴 블라우스 단추까지 가슴골이 보일 만큼 풀어버렸다.

"이 정도는 되어야지."

"이건 좀, 너무 야하지 않아?"

"볼륨 터지는 그 잘난 몸뚱이는 썩혀서 뭐하게? 오랜만에 이름값 좀 하자, 문제아. 30만 원 갖기 싫나 봐?"

지연이 30만 원을 입에 올리자, 그제야 마음속에서 꺼져가던 제아의 승부욕이 다시 활활 타올랐다.

"성공하면 밥 쏜다, 이지연!"

호기롭게 4층으로 향하던 제아는 입구에서 제동이 걸렸다. 통로를 지키고 있던 가드들에게 딱 걸린 것이다.

"몇 번 방 가시는 겁니까?"

"저기, 그러니까……."

"언니, 왜 이제 왔어? 기다렸잖아."

그때 갑자기 나타난 웨이터가 낚싯대로 물고기 낚듯이 그녀를 건져 올려 4층으로 던져주었다. 얼떨결에 4층으로 간 제아는 어안이 벙벙했다.

"3번 룸 들어가려고 온 거 맞지? 근데 왜 혼자야? 3명이라고 하지 않았어?"

아무래도 웨이터가 다른 여자와 착각을 한 게 분명했다. 아, 뭐라고 하지? 고민하던 그때 제아의 가냘픈 어깨 위로 남자의 손이 부드럽게 내려앉았다.

"이 여자, 내 파트너인데."

부드러운 말투와 달리 남자의 음성은 나직했고, 적당한 힘이 실려 있었다.

"정말 죄송합니다, 손님!"

웨이터가 빠르게 사라지자 드넓은 복도에 남자와 제아 둘만 남았다. 그런데 참 묘했다. 남자는 어깨에 올린 손을 거두지 않았고 제아도 돌아보지 않았다. 아니, 돌아볼 수 없다는 게 옳은 표현이었다. 돌아서는 순간 잡아먹힐 것 같은 느낌이 드는 건 착각일까?

"저, 저기, 감사…… 꺄악!"

순식간이었다. 바로 옆에 있던 룸 안으로 남자와 함께 빛처럼 빨려 들어간 건.

문이 닫히고 새까만 어둠이 두 사람을 집어삼켰다. 어깨를 떠난 남자의 손이 그녀의 허리를 강렬하게 휘어 감았다. 남자가 허리를 바싹 받쳐 올리자 순식간에 서로의 하체가 들러붙었다. 적나라하게 느껴지는 남자의 단단한 몸, 은은한 시트러스 향이 묘하게 그녀의 심장을 자극했다.

제아는 입술 사이로 신음이 흘러나오려는 걸 가까스로 참으며 얕은 숨을 몰아쉬었다. 설마, 변태? 이럴 때일수록 차분해야 한다.

"누구신지 모르지만 비매너 손 좀 제 허리에서 떼어주실래요?"

하지만 돌아온 건 애무하듯 목부터 등까지 나른하게 훑어 내리는 남자의 손길이었다. 깊숙한 곳에 숨겨놓았던 본능까지 끄집어내는 그 손길 한 번에 제아의 몸이 미세한 떨림을 품었다.

"쿡."

밀착된 몸을 통해 그 떨림이 여실히 전달되었나 보다. 어둠 속을 비집고 남자의 나직한 웃음소리가 새어 나와 늘어진 정신을 확 들게 했다.

"이보세요! 자꾸 이러면……."

그 순간, 룸 안에 불이 환하게 들어왔다. 갑작스러운 불빛 공격에 제아의 손이 저절로 눈을 가렸다. 그 찰나를 놓치지 않고 고개를 숙인 남자가 짓궂게도 솜털마저 곤두선 그녀의 귀에 바짝 호흡을 토해냈다.

"자꾸 이러면, 그다음은 뭐지?"

나직하게 가라앉는 근사한 음성이었지만 이미 정신을 바짝 차린 제아에겐 소용없었다. 손을 내리자마자 훅 치고 들어오는 남자의 얼굴에 그녀의 벌어진 입술 사이로 공기가 격하게 빨려 들어왔다.

본능적으로 뒷걸음질해보았지만 소용이 없었다. 벽에 몰릴 대로 몰린 상태라 물러날 곳조차 없었다. 일렁이는 동공을 숨기려 얼른 눈을 내리깔았지만 떨리는 음성은 어찌하지 못했다.

"소리 지른다……고……요."

내리깐 시야로 파고든 길고 새하얀 남자의 손이 그녀의 턱을 그 쪽으로 살살 달래듯이 들어 올렸다.

"질러봐, 소리."

근사한 음성보다 더 근사한 남자의 얼굴이 어지러울 정도로 제아를 흔들어놓았다. 섬세한 얼굴이, 나른한 음성을 토해내는 붉은 입술이, 긴 속눈썹에 맺힌 그윽한 눈빛이.

환청을 듣는 귀도 모자라서 이젠 눈까지도 어떻게 된 게 분명하다. 그렇지 않고서야 어떻게…….

빠르게 눈을 깜빡여봤지만 앳됨이 조금 가셨을 뿐 눈앞의 남자는 분명 이준이었다.

태울 듯이 강렬하게 파고드는 그의 눈빛이 되짚어선 안 될 기억을 불러일으켰다.

—너에게 미쳐 있었어.

속삭이듯 귓가를 긁어내리는 허스키한 음성.

—키스를 하려면 입을 벌려야지.

키스하는 법을 친절하게 알려주던 뜨거운 눈빛까지.

집어삼킬 듯 덮쳐오는 선연한 기억에 제아는 새하얗게 질린 얼굴로 숨만 겨우 쌔근쌔근 내쉬고 있었다.

그 순간 그녀를 놀리기라도 하려는 듯 남자가 손가락으로 가볍게 벽을 두드렸다.

톡, 톡톡톡, 톡, 톡톡톡, 톡, 톡톡톡.

가벼운 두드림이었지만 제아에게는 고막을 터뜨릴 것 같은 천둥과도 같은 소리였다. 이 암호를 알고 있는 사람은 세상에 단 둘뿐이었으니까. 그녀 자신과, 한때 그녀가 오빠라고 불렀던 그 남자.

"이준…… 오빠."

"한도준."

그가 더 가까이 입술을 내려 또렷하게 일러준다. 자신의 이름을.

"이제 한도준이야."

비스듬히 각도를 틀고 내려오는 입술에 놀라 고개를 틀어보지만 소용없었다. 집요하게 따라붙는 숨결에 심장이 터질 것처럼 뛰어댔다.

"우리, 10년 만이지?"

꿈을 꾸듯 혼몽한 표정을 짓는 제아를 짙은 동공에 오롯이 담는 도준의 심장이 뜨겁게 타올랐다. 침착함을 유지하려 했지만 소녀에서 여자가 되어버린 제아의 모습은 그를 취하게 했다. 홀린 듯이 자꾸만 고개가 숙여지고 입술이 닿을 듯 가까워지는 순간, 제아의 가녀린 손이 두 입술 사이를 막아버렸다.

그제야 빠르게 돌아오는 차가운 이성. 거부당했음에도 도준은 소리 없이 입 끝을 당겨 웃었다. 돌아온 보람이 있었다. 눈앞의 그녀는 여전히 그를 미치게 하는 존재였으니까.

도준의 손이 입술을 가리고 있는 가는 손가락을 툭 건들자, 제아의 손이 힘없이 떨어졌다. 기다렸다는 듯 입술 사이의 거리를 확 당긴 도준이 나직하게 속삭였다.

"10년 전 그때처럼, 내가 키스라도 할까 봐 겁이 나나 보지?"

추억을 거침없이 들추어내는 질문이었다.

"그런데 이를 어쩌지?"

달콤하고 뜨거운 숨결이 느릿하게 애를 태우듯이 귓불로 옮겨갔다.

"오빠는 여동생에게 키스하지 않거든."

의미심장한 도준의 마지막 속삭임에 제아는 참았던 숨을 토해냈다.

그녀가 떨리는 눈을 들자 어느새 소파에 앉은 도준은 입에서 나른한 담배 연기를 뿜어내고 있었다.

"이준 오빠……."

제아는 그 모습을 멍하니 서서 바라볼 뿐이었다. 그리워한 만큼 미워했고, 보고 싶어 한 만큼 원망했던. 뒤 한 번 돌아보지 않고 가족들을 버리고 간 눈앞의 저 남자를 내가 얼마나 기다렸는데. 어떤 마음으로 기다렸는데. 그런데 모든 걸 포기하고 나니 이렇게 나타날 줄이야. 그것도 저렇게 완벽하게 매혹적인 남자가 되어서 말이다.

"내 얼굴은 그만 쳐다보고 이리 와서 앉지 그래."

반쯤 잠겨 있는 적갈색 눈동자에서 흘러나오는 농밀한 색기는 제아에겐 지독히도 낯설었다. 그 색기는 이제 더 이상 그가 오빠가 아닌 남자임을 자각하게 해주었다. 도망갈까? 하지만 몸은 이미 홀린 듯이 그에게 다가가고 있었다.

"잡아먹지 않으니 가까이 와."

좀 더 거리를 좁혀 앉은 제아는 목구멍이 무언가에 꽉 막힌 듯한 기분이었다. 할 말이 정말 많았다. 그런데 정작 그가 눈앞에 있는 지금 어떤 말부터 어떻게 해야 할지 모르겠다.

결국 고르고 고른 첫마디는 참으로 엉뚱하게 튀어나왔다.

"이젠 담배도 피워?"

"그게 가장 궁금한 건가?"

"……"

"10년 만에 만났는데 가장 궁금한 게 담배냐고 묻는 거야?"

"……"

"나한테 할 말이 꽤 많을 줄 알았는데."

도준의 그 한마디에 아련하게 젖어 있던 제아의 눈에 독기가 어렸다.

"왜 연락하지 않았어?"

도준은 절대 모른다. 밤마다 그의 이름을 부르며 베개를 눈물로 흠뻑 적시며 잠들었다는 걸. 혹시나 연락이라도 올까 봐 휴대 전화를 손에서 놓지 않았으며 우편함을 수시로 확인했다는 걸. 무언가에 홀린 듯 걸핏하면 뛰쳐나가 미친년처럼 골목길을 뚫어지게 쳐다보다 들어왔다는 걸.

"이제 어른이니 마실 수 있지?"

예상대로 도준은 대답을 피하며 짙은 갈색 액체가 담긴 술잔을 내밀었다. 하긴, 입이 열 개라도 할 말은 없겠지. 공격하듯이 제아가 대답했다.

"술 못 먹어. 담배 냄새도 여전히 싫어하고."

"술, 담배를 하지 않는다……. 꽤 반듯하게 자랐어."

'딴 사람이 되어버린 오빠와 달리 난 변하지 않았을 뿐이야!' 격렬하게 따지고 싶은 걸 제아는 가까스로 참았다.

"못 마신다면 할 수 없지. 마시면 말해주려고 했는데."

그의 말이 끝나기가 바쁘게 제아가 그의 손에서 술잔을 낚아채 입 안에 털어 넣었다. 뜨거운 무언가가 목구멍을 태우자 기침이 저절로 쏟아져 나왔다.

"콜록, 콜록!"

그 모습을 바라보는 도준의 눈이 가늘어졌다. 성질은 여전하군. 이런 모습조차 그리웠다.

젖은 입술을 닦아낸 제아가 고집스럽게 말했다.

"먹었으니까 말해줘. 왜 연락하지 않았는지."

"고집은 여전해."

"말장난 그만하고 대답이나 해."

얼음이 든 술잔에 다시 술을 가득 채워 입술로 가져가는 도준은 마치 술을 음미하는 것 같았다. 마침내 입술에서 술잔이 떨어지고 그가 고개를 들었다.

"미친놈이 정신을 차리려면 미치게 하는 것으로부터 멀어져야 하니까."

그에게 미쳤다는 말을 먼저 한 건 그녀였다. 그래서인지 그의 눈을 똑바로 마주할 수가 없었다. 그런 작은 반응까지도 놓치지 않고 지켜보던 도준이 덤덤히 말을 이었다.

"걱정하지 마. 이제 난 지극히 정상이니까. 이젠 내가 물을 차례야."

제아의 눈매 끝이 치켜떠지는 순간, 예고도 없이 도준이 훅 다가왔다. 갑작스러운 그의 행동에 깜짝 놀란 제아의 상체가 뒤로 무너졌다. 푹신한 소파의 감촉이 등에서 느껴지고 도준이 그녀의 몸 위에 자리를 잡고 있었다. 버둥거려보지만 단단한 몸에 눌린 몸은 옴짝달싹하지 않았다. 단정한 그의 이마를 가리고 있던 흑색 머리칼이 쏟아져 제아의 이마를 간질였다. 유혹하듯이 자극적으로 은밀하게.

"문제아, 아직도 내가 오빠이길 원해?"

'오빠를 원해, 미치도록.'

제아의 머릿속에서 울리는 간절함과 달리 입술에서 흘러나오는 말은 이율배반적이었다.

"이젠 필요 없어, 오빠 따위."

가늘어지는 도준의 눈에서 무언가가 번쩍한 것도 같다. 곧 이어 가냘픈 몸을 짓누르던 단단한 무게감이 사라졌다.

"치마가 너무 짧아. 화장은 너무 진하고."

술잔을 입으로 가져가고 있지만 그의 눈은 노골적으로 제아를 더듬고 있었다. 그 뜨거운 눈빛에 입고 있는 옷들이 하나씩 하나씩 벗겨져 바닥에 던져지는 기분이었다. 그제야 깨달았다. 가슴골이 보이도록 풀어 헤쳐진 블라우스 단추는 목까지 단정하게 채워져 있고 야하게 드러난 다리는 그의 재킷이 덮어주고 있다는 걸. 그런데도 고맙다는 말은 하지 않았다.

"오빠 친엄마 엄청 부자라면서."

가까스로 내뱉은 제아의 한마디에 술잔을 기울이던 도준이 고개를 다시 들었다. 그 무심한 눈빛에 다시 한 번 마음이 아파오고, 심장이 아릿하게 저려왔지만 말을 멈추지 않았다.

"오빠 엄마만큼 부잔 아니지만 우리 세 식구 잘 살고 있어. 그러니 죄책감 느껴서 오빠 노릇하려는 거라면 집어치워. 문이준이란 이름, 우린 잊은 지 오래니까."

'잊은 지 오래니까.' 그 마지막 말에 도준의 눈이 순간 사납게 돌변했다. 나는 널 단 한 번도 잊은 적이 없는데, 네가 나를 잊었다고? 내가 이렇게 돌아왔는데도, 날 잊겠다고? 누구 맘대로. 어림도 없는 소리였다.

"그러니까 다신 보는 일 없었으면 좋겠어. 우연이라도."

일방적으로 안녕을 고하고 자리에서 일어난 제아의 손목을 도준이 일어나 낚아챘다.

"다시 한 번 말해봐."

"……?"

"너도 날 잊었다고."

갖지 못할 바엔 차라리 부숴버릴까. 그 정도로 제아를 향한 잔인한 정복욕이 도준의 몸을 서서히 잠식해 나갔다.

"잊었어."

잊었다는 말과 달리 흔들리는 맑은 동공이 그 말이 거짓임을 보여주고 있었다. '난 아직도 오빠를 못 잊었어.'라고. 잊은 척하고 싶다면 더욱더 잊지 못하게, 기억나게 해줄 수밖에.

거칠게 쥐고 있던 도준의 손이 마침내 제아를 놔주었다.

"난 여전히 네 오빠야."

"웃기지 마! 누구 맘대로?"

그는 발끈하는 제아의 손에 명함을 쥐어주었다.

"이딴 거 필요 없거든?"

제아가 명함을 바닥에 내동댕이치려 하자 도준은 제아의 재킷 안에 명함을 쑤셔 넣었다.

"우린 곧 다시 보게 될 거야."

기가 막히다는 듯 도준을 바라보던 제아는 '쾅!' 소리를 내며 룸에서 나가버렸다.

언제 돌아온 거지? 다시 보는 일은 없겠지? 속셈이 뭘까.

도준에 대한 생각으로 제아는 결국 밤을 꼴딱 지새우고 퀭한 눈으로 아침을 맞이했다. 거실로 나가니 항상 일찍 일어나는 부모님이 놀란 눈으로 제아를 바라보았다.

"우리 딸, 오늘은 왜 이렇게 일찍 나가는 거야?"

윤식의 품으로 와락 안겨드는 제아를 보며 윤영이 곱게 눈을 흘겼다.

"딸 낳아봤자 다 소용없다니까? 아빠밖에 몰라, 아주."

"엄만 나를 돈 버는 기계 취급하잖아."

"이게 얼마나 많이 벌어준다고 유세야?"

"거 참, 출근하는 애한테."

윤식이 제아의 편을 들자 윤영은 콧방귀를 날리며 주방으로 사라졌다. 그제야 윤식이 슬그머니 주방을 내다보더니 제아의 손에 만 원짜리 세 장을 쥐여주었다.

"아빠, 나 용돈 많이 남았어!"

"어허, 아빠 성의 무시하는 거 아니야. 엄마 보기 전에 얼른 넣어라."

윤식이 그 돈을 어떻게 모았을지 알기에 눈물이 핑 돌아, 제아는 급하게 집을 나섰다.

버스 정류장으로 향하자 다시금 심신을 가득히 채우는 어젯밤의 기억…… . 바로 도준이었다. 하지만 제아는 격하게 고개를 저으며 중얼거렸다.

"웃겨. 누가 못 잊을 줄 알고? 보란 듯이 잊어줄 거야!"

버스를 세 번이나 환승해서 물류 센터에 도착했다.

"좋은 아침입니다!"

제아의 우렁찬 외침에 분주히 움직이던 물류 센터 직원들의 시선이 집중되었다. 그중에서 박기완 과장이 유난히 제아를 반겨주었다.

"누가 보면 물류 센터 직원인 줄 알겠어."

"다음 주에 있을 기획 때문에 김 대리님이 물량 확인 좀 하라고 하셔서요."

"우리를 못 믿어서 보낸 게 분명하고만! 50박스 있다고 했는데 왜 못 믿는 거야? 그렇게 못 믿어서 어디 같이 일하겠어?"

단번에 의도를 알아챈 박 과장이 인상을 쓰자 제아는 살가운 미소를 지으며 입을 열었다.

"에이, 못 믿어서 그러는 게 아니라 여기도 새로 오신 사장님 때문에 바쁘다면서요. 그래서 저한테 물류 센터 일도 도와줄 겸 확인하고 오라고 하신 거예요. 사실 상자 뜯어서 일일이 제품 확인하는 것도 일이잖아요. 안 그래요?"

애교스러운 제아의 말에 박 과장이 못 이기는 척 안내를 해주었다. 주르륵 나열된 상자를 보자 한숨이 절로 나왔지만 제아는 야무지게 팔뚝을 걷어붙이고 흘러내린 머리카락을 묶었다.

"자, 이제 시작해볼까?"

가장 앞에 있는 상자부터 면도칼로 죽 그어 내리며 일한 지 30여 분. 마스크를 했는데도 불구하고 먼지 알레르기가 도졌는지 코가 간지럽고 콧물이 들어차는 느낌이었다.

터져 나오는 기침을 꾸역꾸역 참으며 일을 하던 그때, 시끌벅적한 소리가 부지런히 움직이는 제아의 손을 멈추게 했다.

"사장님, 먼지도 많은데 굳이 이곳까지……. 이곳은 재고만 쌓고 실질적으로 활용하는 곳이 아닙니다."

"제일 어패럴이 왜 경영난에 시달리는지 알겠군요."

김 상무가 새로 왔다는 사장님을 모시고 온 게 분명했다. 철재 진열장 틈으로 슬그머니 고개를 내밀자 소름 끼칠 정도로 완벽하게 블랙 정장을 소화한 사장의 뒷모습이 보였다.

코피 날 정도로 잘생겼다더니, 뭐 뒷모습은 끝내주네. 창고 안을 꼼꼼하게 둘러보던 사장이 비스듬히 몸을 튼 순간, 제아는 가까스로 입을 손으로 틀어막으며 주저앉았다. 후들거리는 손이 옆에 던져놓았던 재킷을 더듬었다. 명함, 어제 도준이 준 명함이 어디 있을 것이다! 하느님, 부처님, 공자님이시여! 제발!

온갖 신을 다 찾으며 명함을 손에 쥐고 간절하게 기도했지만, 결국 모든 신들은 제아를 등졌다.

> **제일 어패럴**
> **대표이사 한도준**

명함을 본 순간 참고 참았던 재채기가 터져버렸다. 하필이면 이 상황에!

"에취! 에취이이! 에취이이이!"

"거기 누구 있나?"

더 이상 숨을 수도 없는 상황. 제아는 하는 수 없이 엉거주춤 몸을 일으켰다.

"제아 씨? 본사 직원이 물류는 또 어쩐 일이야?"

새삼스레 그런 걸 왜 물으시나요. 제아는 그저 원망스러운 눈빛으로 김 상무를 바라볼 뿐이었다.

"뭐 해? 얼른 새로 오신 사장님한테 인사드려야지."

"안녕하세…… 에취이! 온라인 기획팀…… 에취이이! 문제아라고…… 에취이! ……합니다.”

“대체, 이게 뭐 하는 짓입니까?”

일갈하는 도준의 음성이 얼마나 살벌한지 다시 터져 나오려던 제아의 기침이 쏙, 들어가버렸다. 김 상무는 당연하다는 듯 제아에게 그 화살을 돌렸다.

“문제아 씨, 지금 당장…….”

“나는 지금 김 상무를 말하는 겁니다!”

“예에? 저, 저는 갑자기 왜…….”

김 상무가 눈을 끔뻑이며 도준을 조심히 올려다보았다.

“본사 직원까지 끌어들였다는 건 그 정도로 물류가 제대로 돌아가지 않는다는 의미겠죠. 대책 방안 마련해서 오늘 중으로 올리세요.”

단단히 화가 난 도준의 눈은 제아에게서 떨어지지 않았다. 만남을 예상했지만 적어도 여긴 아니었다. 딱 봐도 먼지 알레르기가 돋은 게 분명했다. 지금이야 콧물 기침이지만 그냥 놔두면 심각한 감기로 바뀔 수도 있다.

“사, 사장님 제가 우선 다른 곳으로 안내를…….”

“됐습니다. 엉망진창인 곳을 더 봐서 뭐 하라는 거죠? 제대로 재정비하고 다시 둘러보도록 하죠. 그리고 문제아 씨는…….”

“……네?”

조심히 눈을 들자 도준의 서늘한 눈과 마주쳤다.

“본사 가는 길이니 나와 같이 들어가죠.”

"아, 저는 여기서 해야 할 일이 있어서……."

흐트러진 머리칼을 장갑 낀 손으로 쓸어 올리며 제아가 말끝을 흐렸다.

"본사 직원이 끝까지 물류에 남으려는 건 본사가 한가하다는 뜻입니까, 아니면 물류 센터 직원들이 그 정도로 무능력하다는 겁니까? 아니면, 둘 다입니까?"

변명조차 할 수 없을 정도로 날카로운 질문에 결국 제아는 얌전하게 도준의 뒤를 따라갈 수밖에 없었다.

주차장에 도착하자마자 조수석의 차 문에 손을 대는 제아를 도준이 불러세웠다.

"문제아 씬 뒤로 타지."

아니, 타는 것도 내 맘대로 못 해? 부글부글 속이 끓어올랐지만 인호가 둘의 관계를 모를 테니 제아는 우선 얌전하게 도준과 함께 뒷좌석에 올랐다.

곧이어 이어지는 긴 침묵. 차 안에선 숨소리조차 들리지 않았다. 이대로 이 분위기가 유지되었으면 딱 좋았을 텐데, 눈치 없는 코가 다시 근질거리기 시작했다. 다문 입술에 힘을 꼭 준 채 급하게 가방 안에서 손수건을 찾아봤지만, 또다시 기침이 터져버렸다.

"에, 에취이이이!"

온갖 분비물을 차 안에 분사하려는 찰나, 웬 손수건이 그녀의 코와 입을 동시에 막았다. 손수건에서 나는 은은한 시트러스 향에 올라왔던 기침이 사르르 가라앉았다.

힐끔 옆으로 시선을 틀자 여전히 서류에서 눈을 떼지 않는 도준이 보였다. 그리고 손을 뻗어 그녀의 입을 막고 있는 도준의 팔도.

"내가 계속 막아줘야 하나?"

"……네?"

"손수건 받아."

손수건을 움켜쥐자 그제야 도준의 손이 멀어졌다. 민망함에 갈피를 잡지 못하고 두리번거리던 제아의 눈에 무방비 상태로 노출되어 있는 도준의 모습이 포착되었다. 그리고 불현듯 떠오르는 어젯밤의 내기.

'오빠 사진 한 장이면 30만 원이 생긴다. 그리고 그 먹잇감이 바로 옆에 있다!'

달콤한 악마의 속삭임에 이어 천사도 지지 않고 속삭인다.

'미쳤어? 넌 자존심도 없어?'

하지만 자존심이 밥을 먹여주는 건 아닌 게 바로 냉정한 현실이었다. 곰곰이 생각에 잠기던 그녀의 머릿속에 기가 막힌 아이디어가 떠올랐다.

살기 좋아진 세상. 휴대 전화에는 매너 모드라는 게 존재하느니! 회심의 미소를 지은 제아는 휴대 전화를 매너 모드로 바꾼 후 카메라를 작동시켰다. 그리고 거울을 보는 척 살짝 방향을 틀었다. 그러자 서류를 보고 있는 도준의 근사한 옆모습이 휴대 전화 액정을 가득 채웠다. 이제 버튼을 누르기만 하면 되는데 쉽사리 손가락이 움직이지 않는다. 자의건 타의

건 도준을 빌미로 공돈을 마련한다는 게 내키지 않는 것이다.

제아가 마음을 다시 고쳐먹는 순간, 차가 멈추면서 얼떨결에 움직여버린 손이 휴대 전화의 어딘가를 터치했다.

찰칵, 찰칵, 찰칵, 찰칵, 찰칵!

쉴 새 없이 터져 나오는 셔터 소리가 고요한 차 안에 울려 퍼졌다. 그 소리에 운전석에 앉아 있던 인호도, 하다 못해 도준마저 제아를 바라보았다. 순식간에 그녀의 얼굴은 울상이 되어버렸다. 이게 아닌데! 정말 아닌데!

"휴대 전화가 왜 이러지? 미쳤나…… 봐요! 데려다주셔서 감사합니다! 사장님, 그리고 실장님!"

차 문을 벌컥 열어젖힌 제아는 뒤도 돌아보지 않고 회사로 전력 질주했다. 그녀가 건물 안으로 모습을 감추자 먼저 입을 연 건 인호였다.

"한 사장, 동생한테 뭐 잘못한 거 있어?"

"……글쎄."

"뭔가 증거를 남기기 위해서 사진 찍은 거 같은데, 그것도 몇 장이나."

사실 도준도 이해가 되지 않는 건 마찬가지였다.

점심시간, 제아는 제 손에 쥐어진 30만 원을 멍하니 바라보았다. 내기의 최종 승자가 되어 거머쥔 돈이었다. 물론 철저하게 그녀의 의지는 아니었다. 눈치 없는 손을 탓하며 휴대 전화로 찍은 그의 사진을 보고 있는데 우연히 지나가던 현영이 봐 버린 것이다.

"대박! 이 잘생긴 남자 누구야?"

내기에 참여했던 여직원들이 몰려들고 결국 그 사진을 모두에게 전송해주는 대가로 어젯밤의 내기는 마무리가 되었다.

"미쳤어. 미치지 않고서야, 30만 원에 자존심을 팔다니."

그럼에도 제아 자신조차 휴대 전화 사진에서 시선을 뗄 수가 없었다. 눈을 내리깐 채 서류를 보고 있는 도준의 옆모습은 섬세했고, 셔터 소리에 시선을 살짝 튼 눈빛은 섹시했다. 마지막에 조금은 커진 것 같은 나른한 눈매와 고집스럽게 다물린 붉은 입술은 꽉 깨물어주고 싶을 정도로 유혹적이었다. 31살이라는 나이에도 불구하고 묘하게 미소년의 느낌이 묻어 나는 도준은 지독할 정도로 매력적이었다.

"우리 사장 진짜 대박이다. 어떻게 직찍에도 이렇게 사진이 예술로 나오지? 양귀비도 아니고 하얀 피부에 붉은 입술, 도발적인 눈매까지! 심장 테러 당한 것 같아!"

도준의 사진에서 시선을 떼지 못한 현영의 입에서 연신 감탄사가 쏟아졌지만 제아의 입에서 새어 나오는 건 한숨뿐이었다. 사장이라니, 그것도 자신이 다니고 있는 회사의 사장이라니. 고약한 하늘의 심술이었다.

"으악! 난 몰라. 나보고 어떻게 하라고!"

"문제아, 거금이 손에 들어오니까 실성해버린 거야?"

"현영아, 내가 너 진짜 좋아하는 거 알지?"

부서 내 유일한 고졸 출신인 그녀가 갖은 무시와 냉대에도 버틸 수 있었던 건 유일하게 살갑게 대해준 현영이 있어서였다. 그렇게 버텨서 어엿한 제일 어패럴의 일원이 되었고, 또 그 덕에 부모님의 고생도 덜어드리고 있었다. 그런데 힘겹게 버틴 직장을 막상 그만둬야 한다고 생각하니 왈칵 서러움이 치밀어오른 것이다.

"얘가 갑자기 왜 이래? 그런 내기 제안해줘서 고맙다는 의미야?"

제아는 질문에 대답하지 않은 채 혼잣말하듯 질문했다.

"조현영, 우리가 사장님을 볼 일이 자주 있을까?"

제아의 물음에 현영이 말도 안 된다는 듯 웃었다.

"너 제일 어패럴에 있는 동안 예전 사장 몇 번이나 봤어?"

"손에 꼽힐…… 정도? 그것도 엄청…… 멀리서."

"거 봐. 우리는 보고 싶어도 못 보는 게 바로 하늘 같은 사장님이야. 여직원들이 괜히 그 사진에 5만 원씩이나 투자했겠어?"

생각해보니 또 그렇다. 현영의 말대로 하늘 같은 사장님이었다. 사무실에 내려올 일도, 또 말단 사원인 자신과 마주칠 일도 없는 존재.

오늘의 만남은 지극히 우연, 또 우연이었다. 앞으로 도준과 다시 마주치는 건 하늘의 별 따기보다 더 어려운 일이겠지?

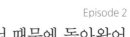

너 때문에 돌아왔어

제일 백화점 이사 집무실, 강훈은 책상을 주먹으로 '쾅' 내리치며 박 실장에게 날카롭게 물었다.

"한도준 스케줄 파악 전혀 안 되는 건가?"

"죄송합니다, 유인호 실장 이외에는 아무도 알지 못한다고 합니다."

"수단 방법 가리지 말고, 그쪽에 사람 붙여서 동선 파악해. 누구를 만나고 뭘 하고 다니는지, 좀 더 파고들란 말이야!"

제일 그룹은 이제 겨우 그들 부자의 손에 쥐락펴락되고 있었다. 그런 그들에게 피 한 방울 섞이지 않은 그의 동생 도준의 귀국은 너무도 갑작스러웠다. 제일 그룹의 실세이자 그의 아버지인 한태영 부회장도 모르고 있을 정도였다.

모습을 드러내지 않고 한 회장의 뒤에 숨어서 그들의 목줄을 졸라매고 있는 건 분명 새어머니 한연희, 그 여자가 분명하리라. 고상하고 우아한 척은 다 하더니 아버지 몰래 남자의 외모에 홀려 밖에서 아이까지 낳은 그 여자. 물론 그 덕분에 지금 강훈 자신이 존재하는 거지만.

도준과의 첫 만남을 떠올린 강훈은 신경질적으로 얼굴을 찌푸렸다. 그 이름만 떠올려도 미칠 것만 같았다.

─네 새어머니는 자식을 낳지 못하는 몸이야. 그러니 조금
만 기다려라. 때가 되면 한 회장이 널 손자로 인정할 수밖
에 없을 테니.

10년 전, 아버지인 한태영의 말을 뇌리에 새기며 강훈은 제일 그룹의 그늘 속에서 몸을 웅크리고 있었다. 여자는 절대 경영에 참여해서는 안 된다는 한 회장의 확고한 신념 때문에 제일 그룹은 서서히 사위인 태영에게로 기울고 있는 상태였다. 애도 못 낳는 주제에 얌전하게 웅크리고 있으면 될 것을.

주말 아침, 잠에서 깨어난 강훈이 1층으로 내려왔을 때, 연희는 계집애처럼 곱상하게 생긴 소년을 데리고 태영 앞에 앉아 있었다. 얼핏 봐도 단정한 교복 차림에 단정한 외모, 뿔테 안경까지 쓴 소년은 전형적인 모범생의 모습이었지만 눈을 내리깔고 미동도 없이 앉아 있는 모습은 한 폭의 그림 같았다.

"강훈이 호적에 올리는 대신, 나도 내 아들 호적에 올릴 테니 그렇게 알아요."

아들……이라니. 갑자기 어디서 나타난……? 강훈은 궁금

했지만, 태영이 알아서 하리라 믿으며 힐긋 곁눈질로 소년을 바라본 후 자리를 피했다. 며칠 후 강훈이 다시 도준을 만난 건, 가장 핫하다는 MB 클럽이었다. VIP 룸에 앉아 느긋하게 술을 마시던 강훈은 친구인 정민과 함께 다른 VIP 룸으로 쳐들어가는 중이었다.

"대체 어떻게 된 일이야?"

"태호 여친 알지? 유성 식품 딸 임유진."

"그런데."

"유진이가 다른 놈 있다고 헤어지자고 했나 봐. 근데 걔가 그 남자랑 룸에 들어가는 걸 태호가 보고 빡친 거지. 죽여버린다고 경호원들까지 죄다 끌고 쫓아 들어갔어. 태호 그 새끼, 이번에도 사고 치면 걔네 부모가 유학 보내버린댔잖아. 얼른 말려야 해!"

정민과 함께 룸의 문을 박차고 들어간 강훈은 눈앞에 펼쳐진 충격적인 광경에 잠시 얼어붙었다. 태호의 경호원 두 명은 이미 바닥에 널브러져 있었고, 한주먹에 한 덩치 하는 태호마저 얼굴이 피범벅이 되어 소파에 널브러져 있었다.

그런 태호를 헬멧으로 내리치는 남자의 일정한 손놀림은 지독할 정도로 잔인했다. 벽에 피가 튀었고 새하얀 남자의 옆얼굴에도 피가 튀었다. 불청객을 느꼈는지 무차별적인 폭력을 휘두르던 남자가 아주 살짝 몸을 틀었다.

완벽하게 슈트를 입은 강훈과 달리 머리부터 발끝까지 온통 새까만 남자의 무심한 눈과 마주한 순간, 강훈은 자신의 눈을 의심했다.

"야, 이 개새끼야!"

태호의 처참한 몰골에 정민이 달려들었지만, 어느새 정민마저도 바닥에 내동댕이쳐졌다. 모델처럼 호리호리한 저 몸 어디에서 그런 힘이 나오는지.

"한……도준?"

강훈의 중얼거림에 남자는 마침내 숙였던 상체를 들고 피가 묻은 가죽 장갑을 서서히 벗었다. 검은 장갑 때문인지 매끈하게 빠진 긴 손가락이 유난히도 하얗다. 도준은 비스듬히 시선을 틀며 긴 손가락으로 머리칼을 쓸어 올렸다. 새하얀 이마 위로 쏟아지는 부드러운 머리카락, 깊은 적갈색 동공과 나른한 미소를 머금은 붉은 입술은 잔인한 폭력을 휘둘렀다고는 믿어지지 않을 정도였다. 처음으로 제대로 보는 동생의 얼굴은 남자인 강훈이 봐도 순간 혹할 정도로 매우 아름다웠다. 시선을 떼지 못하는 강훈을 향해 피처럼 붉은 입술이 조롱하듯이 느릿하게 열렸다.

"뭘 봐. 재수 없게."

발밑에서 태호가 꿈틀하자 도준은 다시 한 번 강하게 그의 가슴을 발로 꾹, 밟아주었다. 꿈틀거림이 사라지자 그제야 만족스러운 듯 입가에 어리는 미소가 눈이 부실 정도로 아름다우면서도 잔인했다. 그런 잔인함마저 좋다는 듯 유진이 엉겨들었지만, 잠깐뿐이었다. 더러운 거라도 묻은 듯 유진이 만졌던 팔을 툭툭 털어낸 도준은 유유히 강훈을 지나쳐 룸을 빠져

나갔다. 주차장까지 쫓아 내려간 강훈은 꼬리가 높은 오토바이에 멋지게 올라타는 도준의 앞을 막아섰다.

"한도준!"

강훈이 앞을 막아서자 긴 다리로 오토바이를 지탱한 도준이 비스듬히 시선을 틀었다. 소름 돋을 정도로 차가운 그 눈동자에 강훈은 흠칫했지만 내색하지 않고 태연한 척 입을 열었다.

"앞으로 이런 사고 치지 않는 게 좋을 거다. 한 회장님은 이런 몰상식한 일들, 아주 싫어하시거든. 형으로서 오늘 일은 눈 감아주지만 다음은 없어."

"정확히 5초 후 출발한다. 깔리고 싶지 않으면 비키라고. 겁, 쟁, 이."

미친 새끼라고 욕이라도 한 바가지 퍼붓고 싶었지만, 충분히 그러고도 남을 놈이라고 강훈의 본능이 소리치고 있었다.

부릉, 부르릉!

위협하듯 앞으로 튕겨 나오는 오토바이에 놀란 강훈이 뒷걸음질 치자, 그럴 줄 알았다는 듯 도준은 비소를 흘렸다. 강훈이 비켜서기 무섭게 오토바이는 요란한 굉음과 함께 사라졌다. 곧이어 경호원들에게 실려 나온 태호가 인사불성 상태로 차에 실리고, 코를 틀어막은 정민이 강훈에게 다가왔다.

"태호 새끼 때문에 뒈질 뻔했네. 사람 가려서 덤벼야지."

"……무슨 소리야?"

"저 새끼가 그 유명한 미친 흑 표범이야. 누가 저렇게 생긴 줄 알았겠냐?"

밤의 문화를 즐기는 이들 사이에서 미친 흑 표범은 유명 인사였다. 항상 블랙 옷을 입고 다니는, 가는 곳마다 피를 보고 만다는 미친 녀석. 사건 사고가 끊이지 않는데도 단 한 번도 수면 위로 솟아오른 적 없는 신비한 존재이기도 했다. 저 곱상한 범생이가 미친 흑 표범일 줄이야. 헛웃음이 터져 나왔지만 그것도 잠시뿐이었다.

그동안 어떻게 조용히 버텼는지 몰라도 제일 그룹 일원이 된 이상, 이야기는 달라진다. 보고할 게 생겼군. 강훈의 입가에 비릿한 미소가 어렸다.

며칠 후, 한 회장이 노발대발하면서 태영과 연희의 자택으로 쳐들어왔다. 화가 잔뜩 난 듯 형형한 한 회장의 눈빛에 태영마저도 긴장을 할 정도였다.

"도준이 녀석, 당장 미국으로 유학 보내라. 그리고 티켓 값이외에는 돈 한 푼도 보내주지 마!"

"아버지! 하나뿐인 친손자한테 정말 이러기예요?"

연희가 난리를 쳐도 한 회장은 단호했다.

"시끄러워! 도준이 저 녀석 정신 차릴 때까지, 한국 땅 밟을 생각도 하지 말라고 해!"

그렇게 불쑥 튀어나왔던 동생은 다시 그의 인생에서 사라졌다.

그런데 왜! 회상에서 벗어난 강훈은 미치도록 불안했다. 세상에서 무서울 게 없는 미친 또라이. 하지만 마음만 먹으면 뭐든지 해낼 것 같은 미친 천재. 그게 바로 강훈이 기억하는 한도준이었다. 그래서 강훈은 간절히 바랐었다. 미친 천재 녀석이 제발 정신 차리지 않기를.

하지만 도준은 딱 1년을 미친놈처럼 살더니 갑자기 정신을 차렸다. 그 후는 순식간이었다. 하버드대 졸업도 모자라 하버드 대학원 경영학과까지 가뿐하게 수석으로 입학을 한 도준은 엘리트 코스만 착착 밟고 갑자기 돌아왔다. 분명 미국 지사로 발령 대기라고 들었는데. 불끈 쥔 강훈의 주먹이 바르르, 떨려왔다.

"대체 왜 돌아온 거지?"

집무실에서 결재 서류를 확인하던 도준은 문득 느껴지는 인호의 집요한 시선에 고개를 들었다. 그러자 인호가 기다렸다는 듯 다가와 먹잇감처럼 휴대 전화를 눈앞에서 살랑인다.

"한도준, 너한테 제안할 딜이 하나 있는데 말이야."

저 휴대 전화에 대체 뭐가 있길래 인호가 자신만만한 걸까. 감이 잡히지 않지만 그렇다고 인호에게 휘둘릴 생각도 없었다. 그가 관심 없다는 듯 다시 서류로 시선을 가져가자 인호가 더 가까이 다가오며 능청스럽게 말을 했다.

"역시 어느 각도에서 찍어도 기가 막혀! 이래서 사람은 잘생

거야 해. 요즘 이 사진이 제일 어패럴 여직원들 사이에서 유행
이라는데."

"……."

"아, 이 사진 유포자가 온라인 기획팀 문 누구누구라고 했
던가?"

드디어 도준의 한쪽 눈썹이 미세하게 꿈틀하자, 그걸 기가
막히게 캐치한 인호가 마지막 한 방을 깨끗하게 날렸다.

"근데 잘생긴 이 얼굴 값이 고작 30만 원이라니, 너무 저렴
하단 말이야."

탁―.

도준이 책상 위에 서류를 거칠게 내려놓자 그럴 줄 알았다
는 듯 인호가 씨익 웃었다.

"조건이 뭐지."

"첫째, 이번 주말 풀로 쉬게 해줄 것. 그리고 두 번째, 내일
밤 열리는 가면 파티에 나랑 같이 참석할 것. 참석하는 여자
들 명단 봤는데 아주 죽여주는 여자들 많이 오더라. 한 사장,
어때?"

인호가 초대권 두 장을 눈앞에서 살랑살랑 흔들었지만 도
준의 눈빛은 미미한 흔들림도 없었다.

"주말 휴일은 받아들이지. 하지만 파티인지 무도회인지는
관심 없으니 혼자 가."

"어허! 내가 원하는 조건은 두 개 다야. 단 하나라도 들어주
지 않으면 딜은 없어."

아, 빌어먹을 유인호. 파티든 무도회든 딱 질색이었지만 결국 책상을 톡톡 두드리던 도준은 결단을 내릴 수밖에 없었다.

"파티는 딱 1시간만 참석할 거야."

"오케이!"

드디어 인호의 휴대 전화가 그의 손에 쥐어졌다. 휴대 전화를 바라보는 도준의 동공이 미세하게 확장되었다. 일주일 전 제아가 차에서 '찰칵찰칵' 소리를 내며 찍은 그 사진들이었다.

도준이 의문스러운 눈빛으로 바라보자 인호가 말했다.

"비서실 여직원들에게 최고급 커피 돌리고 확보한 거다."

"30만 원은 무슨 뜻인데."

"한 사장, 충격 먹진 마라."

얼른 말하라는 듯 도준이 눈빛으로 채근을 하자, 머뭇거리던 인호가 조심히 입을 열었다.

"이 사진들, 네 동생 문제아가 30만 원 받고 여직원들한테 판 거라고 하더라고."

모처럼의 주말 저녁, 제아의 입에선 한숨만 새어 나왔다. 남몰래 직장을 구하고 있지만 도무지 제일 어패럴보다 나은 직장이 없었다. 이 상황에 자선 파티에 따라가는 게 옳은 일인가 하는 의문이 들었지만 이내 고개를 내저었다. 너무 작은 규모라 후원이 거의 없어서 힘들어하던 미선 이모가 떠오른 것이다. 그 노예팅만 나가면 최소 몇백만 원은 후원이 된다니까.

"근데 지연아, 그 티켓 다른 사람이 살 일은 없지?"

탐스러운 제아의 머리칼에 열심히 컬을 말아 올리던 지연의 손이 잠시 멈칫했지만 이내 태연하게 움직인다.

"걱정 말라니까? 그런 거 원래 짜고 치는 고스톱이야. 어떤 미친놈이 너한테 단단히 반해서 덤비지 않는 이상. 지로랑 나랑 최소 오백은 쥐고 있으니까, 넌 걱정 붙들어 매고 노예팅 끝나면 지로랑 밥이나 먹고 커피나 마셔. 내가 최대한 샤바샤 바해서 노을 보육원에 후원 많이 가게 해줄게. 거기 진행자 오빠 내가 잘 알잖아."

의심 없이 얌전하게 입을 다물고 있는 제아를 보며 지연은 생각했다. 한지로, 이번엔 제발 고백 좀 성공해라. 응?

그 시각, 샬로트 호텔 라운지에서 열린 자선 파티에 참석한 젊은 남녀들의 관심은 오로지 한 남자에게 집중이 되어 있었다. 지루한 표정으로 시종일관 손목시계만 연신 확인하는 도준에게. 그로선 얼른 1시간이 지나가기를 기다리며 한 행동이었지만 독특한 시계 디자인은 멀리서도 눈에 확 띄었다.

무려 2억이 넘는, 오직 30개 한정으로 만들어졌다는 파르미지아니 부가티 370이 덩그러니 그의 손목을 차지하고 있으니. 억 소리 나는 시계로도 모자라 그 시계를 차고 있는 남자까지 근사하니 이목이 더 집중될 수밖에.

가면이 그의 얼굴의 반을 가리고 있음에도 서 있는 것 자체만으로도 그의 존재감은 가히 독보적이었다. 홀린 듯이 그의 주변으로 몰려든 여자들은 말도 제대로 붙이지 못한 채 황홀한 시선으로 도준만 훔쳐볼 뿐이었다.

"난 바람 좀 쐬고 와야겠어."

못 참고 나가려는 도준의 앞을 인호가 막아섰다.

"너 오늘 늦게 왔잖아. 그것도 모자라 1시간도 안 됐는데 어디를 도망가려고."

사실 일 핑계를 대고 오지 않으려고 했던 도준이다. 하지만 끈덕진 인호의 전화에 결국은 12시가 다 되어서 마지못해 온 것이다. 그래도 한 번 한 말은 지켜야 하니.

"이 파티의 하이라이트인 노예팅이 이제 시작이야. 이거 보고 나가자."

자정이 되자 솟아오른 무대 위로 인파가 몰려들었다. 그 덕에 집요하게 달라붙던 시선들이 우수수 떨어졌고, 그제야 도준은 뒤쪽에 편하게 자리를 잡았다. 짜고 치는 고스톱이겠지만 노예팅은 꽤 흥미로웠다. 야할 만큼 강렬한 붉은색의 드레스를 입은 여자가 무대에 오른 순간…….

"아싸, 우리 세아 씨다."

손까지 번쩍번쩍 들어 경매에 참여한 인호는 치열한 경쟁 끝에 700만 원에 그녀의 티켓을 낙찰 받았다. 인호가 왜 가면무도회를 고집하나 했더니 순전히 저 여자 때문이었던 것이다.

"한 사장, 네가 좀 내주면 안 될까?"

"왜 네 작업녀에게 내가 돈을 써야 하지?"

"쉬는 날 없이 부려먹었으면 보너스 준다고 생각 좀 해. 여자도 없는 놈이 잭팟 터지듯이 불어난 그 돈들 다 어디다 쓰게? 그러니까 나 네 통장에서 돈 이체한다?"

버는 족족 여자에게 쓰고 사치를 부리는 데 쓰니 남아날 리가 없겠지. 한심하다는 눈빛으로 인호를 응시하던 도준이 마지못해 그러라고 하려는 순간, 무대 위로 떠밀리듯 나타난 여자에게 시선이 붙들렸다.

"자, 이번 참여자는 아름다운 황금빛 깃털 가면을 쓴 숙녀분입니다. 이 숙녀분의 3시간 티켓 이용권도 50만 원부터 시작합니다. 물론 티켓 구매 금액은 전액 불우 이웃 단체에 기부될 겁니다."

새하얀 조명 아래 드러난 여자의 몸매는 아찔할 정도로 육감적이었다. 가늘고 긴 목선과 연결되는 가냘프면서도 동그스름한 어깨, 풍만한 바스트 라인 밑으로 잘록한 허리와 그 밑으로 쭉 뻗은 다리는 명품 중의 명품이었다. 하지만 몸매가 좋아서 도준이 시선을 박은 건 아니었다. 이성보다 본능이 먼저 알아봤다. 제아, 문제아다.

"이 여자분도 오십부터 시작하겠습니다. 오십 있습니까?"

"삼백!"

무대 위에 물건처럼 위태롭게 서 있던 제아는 단번에 삼백이라고 외친 남자를 알아보곤 안도의 한숨을 내쉬었다. 훤칠한 키와 날렵한 턱, 가면 너머로 보이는 매서운 눈매. 분명 지로, 한지로다.

"자, 삼백 나왔습니다. 삼백오십 없습니까?"

지로의 잘생긴 입꼬리가 올라가는 게 보였다. 거 봐, 걱정 말라니까. 그 뒤에선 지연이 손까지 흔들어 보였다.

"삼백, 삼백 나왔습니다. 삼백오십 없습니까?"

잠시 침묵이 흐른다. 그래도 앞의 여자들은 다른 남자들이 몇 명 더 참여하던데 자신은 오로지 한지로뿐이다. 정말 짜고 치는 고스톱인가 보구나. 그래도 이왕 부를 거면 오백 부르지. 듣기론 오백 이상부터는 낙찰자가 후원할 곳을 선택할 수도 있다고 하던데. 뭐, 후원 받는 것만으로도 만족하지 뭐. 그렇게 제아가 안도하는 순간, 모두의 귀를 의심하게 하는 액수가 터져 나왔다.

"이천."

대체 누가? 이천을 부른 남자를 본 사람들마다 아주 작게 '아' 하고 감탄을 했다. 파르미지아니 부가티, 그 남자구나. 오백을 준비한 지로와 지연은 당황스러움에 저들끼리 속삭이느라 바쁘다. 물론 가장 놀라고 당황스러운 건 제아였다. 지연의 말대로 말도 안 되게 이천을 외친 어느 미친놈이 튀어나온 것이다. 무대 위로 올라오는 남자는 키가 크고 훤칠했다. 가면을 쓰고 있지만 전신에서 뿜어내는 아우라만으로도 남자의 존재감은 압도적이고 우월했다. 하지만 지금 남자의 잘나고 못남을 따질 때가 아니었다. 생판 모르는 남자에게 3시간 동안 노예 노릇을 하게 생긴 것이다. 남자에게 터치스크린 모니터가 돌아갔다.

"낙찰가가 오백이 넘으면 기부하기 원하는 곳을 선택하실 수 있습니다. 원하는 곳 있으십니까?"

바로 뒤에 서 있던 제아는 마른침을 꼴깍 삼켰다. 우연일까, 필연일까. 남자가 노을 보육원을 선택했다. 그러곤 우아하게 턴을 해서 다가와 강렬한 눈빛을 박으며 그녀의 손목을 움켜 잡았다. 우선은 보는 눈이 많은지라 끌려는 가지만 그녀의 머릿속은 미친 듯이 회전하고 있었다. 이 상황을 어떻게 벗어나 야 할까?

무대를 내려와 입구를 지나 엘리베이터 앞에 다다르자 제아 는 얼른 남자의 손을 뿌리쳤다.

"저, 저기 어디로 가는 거예요? 어딜 가기 전에 우선 저랑 이 야기 좀 해요! 네?"

잔뜩 경계심 어린 눈빛과 몸짓. 제아를 바라보던 도준의 눈 이 가늘어졌다. 설마 날 못 알아본 건가? 이까짓 가면이 얼굴 을 가리면 얼마나 가린다고. 속 좁은 서운함이 들고 심술이 돋아 그는 목소리를 더욱 낮게 깔았다.

"둘만 있을 만한 곳."

제아의 눈이 휘둥그레진다. 두, 둘만 있을 만한 곳? 둘이 있 는 데서 뭐 하려고? 머릿속이 새하얘지고 침이 꼴깍꼴깍 넘어 간다. 그때였다.

"저기요!"

두 사람의 뒤를 따라 헐레벌떡 뛰어나온 지로가 둘 사이를 가로막았다. 어깨 깡패처럼 드넓은 어깨가 격하게 오르내리는 게 지로도 제아처럼 당황한 게 분명했다.

"죄송하지만 이 숙녀분은 저한테 양보해주세요. 지불한 금액은 계좌를 알려주시면 제가 내일 바로 입금해드리죠. 이자까지 충분히 쳐서요."

"지금 당장 주던지."

"……네?"

"그럴 능력 안 되면 뒤로 빠지고."

"아니, 이봐요!"

남자의 자존심을 건드리는 그 한마디에 지로가 발끈하자 얼른 제아가 다시 앞을 막아섰다. 한지로가 끼어들어서 상황이 더 악화되었으면 악화되었지 좋아질 리는 없으니까.

"지로야, 나 괜찮아. 나도 처음에 놀라긴 했는데 이분 정말 점잖은 분이셔. 그러니까 걱정하지 마! 우리 얼른 가요! 커, 커피숍에서 커피 마시기로 했잖아요!"

제 몸에 닿을까 봐 몸을 사리던 제아가 도준의 팔을 얼른 잡아끌었다. 제발 아무 말도 하지 말고 가달라는 간절한 눈빛을 보내면서 말이다.

호텔 로비 1층의 소파에 나란히 앉는 순간부터 침묵이 흘렀다. 대화 한마디 없이 몇 분을 흘려보내니 심장이 아주 쫄깃해지는 건 제아였다. 맹수 앞에 떨어진 먹잇감이 된 기분이라고 해야 할까.

"친구가 좀…… 단세포에 다혈질이라."

"……."

"감사해요. 제 부탁 들어주셔서요."

"……."

몇 번이나 말을 시켰지만 남자는 묵묵부답이었다. 그저 강렬한 눈빛으로 가면 너머의 제아를 뚫어지게 응시할 뿐이었다.

"그러니까 제가 하고 싶은 말은요……."

그때 남자가 일어나 제아 쪽으로 다가왔다. 길었던 상체가 숙여지면서 남자의 짙은 향이 훅 콧속으로 스며들었다. 남성적이면서도 산뜻한 그 향에 서서히 취해가는 것 같은 착각에 빠져들 때쯤, 남자가 고개를 비틀어 얼굴을 더 가까이 내렸다.

입술이 닿을 것만 같아.

의자 팔걸이를 쥐고 있는 제아의 손이 덜덜 떨렸고 얼굴은 새하얗게 질렸다.

"저, 저기, 뭐 하시려는……."

그런데 남자의 더운 숨이 닿은 건 입술이 아닌 귀였다. 솜털까지 바짝 곤두서게 하는 야릇한 숨결이 귓속으로 스며드는 순간…….

"내가 또 키스할까 봐 겁이 나나?"

"……?"

"아기 새처럼 떨지 마. 네가 그렇게 떨면……."

잠깐, 설마. 설마…….

"내가 꼭 나쁜 오빠가 된 것 같잖아."

남자가 섹시한 음성으로 말을 끝맺는 순간 제아가 가장 먼저 한 행동은 남자의 얼굴을 가리고 있는 가면을 벗겨내는 거였다.

가면에 가려져 있던 얼굴이 드러났다. 지독한 색기가 뚝뚝 흘러내리는 야한 이목구비를 가지고 있는 눈앞의 남자는 분명 도준이었다. 그에게 완벽하게 농락당했다는 생각에 가슴속에서 뜨거운 무언가가 치밀어 올랐다. 제아는 벌떡 일어나 그에게 무작정 달려들었다.

"어떻게 나한테 이럴 수 있어? 사람 놀리니까 재밌어? 재밌냐구! 이 나쁜 자식아!"

어설픈 주먹질로 무작정 달려드는 제아를 품으로 받아낸 도준은 그녀가 지칠 때까지 맞아주었다. 제 풀에 지친 제아의 주먹질이 멈추고 나서야 그는 가늘게 뜬 눈으로 제아를 깊숙이 바라보았다.

여전히 그의 양 팔은 제아의 허리를 꼭 끌어안고 있었기에 서로의 몸이 밀착되어 있었다. 그걸 의식하는 건 도준뿐, 제아는 지금 이성이 흐려진 상태라 인식하지 못했다.

"문제아, 대체 뭐가 문제지?"

지극히 무심한 그의 한마디가 또다시 제아를 화나게 했다. 노예팅에 나온 그녈 허락도 없이 사서? 짓궂게 모른 척해서? 둘 다 아니었다. 첫 만남 때 내리눌렀던 그에 대한 원망과 분노가 이제야 터져 나온 것이다.

"뭐가 문제냐고? 내가 오빠와 이렇게 서로 마주 보고 있는 것 자체가 문제야! 노예팅에 나오든 말든 무슨 상관인데? 이제 오빠랑 나, 아무 사이도 아니잖아! 내가 오빠 회사 직원이라서 구해준 거야? 아니잖아! 오빠 노릇 필요 없다고 몇 번이나 말했잖아! 오빠랑 나 이제 완벽한 남남이라구! 오빠 필요 없다구! 그러니까 제발 내 눈앞에서 알짱거리지 마! 마주쳐도 신경 쓰지 말고 지나치라구! 제발!"

젖은 눈으로 쏘아보는 제아의 눈은 독했고 앙칼졌다. 10년 간의 원망과 분노가 고스란히 전달되는데도 도준은 오히려 기뻤다. 원망보다 무서운 게 무관심이라고. 그만큼 자신을 잊지 못하고 마음에 품고 있었다는 뜻이니까.

그걸 알 리 없는 제아는 거칠게 숨을 뱉어내며 도준의 품에서 벗어나 몸을 확 틀었다.

나쁜 자식 같으니라고!

그런데 다시 손목이 잡혀 돌려세워지고 제아의 눈앞에 휴대전화 액정이 확 들이밀어졌다.

"완벽하게 남인 사람 사진은 함부로 팔지 말았어야지."

커다란 눈에 맺히는 사진들. 어떻게 이 사진이 그의 손에 들어간 걸까? 양심은 있는지라 제아는 어떤 변명도 할 수 없었다. 자신이 30만 원에 팔아넘긴 사진들이 슬라이드로 차곡차곡 그의 휴대 전화에서 넘어가고 있었던 것이다.

"내 얼굴이 고작 30만 원이라니, 기분이 좋진 않군."

"이, 이걸 어떻게……."

지은 죄가 있는지라 잠시 당황하긴 했지만 제아는 그럴수록 정신을 바짝 차렸다. 이 머리 좋은 남자 앞에선 잠시라도 방심했다간 당하기 일쑤니까.

"가, 갚을게! 갚으면 될 거 아냐! 계좌 알려줘. 내가 집에 가자마자 당장 쏴줄 테니까!"

큰소리 땅땅 치고 다시 가려는데 도준이 그 앞을 또 가로막았다.

"갚으려면 제대로 갚아야지. 오늘 경매 금액까지 계좌로 쏴. 그럼 깨끗하게 끝나는 거니까."

지금까지 제대로 만져보지도 못한 어마어마한 금액에 제아의 입이 쫙, 벌어졌다.

"내가 그렇게 큰돈을 어떻게 갚아? 누가 그 돈으로 내 티켓 사달라고 했어?"

"그럼 지금부터 3시간을 나랑 보내야지. 난 그 3시간을 제대로 보낼 생각이거든. 선택해. 호텔로 갈지, 내 집으로 갈지."

갑자기 짙어진 눈빛, 도준의 온몸에서 뜨거운 기운이 뿜어져 나오는 것 같아 제아는 온몸의 솜털까지 바짝 곤두서는 기분이었다. 내가, 포악한 야수 한 마리를 잘못 건드렸구나.

"미, 미친 거 아니야? 뭔가 착각한 것 같은데 노예팅은 성매매가 아니야! 그거 불법이거든? 그리고 나, 오빠 동생이었던 여자야! 잊었어?"

"티켓을 낙찰 받은 자의 요구는 무조건 받아들인다. 티켓에 기재되어 있는 조건인데, 아닌가? 그리고 난 너와 호텔이나 집으로 가자고 했지 무슨 짓을 하겠다고 하진 않았어. 그냥 너와 대화를 나눌 장소를 그곳으로 정했을 뿐이지."

제아의 입 안은 바짝 메말라서 사막이 되어버린 것 같다. 그의 말이 사실일 수도 있다. 하지만 못 참겠는 건 바로 자신이었다. 그런 공간에서 도준과 단둘이 있을 걸 생각하면 벌써부터 심장이 터질 것처럼 과부하가 걸리는 것 같았다. 그녀는 헐떡거리는 숨을 내뱉으며 속삭이듯이 내뱉었다.

"오빠 대체 왜 이래? 나한테 왜 이러는 거냐구."

"정말 몰라서 물어?"

지그시 바라보는 도준의 눈빛이 송곳으로 찌르는 것처럼 제아의 심장에 아프게 박혔다. 그가 손을 뻗자 본능적으로 뭔가를 감지한 제아의 눈이 저절로 감겼다.

이마부터 콧날, 입술까지 그의 손끝이 부드럽게 어루만지듯 서서히 흘러내리자 저절로 얼굴이 그의 손에 닿기 위해 기울어진다. 마지막엔 얼굴이 살포시 기울어지고 그의 손바닥 안에 소담한 뺨이 담뿍 들어가 있다.

"봐. 네 몸은 날 기억하잖아. 그런데 왜 깨끗이 잊었다고 해. 사람 화나게."

제아는 사시나무 떨 듯 몸을 떨며 겨우 버티고 서 있었다.

"나를 오빠로 받아들이던지, 남자로 받아들이던지. 선택은 자유야."

그런 그녀에게 지독히도 사근사근한 음성이 스며들었다.

"너 때문에 돌아왔어."

그리고 그는 믿기지 않을 말들을 쏟아내며 아찔한 선언을 했다.

"돌아온 이상 난 절대 네 곁을 떠날 생각이 없으니까. 그러니 어떤 방식으로든 날 받아들이는 게 좋을 거야."

도준의 차가 동네 어귀에 다다를 때까지 제아는 멍한 시선으로 어두운 창밖만 응시하고 있었다. 그리고 도준도 그녀가 생각하는 시간을 방해하진 않았다.

사실 그렇게 격하게 몰아붙이려고 했던 건 아니었다. 그런데 머리부터 발끝까지 온몸으로 그의 존재를 거부하는 제아의 모습에 화가 났고, 아찔한 모습으로 한지로와 오붓한 시간을 보내려 했다는 것에 터져버렸다.

오늘의 제아는 하나부터 열까지 전부, 주체할 수 없을 만큼 미치도록 그를 자극했다. 도준 자신이 하는 사랑이 비틀어져 있다는 건 인정한다. 비틀어질 대로 비틀어져서 문제아란 여자에게 단단히 미쳐 있으니까. 손가락질 당해도 좋고 욕을 들어도 좋다. 그 정도 각오도 하지 않았으면 애초에 돌아오지도 않았을 테니까.

차에서 내려 문을 열어주자 풀 죽은 강아지처럼 얌전하게 내린 제아가 말없이 걸었다.

초록색 대문에 다다르자 드디어 걸음을 멈춘 제아가 도준에게로 돌아섰다.

10cm 힐을 신었는데도 187cm의 장신인 도준은 올려다봐야 하는 대상이었다. 아른거리는 가로등 불빛을 등진 도준의 얼굴은 표정을 가늠하기가 힘들었다.

그가 분명 그랬다. 너 때문에 돌아왔다고.

—연락을 하지 않았으니 잊었다는 건 고정관념이야.

생각해보니 틀린 말도 아니다. 옛날의 '문이준'이었을 때도, 지금의 '한도준'일 때도 그는 항상 상식에서 벗어나는 남자였으니까. 그 말이 맞다고 해도 어찌 되었든 그런 상황에서 가족을 버리고 혼자 살겠다고 떠나서 10년 동안 연락 한 통 없었다는 사실은 변하지 않는다.

한숨과 함께 제아가 그에게 속삭이듯 말을 꺼냈다.

"……천천히 좀 해."

그가 격하게 몰아붙이니 정신을 차릴 수가 없다.

"오빠 너무 저돌적이고 강압적이야. 겁이 나서 도망치고 싶을 정도로."

그 말을 마지막으로 제아는 대문 안으로 사라졌다. 그런데도 도준은 움직이지 않은 채 한참 동안 그 자리에 서 있었다. 살랑이는 밤바람에 그녀의 체취가 아련하게 실려 있다.

"10년 동안 못 봤는데 어떻게 천천히 하라고."

그럼에도 피식 웃음이 새어 나온다.

"뭐, 그래도 제아 네가 원한다면 아주 천천히 오빠 노릇부터 해주지."

긴 손가락으로 머리칼을 느릿하게 쓸어 올리며 도준은 그제야 몸을 틀었다.

넌 지금도 나에게 미쳤다고 할까

집무실에 앉은 도준은 지난 일주일을 가만히 되짚어보았다. 마지막으로 보았을 때의 제아는 분명 흔들렸었다. 그러니 천천히 다가와 달라는 말을 했겠지. 그래서 그는 일주일을 아주 참을성 있게 보냈지만 이제 한계치에 다다랐다. 기다렸다는 듯 전화와 메시지마저 씹는 건 아무리 생각해도 너무했다. 아, 메시지가 한 통 오긴 왔었다.

미안, 오빠. 나 너무 바빠.

대체 얼마나 바쁘기에 그런 일이 있었는데도 아무 일 없다는 듯 일주일을 지낼 수 있는 걸까. 도준 입장에선 이해가 되지 않았다. 때마침 노크 소리와 함께 집무실의 문이 열리면서 비서가 들어와 그에게 파일을 내밀었다.

"사장님, 부탁하신 부서별 출퇴근 내역서입니다."

도준이 원하는 건 온라인 기획부였다. 그리고 자세히 보지 않아도 가장 빨리 출근하고 가장 늦게 퇴근하는 직원 한 명이 눈에 들어왔다. 바로 제아였다. 바쁘다는 말은 정말 거짓말이 아니었던 것이다. 바빠도 너무, 그것도 미친 듯이 바빴다. 보고 있던 도준이 짜증 나서 파일을 집어 던질 정도로.

탁—.

체통이고 뭐고 신경질적으로 파일을 던져버린 도준은 집무실을 벗어났다. 그가 8층 사무실로 무섭게 돌진하고 있는 줄은 꿈에도 모르는 제아는 오늘도 김 대리와 조 과장의 요구 사항을 이행하느라 정신이 없었다.

평소 같았으면 마음속으로 욕을 한 바가지 퍼부었을 그녀였지만, 이번엔 아니었다. 그 덕에 일주일 전 도준과 있었던 일에 대해서 생각할 만한 시간적 여유가 없었으니까. 몸은 힘들어도 차라리 마음이 편한 게 좋았다. 그런데 문제는 그만큼 체력이 따라주지 않는다는 것. 일주일 내내 야근에 물류 창고까지 쫓아다니며 먼지를 먹었더니 급기야 몸에 탈이 났다.

컴퓨터의 모니터를 보고 있는데 온몸이 물먹은 솜처럼 무겁게 늘어지고, 눈꺼풀 위엔 돌덩이라도 올라가 있는지 고개가 떨어지고 말았다.

"제아 씨, 지금 자는 건가?"

"아닙니다!"

날카로운 조 과장의 음성에 화들짝 놀란 제아는 반사적으로 자리에서 벌떡 일어났다.

"회사에서 대놓고 자면 어떻게 하나? 내가 지시한 건 다 해 놓고 자는 거야?"

"죄송합니다. 빨리 해드릴게요."

그제야 자신이 졸았다는 걸 깨달은 제아는 민망함에 얼굴이 화르르, 달아올랐다. 그때 맞은편에 앉아 있던 현영이 눈을 휘둥그레 뜨면서 손가락질을 했다.

"제아야, 너…… 코피……."

무심코 얼굴 어딘가에 손을 올리자 따스한 무언가가 만져졌다. 밤을 새워 공부했을 때조차 나지 않았던 코피가 27년 만에 터진 것이다. 빨간 피를 보자 갑자기 속이 울렁거렸다.

"읍! 우우웁!"

"30분 줄 테니까 정신 좀 차리고 와. 보고서 끝나면 제아 씨 물류 센터 지원 가야 하니."

큰 선심 쓰듯이 하는 조 과장의 말도 귀에 들리지 않았다. 코를 틀어막고 달리자, 뒤에서 그마저도 마음에 들지 않는 듯 나무라는 김 대리의 말이 그녀의 발길을 잡았다.

"정말 가지가지하네. 스펙도 안 돼, 체력도 안 돼, 무슨 일을 시키기나 하겠어? 누가 보면 혼자 일 다 하는 줄 알겠어."

시선이 꽂힌 바닥에 빨간 피가 뚝뚝, 떨어지고 있었다. 성질이 나는데 그 성질을 내리눌러야 하니 코피가 더 뿜어져 나오는 기분이었다.

바보같이 눈물이 날 것 같았다. 코피에 눈물까지 보이면 정말 최악의 궁상인데. 그 모습만큼은 보이지 않으려 다시 빠르게 걸음을 옮겼지만 단단한 무언가에 얼굴이 강타당했다. 그 미약한 충격에도 뇌가 울리는 것 같아 순간 몸이 휘청이자, 누군가 그녀의 어깨를 강하게 움켜잡았다.

"문제아, 울어?"

고개만 숙여도 그의 셔츠에 이마가 닿을 만큼 가까운 거리인 만큼 제아만 들을 수 있는 그의 말이었다. 왜 하필 이때 도준이……. 눈물에 코피, 최고의 궁상 궁합을 보여버렸다.

"부딪힌 얼굴이 아파서…… 그래서."

멀쩡한 척 말하려고 하지만 이상하게 목이 메어 쉰 듯이 흘러나온다. 창피하고 부끄럽고 민망해서 쥐구멍이라도 있으면 찾아 들어가고 싶었다. 도준은 언제부터 서 있었고 또 어디서부터 지켜본 걸까.

우선 보는 눈이 많았기에 제아는 허리를 90도로 꺾어 도준에게 사과를 했다.

"사장님, 죄송합니다! 셔츠에 제 코피가…… 묻었어요."

떨어진 시야로 도준의 매끈한 구두코가 보이는 순간 갑자기 숙이고 있던 상체가 획 들렸다. 제아의 어깨를 단단히 잡은 그가 사무실을 향해 돌려세운 것이다. 도준의 손에 이리저리 움직이는 꼭두각시가 된 제아에게 호기심 어린 눈빛들이 쏠렸다.

"코피까지 흘릴 만큼 열성적으로 일하는 직원이 이 회사에 있을 줄은 몰랐군요."

뒤통수 뒤에서 단단히 힘이 들어간 도준의 음성이 나직하게 사무실을 울렸다. 갑작스러운 상황 전개에 모두 놀란 눈치였지만 가장 놀란 건 코피가 터진 제아였다. 그런데 이어지는 도준의 말은 그녀를 더 민망하게 만들었다.

"열성적인 문제아 직원에게 모두 박수."

쥐 죽은 듯 적막했던 사무실 안이 순식간에 박수 소리로 가득 찼다. 코피를 줄줄 흘리며 박수를 받게 될 줄이야. 얼떨떨하게 서 있는 제아에게 도준이 손수건을 내밀었다.

"손수건은 다시 주지 않아도 됩니다."

가늘게 떨리는 손이 머뭇거리며 손수건을 쥐자, 도준의 가슴이 욱신 아려왔다. 어렸을 적에 제아가 지나치게 기어올라도, 혹은 어떤 짓을 하더라도 그는 단 한 번도 그녀에게 뭐라 한 적이 없었다. 너무 소중하고 또 소중해서. 보기만 해도 가슴이 벅차고 마음이 아파서. 그런데, 감히 나의 제아를.

"감사……합니다."

도망치듯 사무실을 빠져나가는 제아의 가녀린 실루엣을 확인하고 나서야 돌아선 도준의 싸늘한 눈빛이 사무실을 훑었다. 사장의 기분이 좋지 않음을 눈치챈 사무실 직원들은 슬금슬금 책상에 얼굴을 처박았다. 취임한 이후 임원진들을 쥐 잡듯이 잡았다는 새로운 사장은 그래도 직원들에겐 너그러웠는데 오늘은 그마저 아닌 듯싶었다.

냉기 어린 시선의 마지막 종착점은 바로 온라인 기획부였다. 직원들이 숨을 제대로 쉬든 말든 도준은 온라인 기획부를 향해, 정확히는 김 대리를 향해 걸음을 옮겼다. 쥐 죽은 듯 조용한 사무실 안, 도준의 구두 굽 소리가 느릿하게 울리면서 긴장감을 고조시켰다.

"김 대리."

감히 겁도 없이.

"이름이 어떻게 되지?"

나의 제아를 괴롭힌 네 이름 말이야.

"기, 김연숙입니다!"

여자의 심장을 툭툭 건드리는 나직한 도준의 음성에 김 대리의 심장이 테러라도 당한 듯 세차게 쿵쾅거렸다. 그 매혹적인 음성에 자신의 회사 생명을 잘라버릴 칼날이 숨어 있는지도 모른 채 말이다.

"2시간 후에 분기별 헤라 판매 실적, 재고까지 정확히 파악해서 사장실로 보고하세요. 단, 본인이 직접 작성하도록."

"제가…… 다요?"

"그럼 나한테 올리는 보고서를 설마 말단 직원한테 시킬 셈인가?"

"아닙니다!"

"조 과장도 같이 오세요."

"저는 왜?"

너도 나의 제아를 괴롭히는 데 한몫 단단히 했으니까. 도준의 싸늘한 눈빛에 조 과장은 얼른 고개를 조아렸다.

"알겠습니다!"

"정확히 2시간 후입니다."

정확히 2시간 후, 제아가 당한 만큼 제대로 짓밟아줄 테니까.

사무실을 나온 도준은 잠시 걸음을 멈추고 생각에 잠겼다. 제아가 어디로 갔을까. 회사를 벗어나진 않았을 텐데. 딱 떠오르는 게 바로 비상계단이었다. 출입문을 열고 계단을 오르고 또 올랐다. 제아가 보이지 않는데도 도준은 계단을 오르는 걸 멈추지 않았다. 그렇게 거의 옥상에 다다를 때까지 올라가자 그제야 제아가 보였다. 그가 준 손수건을 손에 꼭 쥔 채 벽에 머리를 기대고 꾸벅꾸벅 졸고 있었다.

　"하아."

　도준의 입술 사이로 새어 나온 무거운 한숨이 비상 계단을 묵직하게 내리눌렀다. 제아가 회사에서 어떻게 지내는지는 대충 보고 받았지만 이 정도일 줄은 몰랐다. 아니, 두 눈으로 직접 목격하니 더 분노가 치밀었다. 이렇게 지내고 있을 줄 알았다면, 어떻게든 더 시간을 단축해서 돌아왔을 텐데. 그녀가 왜 그렇게 원망하고 미워했는지 이해가 되었다. 고통스럽고 힘들수록 더 원망하고 미워했을 것이다. 홀로 남겨놓고 떠나버린 도준 자신을. 도준은 곤히 잠이 든 제아의 얼굴을 바라보며 다정한 손길로 흐트러진 머리칼을 넘겨주었다.

　"보고 싶었다."

　클럽에서 제아를 처음 본 순간 가장 하고 싶었던 말이었다. 그 손길을 느낀 걸까. 제아는 잠결에 그의 손으로 얼굴을 기울여왔다.

"문제아."

그 부름에 응답이라도 하듯 제아가 미간을 좁히며 작게 웅얼거린다.

"오빠…… 이준 오빠."

그 중얼거림에 심장이 뜨겁게 데워지는 순간…….

"우린…… 미쳤던 거야. 그러니까 제발…… 제발 이러지마…… 오빠."

흐느끼는 듯 새어 나오는 신음에 도준의 얼굴이 이내 차갑게 굳었다. 잔뜩 좁아진 새하얀 미간, 꼭 감긴 눈꺼풀마저 바르르 떨며 흐느끼는 제아는 아마도 꿈속 어딘가를 헤매고 있는 듯했다. 그런 제아를 가만히 바라보는 도준의 눈빛이 음울하게 가라앉았다. 제아가 지금 어떤 꿈을 꾸고 있는지 알기에.

추억이라면 추억일지도, 악몽이라면 악몽일지도 모르는 너와 나의 첫 키스.

우르르쾅쾅—!

그날은 하늘을 쪼개버릴 듯 천둥이 쳤고, 온 세상을 쓸어버릴 듯 세찬 비가 쏟아졌다. 이준은 온몸이 젖고 흙바닥에 질척이는 느낌이 불쾌한데도 무서운 기세로 산을 올라갔다. 그리고 마침내 도착한 둘만의 아지트인 아주 작은 오두막. 비 냄새와 산 냄새가 뒤섞인 퀴퀴한 오두막 특유의 냄새가 그의 코를 찌르듯이 공격해왔지만 오두막 안으로 발을 들이는 이준의 걸음은 망설임이 없었다.

"이준이 네가 어떻게 감히 제아한테 그런 짓을 해? 우리가 널 어떻게 키웠는데!"

그를 친자식처럼 애지중지 키워주셨던 고마우신 분들은 단단히 오해를 했다.

"오해입니다. 전 제아에게 키스하지 않았어요."

진실을 말해보지만 그에게 돌아온 건…….

짝─!

날카로운 윤영의 손찌검, 그리고 지금까지 한 번도 꺼내 보인 적 없던 속마음이었다.

"은혜도 모르는 배은망덕한 놈 같으니라고!"

불과 1시간 전에 있었던 일을 떠올리자 그의 주먹에 불끈 힘이 들어갔다.

톡, 톡톡톡, 톡, 톡톡톡, 톡, 톡톡톡.

그때 조심스럽게 고막을 두드리는 소리가 그를 다시 현실로 끄집어냈다. 그는 감았던 눈을 뜨고 오두막의 문을 응시했다.

"열려라, 참깨."

암호 소리가 속삭이듯이 축축한 내부로 번지며 오두막의 문이 열렸다. 가늘게 뜬 그의 시야를 서서히 물들이는 존재는 바로 비에 흠뻑 젖은 모습으로 서 있는 제아였다.

"이준 오빠."

작은 속삭임과 함께 그녀가 이준의 품 안으로 파고들었다. 나의 소녀, 문제아. 이준은 무릎 위에 살포시 앉아 있는 제아를 품에 끌어안으며 새하얀 목덜미에 얼굴을 파묻었다.

이제야 살 것 같다. 그렇게 얼마나 안고 있었는지 모른다.

쏴아아아—.

모든 걸 쓸어버릴 듯 세차게 쏟아지는 빗소리가 이준의 이성마저도 조금씩 벗겨 내리기 시작했다.

품 안에 담뿍 들어오는 동생의 가녀린 몸이 격렬하게 의식되었다. 몸에 와닿는 제아의 살결은 매끄러웠고 달콤한 복숭아 향은 치명적일 정도로 아찔했다. 내리간 긴 속눈썹은 매혹적이었고 간간이 쌔근쌔근 토해내는 숨소리에 몸이 움찔움찔 반응을 했다.

"오빠 혼자 잘못한 거 아닌데. 같이 잘못한 거잖아. 그런데 오빠만 혼나게 해서 미안해. 조금만 기다리면 엄마 아빠 화나신 거 곧 가라앉을 테니까 오빠가 조금만 기다려줘."

"우린 키스하지 않았어."

이준은 다시 한 번 서로가 알고 있는 진실을 말했다.

"부모님이 보셨을 땐 우리가 키스한 것처럼 보였을 거야. 그리고 지금 우리 가족, 너무 힘든 상황이잖아. 그러니까 다신 그러지 않겠다고, 잘못했다고 가서 말하자. 응?"

"잘못한 거, 없어."

이준은 단호하게 말했다. 버릇처럼 서로의 이마를 마주한 채 눈을 감고 있었을 뿐인데. 멀리서 본 윤영의 눈엔 그들이 키스를 한 것처럼 보였나 보다. 그런데 이젠 이준의 소녀마저 잘못이라고 한다. 비에 홀딱 젖은 가녀린 몸을 덜덜 떨면서, 아른거리는 촛불에 은밀한 소녀의 몸을 드러내면서, 남자의 본능을 자극하는 커다란 고양이 눈으로 애처롭게 바라보면서. 그 모습에 한 가닥 잡고 있던 이성의 끈이 툭, 하고 끊어지며 지금까지 꾹꾹 눌러놓았던 본능이 터져 나왔다.

"우리가 잘못한 거야. 그러니까……."

이글거리는 눈빛을 한 이준의 긴 손가락이 제아의 가녀린 뒷목을 순식간에 타고 올라 거머쥐었다.

"오……빠?"

아무것도 모르는 순진무구한 눈빛, 청초한 입술을 눈에 담으며 이준은 천천히 입술을 내렸다. 천천히 내려온 이준의 입술이 제아의 도톰한 입술을 성급하게 머금었다. 그로서도 키스는 처음이었다. 어리숙하고 서툴렀지만 참을성 있게 꾹 다물린 입술을 어르고 달래봤지만 제아는 고집스러웠다. 입술을 떼지 않은 채 이준이 허스키하게 속삭였다.

"키스하려면, 입을 벌려야지."

적나라한 표현에 놀란 제아의 입술이 벌어지는 순간, 그 틈을 놓치지 않고 파고들었다. 뜨겁고 뭉클거리는 혀가 단번에 숨어 있는 혀를 찾아내 옭아맸고 빨아들였다. 시작은 서투르지만 빠르게 터득한 키스, 어느새 이준은 능숙해졌다. 단맛이 나는 제아의 입 안에서 능숙하게 혀를 놀리며 침범했다가 끌어당기고 머금었다가 뱉어냈다. 벗어나려고 버둥거리는 제아의 몸을 더 세차게 움켜잡아 품으로 끌어당겼다. 당장이라도 텁텁한 물기를 머금은 오두막의 바닥에 제아를 눕히고 싶었다. 그로 인해 달뜬 숨을 토해내는 제아의 얼굴을 내려다보고 싶었다. 하지만 가까스로 폭발한 욕망을 내리누른 이준은 입술을 뗐다.

"이게 진짜 키스야."

"무, 무슨 짓이야?"

터져버린 욕망으로 짙게 변해버린 눈동자를 멍하니 응시하던 제아는 뒤늦게 손등으로 입술을 닦아내며 도망치려 했지만 다시 이준의 품 안에 갇히고 말았다.

"문제아, 널 사랑해."

이준은 단 한 번도 내비친 적 없던 절절한 진심을 드디어 꺼내보였다.

"오빠 미쳤어. 미치지 않고서야 어떻게!"

하지만 결국 돌아온 건 미쳤다는 말이었다.

쓸쓸함이 이준의 심장을 물들였지만 사실 틀린 말도 아니라는 생각이 들었다.

"난 너에게 미쳐 있어. 너도 나한테 미쳐 있잖아."

"……!"

"말해봐. 내가 널 사랑하는 것처럼, 너도 날 사랑하잖아."

"난, 나는…….."

제아는 대답을 할 수 없었다. 이 감정을 어떻게 표현해야 할까. 단 한 번도 남자로 의식한 적 없지만 그렇다고 순수하게 이준을 오빠로 품은 건 아니었다. 그냥 이준이라서 좋았고 설레고 갖고 싶었다. 그게 사랑인 걸까? 남자와 여자의? 모르겠다. 제아는 혼란스러운 눈으로 이준을 올려다보았다. 비에 젖은 이준은 여전히 아찔할 만큼 근사하고 멋있었다. 짙은 속눈썹을 파르르 떨며 그의 옷깃을 붙잡는 순간, '끼이익' 음산한 소리를 내며 오두막이 천천히 입을 벌렸다. 그리고 귀신이라도 본 듯 창백한 얼굴로 서 있는 윤식이 보였다.

"아빠!"

사라졌던 이성이 돌아오자 제아는 튕기듯이 이준의 품에서 벗어났다.

"우린 잠시 미쳤던 거야. 그러니까 제발, 제발 이러지 마……오빠."

망연자실한 표정으로 바라보는 이준을 남겨둔 채, 제아는 오두막을 뛰쳐나갔다.

10년 전의 기억은 작은 것 하나까지도 남김없이 그의 가슴에 아프게 박혀 있었다. 그때를 떠올리는 도준의 잘생긴 입꼬리는 한쪽만 묘하게 비틀렸다.

흐느끼듯 헐떡이는 숨결을 계속 토해내는 제아의 꿈을 멈추게 해야 한다. 그 이후의 기억은 도준 자신이 생각해도 최악의 악몽이었으니까. 그 악몽은 한번으로 충분했다. 반복할수록 둘 사이에 쌓이는 건 원망과 상처뿐일 테니.

"문제아, 안아줄까."

어린 시절, 서로가 무서운 꿈을 꿀 때마다 안아주었던 그때처럼.

"으음……."

잠결에 흘러나온 제아의 콧소리. 지금만큼은 원하는 대로 해석하기로 했다.

대답, 들었으니까. 품으로 끌어당기자 따스한 체온에 이끌렸는지 기다렸다는 듯 제아가 품으로 파고들었다. 그리고 서서히 잦아드는 흐느낌.

"내가 여전히 너에게 미쳐 있다고 하면."

"……."

"넌 지금도, 나에게 미쳤다고 할까."

"……."

"내가 여전히 널 사랑한다고 해도."

제아는 절대 들을 수 없는 독백과도 같은 고백을 한 도준은 이제 그만 사라져줘야 할 때였다.

잠에서 깨어난 제아는 화들짝 놀랐다. 첫째는 30분만 잔다는 게 한 시간을 자버린 것 때문이었고, 두 번째는 제 어깨 위에 있는 도준의 재킷 때문이었다.

늦게 왔다고 깨질 걸 각오하고 사무실로 갔지만 어느 누구 하나 그녀를 나무라는 사람이 없었다. 오히려 이렇게 바빠 보이는 사무실 분위기는 처음이었다.

"나 지금 혜라 브랜드 정리해서 사장실에 보고 올리고 다음 주 중으로 재고도 반 이상 소진해야 해. 그러니까 제아 씨가 나 대신에 GK몰에서 진행할 기획 좀 대신 진행해줘. 지금까지 잘 알려줬으니, 혼자 할 수 있지?"

김 대리가 쳐다보지도 않고 한 말에 제아는 잠시 머릿속이 멍해졌다. 하지만 잠깐 멈추었던 머리는 이내 빠르게 회전하기 시작했다. 어떻게 보면 절호의 기회일지도 모른다. 그 생각이 드는 순간 차곡차곡 기획을 준비했다. 현영에게 도움도 받고 밤을 지새우며 온 정성을 쏟았다. 드디어 GK몰에서 진행하는 기획전이 오픈하기 3일 전, 재고 관리 시스템에 접속한 순간 제아는 두 눈을 의심했다. GK몰에서 진행하려고 했던 기획 상품의 수량이 현저하게 줄어 있었던 것이다.

[이 대리가 기획 같이 진행한다고 제아 씨가 물류에서 수량 확인한 상품 물어봐서 알려줬지. 배송도 내가 제아 씨 첫 기획이라고 해서 얼마나 신경 써줬는데.]

물류 센터 박 과장과의 통화를 끝낸 제아의 손이 부들부들 떨렸다. 온몸이 쑤시도록 물류 센터에서 밤을 새우며 홈쇼핑 팀에 사정사정해가면서 기를 쓰고 확보해놓은 물량이었다. 지금 당장이라도 기획전을 내려달라고 애타게 사정했지만 이 대리는 요지부동이었다. 그녀는 발을 동동 구르며 팀장에게 호소까지 했다.

"어차피 부서 매출로 올라가는데 누가 어디서 파는 게 뭐 그리 중요하다고 이 난리야? 부서가 잘되어야 성과도 좋은 거지! 혼자 잘해보겠다는 제아 씨가 너무 이기주의적이라는 생각은 안 하나? 이래서 제대로 된 4년제 대학 나온 인재들을 뽑는 거라고. 덜 배워서 그런지 인성 교육도 엉망이고 공동체 의식이 없어!"

이 대리가 팀장의 조카라고 하더니. 박 팀장의 말에 이 대리는 득의양양한 표정을 지었고 오로지 현영만이 안쓰러운 눈빛으로 바라볼 뿐이었다.

"대체 일을 왜 이따위로 하는 거야? 난 모르니까 이번 일 제아 씨 혼자 수습해!"

사수인 김 대리마저도 나 몰라라 발을 빼버렸다. 결국 외근을 핑계로 사무실을 박차고 나온 제아는 아지트로 향했다. 입사 당시 힘이 들거나 서러울 때마다 남몰래 숨어서 울었던 그곳으로. 잘 꾸며진 옥상의 테라스 입구가 아닌 녹이 슨 작은 쪽문을 열고 좁은 공간을 통과하자마자 눈에서 참고 있던 뜨거운 눈물이 솟구쳐 올랐다.

더럽고 치사해서 때려치운다는 말이 목구멍까지 치밀어 올랐지만, 참을 수밖에 없었다. 덜 배워서 인성 교육이 덜 된 거면, 더 배운 너희들은 왜 그렇게 깔아뭉개지 못해서 난리인데! 더 배웠으면서 남의 것을 채가는 게 나쁘다는 건 왜 모르는 건데!

얼마나 울었을까, 콧속으로 스며드는 희미한 담배 냄새에 그녀는 파묻고 있던 얼굴을 서서히 들었다. 뿌옇게 흐려진 시야 속으로 도준이 보였다. 매끈할 정도로 길게 빠진 섬세한 그의 손가락 사이엔 새하얀 담배가 들려 있었다.

괜히 잘못도 없는 도준에게 제아는 툭 쏘아붙였다.

"아무것도 묻지 마."

도준은 대답 대신 담배를 끄고 제아를 빤히 바라보았다. 얼마나 울었는지 눈이 새빨갛다. 그럼에도 악착같이 눈을 부릅뜨고 괜찮은 척하는 제아의 모습이 그의 가슴을 더 아프게 만들었다. 네가 울면, 나는 가슴이 아파. 하지만 널 위해서 난 모른 척해줘야겠지.

도준의 차가운 포커페이스는 흔들림이 없었지만 손가락 사이에 있던 가는 몸통의 담배는 무참히 두 동강이 나버렸다.

"하늘이 맑아. 그렇지?"

그의 말은 생뚱맞았지만 주제를 돌리는 데는 성공했다. 그녀도 덩달아 하늘을 올려다보았으니까. 그렇게 한참 동안 두 사람은 서로의 곁을 지키면서 하늘만 바라보았다. 희미해져가는 담배 향기 속에 섞인 그의 청량한 향에 들썩이던 억울함이 조금씩 가라앉는 기분이었다. 아무것도 묻지 않고 옆에 있어주는 그가 위로가 되고 힘이 되었다. 그 옛날처럼. 그리고 바보같이 또 기대고 싶어진다. 이러면 안 되는데.

"왜 그렇게…… 쳐다봐?"

매끈한 그의 손끝이 눈가로 가까워지자, 제아는 본능적으로 눈을 감았다 떴다.

"눈물 한 방울도 흘리지 마."

다정하게 눈물을 훔치는 그 손길에 심장이 흔들렸다.

"나 외근 나가야 돼서 먼저 일어날게!"

도망치듯 제아가 입구로 사라진 후, 도준은 손가락 끝에 남아 있는 희미한 눈물의 흔적을 다시 천천히 느끼며 휴대 전화 메시지를 확인했다.

"공동체 의식이 부족하고 이기주의적인데다 덜 배우기까지 한 문제아……라."

곧 있을 대대적인 인사 조정 명단엔 간부급들밖에 없었지만, 방금 몇 명이 더 추가되었다.

"박경훈 팀장, 이유나 대리, 김연숙 대리, 조현민 과장."

제아가 떠난 후에도 희미한 복숭아 향은 좁은 공간 곳곳에 배어 있었다. 코끝을 희미하게 감도는 은은한 복숭아 향. 촉촉이 젖어 있던 눈망울과 입술. 그 유혹에 도준은 또다시 담배가 당긴다. 결국 담배를 한 개비 꺼내서 입에 물었다.

"우는 건 오늘이 마지막일 거야, 문제아. 내가 두고 보진 않을 테니까."

구름 한 점 없이 맑은 가을 하늘을 바라보는 그의 입에서 나직하게 흘러나온 중얼거림이었다.

싸늘한 표정의 GK몰 MD 앞에서 쩔쩔맨 지 20여 분이 흘렀을 때, 제아를 살리는 한 통의 전화가 걸려왔다. 정식 론칭을 한 달 앞둔 신규 브랜드를 한정 수량으로 온라인에 판매해보라는 상부의 지시가 급하게 내려왔다고 했다.

아무리 인기 상품이라도 며칠 만에 새치기를 해서 기획전을 꿰찰 수는 없는 노릇. 3일 남은 기획전이 펑크 나게 생겼던 그녀에게는 황금 같은 기회였다. 이번 주 내내 야근 확정이지만 이런들 어떠하고 저런들 어떠하리! 도준이 뒤에서 손을 썼을 거라곤 꿈에도 모르는 제아는 회사로 돌아오자마자 기획전 수정에 들어갔다. 얼마나 열성적으로 일을 했는지 넓은 사무실 안에 혼자 덩그러니 남은지도 몰랐다. 벽시계를 확인하니 밤 9시가 넘어가고 있었다.

"내일까지는 수정한 기획안을 넘겨야 하는데…… 휴."

머리가 꽉 막힐 때면 달달한 게 들어가야 제 맛. 그녀는 서랍 안에서 복숭아 사탕을 꺼내 입 안에 쏙, 넣었다. 달달한 복숭아 사탕으로 잔뜩 굳은 손끝을 푼 후에 다시 열심히 키보드를 두드리던 그녀의 뒤에서 익숙한 음성이 들려왔다.

"배달 왔습니다!"

돌아보자 손에 들린 쇼핑백을 들어 보이며 씩 웃고 있는 지로가 보였다.

"한지로? 네가 여기 웬일이야?"

"너 저녁도 안 먹고 일할 거 아냐. 이 오빠가 야식 들고 오셨다."

"야근하는 건 어떻게 알았고?"

"네가 하도 전화를 안 받아서 집에다 전화했지. 성질도 지랄 맞아서 저녁도 안 먹고 일할 거라고 어머니가 걱정하시는데 내가 안 올 수가 있나?"

"성격 지랄 맞은 건 너도 만만치 않거든요?"

"그럼 우리 제아 또 옛날처럼 앞뒤 평면 될까 봐 겁나서 달려왔다면 믿을래?"

"야아!"

화끈 달아오른 얼굴로 꽥 소리를 지르자, 지로는 씩 웃더니 손을 뻗어 제아의 머리를 부드럽게 쓰다듬었다.

"걱정 마. 앞뒤 평면 돼도 오빠가 데리고 살아줄 테니까."

"뭐래, 됐거든?"

능청맞은 지로를 상대하면 끝도 없기에 다시 컴퓨터로 몸을 돌리는데 지로가 갑자기 코를 킁킁거리며 바짝 다가왔다.

"그런데 어디서 이렇게 달달 향긋한 냄새가 나지? 입술인가?"

그러더니 갑자기 얼굴을 불쑥 들이밀었다. 키스라도 할 것처럼 다가온 지로의 표정은 장난스러웠지만 날카로운 눈매만큼은 진지했다.

"한지로 너, 얼굴 안 치워?"

"내가 이렇게 하니까 심장 떨리지?"

"웃기네. 나 하나도 안 떨……."

그때 지로가 제아의 손을 잡아 제 심장 부근으로 가져갔다.

"나는 떨리는데."

"……!"

"그래서 너도 떨렸으면 좋겠는데."

순간, 침묵이 찾아왔다. 얼굴을 가까이 마주한 채 제아는 천천히 시선을 떨어뜨렸다. 날카로운 눈매만큼이나 날카롭게 솟은 콧대와 콧날, 선이 또렷한 잘생긴 입술. 지로에게서 풋풋한 스킨 향이 나는 것 같기도 했다.

한지로도 정말 잘생겼구나. 차라리 심장이 뛰었으면, 미친 듯이 뛰었으면……. 하지만 뛰기는커녕 점점 더 차분하게 가라앉는 심장 박동. 피하지 않는 제아의 모습에 용기를 얻었는지 조금 더 가까워진 입술과 숨결은 조심스러운 떨림을 품고 있었다. 뒤늦게 지로가 뭘 하려는지 깨달은 제아가 몸을 뒤로 바짝 빼보았지만 소용없었다. 이게 이제 보자보자 하니까!

"너 조금만 더 다가오……."

그때 사무실 입구의 벽에 느긋하게 몸을 기댄 채, 관전하듯 그들을 지켜보고 있는 도준을 발견했다. 도대체 언제부터 있었던 걸까. 그의 등장에 놀란 제아는 잡힌 손목 대신 발을 들어 지로의 배를 발로 뻥 차버렸다. 갑작스러운 공격에 놀란 지로는 제아의 손을 잡고 있던 손으로 배를 움켜잡았다.

"윽! 힐 신고 배를 차면 어떻게 하나? 무서운 계집애!"

"이번 장난은 좀 짓궂었어, 한지로."

입술은 웃었지만 불안함을 감추지 못한 제아의 목소리는 눈빛처럼 떨리고 있었다.

그런 제아를 잠시 올려다본 지로가 갑자기 머리를 긁적이며 머쓱한 미소를 지었다.

"복숭아 향이 너무 좋아서 그냥 장난쳐봤지."

홀린 듯 어딘가를 보던 제아는 갑자기 서랍 안에서 복숭아 사탕을 한 개 꺼내 지로의 입 안으로 쏙 넣어주었다.

"도시락은 꼭 다 먹을 테니까, 오늘은 그냥 가줄래? 나 오늘 늦게 끝날 것 같거든."

뭐라고 하기도 전에 제아는 이미 자리에서 일어나 사무실 입구로 향하고 있었다. 실망감에 지로의 고개가 푹 숙여지던 그때…….

"한지로!"

고개를 들자 제아가 도시락이 담긴 쇼핑백을 지로의 손에서 낚아채 번쩍 들어 올리더니 윙크를 찡긋 날렸다.

"잘 먹을게. 역시 너밖에 없어!"

그 미소 하나에 서운했던 것들이, 씁쓸했던 모든 것들이 눈 녹듯이 스르륵 녹아버렸다. 그래서 지로는 또다시 제아 바보가 되어버렸다.

지로를 보내자마자 10층 로비로 향한 제아는 창가에 서 있는 도준의 유려한 뒷모습을 잠시 바라보았다. 왜 이렇게 긴장이 되는지, 땀에 젖은 손을 치마에 쓱 문댄 후에야 제아는 조심히 도준을 불렀다.

"오빠."

서서히 돌아선 도준의 짙은 눈동자가 제아의 눈을 사정없이 파고들었다.

"얼굴을 보아하니 반기지 않는 기색이군."

도준의 음성은 이해할 수 없을 정도로 퉁명스러웠다. 원래도 그런 말투였지만, 지금은 유난히 심하다고 해야 할까. 제아는 가만히 그의 눈을 바라보았다. 지은 죄도 없는데 괜히 죄지은 것 같은 느낌을 갖게 하는, 지금 도준의 눈빛이 딱 그런 눈빛이었다. 내가 뭘 잘못한 게 있나? 하지만 아무리 생각해봐도 잘못한 건 없었다.

"내가 방해했나 보지?"

무슨 말이냐는 듯 제아는 눈을 동그랗게 떴다.

"한지로와의 키스."

"뭐어?"

너무 기가 막혀서 말도 나오지 않았다. 하지만 도준의 위치에서 봤을 때는 오해를 할 수도 있겠다는 생각이 들었다.

"지로가 복숭아 사탕 냄새 난다고 어디서 나냐고 냄새 맡은 것뿐이야. 키스하려던 건 절대 아니었어."

그녀는 왜 자신이 도준에게 이런 변명을 해야 하는지 도저히 이유를 몰랐다. 그런데도 꼭 해야만 하는 이 기분은 또 뭔지.

"키스할 듯 남자가 다가가는데도, 넌 피하지 않았고."

씹어뱉듯이 말을 내뱉는 도준의 눈빛이 너무도 냉랭해서 제아는 온몸에 소름이 오소소 돋아났다. 눈빛만으로 저렇게 폭발적인 감정을 드러낼 수 있다는 게 대단하기도 했다.

"남자이기 이전에 가장 친한 친구야. 지연이 같은 친구. 10년 동안 한결같은 모습으로 내 옆을 지켜준 남자 사람 친구 한지로. 그건 오빠도 잘 알지 않아?"

제아는 일부러 '10년'이란 말에 힘을 주었다.

'오빠가 날 버린 10년간, 한지로는 곁에 있어 줬어.'

도준이 그 메시지를 알아듣길 바라며 말이다. 타는 듯한 시선을 거두며 그가 제아에게 USB를 내밀었다.

"웬 USB?"

"모나무흐 마케팅 관련 기획안과 자료들이야. 참고하라고. 그 안의 자료들, 다 파악해놓는 게 좋을 거야. 이후에도 꽤 유용하게 쓰일 테니."

이후에도, 꽤, 유용하게? 도준의 말이 이해가 되지 않아 제아는 잠시 고개를 갸웃거렸다.

"집까지 데려다줄게."

"나 아직 일이 덜 끝났어. 그러니까 오빠 먼저……."

갑자기 도준이 손을 내밀었다.

"지금 퇴근 안 할 거면 그 USB 도로 내놓던지."

치사하게 줬다 뺏겠다는 것이다. 하지만 도준의 철두철미한 성격상 이 USB가 그녀에게 요긴하게 도움이 될 거라는 건 명백했기에 절대 빼앗길 수 없었다.

"가방 챙겨서 나올 테니까 기다려."

도준의 차가 동네 입구에 다다랐을 때 제아는 그의 옆에서 쌔근쌔근 잠이 들어 있었다. 피곤하지 않다고 큰소리치더니 곯아떨어져버린 제아를 도준은 말없이 기다려주었다. 자고 있는 제아를 실컷 볼 수 있다는 것만으로도 행복했으니까. 어둠에 가라앉은 차 내부는 제아의 향기로 가득 찼고 쌔근거리며 토해내는 숨결로 잔잔하게 진동했다. 그 모든 것들이 좋았다. 이대로 밤을 새우고 싶다는 욕심이 들 때쯤 제아가 반짝 눈을 떴다. 그러고는 편하게 뒤로 눕혀진 조수석의 등받이를 세우더니 허둥지둥했다.

"세상에! 나 얼마나 잔 거야? 도착했으면 깨우지 그랬어!"

"너무 곤히 자니까."

그냥 널 보는 게 좋아서.

애타는 마음을 알 리 없는 제아는 따라 내리는 도준에게 손사래를 쳤다.

"혼자 갈 수 있어. 그러니까 오빠 그냥 가."

"밤길은 위험해."

"이 동네에서 20년 넘게 살았거든? 우리 동네 조금도 안 위험해. 그건 오빠도 잘……."

"세상에 변하지 않는 건 없어."

결국 제아는 그와 어깨를 나란히 하고 잿빛 어둠으로 가라앉은 동네를 말없이 걸었다. 집 대문이 보이는 골목길에 다다르자 제아는 걸음을 멈추고 도준에게 몸을 틀었다.

"여기서부턴 혼자 갈게. 설마, 이 길도 위험하다고 할 건 아니지?"

"……그러든지."

희미한 가로등 빛에 물든 도준을 본 순간 깨달았다. 다시 만난 순간부터 항상 그에게 도움만 받았다는 걸. 난 아무것도 해준 게 없는데. 지금 줄 수 있는 것도 복숭아 사탕뿐이고.

"피곤할 때는 달달한 게 최고거든. 먹을래?"

그런데 도준은 그 사탕을 받지 않고 가만히 내려다보았다. 아직도 단걸 싫어하나? 민망한 손을 거두려는 순간 도준이 사탕을 집어갔다. 그러곤 사탕을 까서 제 입이 아닌 제아의 입에 쏙 넣어주었다. 얼떨결에 침입해 들어온 사탕을 쪽쪽 빨긴 했지만 기분이 썩 좋진 않았다. 먹기 싫으면 그냥 거절하면 될 것을.

"출장 잘 갔다 와."

제아가 서운함에 툭 쏘아붙이며 돌아서자마자 도준의 팔이 그녀의 허리를 감싸 끌어당겼다. 키스할 듯 내려오는 그의 입술에 그녀의 심장은 미친 듯이 쿵쾅거렸다.

"……!"

순식간에 훅 치고 들어온 도준의 얼굴에 놀라 몸을 뒤로 빼 봤지만 그의 팔이 허리를 단단히 감고 있었다. 훅 치고 들어오는 그의 향에, 아찔한 얼굴에, 적나라하게 느껴지는 단단한 몸에 그녀의 심장이 널뛰기 하듯이 뛰기 시작했다.

"왜, 왜 이래?"

당황스러움에 바보같이 말까지 더듬는 제아에게 보란 듯이 도준이 느릿하게 상체를 숙여왔다. 그가 상체를 기울일수록 묘기 부리듯이 제아의 등이 휘어졌다. 하지만 휘어지는 데에도 한계가 있었다.

"그만! 그만 다가와!"

도준의 가슴을 양손으로 밀어내는 바람에 그가 멈추었고, 둘 사이의 아슬한 거리가 유지되었다.

"정말 복숭아 향이 나는군."

핑크빛 입술 사이로 가쁘게 새어 나오는 숨결에도 달달한 복숭아 향이 어려 있었다. 감히, 이 거리까지 한지로를 허락했다 이거지? 어둠 속, 도준의 적갈색 눈동자가 지독한 소유욕에 이글이글 타올랐다. 품속에 갇혀 바르르 떨리는 제아의 속눈썹을 내려다보고 있으니 씁쓸함이 물밀듯이 밀려왔다.

제아 넌 왜 나만 이렇게 거부하는 거지? 왜 이렇게 경계하는 거지?

"놔줘! 대체 왜 이러는 거야?"

질투심에 몸부림치는 나를 보고서도, 정말 몰라서 묻는 건가.

"문제아, 나야말로 묻고 싶어."

한지로는 되는데, 나는 안 되는 이유.

"한지로는 피하지 않으면서."

미치도록 자존심이 상해. 그래서 화가 나.

"오빠인 나는 질색하며 피하는 이유 말이야."

제아는 둔탁한 무언가로 뒤통수를 세차게 얻어맞은 느낌이었다. 내가 지로는 피하지 않고 오빠는…… 피한다고? 그녀는 미약하게 고개를 가로저으며 부정하려 했다.

"난 그런 적이 없……!"

하지만 차마 말을 이을 수 없었다. 가로등 불빛에 아스라하게 물든 그의 얼굴이 아찔하게 눈을 파고들고 심장을 뒤흔들었다. 두근두근, 세차게 뛰기 시작하는 심장 소리가 귓가를 울렸다. 바짝 밀착된 서로의 하체, 얇은 치마를 뚫고 단단한 그의 허벅지가 적나라하게 느껴지자 폭발할 것처럼 부풀어 오른 심장 때문에 가슴이 아플 정도였다. 낯선 그 통증에 제아가 인상을 썼다.

이러니까 피할 수밖에 없잖아. 심장이…… 터질 것 같아!

그걸 알 리 없는 도준의 눈엔 제아가 짜증나서 인상을 쓴 걸로 보일 뿐이었다.

"대답하는 게 좋을 거야. 그 전엔 놔줄 생각이 없으니까."

도준은 지금 질투심에 눈이 먼 포악한 야수로 변해버리려는 걸 가까스로 참고 있었다. 격하게 오르락내리락하는 제아의 가슴을 보며 도준이 중얼거렸다.

"심장이, 격하게 뛰는군."

그 말에 제아는 정신이 번쩍 들었다.

"다, 당연한 거 아니야? 오빠가 너무 바짝 끌어안아서 숨 쉬기가 힘들단 말이야!"

"……뛰나?"

"……뭐라구?"

"한지로였어도 심장이 이렇게 뛰냐고."

그 말과 동시에 도준이 허리에 단단히 감았던 팔을 풀어주었다. 대답은 없었다. 어둠 속에서도 선연하게 파고드는 그의 눈빛에 온몸이 불타오르는 느낌이 들어 제아는 도망치듯 대문 안으로 숨어들었다.

Episode 4

난 너 아니면 안 돼

그날 이후 도준은 해외 출장을 떠났고, 그 덕에 제아는 겉으로 보기엔 나름대로 평화로운 나날을 보내고 있었다. 그러나 오랜만에 칼퇴근을 해서 만난 중학교 동창들 사이에서 불판 위 탁탁, 소리를 내며 튀어 오르는 돼지 껍데기를 젓가락으로 낚아채서 우걱우걱 쑤셔 넣는 제아의 머릿속은 여전히 뒤죽박죽이었다.

─한지로였어도 심장이 이렇게 뛰냐고.

시도 때도 없이 그 물음이 귓가를 맴돌았다. 왜 그런 말을 해서는! 자꾸 신경 쓰이잖아! 이젠 배가 불러 젓가락을 놓아버린 제아의 중학교 동창들은 걸신 들린 듯 돼지 껍데기를 흡입하는 제아를 질린 눈빛으로 바라보았다.

"정화야, 나 화장실 좀 다녀올게."

"맙소사, 너 속 비우고 와서 또 먹으려고 그러지? 나 계산할 거야! 아니, 꼭 한다!"

"안 돼. 나 아직 덜 먹었단 말이야! 금방 올 테니까 계산하지 마, 사랑하는 정화야!"

제아가 손을 흔들면서 화장실로 모습을 감추자, 얌전히 지켜보고 있던 동창들은 그제야 참았던 수다를 폭발시켰다.

"제아 또 무슨 일 있는 거 아니야? 쟤 스트레스 받으면 엄청 먹어대잖아."

"맞아. 쟤 옛날에 오빠가 미국 유학 갔을 때랑 아빠가 주식으로 돈 날렸을 때, 그리고 취직 스트레스 받았을 때 한동안 엄청 폭식했잖아. 그치?"

"그건 옛날 일이지. 지금은 어엿한 대기업 다니고 돈 많고 잘생긴 남사친도 있겠다 뭐가 스트레스야. 그리고 오빠가 뭐 버리고 갔니? 성공해서 쟤네 집 빚 다 갚아줬겠지. 그게 아니고서야 어떻게 그 빚을 다 갚았겠어? 사채에다가 사고 합의금까지 감당 못하지."

다른 친구들의 대화를 조용히 듣고 있던 정화가 갑자기 생긋 웃었다.

"제아 마음껏 먹게 내버려둬. 스트레스를 먹는 걸로 푸는 앤데 당연히 우리가 이해해야지. 어차피 우리가 계산할 것도 아닌데."

"무슨 소리야?"

"우리가 엄청 탐냈던 제아의 남사친, 한지로."

"한지로라면…… 그 잘생기고 싸가지 없는 남자애? 어머, 난 개 좀 무섭던데."

"제아라면 껌뻑 죽잖아. 작년에도 우리 삼겹살 집에서 모임 했을 때 몰래 전화했더니 바로 달려와서 계산해주고 갔잖아. 멍멍이로 변신한 제아도 깔끔하게 데리고 사라져주고."

"맞다!"

"문제아 저 계집애, 지 오빠도 그렇고 한지로도 그렇고. 괜찮은 남자는 죄다 꿰차고 있으면서 소개는커녕 잘 보여주지도 않잖아. 안 보여주면 우리가 직접 불러서 보는 수밖에. 물론 회비도 아끼고 말이야. 어때?"

은밀한 정화의 제안에 친구들은 일제히 손가락으로 하늘을 찌르며 즐겁게 외쳤다.

"코올!"

그 자리에 있는 모두가 공범이 되기를 선언하자 기다렸다는 듯 정화가 제아의 휴대 전화를 열었다.

어라? 오늘 온 연락이네? 그것도 아주 집요하게 몇 통화를 한 거야.

"이 계집애, 우리가 또 전화할까 봐 한지로 이름도 바꿔놨나 본데? 그런다고 내가 못 찾을까 봐?"

"뭐라고 해놨는데?"

"한 사장님으로 해놨어. 바꿀 거면 성이라도 바꿔놓든가. 여하튼 단순한 우리 문제아."

"누가 알아? 걔네 집 엄청 잘산다면서, 진짜 어디 가게 사장님 됐을 수도 있지."

정화는 망설임 없이 '한 사장님'을 클릭한 후 통화 버튼을 눌렀다.

신호 음이 울린 지 얼마 되지 않아 휴대 전화 너머에서 남자의 세련된 음성이 흘러나왔다.

[문제아.]

한지로 목소리가 이렇게 멋있었나? 정화는 남자의 나른한 음성에 순간 귀가 찌릿찌릿, 마치 전기가 통하는 것 같았다. 하지만 이내 정신을 차린 정화는 목소리를 가다듬고 본론을 꺼냈다.

"어이, 한 사장님."

[넌 누구지?]

단번에 제아가 아님을 알아챈 남자에게 정화는 감탄을 했다.

"나 제아 중학교 동창 정화라고 하는데. 기억나? 작년에도 한 번 내가 연락해서 우리 봤었잖아. 삼겹살 집, 오케이?"

잠시 침묵이 흐르고…….

[용건만 간단히.]

"우리 여기 고깃집인데 제아 좀 데려가라구. 온 김에 계산도 해주면 더 좋구. 호호! 너의 제아가 지치지 않고 먹어대서 우리 회비가 지금 거덜 나게 생겼거든."

한 사장과의 통화를 끝낸 정화는 멍하니 휴대 전화를 바라보며 중얼거렸다.

"꿀이라도 발랐나, 목소리 진짜 죽이네."

"무슨 소리야?"

"어? 어, 아니야. 우선 여기 계산은 우리 회비로 한다."

"왜? 한 사장 안 온대?"

"우리의 한 사장이 지금 당장 온다고, 마음껏 먹으라신다. 돈도 많은데 돼지 껍데기를 계산하게 하면 한 사장님한테 예의가 아니지. 너희들, 소고기 더 먹을 수 있지?"

"그럼!"

때마침 제아가 화장실에서 배를 문지르며 나오자 정화는 무슨 일 있었느냐는 듯, 테이블 위에 휴대 전화를 얼른 올려놓았다. 그리고 인심 쓰듯 제아에게 말을 했다.

"제아야, 우리 소고기 먹으러 갈래? 너한테 회비 더 내라는 말은 안 할게."

너의 남사친 한지로가 와서 내줄 거거든. 흑심 있는 정화의 속을 알 리 없는 제아는 그저 해맑게 웃으며 외쳤다.

"코올!"

최고급 한우 식당에서 실컷 고기를 구워 먹고 소주까지 몇 잔을 한 제아의 얼굴에 취기가 어렸다. 소주 몇 잔에 벌겋게 달아오른 뺨을 물 묻은 손으로 탁탁 치며 화장실을 나온 제아의 눈이 갑자기 방황을 했다. 화장실을 다녀온 사이, 친구들이 앉아 있던 자리가 텅 비어 있었던 것이다.

"제아야!"

활기찬 정화의 음성이 들리는 곳으로 돌아선 순간, 제아의 눈이 튀어나올 듯 휘둥그레졌다.

계산대에 서 있는 저 남자. 몇 번이나 젖은 손등으로 눈을 비비고 봐도 친구들을 뒤에 대롱대롱 매단 채 계산대에 서 있는 훤칠한 남자는 도준이었다. 못 볼 거라도 본 것처럼 그녀의 심장이 튀어나올 듯 두근거렸다. 미국에 있어야 할 그가 왜 지금 여기 있단 말인가! 도망가고 싶어도 이미 늦었다. 빠르게 다가온 정화가 제아의 팔을 꿰어찼다.

"너 저런 대어를 낚고도 왜 우리한테 보고를 안 한거야?"

"너, 너, 저 남자 어떻게 알아? 그리고 왜 같이 있는 건데?"

"한지로인 줄 알고 전화했는데 한 사장님 오빠가 받던데?"

맙소사. 화장실을 갈 때 휴대 전화를 들고 갔어야 했다. 내가 미쳤지. 한 번 당한 걸 또 당하다니.

"야아! 윤정화! 미쳤어? 누구 맘대로 전화를 해?"

"그러니까 껍데기 좀 작작 먹지 그랬어! 여튼 저분이 식사 값도 다 계산하고 우리들한테 소갈비 세트까지 다 챙겨줬어. 싸가지 한지로보다 백배 천배 매너 좋고 완전 끝내주는 완벽 남인데? 목소리까지 근사해. 우린 무조건 한 사장님 편이다!"

하아, 내가 미쳐 정말. 지끈거리는 두통을 느끼며 식당을 나가자 도준은 어느새 콜택시까지 불러서 친구들을 줄줄이 사탕처럼 한 명씩 태워서 보내고 있었다. 마지막 남은 택시에 냉큼 올라타는 정화를 제아는 애타게 불렀다.

"정화야! 야, 윤정화! 그냥 가면 어떻게 해?"

내달라고 한 소고기 값은 처리하고 가야지, 윤정화! 사고는 네가 치고, 그냥 가면 어떻게 하냐고! 하지만 택시의 문 대신 열린 건 창문이었고, 열린 차창 문틈으로 빠져나온 건 정화의 몸이 아닌 얼굴뿐이었다.

"우린 빠져줄 테니까 한 사장님이랑 즐거운 시간 보내!"

그렇게 정화를 태운 택시는 서서히 멀어졌고, 도준과 덩그러니 둘만 남아버렸다. 제아는 슬금슬금 눈치를 보며 그를 힐긋 쳐다봤다. 아니, 정확히는 그의 손에 들린 영수증을 봤다는 게 옳은 표현이었다. 도준은 손에 들린 카드 영수증을 보며 신기하다는 듯 중얼거렸다.

"여자 다섯 명이서 15인분이라……. 대식가들만 모인 건가."

"미국 출장 간 사람이…… 왜 여기 있어?"

"공항에서 전화 받고 바로 온 거야. 너한테 한지로밖에 없다는 듯 말을 하니 오지 않을 수가 있나."

휴대 전화 관리를 못한 건 철저하게 자신의 잘못이었다. 제아의 고개가 바닥으로 살그머니 수그러들었다.

"어찌 되었든 오늘 미안해. 소고기 값은 내가 내일 계좌로……."

갑자기 도준이 얼굴을 가까이하는 바람에 말이 멈췄다.

"왜, 왜 이래?"

하지만 도준은 대답 대신 제아의 얼굴을 바라봤다. 발그레한 뺨, 살짝 풀어서 느슨하게 흘러내린 머리칼. 눈빛은 살짝 흐트러져 있고 치마 밑으로 뻗은 종아리는 늘씬하다. '나 잡아먹어주세요.' 지금 온몸으로 그 메시지를 흘리는 제아의 모습은 지독히도 어여뻤다. 일주일 만에 봐서 그러나.

"내가 원해서 온 거고 계산도 원해서 한 거니 신경 쓰지 마. 그 대신 약속 하나 해. 야심한 밤에, 술 마신 후에는 한지로 부르지 마."

"지로는 친구야. 지금까지 걔가 얼마나 날 집까지 잘 데려다줬는데."

"세상 모든 남자는 늑대야. 한지로가 너한테 흑심을 품지 않고 있다고 자신해?"

순간 제아는 꿀 먹은 벙어리가 되었다. 그럴 줄 알았다는 듯 도준이 재킷을 벗어 제아의 어깨를 감싸주었다.

"가자. 데려다줄게."

무슨 심보일까. 갑자기 심술이 돋았다.

"한지로가 늑대면 오빠도 늑대겠네. 나 버스 타고 갈래."

도준이 미처 뭐라고 하기도 전에 제아는 벌써 저만치 걸어가고 있었다. 뭐 하나 얌전하게 따라주는 게 없군. 신경질적으로 머리칼을 쓸어 올린 도준은 그녀의 뒤를 쫓았다.

"이 늦은 시간에 버스를 타겠다고?"

"버스가 어때서? 저렴한 가격에 착실하고 안전하게 집까지 모셔다 주거든?"

야무지게 치켜든 턱의 각도를 보건대 고집을 꺾을 생각은 없어 보인다.

"그래서, 끝까지 버스를 타고 가겠다고?"

"데려다주고 싶으면 버스 타고 데려다주던지. 선택은 자유야."

'선택은 자유'라는 그 한마디에 도준은 피식 웃음이 새어 나왔다. 일주일 전에 그가 했던 말을 되돌려 들은 것이다. 복수하는 것도 아니고. 차야 뭐 인호에게 가져다주라고 하면 될 것이고. 도준은 말없이 제아와 보폭을 맞추면서 버스 정류장을 향해 걸었다.

가을이 지나가는지 얼굴을 스치는 밤바람이 꽤 차가웠다. 제아도 사실 말도 안 되는 고집이라는 걸 잘 안다. 좋은 차를 놔두고 그가 뭐가 아쉽다고 버스를 탈까.

그럼에도 끝까지 고집을 부린 건 심술이었고, 시험이었다. 너무 변해버린 그에게서 옛날의 이준이 남아 있다는 걸 느끼고 싶은. 말도 안 되는 부탁이나 고집도 항상 묵묵히 들어주던 게 이준이었으니까.

심장은 두근두근거리고 손끝이 자꾸만 오그라든다. 무슨 말이든 해야 해. 걸을 때마다 닿을 듯 말 듯 아슬하게 스치는 서로의 손이 미치도록 신경 쓰였다. 아, 어색해.

"엄마 아빠는 아직 안 만나봤지?"

"찾아뵈면 좋아하실 것 같아?"

제아는 대답할 수가 없었다. 자신보다 부모님이 더 깊게 그를 원망하고 있었으니까. 하지만 이 상황을 당연하다는 듯 받아들이는 도준의 덤덤한 반응이 더 신경 쓰였다. 그 덤덤함이 오히려 상처받은 것처럼 느껴졌다.

"부모님이 나보다 더 오빠 믿고 의지했어. 그래서 그만큼 상처가 깊으신 거야. 그러니까 그건 오빠가 이해해줘야 해."

"이해해."

"시간이 해결해줄 거야. 그러니까 오빠가 조금만 우리 부모님을 기다려주면 좋겠어."

그의 말없는 고갯짓에 다시 조심히 말을 이었다.

"나도 처음엔 오빠가 밉고 원망스러웠어. 그런데 지금은 이해해. 그때는 그게 최선이었을 테니까."

술 몇 잔에 용기가 난 걸까. 단 한 번도 끄집어내지 못했던 마음속 응어리가 조금씩 튀어나왔다.

그 당시엔 정말 몰랐다. 도준의 엄마가 제일 그룹 한 회장의 외동딸일 줄이야. 이제야 이해가 된다. 최악의 상황에 처했던 그녀의 가족들, 그때 나타난 엄청난 부와 재력을 가진 친모. 감히 누구도 거부하지 못할 것이고 선택은 똑같을 것이다.

"오빠를 이해해. 길러준 정도 소중하지만 낳은 정도 소중하잖아. 오빠 어머님도 좋은 분이실 거야, 그치?"

도준은 갑자기 걸음을 멈추고 제아를 빤히 바라보았다. 좋은 분이라. 피식, 그의 잘생긴 입꼬리에 흐릿한 비소가 어렸다.

─1년에 1억.

그가 찾아올 걸 알고 있었다는 듯 친아들인 그를 본 연희의 첫마디였다. 하지만 그건 시작에 불과했다.

─네가 끔찍하게 아끼는 그 구질구질한 가족의 빚이 대충 12억 정도로 알고 있는데, 몇 년을 계약하겠니?

여자라는 이유로 경영에 참여를 못하게 하는 한 회장 때문에 그의 어머니는 잔뜩 애가 달은 상태였다. 이대로라면 그녀의 남편과 피 한 방울 안 섞인 남편의 자식에게 제일 그룹을 통째로 넘겨야 할 상황이었으니까. 그랬기에 그의 어머니는 버렸던 아들을 20년 만에 다시 찾아온 것이다. 한 회장에게 그녀 대신 들이밀 핏줄이 필요해서. 무늬만 어머니인 그녀에게 몸서리치도록 가기 싫었지만 그 당시 어렸던 그에겐 힘이 없었다. 제아와 그녀의 부모님을 지켜줄 돈이라는 힘이 말이다. 그래서 그는 친엄마라는 여자와 거래를 할 수밖에 없었다.

"아마도."

어찌 되었건 어머니인 연희 덕에 제아의 가족들이 암흑의 구렁텅이에서 빠져나올 수 있었으니까. 깊숙이 들어가 봤자 서로에게 상처가 될 뿐인 과거, 도준은 그만하고 싶었다.

"그 이야기는 이제 그만하지."

날카롭게 선을 긋는 도준의 마지막 말에 대화는 중단되었다. 버스 정류장에 도착을 하자 '곧 도착'이라고 전광판에 뜨는 버스가 보였다. 제아가 어깨에 걸치고 있던 재킷을 내밀었지만 그는 받지 않았다.

"입고 있어."

"설마 버스로 데려다주려는 건 아니지?"

믿기지 않는다는 표정으로 바라보는 제아에게 도준이 툭 무심하게 말을 던졌다.

"잔돈 없으니 버스비나 대신 내줘."

"내가 왜 그래야 하는데?"

"너 데려다주는 거잖아."

"그러니까 누가 데려다주랬어?"

새침하게 쏘아붙이며 모른 척하는 제아를 빤히 바라보던 도준이 멈추어선 버스에 그녀보다 먼저 오르려고 했다. 그 행동에 당황한 건 또 제아였다.

"버스비도 없으면서 어떻게 타려고?"

도준은 대답 대신 보란 듯이 지갑을 꺼내서 열어보였다. 얼핏 보이는 그의 지갑 속에는 초록색은커녕 온통 하얀색뿐. 그걸 본 제아의 눈이 휘둥그레졌다.

"설마, 버스비를 수표로 내려는 건 아니지?"

그래, 설마 그러진 않겠지. 미치지 않고서야. 하지만 제아의 바람은 도준이 나른한 미소를 짓는 순간 사라져버렸다.

"기사 아저씨가 욕 한 바가지 할 거야! 잔돈도 못 받을걸?"

미쳤다는 듯 바라보는 제아를 향해 그는 얄미울 정도로 태연하게 대답했다.

"잔돈, 받을 생각 없어."

미처 제아가 생각지 못한 부분이었다. 알뜰살뜰하게 얼마 되지 않는 용돈을 모아서 그녀에게 또 용돈을 주던 오빠는 이제 황금 수저를 입에 문, 돈 터지는 재벌 3세라는 것을. 결국 제아는 씩씩거리면서 도준을 밀치고 수표를 꺼내려는 그의 지갑을 낚아챘다. 그리고 버스 카드를 대고 버스 기사를 향해 큰 소리로 외쳤다.

"기사님, 어른 두 명이요!"

발을 쿵쿵거리며 버스에 올라탄 제아는 도준이 옆에 앉자 콧방귀를 날리고는 앞으로 가서 앉았다. 하지만 그것도 잠시, 제아의 고개가 서서히 돌아가더니 급기야 창문에 머리를 박고 말았다. 보고 있던 사람이 더 아픔을 느낄 만큼 세게.

앞쪽에 앉아 있던 젊은 남자까지 자꾸 그녀를 힐끔거리니 도준은 더 이상 가만히 앉아 있을 수 없었다. 벌떡 일어나 옆에 앉자 기다렸다는 듯 제아가 그에게 몸을 기대왔다. 보드랍고 따스한 고양이 같은 느낌이다. 담뿍 안겨 들어오는 작은 체구에 쌔근거리는 숨소리. 희미한 술 냄새에 섞인 복숭아 향까지도. 너무 자극적인 모습이었다. 시선을 내리니 살짝 벌어진 제아의 다리가 보인다. 옅은 한숨을 내쉰 도준은 재킷으로 다리를 덮어주었다.

"이런 모습으로 자면 어떻게 하라고."

마침 다시 제아의 치마 사이를 훔쳐보려 돌아서던 남자와 눈이 마주치자 도준이 눈을 부릅떴다. 그 무시무시한 살벌한 눈빛에 남자가 찔끔하며 다시 돌아앉았다. 익숙한 풍경이 어둠이 가라앉은 창밖으로 스치자 도준은 그제야 제아를 깨웠다.

"문제아, 내려야지."

"음……."

힘겹게 눈을 뜬 제아는 눈앞의 현실에 적응하려는 듯 도준에게 머리를 기댄 채 몽롱한 눈을 몇 번 깜빡였다. 그러더니 스윽, 고개를 들었다. 지금 여기가 어디이고 무엇을 하고 있고 어깨를 내어주고 품을 내어준 남자가 누구인지 인식을 했다.

"헉!"

때마침 버스의 뒷문이 열렸고 미처 말릴 틈도 없이 제아는 버스의 뒷문으로 쏜살같이 뛰어나가버렸다.

"문제아!"

따라 내린 도준이 급하게 제아의 이름을 불렀지만, 가녀린 실루엣은 빠르게 사라지고 있었다. 다시 불러볼까 했지만, 늦은 시간임을 감안한 그는 휴대 전화로 전화를 걸었다. 하지만 미친 듯이 전력 질주를 하고 있을 제아가 전화를 받을 리는 만무했다.

꽤 난감한 상황이었다. 어둑해진 잿빛 하늘을 올려다보며 손을 들어 마른세수를 하는 도준의 입술 사이로 시니컬한 중얼거림이 흘러나왔다.

"문제아, 정말 다양하게 나를 미치게 하는군."

지갑을 가져가버리면 어쩌라는 건지. 그래도 휴대 전화는 가지고 가지 않은 걸 다행으로 여겼다. 어찌 되었든 내일 제아를 불러낼 이유가 생겼다.

"문제아, 그만 자고 얼른 일어나!"

방문 밖에서 들려오는 윤영의 고함에 잠에서 깬 제아는 잠시 멍하니 천장을 올려다보았다. 하지만 그것도 잠시뿐, 어젯밤의 일이 떠올라 이불을 뒤집어쓰고 온갖 몸부림을 쳤다.

"으아아악! 창피해! 미쳤어! 바보 같아! 이 멍청이!"

기대어 잔 것도 모자라 입까지 벌리고 코까지 곤 거 같다. 민망해서 얼굴을 어떻게 보지? 그때 휴대 전화 진동 소리가 들려왔다. 휴대 전화를 찾으려고 핸드백 안에 손을 넣자 보들보들한 가죽 질감이 느껴진다. 순간 등골이 싸해지는 기분이었다.

"꺄악! 난 몰라!"

손에 들린 건 분명 남자의 반지갑이었다. 끊임없이 울리는 전화의 주인공이 누구인지 짐작을 하게 하는. 전화가 멈춘 후 바로 메시지 한 통이 왔다.

집 근처 공원이야. 일어났으면 연락해.

설마, 지갑 없다고 집에 못 간 건 아니겠지? 하지만 이내 고개를 절레절레 내저었다. 지갑 없다고 마냥 기다리는 바보 같은 남자는 절대 아니니까.

"휴, 진짜 내가 싫다. 이 요망한 손 같으니라구!"

수표를 내든 말든 상관 말았어야 했는데. 이 지랄 맞은 자린고비 성격이 도준이 수표를 꺼내려는 순간 고개를 치켜든 것이다. 후다닥 샤워를 마친 제아는 급하게 집을 나섰다. 잔뜩 긴장한 몸에 당을 보충해주기 위해 버릇처럼 복숭아 사탕을 입 안에 쏙 넣으면서 걸음을 서둘렀다. 기가 막힌 타이밍으로 도준에게 다시 메시지가 왔다.

바닥 상태가 좋지 않으니 옛날처럼 뛰어오다 넘어지지 말고.

"치, 별걸 다 기억하네."

그런데도 그게 기분 나쁘지는 않았다. 또다시 얼어붙어 있던 마음 한쪽 귀퉁이가 스르륵 녹아내렸다. 만남이 반복될 때마다 자꾸만 녹아내리는 마음. 얼어붙었던 그 마음이 풀리니 지금까지 그와의 일들을 차근차근 되짚어보게 되었다.

동해 번쩍 서해 번쩍 나타나 항상 돈만 쓰는 한도준, 그리고 항상 화만 내고 심술을 부리는 자신. 갑자기 그에게 미안함이 느껴졌다.

공원 주차장에 도착하자 눈부신 존재가 아침부터 평범한 공원을 환하게 해주고 있었다. 쌔끈한 스포츠카와 그 차에 기대어 선 남자. 딱딱한 슈트를 벗어 던진 도준은 간편한 옷차림에 기다리기 지루했는지 담배를 피우고 있었다. 붉은 입술에 하얀 담배를 물었다가 하늘을 향해 연기를 내뿜는 그의 옆모습을 제아는 홀린 듯이 바라보다 중얼거렸다.

"후아! 홀리지도 말고 쫄지도 말자!"

후드를 머리에 푹 뒤집어쓰고 걸음을 옮기자 인기척을 느꼈는지 도준이 고개를 틀었다. 정면으로 마주쳐버린 시선. 흠칫하는 그녀와 달리 도준의 눈가가 부드럽게 휜다. 도준의 진짜 미소는 입술이 아닌 눈이 웃는다는 걸 알기에 괜히 얼굴이 붉어졌다. 야릇한 설렘에 심장이 쿵쾅거린다.

"담배 많이 피우나 봐."

제아는 운동화로 바닥을 툭툭 내리치며 시선을 피했다. 도준은 그런 그녀에게서 시선을 뗄 수 없었다. 막 샤워를 마치고 나왔는지 물기 가득 복숭아 향을 품고 나오는 모습이 아침 햇살을 받아 눈이 부셔서. 온몸이 으스러지도록 안고 키스를 퍼붓고 싶을 만큼.

"피고 싶을 때 피우는 것뿐이야."

"담배 끊으면 안 돼?"

"끊었으면 좋겠어?"

"당연한 거 아냐? 담배 냄새 싫어했잖아. 건강에도 안 좋지, 냄새도 안 좋지. 담배 피워서 좋은 게 하나도 없는데."

"이게 없으면 입이 꽤 심심해. 그래서 당분간은 끊지 못할 것 같은데."

도준이 비스듬히 시선을 틀며 옅게 웃자 제아의 시선이 저절로 그 입술로 향했다. 피처럼 붉은색을 머금은 입술과 그린 듯 섬세하고 부드러운 입술 선은 손을 뻗어 만져보고 싶을 정도로 유혹적이었다. 자꾸만 올라가는 요망한 손에 힘을 꼭 주며 제아는 시선을 피했다.

"다른 걸 찾아. 그래도 담배는 안 좋아."

"끊길 원하면 네가 해주든가. 내 입이 심심하지 않게."

나른하게 휘어지는 눈매와 입꼬리. 그의 시선이 좀 더 내려와 입술에 닿았다. 입술이 간질간질, 발끝까지 간질거리는 야릇한 느낌에 제아는 뒤로 물러나며 꽥, 소리를 질러버렸다.

"뭐, 뭘 해주라는 건데? 꿈도 꾸지 마!"

"사탕이라도 사주고 끊으라고 해야지."

그의 대답에 제아는 황당했다. 그러니까 입술을 쳐다본 게, 입 안에 있는 사탕이 먹고 싶어서라고? 오해는 풀렸지만 이상하게도 제아는 미칠 것만 같았다. 이젠 그의 눈빛이 닿는 것만으로도 심장이 주책맞게 뛰고 응큼한 상상에 사로잡히니. 얼른 그에게 지갑을 주고 사라져야 한다. 좀 더 있다가는 그나마 유지하고 있는 이성이 안드로메다로 날아갈 것 같았으니까.

"고의는 아니었어. 미안해."

지갑을 건네주고 얼른 돌아서는 제아의 손목을 도준이 확 낚아채서 끌어당겼다.

"오늘 나랑 영화 보러 가자."

"내가 오빠랑 영화를 왜 봐?"

제아는 당연하다는 듯 거절했지만, 도준에게 먹힐 리가 없었다. 오늘 하루를 복숭아 사탕과 함께 달달하게 보내기 위해 아주 철저하게 준비를 하고 왔으니까. 뭐, 동의야 추후에 얻으면 되는 일이고.

"네가 지갑을 가져간 덕분에 오늘 내 출장이 무산되었어."

"그, 그게 왜 내 탓이야?"

"현금이나 카드는 그렇다 쳐도 신분증이 없으니 비행기를 탈 수가 있나?"

신분증이 없어도 비행기를 탈 방법은 얼마든지 있었다. 하지만 비행기를 타본 적이 없는 제아는 그 사실을 모를 거라고 생각했다. 이번에도 그의 예상은 정확히 맞아떨어졌다. 할 말을 잃은 듯 멍하니 입을 벌리고 있는 제아를 보며 도준은 속으로 흐뭇한 미소를 지었다.

"그리고 마침, 오늘 영화가 보고 싶어졌거든."

"그, 그럼 다른 사람이랑 봐! 아는 사람 많을 거 아냐. 그래, 여자! 여자랑 봐! 영화는 여자랑 봐야 제맛이지!"

제아는 어떻게든 빠져나가보려 했지만 쓸데없는 반항일 뿐이었다.

"너밖에 없어."

짤막한 대답이었지만, 그 한마디에 도준의 진심이 어려 있었다. 처음 만났던 순간부터 지금까지, 그리고 앞으로도 쭉.

"그러니까 오늘 하루, 네가 날 책임져줘야겠어."

제아는 미친 듯이 머리를 굴려봐도 능수능란한 도준의 손아귀에서 빠져나올 수가 없었다. 지은 죄가 있으니 얌전히 차에 올라타는 수밖에.

이른 아침이라 그런지 영화관은 한산했다. 상영관으로 들어가기 전 도준은 인호와 잠시 통화를 하기 위해 조용한 곳으로 자리를 피한 상태였다.

'추락? 영화 제목 한번 특이하네.'라고 생각하던 제아는 뒤에서 들려오는 날카로운 여자의 소리에 몸을 틀었다.

"꺄악, 내 가방! 아주머니, 눈을 어디다 두고 일하는 거야? 이 가방이 얼마짜린 줄 알아?"

"아이고, 정말 미안해요, 아가씨. 이를 어쩌나? 그래도 많이 묻진 않은 것 같은데."

"뭐가 어쩌고 어째요? 내 가방 얼룩진 거 안 보여요?"

연신 고개를 조아리는 청소부 아주머니와 화장을 덕지덕지 하고 있는 젊은 여자가 보였다. 딱 봐도 어떤 상황인지 짐작이 갔지만, 제아는 스스로에게 타일렀다. 문제아, 오지랖 그만 펼치자. 이런 상황에 끼어들어 좋게 끝이 난 적이 없잖아?

"사과는 됐으니까 돈으로 물어내. 이런 비싼 가방은 작은 얼룩에도 가치가 엄청 떨어지거든? 새로 사내. 똑같은 거!"

그런데 새파랗게 젊은 여자가 엄마뻘 되는 아주머니에게 반말을 하자 누르고 눌렀던 오지랖이 폭죽처럼 터졌다.

"저기요!"

거의 본능이었다. 미사일이 발사되듯 의자에서 튕겨나가 청소부 아주머니의 앞을 막아선 것은. 제아는 야무지게 눈앞의 여자를 노려보았다. 그러고는 슬쩍 시선을 내렸다. 여자의 가방에 콜라가 묻어 있긴 했지만, 에나멜 소재라서 닦으면 그만이었다.

"그 가방 충분히 복구 가능해요."

"넌 또 뭐야?"

마스카라를 얼마나 처발랐는지 분노에 파르르 떠는 여자의 속눈썹에서 숯가루가 우수수, 떨어질 것만 같았다.

"에나멜 소재는 원래 잘 안 스며들어요. 살짝 몇 방울 튄 거 뿐이니까 마른 헝겊으로 잘 닦아주면 흔적도 안 남을 거예요. 그리고……"

잠시 말을 멈춘 제아는 여자를 보면서 생긋 웃었다.

"이분이 그래도 그쪽 엄마뻘은 되는 것 같은데 반말 하는 건 예의가 아니잖아요."

"정말 기가 막혀서!"

그때 남자 화장실에서 한 덩치 하는 남자가 그들을 향해 다가왔다. 덩치처럼 한 인상 하는 남자는 아마도 여자의 애인인 듯싶었다.

"오빠! 이 아주머니가 세상에 오빠가 사준 가방에 콜라를 쏟은 거 있지!"

독하게 눈을 치켜뜰 땐 언제고 남자에게 앵앵거리는 여자의 이중적인 모습에 제아는 기가 막혔다. 여자의 다음 말은 더욱 더 가관이었다.

"그래서 이 아주머니한테 물어내라는데 이 여자가 끼어들어서 나한테 막 뭐라고 하는 거야. 흑흑."

"우리 자기, 울지 마."

여자의 어깨를 토닥인 남자는 청소부 아주머니를 향해 윽박을 질렀다.

"그럼 물어내야지. 이거 매장에서 몇백에 파는 가방이야. 어떻게 물어낼 거야?"

딱 봐도 짝퉁이 분명한데 뻔뻔하게 속이는 남자의 말에 제아가 다시 끼어들었다.

"아주머니가 이렇게까지 사과하시는데, 받아주시고 좋게 넘어가면 안 될까요?"

"넌 뭔데 쓸데없이 끼어들어? 네가 물어줄 거 아니면 당장 꺼지라고!"

남자가 갑자기 세차게 어깨를 밀치는 바람에 제아의 가녀린 몸이 뒤로 밀리면서 엉덩방아를 찧고 말았다. 그와 동시에 엉덩이에서 번지는 아픔과 함께 지랄 맞은 심보가 돋아났다. 제아는 벌떡 일어나 남자의 코앞으로 달려들었다.

"그거 짝퉁이잖아! 짝퉁 가방 사 줘놓고 어디서 큰소리야?"

"짝퉁? 오빠 이 가방 짝퉁이야?"

여자가 따지듯 당황한 남자가 화살을 제아에게로 돌렸다.

"네까짓 게 뭘 안다고 짝퉁이라고 지랄이야? 네가 감정사야? 확 그냥!"

남자가 손을 치켜들자 제아는 두려움에 눈을 감았다.

"으아아아악!"

하지만 터져나온 비명은 제아가 아닌 남자의 것이었다.

"감히, 어디다 손을 대려고 해."

무섭도록 차가운 음성에 살그머니 눈을 떴다. 또다시 기가 막힌 타이밍에 등장해준 도준 때문에 눈물까지 핑 돌았다. 제아의 앞을 막아선 도준은 남자의 손목을 비틀어 벽으로 가뿐하게 남자를 밀어붙였다.

"사과해."

목을 누른 팔꿈치에 힘이 더 가해지자 숨통이 막히는지 컥컥거리는 남자의 얼굴은 점점 새하얘졌다.

"윽, 컥컥!"

돌변한 도준의 분위기에 뭔가를 눈치챈 제아가 살그머니 그의 뒤로 다가갔다.

"오빠, 난 괜찮으니까 그만해. 응?"

하지만 지금 도준에게는 제아의 말도 들리지 않는 것 같았다. 남자가 괴로워할수록 매혹적인 미소를 짓는 도준은 옛날의 미친 흑 표범이었다. 어떻게든 말려야 했다.

"제발 그만해! 나 오빠 무섭단 말이야!"

날카로운 제아의 비명이 도준의 귀가 아닌 심장을 예리하게 찔렀다. 남자의 숨통을 누르고 있던 팔에서 힘이 빠져나갔다. 겨우 숨통이 트인 남자는 벽에 바짝 몸을 붙인 채 숨을 헐떡였다.

"돈도 있는 사람한테 뜯어내는 거야. 예를 들면, 나 같은."

말과 동시에 도준의 주먹이 남자의 얼굴을 강타했다. 얼굴을 손으로 감싼 채 풀썩 주저앉은 남자의 머리 위로 하얀 수표 몇 장이 뿌려졌다. 그리고 수표 위로 떨어지는 남자의 붉은 피. 하지만 그 피를 내려다보는 도준의 눈은 지극히 무심했다.

"신고하고 싶으면 하든지. 기꺼이 응해줄 테니."

약자만 골라 괴롭히는 놈일수록 강자는 알아보는 법. 겁에
잔뜩 질린 눈빛으로 도준을 보며 덜덜 떨던 남자는 액수를 확
인하더니 허겁지겁 수표를 움켜쥐고 여자를 데리고 사라졌다.
그제야 도준이 천천히 제아를 향해 돌아섰다. 제아는 울 것
같은 눈으로 서 있었다.

"제아 너도……."

한 번 폭주하면 스스로도 제어할 수 없다는 걸 잘 안다.

─저 새끼 미친 새끼야.

─소름 끼치도록 무서운 자식.

─넌 사람이 아니라 악마야.

질리도록 들었던 말이지만 항상 그 말들에 무던히 반응했었
다. 그럼에도 제아의 입에서만큼은 듣고 싶지 않았다.

"내가 무서워?"

"무서워! 그것도 엄청!"

하지만 이어지는 제아의 다음 말이 그의 심장을 움켜쥐고
마구 흔들어버린다.

"당연한 거 아냐? 그런 양아치 같은 놈 때려서 오빠가 경찰
서에 끌려갈까 봐 무서웠다고!"

제아는 터져 나오려는 눈물을 꾹 참은 채 도준을 바라보았
다. 무심해 보이는 눈동자 깊숙한 곳에 숨어 있는 상처가 보인
다. 그래서 더 울분이 터졌다. 참으려고 했는데 눈물이 떨어진

다. 걱정하는 내 속도 모르고, 상처받은 눈은 왜 하는 건데!

"뭐가 예쁘다고 그런 놈한테 돈을 줘? 그것도 큰돈을!"

"문제아."

"차라리 기부를 하던지! 아니면 나한테 맛있는 걸 수십 번 수백 번 사주던지!"

"제아야."

"왜 자꾸 불러! 나 지금 성질 나 죽겠……."

말을 끝내기도 전에 몸이 거칠게 끌어당겨졌다. 뭐가 그리 분한지 발을 동동 구르는 미치도록 사랑스러운 존재를 도준이 와락 끌어안아버린 것이다.

"한 번만 안아보자."

향긋한 복숭아 향을 맡으며 머리칼에 얼굴을 묻었다.

"누가 안아래? 이제 걸핏하면 나한테 손대? 어어? 안 봐줘?"

물론 제아는 안아달라고 한 적 없다. 단지, 그가 안을 수밖에 없게 만들었을 뿐이지. 이렇게 사랑스럽게 나를 조련하는데, 어떻게 안지 않고 배길 수 있을까. 차가운 마음에 적셔지고 적셔지는 따스한 온기가 강렬하게 심장에 아로새긴다.

난, 너 아니면 안 돼.

"내 지갑 너 때문에 또 열렸으니까."

제아의 머리칼에 얼굴을 묻으며 속삭이듯이 말했다.

"이번 한 번만 봐줘, 문제아."

결국 조조 영화는 물 건너갔다. 사건도 사건이었지만 영화 제목을 휴대 전화로 검색한 도준의 표정이 모호하게 변했다.

그리고 끊임없이 울리는 휴대 전화 또한 그를 잠시도 가만히 놔두지 않았다. 30여 분 만에 도준의 차는 다시 제아의 동네 앞에 멈추었다. 제아가 내리자 도준도 차에서 같이 내렸다.

"바쁘잖아. 얼른 가."

영화관에서 품에 안긴 이후로 어색해하는 제아와 달리 도준은 헤어지는 게 아쉬울 뿐이었다.

"저기 입구까지만."

그의 뜻대로 어깨를 나란히 하고 걷다가 골목 모퉁이를 도는 순간, 깜짝 놀란 제아가 그를 무작정 벽으로 밀어붙였다.

"대체, 뭐 하는……?"

제아의 손가락이 도준의 입술을 꾹, 눌렀다.

"쉿! 우선 좀 숨어줘. 응?"

간절함이 가득 담긴 제아의 눈빛에 어쩔 수 없이 뜻대로 따라줄 수밖에 없었다. 벽에 등을 붙인 채 나란히 쭈그리고 앉자마자 제아는 벽 너머를 내다보며 연신 동태를 살폈다.

그때 긴 다리를 접고 앉은 도준의 콧속으로 스멀스멀 악취가 흘러들었다. 잔뜩 인상을 찌푸리며 고개를 틀자, 바로 옆에 있는 초록색 쓰레기 수거함이 있었다. 하필이면 숨어도 왜 쓰레기 수거함 옆인지. 유난히도 후각에 민감한지라 도준은 갑자기 속이 울렁거렸다.

"욱!"

지독한 악취에 일어나려는 도준을 제아가 등으로 밀었다.

"아직 일어나면 안 돼!"

다급하게 속삭인 제아는 얼굴까지 빨갛게 달아오른 채 온 힘을 다해 그를 미느라 정신이 없었다. 그럴수록 더욱더 그의 품으로 깊숙이 파고든다는 것도 인식하지 못한 채.

"엄마 있단 말이야!"

보드라운 몸이 적나라하게 닿으면서 비벼지자 지독한 악취마저 이겨낸 끈적한 욕망이 본능적으로 피어났다. 무슨 일이라도 저질러버릴 것 같아 그는 제아에게 경고를 했다.

"그만 좀 꿈틀거려."

목 깊숙한 곳에서 으르렁거리듯 토해내는 도준의 목소리가 이상했는지, 품에 안긴 제아가 고개를 치켜들었다.

"내가 뭘 꿈틀거린……?"

그제야 상황 파악을 했는지 제아의 모든 움직임이 멈추었다.

기묘한 각도로 얽혀버린 시선, 쿵쾅거리는 서로의 심장 소리가 서로의 숨겨진 본능을 끌어냈다. 먼저 본능에 굴복한 건 도준이었다. 점점 내려오는 도준의 입술을 바라보던 제아는 저도 모르게 키스라도 받으려는 듯, 스르륵 눈을 감았다. 파르르 떨리는 속눈썹에 더운 숨이 쏟아지는 그때…….

"왈! 왈왈왈!"

커다란 흰 개 한 마리가 와락 달려드는 바람에 둘 사이의 야릇한 분위기는 와장창 박살이 났다. 깜짝 놀라 눈을 뜨자 도준이 와락 달려든 벼룩이에게 얼굴을 내어준 채 감당을 못하고 있었다. 그가 아무리 피하려고 해도 그를 알아본 벼룩이의 뽀뽀 세례는 끝이 없었다.

"이놈의 자식! 벼룩아, 어디 갔니?"

윤영의 음성에 번쩍 정신이 든 제아는 다짜고짜 벼룩이의 목줄을 끌고 벽 밖으로 튕기듯이 나갔다.

"짜잔! 나야, 엄마!"

"넌 아침부터 그 차림으로 나가더니, 거긴 왜 숨어 있어?"

"치, 친구 좀 만나고 왔어. 벼룩이 보고 숨바꼭질 좀 해볼랬더니, 우리 벼룩이 아직 죽지 않았네! 바로 나를 찾아냈어! 기특한 것! 아고, 기특해! 우리 할마마마 벼룩이!"

제아는 몸을 숙여 고마운 벼룩이의 얼굴과 목덜미를 거칠게 어루만져주었다. 기가 막힌 타이밍으로 벼룩이가 나타나지 않았다면, 그 이후의 일은 생각만 해도 아찔했다.

미심쩍은 눈빛으로 자꾸만 뒤를 돌아보는 윤영을 끌고 제아가 사라지자 도준은 몸을 일으켰다. 손수건으로 얼굴을 닦아내는 그의 표정은 의외로 덤덤했다. 개의 침으로 얼굴이 찝찝한데도 피식, 웃음이 새어 나왔다. 순간 제어하지 못하고 내려버린 입술. 그런데 제아는 그 입술을 피하지 않았다. 두려워하지도, 겁먹지도 않은 채 그의 입술을 기다렸다.

주머니에서 꺼낸 담배에 불을 붙여 입에 물자 그의 입술 사이로 새하얀 연기가 새어 나온다. 한차례 비를 쏟아낼 듯 어둑해진 하늘로 연기가 올라가는 걸 보는 도준의 입에서 나직한 혼잣말이 흘러나왔다.

"담배 끊을 날도 멀지 않았군."

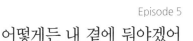

어떻게든 내 곁에 둬야겠어

"아니, 지네들만 바쁘나? 우리도 바쁘지! 안 그래, 한 사장? 연락 참 빨리도 줬어. 개새끼들. 급하게 출장 가려니 정신이 하나도 없네. 준비해달라는 자료는 또 왜 이렇게 많고! 좀 쉬어보자 했는데 재수 더럽게 없네, 진짜!"

인호의 투덜거림에도 도준의 머릿속은 오로지 한 가지 생각 뿐이었다. 제아를 곁에 둬야 한다.

도준의 대답이 없자 인호가 또 버럭 성질을 냈다.

"내가 그랬지! 그러니까 망해가는 이딴 회사 맡지 말자고! 왜 우리가 아쉬운 소리를 해야 되냐?"

"……."

"출장도 많고, 일도 많고, 스케줄도 나 혼자 관리 다 해야 하고, 한도준 뒤치다꺼리도 해야 하고! 진짜 몸이 열 개라도 남아나지 않을 정도야. 더러워서 때려치우든가 해야지."

게다가 한도준 저 자식은 까다롭고 성질머리도 개차반이고.

아후, 내가 전생에 무슨 죄를 졌다고 이 생고생을…….

인호의 투덜거림에 도준의 머리에선 뭔가 번쩍했다.

"요즘 내가 널 너무 부려먹었어. 그렇지?"

도준답지 않은 나긋한 음성에 인호는 잔뜩 경계를 했다. 저 녀석, 갑자기 왜 이러나. 무섭게시리. 그런 인호를 향해 도준은 의미심장한 표정으로 입을 열었다.

"비서를 하나 뽑아야겠어."

"문 하나만 열면 대기하고 있는 아리따운 김 비서, 섹시한 윤 비서, 똑똑한 신 비서는 뭔데? 회사 업무는 비서 세 명으로 충분하다고."

"네 말이 맞아. 회사 업무는 지금 있는 비서들로 충분하지."

"그런데?"

"지극히 사적인 업무까지 처리하는 나의 특별 비서가 필요해. 물론 회사 내에서 말이야."

"됐거든요? 어차피 뽑아놓고 또 몇 시간 만에 그만두게 하려고. 그냥 내가 아무 소리 안 하고 알뜰살뜰하게 챙겨줄 테니까 그런 소리 마라."

정리는 쥐뿔도 못하는 주제에 성격은 얼마나 까칠하고 깔끔한지, 혀를 내두를 정도였다. 인호 자신도 저 성격 맞추느라 몇 년이 걸렸는데. 모르는 사람을 뽑아서 입 아프게 설명해줘 봤자, 일주일도 안 되어 그만둔 게 수십 번이었다. 그래서 이제 자포자기 상태였다. 입 아프게 설명만 하느니 그냥 내가 하는 게 빠르지.

"문제아."

이 상황에서 동생 이름을 흘리는 도준의 모습에 인호가 눈살을 찌푸렸다.

"아무도 눈치채지 못하도록, 문제아를 내 비서로 뽑아놔."

인호는 잠시 멍한 표정을 지었다. 저 자식이 미치지 않고서야 어떻게 동생을…… 아니, 가만있어 보자. 저 녀석에 대해서 잘 알고 있는 동생이 비서 노릇을 한다면, 적어도 가정부 역할은 하지 않아도 될 것 같은데 말이야. 아니, 생각 이상으로 훨씬 편할지도. 거기까지 생각이 이르자 무슨 일이 있어도 제아를 비서로 뽑아야겠다는 의지가 도준보다도 활활 타오르는 인호였다.

"괜찮은 생각이네. 나만 믿어. 아주 완벽하게 제아 씨를 네 옆에 붙여줄 테니까."

제일 어패럴에 있던 한태영 부회장의 수족들이 한 명씩 사라지고 있었다. 묻지도 따지지도 못하게 제대로 트집을 잡아서 쫓아내버리니 속수무책이었다. 그나마 살아남은 한 부회장의 사람인 인사과 김 부장은 일주일 전 강훈과의 통화 내용을 떠올리자 식은땀이 났다.

"죄송합니다, 이사님. 한 사장님 비서 채용은 유 실장이 직접 한다고 해서 손을 쓰지 못했습니다."

[사람을 제대로 뽑아서 보냈어야 할 거 아니야.]

"이사님, 지금까지 비서실로 보낸 이들은 학벌, 스펙, 외모까지 모두 완벽합니다. 그런데도 쳐내버리니 저도 아주 죽을 맛입니다!"

[그럼 한 사장 쪽에서 채용한 비서를 우리 쪽으로 끌어들이든지.]

"그건 위험 부담이 너무 큽니다."

[그것도 무리라면 대체 김 부장이 하는 일이 뭐지?]

"예?"

[그런 일 하라고 인사과에 널 앉혀놓은 거야. 그 정도 능력도 없으면 그 자리에서 물러나야지.]

그 통화 이후 김 부장은 바늘방석에 앉은 기분으로 하루하루를 버티고 있었다. 제일 어패럴에서 내쳐지는 순간 한 부회장에게도 버림을 받는 거나 마찬가지였다. 그런데 하늘은 아직 그를 버리지 않았나 보다. 미국 출장을 가기 전 인호가 그에게 특별 비서를 채용하는 일을 맡기고 간 것이다.

[MD 겸 비서 역할을 수행할 한 사장님 단기 특별 비서, 회사 내에서 채용해서 보고하세요.]

"제, 제가요?"

[그다지 중요한 비서는 아니니 김 부장에게 맡기는 겁니다. 채용 포인트를 주자면 야근 좋아하고 체력 좋은 여직원으로 부탁합니다. 막 부려먹을 수 있는 여비서를 뽑아 올리는 거니 어렵지 않겠죠?]

"막 부려먹을 수 있는 여비서라고 하심은……."

[출장 갈 때마다 비서와 헬퍼를 달고 다닐 순 없지 않습니까? 가사 헬퍼에 간단한 업무 보조도 할 수 있는 직원으로 채용하세요.]

그제야 김 부장은 왜 인호가 비서를 채용하려는지 이해가 되었다. 깐깐한 도준의 뒤치다꺼리를 남자인 인호가 하는 것 또한 쉽지 않았으리라. 뭐, 결론은 중요하지 않은 비서 채용 건이라서 귀찮다는 듯 넘긴 거겠지만 김 부장으로선 이번 기회를 절대 놓쳐서는 안 되는 상황이었다.

"어떻게든 이번에 밀어 넣어야 해."

모니터로 여직원들의 이력서를 번뜩이는 눈으로 뒤지던 김 부장의 눈에 띄는 여직원이 있었다.

> 온라인 기획팀 문제아

"그래, 이 여자야!"

김 부장은 옳거니 했다. 인호의 요구에 딱 맞아떨어지고, 제 요구에도 딱 맞아떨어지는 직원. 야근은 밥 먹듯이 하고 물류 센터 지원까지 자주 나가니 체력도 좋을 테고. 모나무흐 첫 기획까지 성공적으로 진행한 걸 보면 기본 MD 능력은 갖춘 것 같고. 어떻게 이 여자를 생각 못하고 있었지?

무엇보다 김 부장이 제아를 선택한 이유는 따로 있었다. 제 사람으로 끌어들이려 했다가 오히려 한 사장 쪽에 탄로 날 수도 있는 위험 부담이 없는 여자라는 것. 회유를 했다가 실패할 것 같으면 제아에게 알려주면 될 것이다. 내 뒤에 있는 사람이 바로 널 이 회사에 넣어주신 분이라고.

1년 전 귀찮은 듯 아무 부서에나 넣어주고 신경 쓰지 않아도 된다는 강훈의 말을 생각하면 중요한 관계도 아니었다. 온갖 무시를 당하면서도 버티고 있는 걸 보면 오히려 그의 제안을 황공하게 받아들일 테고. 더 이상 고민할 필요도 없었다. 김 부장의 눈이 야비하게 빛났다.

"온라인 기획팀 문제아 씨 당장 오라고 해."

정확히 5분 만에 인사팀 회의실에서 김 부장과 마주앉은 제아는 불안함에 휩싸였다. 도준은 또 미국으로 출장을 떠났다. 굉장히 중요한 프로젝트를 진행하고 있는지 아주 바쁘게 미국과 한국을 오가고 있었다. 그 덕분에 제일 어패럴의 주가는 급격히 상승하고 있었고, 그만큼 회사 직원들도 눈코 뜰 새 없이 바빠졌다. 물론 그녀 자신만 제외하고 말이다.

이틀 만에 완판을 한 모나무흐 기획전은 성공적으로 끝났지만, 그 기획전을 마지막으로 또다시 할 일이 없어져버린 것이다. 게다가 직속 상사인 조 과장과 김 대리까지 잘리다시피 회사에서 쫓겨나 지금 사수 자리는 공석이었다. 이 상황에서 하필 인사과 호출이라니. 혹시 나한테도 사표를 내라고 하면 어쩌지?

"본론에 들어가기 전에 먼저 묻지. 우리 회사에 제아 씨를 추천해준 분이랑 연락은 하고 지내나?"

1년 동안 단 한 번도 한 적 없던 김 부장의 질문에 제아가 눈을 동그랗게 떴다. 설마, 왜 나 같은 직원을 추천해줬냐고 전화해서 뭐라고 하려는 건 아니겠지? 직장을 소개해준 지로의 친척 형에게 그런 민폐까지 끼칠 수는 없다는 생각이 강하게 들었다.

"연락 안 합니다. 그러니까 그분한테 뭐라고 하지 마세요. 저한테는 너무 고마운……."

"그럼 됐네."

"……네?"

"비서실에서 사장님을 사적으로 보필할 비서를 회사 내부에서 채용하라는 지시가 내려왔어."

그 말을 왜 저한테 하는 건데요?

제아는 도무지 이해할 수가 없었다.

"그래서 말이야. 그 비서를 내가 제아 씨로 결정했네."

"예에? 왜, 왜요 부장님? 저는 자격이 없습니다. 하늘 같은 사장님을 보필할 만한 스펙도 자격도 없어요! 다시 생각해주세요!"

제아는 펄쩍 뛰었다. 그렇지 않아도 가뜩이나 도준 때문에 심란해 죽겠는데 하루 종일 그를 본다고 생각하면? 맙소사, 감당할 자신이 없었다.

감사하다고 넙죽 받아들일 줄 알았는데. 의외의 거절에 김 부장이 짜증스럽게 말을 했다.

"자네, 이 기회가 얼마나 좋은지 모르는 건가? 사장님한테 잘만 보이면 앞길이 쭉 펼쳐질 수도 있어. 나한테 고마워해도 모자랄 판에 건방지게!"

"하늘 같은 사장님을 모시는 건데 저같이 보잘 것 없는 직원 들이댔다가 김 부장님이 욕먹으실까 봐 걱정이 돼서 거절하는 거예요. 그렇게 좋은 기회 저보다 더 고생하는 다른 직원들에게 양보해야 하는 게 당연한 거구요. 그럼 전 이만 일어나보겠습니다."

미련 없이 돌아서는 제아의 뒤통수에 김 부장이 최후 통첩을 날렸다.

"그럼, 사표를 제출하든지."

"예? 사, 사표라니요?"

"할 일 없이 놀고 있는 직원에게 업무를 줬는데도 거절했으니, 그건 당연히 사표감 아닌가?"

제아는 너무 기가 막혀 말도 나오지 않았다. 맘 같아선 더럽고 치사해서 때려치운다며 김 부장의 면전에 사표를 투척하고 싶지만. 아직 아쉬운 건 그녀였다. 아, 이 더러운 현실이여.

"선택하게. 사표를 내던지, 비서직을 받아들이던지."

선택의 여지가 없는 물음이었다.

"……언제부터 하면 되는 건가요."

그럴 줄 알았다는 듯 김 부장이 흡족하게 웃으면서 앉으라는 손짓을 했다. 제아가 마지못해 다시 앉자 김 부장이 은근히 몸을 기울여왔다.

"내가 유 실장에게 잘 말해놓을 테니 걱정은 말게. 나만 믿으라고. 자네는 내 말만 들으면 돼."

김 부장의 은근한 눈빛과 미소가 소름이 돋아 제아는 옆으로 슬슬 의자를 움직였지만, 두툼한 그의 손이 그녀의 허벅지 위에 안착을 했다.

"앞으로 내가 종종 제아 씨를 불러서 이것저것 물어볼 거야. 대답만 잘해주면 사장 비서 노릇이 끝나더라도 내가 제일 어패럴 내에서의 입지, 아주 튼튼하게 굳혀주지. 이 회사 인사권은 내가 꽉 쥐고 있으니 말이야."

마지막 말에 제아의 귀가 번쩍했다. 그러니까 김 부장 말은…… 지금 나보고 오빠의 스파이를 하라는 거야? 맙소사!

한국행 비행기 퍼스트 클래스 좌석에 앉아 있던 인호는 김 부장으로부터 온 메일을 확인하자 만족스러운 미소를 지었다. 멍청한 놈, 딱 걸려들었군. 어찌 되었든 이 소식을 얼른 도준에게 알려야지.

"한 사장, 자나?"

눈을 감고 생각에 잠겨 있던 도준이 느릿하게 눈을 뜨고 비스듬히 시선을 틀었다. 얼굴을 받치고 있는 매끈하게 빠진 손가락은 길었지만, 그 손이 감싸고 있는 얼굴은 작아도 너무 작았다. 그 작은 얼굴에 꽉 들어찬 도준의 이목구비에 다시 한번 감탄을 하며 인호는 냅다 짜증을 부렸다.

"그렇게 유혹하는 것처럼 끈적거리게 보지 말랬지. 한 사장 네가 그렇게 보면 내 성 정체성에 혼란이 온다니까?"

"쓸데없는 트집은 그만 하고 할 말이나 해."

"인사과 해나 씨 추측이긴 한데, 한 부회장님 쪽에서 어떻게든 비서실에 스파이 찔러 넣으라고 김 부장을 자꾸 닦달하는 모양이야. 우리 해나 씨가 천리안 귀잖아?"

해나는 그들이 인사과에 심어놓은 스파이였다. 사실 두 사람은 대책 없이 한국으로 돌아온 게 아니었다. 한 회장과의 담판으로 한국 귀국을 결정한 1년 동안 그들도 치밀하게 준비를 했다. 굵은 가지는 건드리지 않되, 전혀 의심하지 못할 잔가지들을 곳곳에 뿌려놓은 것이다.

"유 실장은 그게 가능하다고 보나?"

"어림도 없는 소리지. 감히 어디를. 내가 버티고 있는데."

"특별 비서 건은?"

"어헛, 내 능력을 의심하는 거야? 뭐, 감사하게도 우리의 한강훈 이사님이 자신이 힘써서 넣어준 사촌 동생 친구가 제아 씨라는 걸 모르고 있으니 일이 술술 풀리더라고. 한 이사가 찔러만 넣고 버려둔 그 카드를 김 부장은 다시 쓰려고 할 테고. 게다가 우리 제아 씨는 지금 펑펑 놀고 있는 직원이잖아."

제아를 괴롭히던 김 대리와 조 과장은 눈물 콧물 쏙 빠지도록 깨진 후에 퇴직금의 반마저 깎이고 쫓겨나듯이 불명에 퇴직을 했다. 모나무흐 기획전을 성공적으로 끝내고 능력을 입증해 보였음에도 사수도 없이 제아가 한가하도록 놔둔 것도 모두 그들의 수였다. 입 아프게 설명해서 뭐하나. 직접 보여주면 될 것을.

인호는 도준을 향해 태블릿 PC 화면을 돌려서 보여주었다. 태블릿 PC 화면 안, 크게 확대된 김 부장이 보낸 메일이 열려 있었다.

> 최종 합격자는 온라인 기획팀 문제아 직원입니다. 모나무흐 첫 판매도 성공적으로 치러서 MD로서의 능력도 증명해 보였고, 현재 사수가 공석인 이유로 비서실로 바로 발령을 내도 업무에 지장이 없습니다. 무엇보다 잦은 야근과 물류 센터 지원을 나갈 만큼 열정이 넘치는 여직원입니다.

"미션 완료. 두 눈으로 확인하니 만족스럽나, 한 사장?"

한강훈이 버린 카드를 그들은 역이용해서 손도 대지 않고 코를 풀어버린 꼴이었다.

"자, 이제 우리의 문 비서를 언제쯤 네 옆에 착 붙여줄까?"

"우선 놔둬. 김 부장이 안달 나서 먼저 밀어 넣을 때까지."

수긍한다는 듯 인호가 고개를 끄덕이자, 그제야 도준은 자신의 앞에 있는 태블릿 PC로 시선을 옮겼다.

"한국 도착하자마자 회사로 바로 갈 거지?"

10년은 독하게 참았지만 한국으로 돌아와 제아를 보고 느끼니 이제 그녀를 하루만 보지 못해도 숨이 막히는 기분이었다. 그리고 무려 일주일 넘게 그녀를 보지 못했다. 숨이 탁 막혀 가슴이 묵직하게 내려앉는다. 인공호흡이 절실한 상황이었다.

"그래야지."

"사장님은 다음 주 정도에 오실 예정이세요. 그동안 USB 안에 있는 자료 파워포인트로 정리하고 그 내용도 파악해놓으면 될 거예요."

제아가 특별 비서로 뽑힌 게 못마땅했는지, USB를 건네는 여비서의 눈빛이 곱지 않았다. 나도 하고 싶어서 하는 거 아니거든요? 마음 같아선 그 여비서에게 확 쏘아붙이고 싶었지만 가까스로 참았다.

점심시간까지 반납하면서 3일째 컴퓨터와 씨름중인 제아는 짜증이 치솟았다. 성격에 맞지도 않는 비서에, 팔자에도 없는 스파이 노릇까지 하게 생겼으니 말이다. 내 인생이 팍팍해 죽겠는데 지금! 게다가 USB 안에 담긴 자료는 처음 접하는 내용에 모르는 것 투성이라 작업 속도도 현저하게 느렸다.

"휴, 이건 또 어떻게 해야 하는 거야?"

이럴 땐 당을 보충해야지. 제아의 손이 본능적으로 서랍에 있는 복숭아 사탕을 찾는 순간…….

"서식이 틀렸어."

나긋나긋한 음성이 귓가를 스치고 길고 곧은 남자의 손이 양옆에서 뻗어 나와 방금 전까지 그녀가 두드리던 키보드를 능숙하게 두드렸다. 그와 동시에 제아의 얼굴 옆으로 스윽, 나타난 도준의 얼굴. 꼼짝없이 그의 품 안에 갇힌 채 제아는 그와 함께 같은 모니터를 바라보았다. 긴장감에 솟아오른 어깨의 떨림을 느낀 걸까.

"긴장하지 마. 닿지 않았으니까."

얄밉게도 그걸 또 딱 짚어내는 도준의 말에 제아는 앙큼하게 그를 흘겨보았다. 때마침 수정을 마친 도준도 모니터에서 시선을 떼고 살짝 고개를 틀었다. 내리간 도준의 눈과 치켜든 제아의 눈이 야릇한 각도에서 부딪쳤다.

"다녀왔어, 문 비서."

따스한 숨결이 키스하듯이 뺨을 간질이자 제아의 오감이 민감하게 곤두섰다. 익숙하지 않은 낯선 감각에 깜짝 놀란 제아는 온 힘을 다해 발을 굴렀다. 도르르, 소리를 내며 뒤로 밀린 의자가 도준과의 안전거리를 확보하자마자 주변을 살폈다. 다행히도 점심시간인지라 넓은 사무실은 텅 비어 있었다. 문 비서, 문 비서라니!

"오빠 특별 비서, 내가 된 거 알고 있었어?"

"내 비서인데 나한테 먼저 보고가 들어오는 건 당연한 거 아닌가?"

아······. 제아의 입이 작게 벌어졌다. 도준의 차림새로 보아 미국 출장을 끝내자마자 회사로 복귀한 게 분명했다. 집도 들르지 않고 급하게 온 이유를 알 것 같기도 하다.

"오빠가 점심시간에 나를 찾아온 이유, 알 것 같아."

흥미롭다는 듯 도준이 제아의 책상에 걸터앉아 긴 다리를 꼬았다.

"나는 괜찮아. 사실 나도 비서 노릇 할 자신 없었거든. 그러니까 미안해하지 말고 비서 제대로 다시 채용해."

공과 사는 정확한 그이니 특별 비서만큼은 유능한 직원으로 뽑고 싶으리라.

"할 말이 있어서 들른 건 맞아."

"그렇지? 내 생각이 맞지?"

완벽한 혼자만의 상상에 빠진 제아의 환한 미소를 보며 도준은 생각했다. 문제아, 미안해서 어쩌지? 나는 네 상상의 나래를 완벽하게 꺾어버리려고 왔는데.

"다음 주까지는 푹 쉬라는 말을 해주러 왔어."

"푹 쉬라니, 무슨 뜻이야?"

"그 이후부턴 꽤 바쁜 특별 비서 일정이 시작될 테니까."

무슨 뜻인지 이해를 못한 듯 잠시 멍한 표정을 짓던 제아의 얼굴이 점점 더 새하얘졌고, 그다음에는 발그레하게 물들었다.

"나를, 특별 비서로 쓰겠다고? 오빠 미쳤어?"

제아에게서 10년 만에 듣는, '미쳤다'는 표현은 꽤 반갑기까지 했다. 나야 항상 너에게 미쳐 있으니까.

"김 부장이 합법적으로 채용한 비서를 내가 마다할 이유가 있을까."

"김 부장님이 날 스파……!"

거기까지 말을 한 제아는 아차 싶어 입을 꾹 다물었다. 생각해 보니 김 부장은 '스파이'란 단어를 사용한 적이 없었다. 그저 종종 물어볼 게 있으니, 대답을 잘해달라고 했을 뿐. 어림짐작만 했을 뿐 정확하지도 않은 사실을 그에게 멋대로 말을 할 수는 없는 노릇이다.

"오빠, 난 제대로 된 기획도 해본 적 없고, 비서 노릇은 더욱 해본 적도 없어."

"배워."

정말 용기 내서 한 말인데, 그는 너무도 간단하게 끝내버렸다. 배우는 게 쉬운 줄 아나! 내가 자기처럼 슈퍼 두뇌도 아니고! USB에 들어 있는 자료 때문에 지금 3일째 씨름 중인데!

"단기간에 그걸 다 어떻게 배워?"

"1년 동안 제자리걸음 지겹지도 않나? 이젠 무시당하는 것에 발끈하고 도약할 때가 됐는데 말이야."

벌처럼 매섭게 쏘아붙여도 항상 그녀에겐 다정했던 도준이었다. 그런데 지금 그녀를 바라보는 도준의 눈빛, 말투, 표정은 냉혹 그 자체였다. 지난 1년간의 회사 생활을 모두 알고 있다는 듯, 서슴없이 아프게 가슴을 찔러들었다. 그런데 가장 높은 곳에 있는 그가, 어떻게 가장 낮은 곳에서 일어난 일을 알고 있는 걸까?

"난 길만 마련해줄 뿐이야. 그 길을 걸어오는 건 제아 네 몫이고."

도준의 마지막 말에 제아의 머릿속이 빠르게 회전하기 시작했다. 이 모든 상황이 예견된 것처럼 딱딱 떨어지는 것 같아 기분이 꽤 묘했다. 쟁쟁한 제일 그룹의 다른 계열사를 모두 마다한 채 군이 제일 어패럴을 선택한 도준. 그리고 클럽에서의 우연한 만남 이후 악연처럼 반복되는 우연. 이 모든 게 철저하게 그의 계획하에 시작된 게 아닐까 하는 의심마저 들 정도였다. 그리고 쫓겨나듯이 사라진, 이 회사에 뼈를 묻겠다고 했었던 조 과장과 김 대리. 이상할 정도로 길었던 직속 상사의 공백. 할 일 없이 하루하루를 버텨왔던 회사에서의 시간. 그리고 회사 내에서 이루어진 특별 비서 채용 건. 모든 게 한 맥락으로 주르륵 연결되는 것 같았다.

설마…… 이 모든 게 정말 우연일까?

그녀가 흩어진 퍼즐 조각을 머릿속에서 맞추는 사이 도준이 안전거리를 넘어왔다. 서늘한 손끝이 제아의 턱을 잡아 올려 눈을 마주보게 했다. 휘몰아치는 짙은 갈색 동공에서 흘러나온 묘한 기운에 잠식당하는 가련한 영혼.

"자존심 세고 당당하던 문제아는 어디 갔지?"

제대로 자극당한 제아의 동공이 풍랑을 맞은 듯 거칠게 일렁이는 걸 도준은 놓치지 않았다.

"내가 길을 터줄 테니 넌 날 밟고 올라서기만 하면 돼. 그게 그렇게 어렵나?"

배경과 재력이 없어 대우받지 못한다면, 그 배경과 재력은 그가 만들어주면 된다. 너를 생각하면서, 너를 위해서 이렇게 독하게 10년을 달려온 나야. 널 위해 달려온 나를, 넌 이용만 하면 돼. 그 메시지를 알아들은 걸까? 그게 아니면 그의 말이 자존심을 제대로 건드린 걸까? 마침내 고집스럽게 다물린 제아의 입이 열렸다.

"내가 세게 밟았다고 울지나 마시죠, 한도준 씨."

"이제야 나의 제아답군."

본능처럼 흘러나온 도준의 그 한마디가 제아의 심장을 쿵쾅거리게 했다. 기특하다는 듯 머리를 쓰다듬는 그의 부드러운 손길마저도. 맙소사, 어떻게 해. 나 정말 그의 곁에서 버텨낼 수 있을까. 내가 과연 잘하는 짓일까. 지독한 혼란에 제아를 빠트린 장본인은 만족스럽게 사무실을 벗어나고 있었다.

제아가 보고 싶어 회사로 직행했지만 막상 오고 나니 도준을 기다리고 있는 일들이 많았다. 제아만 잠깐 보고 가려고 했던 그는 하는 수 없이 예상보다 꽤 오랜 시간을 회사에서 보내야만 했다. 통유리 너머로 비치는 하늘이 어둑해지고 나서야 도준은 인호와 함께 사무실을 나섰다.

"차는 지하 1층에 대놨어. 부산으로 바로 출발해야 할 것 같아."

빡빡한 일정에 조금 지쳤는지 손으로 관자놀이를 문지르던 인호는 지하 1층 엘리베이터에 도착하자마자 탄성을 내질렀다.

"이야, 네 차 못지않게 쌔끈한데? 차 주인도 멋지네."

인호의 시선을 쫓아간 도준의 얼굴이 싸늘하게 얼어붙었다. 그의 심기를 건드린 건 차가 아닌, 차 주인이었다. 검은 스포츠카에 몸을 기댄 채 선글라스를 쓰고 있는 남자. 검은 라이더 재킷에 블랙 진을 매치한 매서운 이목구비의 훤칠한 남자는 바로 한지로였다. 그리고 한지로가 이 회사 주차장에 와 있다는 건⋯⋯?

도준은 조금의 망설임도 없이 몸을 틀어 다시 엘리베이터로 향했다. 깜짝 놀란 인호가 허겁지겁 다시 그의 뒤를 쫓았다.

"또 어디 가는데? 바로 부산 내려가야 하는 거 몰라?"

"잠깐 회사에 볼일이 있어."

"무슨 볼일? 내가 모르는 볼일이 뭔데?"

그사이 올라갔던 엘리베이터가 누군가를 태우고 내려왔다. 엘리베이터의 문이 열리자 안에 탄 사람도, 밖에 서 있는 사람도 아무도 움직이지 않았다.

깜짝 놀란 듯 작게 입을 벌리고 큰 눈만 깜빡이는 제아. 그런 제아를 딱딱하게 굳은 눈빛으로 바라보는 도준. 그리고 두 사람을 호기심 어린 눈빛으로 번갈아보는 인호.

무거운 침묵을 깨고 먼저 움직인 건 도준이었다. 입구를 가로막듯이 도준이 당당하게 엘리베이터에 올라타자 인호도 얼떨결에 같이 올라탔다. 안에 있는 사람이 내리지도 않았는데 말이다. 인호가 타자마자 도준은 기다렸다는 듯 닫힘 버튼을 눌러버렸다.

"사장님, 저 안 내렸어요!"

당황한 제아가 열림 버튼을 누르고 내리려 하자 도준은 심술궂게도 엘리베이터 입구에 딱 버틴 채 닫힘 버튼을 눌러버렸다. 닫힌 문을 잠시 바라본 제아의 눈꼬리가 앙칼지게 올라갔다. 곧이어 두 사람의 버튼 신경전이 벌어졌다. 누르고 취소하고 누르고 취소하고⋯⋯ 몇 번을 반복하고 나서야 참다못한 제아가 지하 1층 버튼에서 손가락을 떼지 않은 채 경직된 웃음을 지으며 먼저 입을 열었다.

"원래 내리는 사람이 먼저라고 알고 있습니다. 죄송하지만 사장님은 제가 내리고 나서 15층으로 올라가셔야 해요."

인호는 지금 이 상황이 무척이나 흥미로웠다. 오빠와 여동생의 유치찬란한 신경전이라······.

무엇보다 10년 동안 도준을 지켜봐 왔던 인호로서는 굉장히 생소한 모습이었다. 저 녀석이 저런 심술궂은 표정을 지을 수도 있구나. 저렇게 유치한 짓을 꿋꿋이 참고 할 수도 있구나. 완벽한 로봇 같던 도준의 새로운 모습이 인호는 신기하기만 했다. 이제 조금 사람 냄새 나네.

그나저나 유치한 엘리베이터 대전은 누구의 승리로 끝나려나? 이왕 이렇게 된 거 인호는 팔짱을 끼고 뒤에서 느긋하게 관전하기로 했다.

결국 엘리베이터는 당연히 황소고집 한도준의 승리였다.

"나의 특별 비서, 문제아."

갑을 관계가 명확한 도준의 그 한마디에 꼬리를 내린 쪽은 제아였으니까. 세 사람을 태운 엘리베이터가 치열한 신경전 끝에 드디어 상승하기 시작했다.

"지금 가려고 하는 2박 3일 부산 출장, 유 실장 대신에 문 비서가 가줘야겠어."

"네?"

"뭐?"

도준의 폭탄선언에 제아뿐만 아니라 인호마저도 깜짝 놀라 도준을 바라봤다.

"보시다시피 유 실장이 워낙 몸이 허약해서, 과도한 업무에 지금 무척 피곤한 상태거든."

내가? 언제? 인호는 무슨 소리냐는 듯, 축 처진 눈에 힘을 잔뜩 주고 도준을 뚫어지게 바라봤다. 신체 건강하다 못해 펄 펄 끓는 피를 가진 남자를 순식간에 허약한 놈으로 만들다니! 다른 건 몰라도 남자의 자존심이 걸려 있는 일이기에 인호는 이번만큼은 참지 않으리라 다짐했다.

"저기, 한 사장님? 저는 조금도 피곤……."

"그래서 유 실장한테 일주일 휴가를 주려고 하거든."

그 한마디가 벌어진 인호의 입을 다시 다물어지게 했다. 휴 가라니, 그것도 일주일이나? 앞뒤 사정은 궁금하지도 않았다. 그 한마디에 인호는 즉시 허약한 연기에 몰입했다. 흐리멍텅한 눈빛으로 제아를 응시하며 어깨를 축 늘어뜨린 채 제아에게 넌지시 속삭였다.

"문 비서, 고집불통 오빠 좀 아주 잘 부탁합니다."

쏟아질 듯 커다란 제아의 눈이 인호에게 향하는 순간, 엘리 베이터가 15층에 도착했다. 으르렁거리는 두 남매가 엘리베이 터에서 내리자 인호는 콧노래를 흥얼거렸다. 지금 이 순간부 터 휴가로구나. 에헤라디야. 그러다가 인호는 흠칫했다. 가만, 부산 호텔에 예약한 룸이 하나뿐인데 어쩌지? 그게 아주 잠깐 마음에 걸리긴 했지만 뭐 남매간이니, 같은 룸에서 잔다고 무슨 일이 나겠어? 일주일 간의 휴가를 떠올린 인호는 그저 즐겁기만 했다.

도준의 집무실에 들어서자마자 제아가 빽 소리를 질렀다.

"갑자기 무슨 출장이야? 너무 갑작스럽잖아. 이번 주까지는 푹 쉬라면서."

"유 실장이 몸 상태가 안 좋아서 혼자 출장을 가야 하는 상황이었어. 그런데 때마침 나의 새로운 비서가 구세주처럼 나타나주었고. 열심히 하겠다는 의지를 비추었던 걸로 아는데. 아닌가?"

너무도 태연하게 물 흐르듯이 말하는 도준의 모습은 조금의 흠도 잡을 수 없었다. 그런데도 뭔가 분명 미심쩍은데 딱 꼬집어서 말을 할 수가 없어 제아는 속이 답답했다. 무엇보다 당장 떠나는 건 무리가 있었다. 한 시간이 넘게 주차장에서 기다리고 있는 지로가 떠오른 것이다.

"나 지금 약속이 있어. 내일부터 스케줄 시작되는 거지? 그럼 내가 내일 아침 일찍 짐 챙겨서 내려갈게."

"아침 일찍 일정이 시작돼서 곤란해. 어차피 백화점에 잠깐 들를 계획이었으니 필요한 건 백화점에서 사면 되고, 집에는 유 실장이 바로 연락해놓을 거야. 문제 있나?"

고집스러울 정도로 반박할 여지를 주지 않는 도준을 제아는 이해할 수 없다는 눈빛으로 보았다. 분명 마지막에 봤을 땐 다정하던 오빠였다. 그런데 왜 갑자기 몇 시간 만에 심술궂게 변한 걸까.

"5분 후 출발 예정이니, 그 약속 취소하는 게 좋을 거야."

승산 없는 싸움은 오래 할 필요가 없었다. 주차장에 도착하자마자 제아는 불만이 가득한 표정으로 서 있는 지로에게 두 손 두 발 들어 싹싹 빌었다.

"그러니까 제아 네 말은, 퇴근하는 길에 사장이랑 마주쳐서 비서실장 대신 2박 3일 출장을 따라가게 됐다?"

"응!"

"그리고 네가 지금 특별 비서로 채용이 되어서 거절할 수가 없고?"

"그렇지!"

또렷한 입술 선에 야릇한 비소를 머금은 지로가 드디어 폭발했다.

"문제아, 너 지금 그런 엿 같은 핑계를 나보고 믿으라는 거냐?"

"엿 같긴 한데 진짜라니까?"

기다린 지로도 화가 나겠지만, 이런 황당함을 겪은 그녀는 오죽할까. 믿어주지 않는 지로가 답답할 뿐이었다.

"뭐 그런 개새끼가 다 있어? 이거 완전 슈퍼 갑질이잖아! 내가 쫓아가서 아주!"

"한지로, 너 죽을래? 감히 누구한테 욕지거리야!"

싹싹 빌던 제아가 갑자기 도끼눈으로 앙칼지게 대들자 당황한 건 지로였다.

"문제아, 너 왜 그렇게 화를 내냐."

"······어?"

제아도 아차, 싶었다. 지로가 한 '슈퍼 갑질', '개새끼'란 욕이 도준을 향한 거란 걸 깨닫는 순간, 그녀 자신도 모르게 발끈해버린 것이다.

"아니, 그래도 그런 욕 하는 건 좀 아니잖아. 우리 사장님, 절대 그런 분 아닌데 네가 너무 심하게 오해를 한 것 같아서."

지로가 눈을 더욱 날카롭게 빛내며 제아의 어깨를 움켜쥐었다.

"그래서 나한테 그렇게 눈에 불을 켜고 덤벼들었다고? 안 지 얼마 되지도 않은 그 사장 새끼 때문에, 10년도 넘게 네 곁에 있는 나한테?"

바로 뒤에 있는 차에서 도준이 내릴까 봐 조마조마한 제아는 얼른 지로의 손을 뿌리쳤다.

"지로야, 우선 내가 갔다 와서 연락할게. 꼭! 알았지?"

"안 돼. 못 가. 나, 그딴 새끼한테 너 못 보내."

"한지로 이거 엄연히 일이거든? 너 진짜 왜 그래!"

"넌 서 있는 것만으로도 남자들 시선을 끈다니까? 그 새끼 분명 너한테 다른 속셈 있다! 내가 다른 데 알아봐줄 테니까, 그러니까 여기 당장 때려치워."

제아는 지금 머리가 돌아버릴 지경이었다. 눈앞에선 상처 받은 늑대가 달래주라고 포효하고 있었고, 바로 뒤에선 포악한 흑 표범 한 마리가 차 안에서 몸을 웅크리고 대기 중이었다. 지금 움직이지 않으면 분명 도준이 차에서 내릴 것이다. 아직은 앙숙 같은 두 남자가 만나서는 안 된다.

"한지로, 나 이제 남의 도움 받으면서 회사 옮겨 다니는 거 지긋지긋해."

그래서 회사에서 그런 무시를 당해도 악착같이 버텼던 거였다. 여기서도 버티지 못하면, 스스로의 인생을 포기하는 것만 같아서.

"이제 도움은 더 이상 받지 않아. 때려쳐도 내가 때려치고 직장 새로 구해도 내가 구할 거야. 출장 갔다 와서 꼭 연락할게. 알았지? 지로야, 미안해!"

늑대와 표범이 붙어봤자 다치는 건 늑대이다. 어렸을 때부터 항상 그랬으니까. 지로의 손길을 뿌리친 제아는 뭐가 그리 급한지 후다닥 달려가서 엘리베이터 바로 앞에 세워진 검은 차에 올라탔다. 거칠게 산산조각 난 지로의 눈빛이 운전석으로 향했지만, 선팅이 진하게 되어 있어서인지 사장이란 남자는 보이지도 않았다.

부우우웅!

그런 지로를 비웃기라도 하듯, 제아를 태운 차는 고급 세단임에도 불구하고 거친 소음을 일으키며 그의 앞을 지나쳤다.

"나 오늘 너한테 줄 거 있다고!"

지로는 빠르게 사라지는 차의 뒤꽁무니를 노려보며 악에 받친 듯 소리를 질렀다. 커피숍에서 잡지를 보며 네가 예쁘다고 무심코 말했던 그 반지, 지금 내 재킷 안에 있다고! 한정판이라 구하기 힘들다는 그 반지를 구하려고, 가족 여행 핑계를 대고 해외여행까지 혼자 간 지로였다.

버리고 간 오빠가 뭐가 좋다고, 제아는 아직까지도 그의 그늘에서 벗어나지 못하고 있었다. 그녀가 항상 목숨처럼 소중하게 걸고 다니는 목걸이에 걸린, 해질 대로 해져 빛을 잃은 반지. 그 반지가 이준이 준 거라는 걸 지로는 알고 있었다.

과할 정도로 서로밖에 몰랐던 남매. 지로는 그 그늘에서 제아를 끄집어내주려 했지만 그럴수록 제아는 자꾸만 그의 손에서 미꾸라지처럼 빠져나갔다.

오랜 고민 끝에 고백하려고 준비를 할 때마다 자꾸만 나타나는 거지 같은 방해꾼들은 왜 이렇게 많은지! 가면무도회에선 돈 터진 미친 새끼가 채가더니, 이번에는 슈퍼 갑질하는 사장 새끼라니! 정말 되는 일이 하나도 없다. 물론 두 남자가 동일 인물임을 그는 꿈에도 몰랐다.

Episode 6

서로일 수밖에 없는 이유

서울을 출발한 지 정확히 3시간 만에 부산의 호텔에 도착한 그들에게 청천벽력과 같은 소식이 전해졌다.

"죄송하지만 예약되어 있는 스위트룸은 하나뿐입니다."

태연하게 고개를 끄덕이며 엘리베이터로 향하는 도준과 달리 제아는 굉장히 당혹스러웠다. 한 공간에서 둘이 같이 자야 한다? 죽었다 깨어나도 있을 수 없는 일이었다. 이제 둘은 완벽한 남인데다 어엿하게 다 자란 성인 남녀이니까. 하지만 룸에 들어서는 순간 절로 쏟아지는 탄성에 하려고 했던 말들은 깨끗하게 머릿속에서 증발해버렸다.

"꺄아, 대박! 너무 예쁘다!"

현재 도준의 위치를 생각하지 못하고 단순하게 모텔 객실을 떠올렸던 건 제아만의 철저한 착각이었다. 룸으로 들어서자마자 두 개의 발코니 너머로 보이는 탁 트인 바다 전경은 그야말로 예술이었다. 게다가 고급스러운 서재와 테이블 코너, 키친,

응접실까지 별도로 나누어져 있는 룸 내부는 넓고 우아하기까지 했다. 꺅꺅거리며 다람쥐처럼 이 방 저 방 구경하느라 바쁜 제아를 바라보는 도준의 입가에 희미한 미소가 어렸다.

"제아 넌 침실에서 자면 돼."

도준의 말에 제아가 반짝이는 눈을 한 채 핑그르르 그를 향해 돌아섰다.

"오빠?"

"난 자봤자 한두 시간이야. 일하다가 졸리면 소파에서 자지 뭐. 그러니 나는 신경 쓰지 말고 침실에서 편히 자."

분신과도 같은 유인호란 수족을 떨어뜨리고 왔기 때문에 할 일이 산더미같이 많아졌다는 말은 물론 생략한 도준이다.

"그럴수록 한두 시간이라도 편히 자야지. 나야 보조로 따라온 거지만 메인인 오빠가 피곤해서 일 그르치면 안 되잖아. 그러니까 내가 그냥 소파……."

"제아야."

"……?"

"여자를 소파에 재우고 침대에 잘 만큼 나 그렇게 매너 없는 놈 아니야."

부드럽게 타이르는 듯한 도준의 말에 제아의 얼굴이 확 달아올랐다. '여자를'이라는 단어가 유독 또렷하게 귀를 파고든 것이다. 동생이 아닌…… 여자.

"그럼 비어 있는 룸 있다고 연락 오면 바로 알려줘야 해. 알았지?"

"알았으니까 들어가서 쉬어."

그제야 안심한 듯 침실로 들어가는 제아의 뒷모습을 보며 도준은 중얼거렸다.

"그럴 일은 없을 거야."

일부러 제아와 함께 있으려고 미리 호텔에 선수 쳐서 연락을 해놓았다. 비어 있는 룸이 없다고 안내를 하라고 말이다. 그런 줄도 모르고 짐을 풀고 샤워를 하고 나온 제아는 시간을 확인했다. 벌써 밤 11시, 시간은 참 빨리도 흘러갔다.

"자, 이제 비서 노릇 좀 하러 가볼까?"

살그머니 문을 열고 응접실로 나가자 막 샤워를 마쳤는지 촉촉이 젖은 모습으로 테이블에 앉아 있는 도준이 보였다. 서류와 노트북을 번갈아가며 보는 그의 모습은 섬세하고 정갈했지만 너저분하게 어지러진 그의 주변은 그러지 못했다. 그 모습에 살포시 웃음이 새어 나왔다.

"정리 못하는 건 여전한가 보네."

세 살 버릇 여든 간다고 하더니, 그래도 변하지 않는 게 있긴 있나 보다. 사뿐히 다가가 능숙하게 주변을 정리하니 그제야 도준이 고개를 들었다.

"내일 일찍 일어나야 되니 넌 들어가서 쉬어."

제아는 대답 대신 테이블 위를 빠르게 스캔했다. 수북하게 싸인 서류의 양은 어마어마했고 노트북도 두 대, 태블릿 PC도 두 대. 딱 봐도 인호의 몫까지 그가 소화하고 있는 게 느껴졌다.

"비서라고 데리고 왔으면 좀 부려먹어야지, 재우기는 왜 재워?"

"이건 어차피 내가 할 일이야. 그러니까 넌……."

"배우라면서. 배울 준비 완벽하게 되어 있으니까 알려주기나 해. 아니면 오빠 일하는 동안 나 계속 정리정돈만 하고 있을까?"

애교스럽게 생긋 웃는 제아의 표정엔 물러섬은 없다는 듯 단호함이 어려 있었다. 그런 제아를 물끄러미 바라보던 도준은 입술 사이로 옅은 한숨을 내쉬었다. 달콤한 복숭아 향을 풍기면서 저렇게 촉촉하게 웃어버리니 도저히 거부할 수가 없다. 제아가 피곤할 걸 알면서도 마냥 곁에 두고 싶은 이기적인 마음이 굴뚝처럼 솟아오른다. 조금은, 이기적으로 널 욕심내도 되겠지.

도준이 앉으라는 듯 제 옆의 소파를 손으로 가볍게 두드리자 제아는 냉큼 다가가서 앉았다. 본격적으로 일을 가르쳐주려는 듯 도준이 몸을 숙여오자 그에게서 흘러나오는 익숙한 향기가 민감하게 후각을 자극했다. 호텔 욕실에 비치되어 있는 보디 워시 향이었다. 서로의 몸에서 같은 향이 난다는 게 이렇게나 야릇한 느낌일 줄이야. 터질 것 같은 제아의 심장도 모른 채 도준은 서류에 시선을 박고 진지하게 말을 했다.

"졸리면 들어가서 자는 거야."

노트북을 끌어당기면서 도준이 설명을 했고 제아는 귀를 쫑긋 세우고 열심히 경청했다. 하지만 노력으로 안 되는 일도 있는 법. 어려워도 너무 어려웠다. 준비해야 할 것도, 체크해야 할 것도 많았다. 이해가 되지 않는 부분도 너무 많았다. 제아가 그럴 때마다 기가 막히게 눈치를 챈 도준은 짜증 한 번내지 않고 똑같은 걸 몇 번씩 설명하고 도와주었다. 시계 침이 새벽 4시에 다다르자, 독하게 버티던 그녀의 눈꺼풀이 마침내 무겁게 내려앉기 시작했다.

끄덕끄덕, 도리도리. 끄덕끄덕, 도리도리…… 몇 번을 반복하다가 순식간에 눈앞이 깜깜해지더니…….

쾅―.

정신을 차리자 그녀의 이마는 테이블에 가 닿아 있었다.

'난 몰라! 창피해!'

그렇다고 마냥 이마를 박고 있을 수도 없었다. 살그머니 이마를 손으로 문지르며 고개를 들자 지켜보고 있던 도준과 눈이 딱 마주쳤다. 그의 손은 어느새 제아의 앞에 있는 서류를 치우고 있었다.

"문제아, 너까지 무리할 필요 없어. 지금 한 것만으로도 충분히 도와줬으니 들어가서 자."

도준은 정말 괜찮다는 듯 말을 했지만, 그녀가 괜찮지 않았다. 어떻게, 어떤 마음으로 이 자리에 이 시간까지 버틴 건데!

바다의 풍경이 비치는 스파 욕조도 마다하고 냉장고를 가득 채운 맛있는 간식과 음료수도 마다했다. 발코니 너머로 보이는 눈부신 야경까지 마다하고 11시면 곯아떨어지는 저질 체력까지 이겨내며 버텼다는 걸 일일이 말할 수는 없으니 그저 속만 끓일 뿐이었다.

그때 무심코 보았다. 바짝 충혈된 도준의 눈을.

"오빠 잠 안 와?"

"괜찮아."

"피곤하지도 않고?"

"그래."

그런데 갑자기 제아가 그의 옆으로 바짝 붙어 앉더니 알 듯 모를 듯 의미심장한 미소를 짓는다.

"오호라. 그러니까 오빠 강철 체력이라 이 시간까지 일해도 잠도 안 오고 피곤하지도 않다 이거지?"

"그래, 피곤하지도 않고 잠도 안……!"

순식간이었다. 서로의 얼굴이 가까워진 것은. 제아가 손을 뻗어 그의 뺨을 감싸고 제게로 끌어당긴 것이다.

"……뭐 하는 짓이야."

"한도준 씨, 어디서 거짓말이실까. 눈은 이렇게 실핏줄이 다 터져서 빨간데."

훅 다가온 제아에게서 흘러나오는 달콤한 향기는 참기 힘든 유혹이었다. 장난스럽게 반짝이는 눈동자마저. 그래서 급하게 시선을 떨어뜨린 건데 오히려 그게 더 실수였다. 벌어진 브이 넥 셔츠로 보일 듯 말 듯 드러난 새하얀 굴곡을 봐버린 것이다. 급하게 시선을 틀어보지만 늦었다.

빌어먹을. 온몸의 피가 뜨겁게 끓어오르면서 은밀한 곳으로 열기가 몰리기 시작했다. 백자처럼 티 없이 새하얀 피부가 열 꽃이 퍼지듯 붉어지는 걸 제아가 놓칠 리가 없었다.

"이것 봐! 얼굴도 빨갛잖아! 어라, 식은땀도…… 나네?"

그의 얼굴을 감싼 손의 보드라운 이 느낌이, 전해지는 따스한 체온이 미치도록 좋았다. 하지만 여기서 멈춰야 한다. 그렇지 않으면 무슨 일을 저질러버릴지 모르니까.

우선 뺨을 감싸고 있는 이 손 먼저 떼어내야 한다고 생각하며 손을 올리는 순간 도준은 숨이 탁, 막혀왔다. 아주 바짝 가까이 다가든 제아가 도준의 이마에 제 이마를 댄 것이다.

그녀는 어린 시절 서로가 아플 때 열을 확인했던 그때처럼 열을 체크한다고 한 행동이었지만 활화산처럼 터지기 일보 직전의 그는 지금 죽을 맛이었다.

"봐봐, 진짜 열도 있잖아!"

남자에 대해 몰라도 너무 모르는 제아의 순진한 오해에 도준의 속은 까맣게 타들어갔다.

"안 되겠어. 오빠가 오늘 침대에서 자. 그것도 당장!"

단호하게 일어난 제아는 도준의 손을 잡아 제 옆구리에 턱하니 낀다. 맙소사! 숨도 막히고 머릿속도 새하얘진 도준은 순한 양처럼 끌려갈 수밖에 없었다. 하지만 침실의 문턱을 넘는 순간 마지막 남은 한 가닥 이성이 그를 멈추게 했다.

"침대에선 네가 자. 나는 그냥 소파에서 잘게."

"그, 그럼 침대에서 같이 자!"

제 귀를 의심하며 돌아선 도준의 눈에 새빨갛게 달아오른 얼굴로 서 있는 제아가 보인다.

"지금, 뭐라고 했지?"

"오해는 하지 말고. 정말 순수하게 잠만 같이 자자는 거니까."

제아는 그게 가능할지 몰라도 그는 아니다. 순수하게 잠만 자는 거, 절대 자신이 없었다.

"됐어. 난 소파에서 잘 테니 신경 쓰지 마."

"오빠 노릇 하고 싶다면서. 그럼 오빠 노릇 해. 오빠라면 옛날처럼 같은 침대에서 잠만 잘 수 있는 거잖아. 아니야?"

격렬한 내적 갈등이 일었다. 이걸 어떻게 해야 하나. 이성은 안 된다고 하지만 본능은 어떻게든 제아와 한 침대에 눕고 싶다고 외친다. 한참 동안 붙박이처럼 침실 문턱에 서 있던 도준은 결국 고개를 끄덕이고 말았다. 하지만 몇 분 후 그는 기가 막힌 눈빛으로 부지런히 움직이는 제아를 바라보고 있었다. 베개와 쿠션까지 모두 끌어모아 침대 가운데에 38선을 열심히 쌓고 있는 그녀를.

"이제 됐어, 얼른 와! 오빤 오른쪽, 나는 왼쪽! 오케이?"

분명 이 행동은 그를 완벽하게 남자로 인식하고 있다는 의미였다. 그것도 모른 채 비스듬히 누워 침대를 팡팡 두드리는 제아는 순진한 미소와 달리 요염해 보였다. 얇은 옷이 달라붙어 굴곡진 몸이 여실히 드러났고 풀어헤친 탐스러운 머리칼이 하얀 침대 위를 물들였다. 도준의 눈에 어린 열기도 모른 채 얼른 오라고 손짓으로 재촉을 했다. 그런 그녀 때문에 현기증이 이는 그가 할 수 있는 건······.

"샤워 좀 다시 하고 올 테니 먼저 자."

샤워 부스에 서서 얼음 같은 찬물을 머리부터 뒤집어쓰며 도준은 간절히 바랐다. 제아가 잠들어 있기를. 하지만 제아는 악착같이 침대에서 그를 기다리고 있었고 결국 도준은 침실의 불을 끈 후 침대에 누울 수밖에 없었다.

"오빠, 자?"

"……."

"자냐구."

"……."

"안 자면 대답 좀 해주지."

'38선도 넘어오지 못하게 하면서 왜 자꾸 부르는 건데.'

그렇게 퉁명스럽게 쏘아붙이고 싶은 도준이었다.

"……왜."

"혹시나 해서 하는 말인데, 자다가 일어나서 넘어오면 안 돼."

도준은 하마터면 헛웃음을 흘릴 뻔했다. 기껏 대답해줬더니 넘어오지 말라니.

"믿지 못하겠으면 소파에서 잘 테니 나가게 해주든지."

어둠에 잠긴 38선 너머가 고요하다. 잠이 든 걸까 생각하는 순간…….

"……오빠 믿어. 잘 자!"

10년 만에 듣는 그 말에 도준은 가슴이 먹먹해지는 걸 느끼며, 진심을 다해 마음으로 대답해주었다.

'나는 지금도 너만 믿어.'

지금 그에게 38선 너머에 있는 존재는 이브의 사과와도 같은 금단의 열매였다. 금단이라서 더욱더 매혹적인 그 열매.

38선을 넘어오는 어떤 소리도, 움직임도 없다. 손만 뻗으면 서로가 닿을 곳에 있건만, 제아는 정말 잠이 든 것이다. 쌔근거리는 제아의 숨소리를 들으며 도준은 그제야 눈을 감았다.

빛 한 점 없이 새까맣게 닫혀버린 시야, 살짝 열린 창문 사이로 새어 들어오는 빗소리가 청각을 민감하게 자극했다. 천둥 번개는 치지 않지만 거친 바람을 머금고 쏟아지는 빗소리였다. 기분 나쁜 빗소리가 마음 깊숙한 곳에 꾹꾹 눌러놓은 날카로운 기억의 편린을 자꾸만 툭툭 건드렸다.

천둥 번개가 치던 그날, 소년을 바라보는 여자의 고운 얼굴은 비에 젖어 잔뜩 일그러져 있었다.

"엄마아."

"엄마라고 부르지도 마!"

촘촘한 속눈썹 사이를 파고드는 차가운 빗줄기에도 소년은 눈을 감지 않았다. 어떻게든 버림받지 않으려고 여자의 치맛자락을 작은 손에 꼭 움켜쥐고 있을 뿐이다. 하지만 여자는 모질게도 소년의 손을 내쳐버렸다.

"너 따위 낳는 게 아니었어! 너만 없었어도 이렇게까지 비참하지 않았을 텐데. 흐흑!"

두 손으로 얼굴을 가리고 흐느끼던 여자는 정신을 차린 듯 눈물을 멈추었다.

"원래 내 자리로 돌아갈 거야. 너만 없으면 난 돌아갈 수 있으니까. 이런 거지 같은 생활 이제 더는 안 해."

여자는 미련 없이 돌아섰다. 어린 나이에도 버림받는 걸 직감한 어린 소년은 울음을 터뜨리며 엄마를 불렀다.

"으아아앙. 엄마, 엄마아아!"

애절한 그 울음소리에 여자가 서서히 돌아서자, 때마침 천둥 번개가 쳤다. 어둠 속 하늘을 가르는 천둥 번개 소리와 함께 여자의 싸늘한 음성이 소년의 귀를 세차게 두드렸다.

"차라리 죽어버려. 축복받지 못하는 생명은 태어나선 안 되는 거였어. 그러니까…… 죽어버려, 제발."

퀴퀴한 냄새가 진동하는 비좁은 골목, 홀로 남겨진 소년은 숨조차 제대로 쉬지 못한 채로 얼어붙어버렸다. 마음도, 심장도. 차가운 비가 세차게 소년의 온몸을 때리고, 천둥 번개 소리가 귀를 울리고, 죽어버리라는 엄마의 말이 뇌리를 울렸다.

─죽어버려, 죽어버려, 차라리…… 죽어버려.

얇은 눈꺼풀을 파르르 떨며 눈을 번쩍 뜬 도준의 온몸은 식은땀으로 흠뻑 젖어 있었다. 또 가위에 눌렸는지 몸이 움직이지 않는다. 다물린 잇새 사이로 미약한 신음만 조금씩 흘리는 게 고작이었다.

"으, 으윽."

그때 다리 쪽에서 무언가 느껴졌다. 밑에서 자꾸만 꼼지락거리는 그 느낌에 얼어붙었던 감각이 조금씩 돌아오고 굳어버렸던 손끝에 힘이 들어가고 조금씩 움직여진다. 그때를 놓치지 않고 상체를 반쯤 벌떡 일으킨 도준은 하마터면 소리를 지를 뻔했다. 푸르스름한 어둠 속, 영화 〈링〉에 나오는 귀신처럼 긴 머리를 산발한 여자가 그의 다리 밑에서 꿈틀거리고 있었다. 섬뜩함에 잠시 심장이 거칠게 뛰었다. 38선은 무너진 지 오래, 그의 긴 몸을 타고 오른 제아는 가슴에 다다르자 얼굴을 폭 파묻었다.

"이준 오빠…… 이제 괜찮아…… 내가 왔잖아. 으음……."

깜찍한 잠꼬대를 쏟아낸 제아는 이내 그의 몸 위에서 나무 늘보처럼 몸을 편하게 늘어뜨리고 다시 깊은 잠에 빠져들었다. 이불처럼 그를 덮는 따스한 체온이 어둠 속에서 그를 미소 짓게 만들었다. 아마도 그가 가위에 눌려 신음하는 소리를 잠결에 들은 게 분명했다.

그 소리에 잠결에 반응한 제아는 애지중지 쌓아놓은 38선을 무너뜨리고 넘어왔을 테고. 어찌 되었건 제아 덕분에 또다시 악몽에서 깨어났다. 이러니 내가 어떻게 널 사랑 안 해. 서로의 본능이 서로를 느낀다. 마치 보이지 않는 끈으로 서로의 영혼이 묶여 있는 것처럼.

도준은 그의 가슴 위에서 편안하게 잠이 든 제아의 귀에 나직하게 속삭였다.

"넌 나의 수호천사야."

그를 지켜주는, 그를 존재하게 하는, 그만의 수호천사. 귀를 간질이는 그 속삭임이 좋았는지, 빙그레 웃음을 머금은 제아는 더욱더 그의 가슴에 얼굴을 푹 파묻었다.

그런데 더한 난관이 그를 기다리고 있었다. 제아의 편한 잠을 위해서라면 기꺼이 이 한 몸 희생할 자신은 있었지만 문제는 혈기왕성한 그의 몸이 보드랍고 따스한 제아의 몸 밑에서 반응을 한다는 것.

빌어먹을! 너 때문에 잠이 안 와.

제아가 잠결에 몸을 꿈틀거릴 때마다, 도준은 몸을 움찔했다. 어둠 속 커다란 벽시계의 촉이 점점 7시로 향하는데도 잠은커녕 정신은 점점 더 또렷해지고, 온몸의 감각이 날카롭게 곤두섰다. 태어나서 처음으로 제 무덤을 판 것 같은 기분이 들었다.

결국 자는 걸 포기한 도준은 가만히 천장을 올려다보며 후회하고 또 후회했다. 처음부터 같은 룸을 쓰는 게 아니었어.

손바닥으로 스며드는 단단하고 매끄러운 감촉이 좋았다. 그래, 이 감촉이 묘하게 달콤한 잠을 불러왔다. 몸을 뒤집은 채로 기분 좋게 눈을 뜨자 지독히도 낯선 풍경이 제아의 시야를 물들였다. 아직, 꿈인가. 내가 이렇게 좋은 데서 잘 리가 없는데.

"흐음……."

이게 꿈이라면, 더 잘 거야. 기분 좋은 콧소리를 흘리며 따스한 온기가 느껴지는 침대에 더욱더 몸을 파묻는 순간…….

"이제 그만 내 몸에서 내려와줬으면 하는데."

머리 위에서 나른한 남자의 음성이 들려왔다. 몽롱한 잠기운에 취해 고개를 들자 비스듬히 상체를 일으킨 도준이 나른한 색기를 머금은 눈으로 그녀를 내려다보고 있었다.

"헉!"

제아는 그제야 깨달았다. 도준의 몸 위에서 엎어져 잠이 들었다는 걸. 내가 진짜 미쳐! 한 번에 벌떡 일어나려 했지만 잠결에 들이닥친 상황에 정신은 혼비백산. 일어나기는커녕 그의 몸 위에서 자꾸만 허우적거리자 보다 못한 도준이 한마디 했다.

"못 일어나겠으면 내가 일으켜줄⋯⋯."

"돼, 됐어!"

그 한마디에 더욱더 당황한 제아는 벌떡 몸을 일으키는 데 성공했다. 하지만 너무 허둥거리는 바람에 균형을 잃은 몸이 너무도 격하고 거칠게 도준의 몸 위로 다시 무너져 내렸다.

"꺄악!"

그래, 덮친 것까지는 좋았다. 그런데 제 입술이 꾹 누르고 있는 이건? 젤리처럼 말캉하면서도 탱글탱글하고 보들보들한 감촉이 기가 막히다. 살짝 어긋난 채 맞물린 서로의 입술. 입술 박치기를 한 것도 모자라 정확히 그의 다리 사이에 제 몸이 딱 들어맞게 안착을 하고 있다.

꺄아, 흐읍! 난 몰라! 내가 무슨 짓을. 제아는 터질 것 같은 얼굴을 살그머니 들고 그를 올려다보았다.

"저, 저기, 오빠. 내가 고의로 그런⋯⋯."

말을 끝내기도 전에 갑자기 몸이 확 뒤집어졌다. 순식간이었다, 둘의 위치가 바뀐 것은. 새하얀 시트에 푹 파묻힌 제아를 내려다보는 도준의 몸은 지금 이글거리는 욕망에 서서히 잠식당하고 있었다.

"……오빠."

당황스러움에 오물거리는 핑크빛 입술까지. 제 밑에 깔린 제아는 그야말로 아찔한 유혹이었다. 산발한 머리, 홍조가 어린 새하얀 얼굴, 탁해져 있는 동공, 격하게 오르락내리락하는 가슴 둔덕. 그 모습이 남자의 심장을 뒤흔들 정도로 얼마나 자극적인지, 본인은 절대 모르겠지.

이글거리는 욕망이 눈앞의 아찔한 먹잇감을 한입에 꿀꺽 하라고 내면에서 거칠게 소용돌이친다. 덮쳐, 말아. 잠시 갈등하던 도준은 가까스로 욕망을 내리누르고 차분하게 그녀의 위에서 내려왔다. 침실에서 나오자마자 그가 가장 먼저 한 일은 프런트에 연락을 한 것이었다.

"지금 당장 룸 하나 준비해줘요."

도준이 말 한마디 없이 침실에서 휙 나가버린 후 제아는 잠시 멍하니 침대에 누워 있다가 스파 욕조에 몸을 담갔다. 향긋한 아로마 향을 맡으며 따스한 물에 몸을 담그고 있으니 그나마 진정이 되었다. 터질 것처럼 뛰던 심장이 안정을 되찾자 방금 전 있었던 일들을 가만히 되짚어보았다. 그녀는 자신도 모르게 손끝으로 가만히 입술을 더듬었다.

"이만큼."

입술의 중간쯤에서 손가락이 멈추고.

"오빠 입술이 닿았어."

심장이 두근거렸던 것도 같고, 아닌 것도 같고. 너무도 당황해서 입술이 닿았던 아찔한 상황이 순식간에 지나가버린 것이다. 그런데도 피식, 실없는 웃음이 그녀의 입술 사이로 흘러나왔다.

"나, 또…… 오빠한테 입술 박치기를 해버렸네."

엄밀히 따지면 도준과 입술 박치기를 한 건 이번이 두 번째였다. 20년 전, 이준을 처음 본 그때도 그를 덮쳐 입술 박치기를 했으니 말이다. 가만히 생각해보면 저지르는 건 항상 그녀였고, 도준은 항상 당하는 쪽이었다. 처음 만났을 때조차.

제아의 부모님은 돌아오는 일요일마다 어김없이 이른 아침부터 외출을 했다. 반찬과 깨끗하게 세탁한 옷가지를 꼼꼼하게 챙겨서 말이다. 어린 제아의 눈에도 그 모습은 참 이상하게 보였다. 맛있는 반찬은 어디로 가져가는 거고, 남자 아이의 옷은 대체 누구의 것인지.

"으앙, 나도 갈래! 으아앙, 혼자 있기 싫어!"

급기야 일요일 아침, 제아는 윤영의 품에서 울음을 터뜨리며 떨어지려 하지 않았다. 윤영이 당혹스러운 눈빛으로 윤식을 바라보았다.

"저렇게 고집을 부리는데 어쩔 수 없지. 데리고 갑시다."

엄마, 아빠의 손을 잡고 어디론가 향하는 제아는 마냥 신이
났다. 그들이 멈추어 선 곳은 좁고 가파른 언덕길이었다. 지금
살고 있는 집과는 비교도 안 될 정도로 허름한 판잣집이 빽빽
하게 들어찬 달동네. 그 모습은 어린 소녀의 눈에도 좋아 보이
지는 않았다.

"아빠, 나 안 갈래. 여기 무서워."

따라간다고 할 때는 언제고 이젠 가기 싫다고 엉덩이를 뒤
로 쭉 뺐다. 그래도 딸을 혼자 둘 순 없기에 윤식은 제아를 번
쩍 안아 들고 비좁은 비탈길을 올라갔다. 판잣집 중에서도 가
장 작고 허름한 판잣집은 대문조차 없었다. 삐걱거리는 문을
열고 좁고 허름한 공간으로 윤영이 먼저 들어갔다.

"어휴, 또 음식은 손도 대지 않았어요, 여보."

윤영의 뒤를 따라 들어간 윤식의 눈빛은 암울했다.

"야옹."

문 앞에 쭈그리고 앉아 있던 제아는 어디선가 들려오는 고
양이 소리에 정신이 팔려 그 뒤를 쫓았다.

"야옹아!"

아기 고양이의 뒤를 얼마나 쫓아갔는지 모른다. 하늘에서
번개가 번쩍 치면서 세찬 소낙비가 후두둑 쏟아져 내렸다. 굵
은 빗줄기에 몸이 흠뻑 젖고 싸늘한 한기가 들자 그제야 엄마
아빠가 보고 싶어졌다. 그런데 돌아가고 싶어도 돌아갈 수가

없었다. 빽빽한 미로처럼 생긴 동네 지리가 어린 소녀에겐 너무도 어려웠던 것이다.

"으아아앙, 엄마아아!"

비와 눈물이 범벅이 된 얼굴로 어디를 어떻게 얼마나 헤매고 다녔는지 모른다. 그때 아득한 비탈길 옆 깎아지른 절벽 위에 서 있는 소년이 보였다. 도깨비가 나올 것 같은 무서운 동네에서 사람을 보았다는 게 제아는 마냥 기뻤다. 그 세찬 비를 온몸으로 맞으면서도 시선을 내리깔고 있는 소년은 미동조차 없었다. 살짝 다가가 내려다보니 소년의 발밑은 까마득하기만 했다. 까마득한 발밑으로 소년이 발을 내딛는 순간, 깜짝 놀란 제아는 다짜고짜 소년을 덮쳐버렸다.

"으아아앙! 뛰어내리면 안 돼. 울 엄마가 높은 곳은 위험하다고 했단 말이야!"

갑자기 나타난 어린 소녀의 존재에 소년도 잠시 당황한 듯싶었지만 잠깐뿐이었다.

"놔! 나 같은 건 차라리 죽어버려야 돼!"

"죽지 마아! 으아앙, 죽지 마아!"

"놔. 이거 안 놔!"

소년이 거칠게 손을 쳐내는 바람에 제아는 뒤로 발라당 넘어졌다. 그런데도 다시 절벽 밑으로 발을 내딛는 소년을 향해 제아는 머리부터 들이대며 돌진했다. 작고 여린 몸에서 어디서 그런 힘이 나왔을까. 코뿔소처럼 들이박는 제아의 힘에 소년은 제아를 품에 안은 채 뒤로 벌러덩 넘어졌다. 둔탁한 충격에 소년은 잠시 움직이지 못했다. 소년을 쿠션 삼아 떨어진 제아는 입술에 와 닿는 말캉한 감촉에 반짝, 눈을 떴다. 젤리? 젤리다!

그런데 젤리가 아니었다. 탱글거리면서도 말캉하고 촉촉했던 그건, 바로 소년의 입술이었다.

"너, 내 입술 덮쳤어."

신음과 함께 정신을 차린 소년은 마치 더러운 거라도 닿았다는 듯 소매로 입술을 스윽 닦아내며 툭 쏘아붙였다. 짜증스럽다는 듯 내리뜬 소년의 눈빛과 표정마저 제아의 눈엔 그저 아름다워 보였다.

"오빠…… 왕자님이야?"

밤마다 아빠가 읽어주던 동화책 속에 나오던 아름다운 왕자님이 분명했다. 그렇지 않고서야 어떻게 이렇게 예쁠 수 있지? 소년이 몸을 일으키려 하자 제아는 다시 와락 소년의 가슴팍으로 뛰어들며 허리를 껴안았다.

"으아아앙! 안 돼! 뛰어내리면 안 돼!"

둘은 딱딱한 아스팔트 위에서 또 뒹굴었다. 악착같이 떼어내려는 소년과 죽어라고 달라붙는 소녀. 고집불통과 고집불통의 만남이었다. 하지만 승리는 결국 제아의 것이었다. 어린애를 발로 차버릴 수도 없었는지 결국 소년이 퉁명스럽게 쏘아붙였다.

"뛰어내리지 않을 테니까, 좀 놔봐."

내가 믿을 줄 알고? 절대 떨어지지 않겠다는 듯, 제아는 소년의 품으로 꼭 파고들었다.

"뛰어내리지 않는다고."

흥이다! 제아는 소년의 허리에 두르고 있던 손에 단단히 깍지까지 꼈다.

"……약속할게."

마지못한 듯, 새어 나온 소년의 말에 제아는 감고 있던 두 눈을 반짝 뜨고 고개를 들었다. 약속? 손가락 걸고 꼭 지켜야 하는 약속?

이겼다는 기쁨도 잠시뿐, 제아는 웃을 수 없었다. 어린 제아의 눈에 비친 소년이 무척 슬퍼 보였기 때문이었다. 빗물에 젖어버린 아름다운 눈에서 눈물이 흐르는 것도 같았다.

"오빠…… 울어?"

"누가 네 오빠야. 죽을래?"

"울지 마. 응?"

고사리 같은 손이 눈가에 닿기도 전에 소년은 매정하게 쳐내버렸다.

"겨우 용기 내서 내디딘 건데, 죽지 못했어. 너 때문이야!"

"……?"

"모두 날 버렸는데. 나 같은 건 아무도 원하지 않는데…… 차라리, 죽어버려야 했는데."

눈물과 빗물이 범벅이 된 아름다운 얼굴로 소년이 자조적인 중얼거림을 토해냈다. 하지만 그 중얼거림조차 제아의 귀엔 들리지 않았다. 인형보다 아름다운 왕자님을 어떻게든 갖고 말겠다는 의지가 그녀의 작은 몸에서 뜨겁게 불타올랐다.

"그럼, 내가 가질래."

"……뭘 갖겠다는 거야."

고사리 같은 손이 소년을 가리켰다.

"오빠, 내 거 해. 우리 오빠 해. 난 절대 우리 오빠 안 버려. 내가 오빠 책임질게! 약속!"

펄펄 끓어오르는 작은 손이 소년의 손을 꼭 잡았다. 하도 기가 막혀서 눈물조차 나지 않는지 흠뻑 젖은 소년의 아름다운 눈이 한껏 커다래졌다.

"너, 뭐야."

"나? 제아. 오빠 동생 문제아."

빗물 섞인 눈물을 젖은 소매로 쓱 닦은 제아는 왕자님을 향해 활짝 웃었다.

"아이쿠, 제아야?"

그때 새하얗게 질린 얼굴로 나타난 윤식과 윤영은 소년에게서 제아를 떼어내려 했지만 찰거머리처럼 달라붙은 제아는 도무지 떨어질 생각을 안 했다.

"이 오빠랑 같이 살 거야. 으아아앙, 같이 살게 해줘. 제아 오빠 하게 해줘!"

끄억끄억, 소리를 내며 서럽게 울던 제아는 점점 시야가 흐릿해지고 정신이 몽롱해졌다. 그런데도 소년의 손을 꼭 잡고 놓지 않았다.

"우리 오빠야……. 제아 오빠. 오빠랑…… 살 거야."

그러고는 정신을 잃었다. 며칠 만에 깨어났는지 모른다. 눈을 뜨자마자 방 안을 두리번거리던 제아는 다시 울음을 터뜨렸다.

"으아아앙! 오빠, 제아 오빠 어디 갔어?"

윤영이 달래봤지만 제아는 울음을 그치지 않았다. 몇날 며칠 밥도 제대로 먹지 않고 하루 종일 울면서 소년만 찾았다. 일주일째 되던 날, 윤영이 제아에게 물었다.

"제아 너, 오빠 갖고 싶어?"

"응! 그 오빠! 그때 그 오빠!"

눈물 가득한 딸의 눈을 가만히 바라보던 윤영은 결국 짙은 한숨을 내쉬며 윤식에게 전화를 걸었다.

"내가 졌어요. 제아가…… 이준이를 찾네요."

윤영은 제아의 손을 잡고 마당으로 향했다. 그때까지도 제아는 울음을 그치지 않은 채, 소년을 찾고 있었다.

"제아 오빠 어디 있어? 약속했단 말이야, 으아아앙! 오빠!"

그때 윤식이 소년의 손을 잡고 초록색 대문을 넘어섰다.

"제아야, 인사해라. 앞으로 네 오빠가 될 문이준이다."

무려 20년이나 지난 기억이었다. 그런데도 아직까지 또렷하게 기억이 난다. 절벽에서 아슬아슬하게 서 있던 이준도, 젤리 같던 그의 입술 감촉도. 대문을 넘어서 들어오던 눈부신 소년의 모습도. 왜 그렇게 고집을 부렸던 걸까. 그땐 정말 철없이도 단순하게 아름다웠던 소년을 갖고 싶다는 생각뿐이었다.

하지만 그 단순함은 곧 집착이 되었고 소유욕이 되었다. 문이준을 온전히 제 것으로 만들고 싶다는. 남자든 오빠든 상관없었다. 그냥 그이기 때문에 좋은 거다. 그토록 부인을 하며 모른 척하려 했지만 결국 제아는 인정할 수밖에 없었다.

"나 지금도 너무 욕심이 나…… 오빠가."

이젠 온전하게 그녀만의 문이준이 될 수 없는 한도준인데. 그런데도 미치도록 탐이 난다. 한숨과 함께 반신욕을 마친 제아는 욕실 내부를 두리번거리다 뒤늦게 떠올렸다. 아무것도 들고 들어오지 않았다는 걸.

급한 대로 타월을 몸에 두르고 욕실을 나오던 제아는 침대 발치에서 얼어붙어버렸다. 쇼핑백을 손에 든 채 눈앞에 동상처럼 서 있는 도준이 보였다. 반라의 모습으로 서 있는 제아를 보고도 도준은 미동조차 없었다. 그저 가늘어진 눈매로 제아를 빤히 바라볼 뿐. 짙게 변한 그의 눈이 돌연 툭, 시선을 내렸고 본능적으로 시선을 같이 내린 제아는 숨이 콱 막혀버렸다.

"헉!"

우유처럼 뽀얀 가슴 부근에서 야무지게 매듭진 타월. 그 위로 터질 듯이 넘쳐흐르는 가슴 둔덕이 도준의 시야에 적나라하게 노출이 된 것이다. 억겁의 시간처럼 더디게 흐르는 짧은 침묵. 미세한 떨림조차 없었다. 그의 시선이 좀 더 밑으로 미끄러졌다. 그리고 제아의 시선도 따라 미끄러졌다. 아슬하게 힙 라인을 가리고 있는 타월 밑으로 쭉 빠진 매끈한 각선미.

그의 시선이 닿을 때마다 피부가 데일 듯이 뜨거움을 품었다. 순간적으로 타월을 밑으로 내려 허벅지를 가릴 뻔했다. 항상 냉정하던 도준조차 이 순간만큼은 침묵하고 있었다. 어떻게든 이 묘한 분위기를 깨야 하는데!

그때 갑자기 도준이 거리를 바짝 좁혀왔다. 가슴 쪽에 두른 타월을 꼭 잡고 있는 제아의 손끝이 야릇하게 떨렸다. 스윽, 무심하게 제아를 지나친 그가 침대 위에 쇼핑백을 내려놓았다.

"수선 맡겼던 옷이야."

별다른 감정이 느껴지지 않는 그의 한마디에 투명한 유리벽에 감싸인 듯 갇혀 있던 공기가 마침내 해방되었다.

"이 옷 입고 9시까지 로비로 내려오도록 해."

"……응."

"비어 있는 룸이 있대서 내 짐은 옮겼으니 그렇게 알고."

"……응."

아슬한 그 거리감을 도준도 의식한 걸까. 침실을 나갈 때까지 제아에게 단 한 번의 시선조차 주지 않았다. 그가 나가자마자 제아는 스르륵 주저앉으며 중얼거렸다.

"심장이…… 터질 것 같아."

룸으로 돌아오자마자 닫힌 문에 기대어 선 도준은 잠시 눈을 감았다. 꽤 당혹스러운 듯 그의 긴 손가락이 감긴 눈매 근처를 어루만졌다. 감은 시야 속, 뽀얗고 풍만한 실루엣이 아른거렸다. 무언가에 세차게 얻어맞은 듯 뻐근해지는 뒤통수, 얼얼한 심장. 제아가 깡말랐던 옛날의 소녀가 아니라는 건 알고 있었지만 직접 눈으로 목격하는 건 또 다른 느낌이었다.

"빌어먹을."

겨우 식혀놓았던 몸이 다시 뜨겁게 달아올랐다. 타월만 걸친 채 젖어 있는 제아를 보고 주체할 수 없을 정도로 몸이 흥분해버렸다. 결국 그는 풀어 헤친 넥타이를 침대에 던져버리곤 다시 욕실로 향했다. 샤워기에서 쏟아지는 찬물이 그의 얼굴을 타고 온몸을 적시면서 흘러내렸다. 그런데도 머릿속을 꽉 채우는 잔상은 점점 거대해졌다.

조금의 오차도 없이 틀에 맞게 돌아가는 일상에서 조금 틀어진 하루였던 것 같다. 생각보다 집에 빨리 도착한 이준은 현관문을 열고 들어서자마자 얼어붙어버렸다. 젖은 머리칼을 가냘픈 어깨 위로 늘어뜨린 채 몸에 타월만 두르고 있는 제아가 거실 한가운데 서 있었던 것이다.

"오늘 일찍 왔네?"

멋쩍은 듯 웃는 발그레한 미소부터, 타월을 꼭 움켜쥐고 있는 가냘픈 손과 치솟은 어깨, 민망한 듯 꼼지락거리는 새하얀 발까지. 머리부터 발끝까지 흘러내리는 선이 곧고 아름다웠다. 시선을 뗄 수 없을 정도로.

"샤워하는데 입을 옷을 또 깜빡하고 안 가지고 들어가서. 나, 방에 들어간다?"

제 방으로 들어가는 건 자유인데도 제아는 조심히 묻고 있었다. 그의 허락을 기다리는 듯. 목이 꽉 메어버린 채 느릿하게 고개를 한 번 끄덕이자 쪼르르 달려가서 방 안으로 사라져버린 가녀린 실루엣. 그는 그 방문에서 한참 동안 시선을 뗄수 없었다. 코끝에 희미하게 감도는 상큼한 복숭아 향. 머릿속을 꽉 채워버린 섬세한 선으로 이루어진 가냘픈 실루엣.

쿵쾅쿵쾅ㅡ.

어디선가 들려오는 낯선 소리가 그의 귀를 울렸다. 뻐근해지는 뒷골, 얼얼한 심장, 피어오르는 열기. 그의 심장이……뛴다. 미친 듯이.

얼음처럼 차가운 물에 뜨거웠던 몸의 열기가 송장처럼 식어가자 그제야 도준은 샤워기의 물을 잠갔다. 다시 눈을 뜨긴 속눈썹 사이로 어려 있던 물기가 톡톡 떨어졌다. 제아가 여자로 보이기 시작한 건 아마도 그때쯤부터였던 것 같다. 그런데 대체 왜?

옛 기억들을 떠올리던 도준은 문득 궁금해졌다. 방금 전 보았던 제아의 육감적인 몸매는 확실히 치명적이었다. 남자의 심장을 뒤흔들 만큼.

그때는 왜 심장이 뛰었던 걸까. 겨우 중학생이었던 제아의 몸은 깡마른 어린아이의 몸이었을 뿐인데. 왜 하필 밋밋한 동생의 몸에 심장이 뛰고 몸이 반응을 해버린 걸까.

10년이 지난 지금까지 이렇게 지독하게 미쳐버릴 정도로 제아를 향한 비뚤어진 집착과 소유욕은 변함없이 그의 심신을 가득 채우고 있었다.

오늘 너, 예쁜데? 그것도 많이

호텔 로비로 내려가니 아침 9시밖에 안 되었는데도 진풍경
이 벌어지고 있었다. 독보적인 존재감을 뿜어내는 도준의 주
변을 에워싸고 있는 여자들이 제아의 눈에 먼저 들어왔다. 도
준이 자신을 기다리는 게 분명한데도 다가갈 수가 없었다. 사
뿐한 걸음으로 도준에게 다가서는 여자 때문에. 그리고 때마
침 앞에 있는 여자들의 대화가 제아의 귓속을 파고들었다.

"벌써 4명째야. 저 여자도 당연히 거절하겠지?"

"미쳤니? 저런 미인을 거절하는 남자가 어디 있어? 몸매는
섹시한데 얼굴은 청순하잖아."

긴 생머리, 갸름하게 새하얀 얼굴, 육감적인 몸을 감싸고 있
는 새하얀 원피스. 수줍은 미소를 머금은 채 다가간 여자는
제아의 눈에도 참 예뻐 보였다. 혹시라도 그 여자가 성공할까
봐 주변의 여자들은 이글거리는 눈빛으로 그 모습을 지켜보
고 있었다. 키가 큰 도준에게 몸을 조금 숙여달라는 듯 여자

가 손짓을 해도 도준이 꼼짝도 하지 않자 관전하는 여자들은 신이 났다.

"대박, 저 여자도 별론가 봐!"

"그럼 그렇지!"

안 되겠다 싶었는지 살짝 까치발을 들어 귓속말을 건네는 여자를 빤히 바라보던 도준이 갑자기 상체를 기울이자 질투어린 비명이 여기저기서 터져 나왔다.

"꺄악! 안 돼!"

"설마 오케이 한 건 아니겠지?"

그런데 갑자기 여자가 큰 소리로 울음을 터뜨리며 엘리베이터 쪽으로 뛰어왔다. 굵은 눈물을 뚝뚝 떨어뜨리며 달려온 여자는 이미 위로 올라가고 있는 엘리베이터 버튼을 연신 눌러댔다. 공공의 적으로 몰던 여자들은 어느새 여자에게 걱정스럽게 다가갔다.

"왜 그러세요? 그쪽도 거절당했어요?"

"흑흑흑."

끄덕이는 여자의 고갯짓 한 번에 공공의 적은 공공의 편이 되었다.

"아휴, 괜찮아요. 이걸로 눈물 좀 닦으세요."

"근데 그쪽은 저 남자가 뭐라고 거절했어요?"

걱정을 가장한 호기심이었다.

"저 남자가, 흑…… 흑흑. 내숭 떠는 여자는 딱 질색이라고, 저보고 꺼지래요."

"나한테는 먼저 다가오는 여자는 매력 없다고 했는데!"

"나한테는 귀찮게 하는 여자 질색이라고!"

"아니, 뭐 저런 싸가지 없는 자식이 다 있어? 싫음 싫다고 하지 변명도 가지각색이네!"

한쪽에 서 있던 제아는 작게 한숨을 내쉬었다. 도준이 변하지 않은 점을 또 한 가지 발견한 순간이었다.

"혀에 독 품은 건 여전하네."

그때 도준이 엘리베이터 쪽으로 몸을 틀었고, 지은 죄가 없음에도 제아는 반사적으로 큰 화분 뒤로 몸을 숨겼다. 연인이든 비서이든 이유를 불문하고 이 분위기에서 도준과 엮이면 이 여자들의 공공의 적은 바로 문제아 자신이 될 터였다. 제발, 제발 나를 보지 마라! 그 간절한 바람을 하늘이 들어주셨는지 도준은 다가오는 대신 그녀에게 전화를 걸었다.

[9시야.]

"오빠 우리 그냥 주차장에서 만나면 안 될까?"

[…….]

"굳이 로비에서 만날 필요는 없잖아."

[지금 어디지?]

확실하게 느껴지는 냉랭한 음성. 잠시 고민하던 제아는 거짓말을 했다.

"이, 이제 막 방에서 나가려구."

[방이…….]

"……?"

[화분 뒤인가 보지?]

"……!"

[내가 없는 사이 숨어서 지켜보는 취미라도 생겼나 봐.]

역시 도준답게 배려 없는 돌직구였다. 살그머니 화분에서 고개를 내밀자 아주 정확히 이쪽을 응시하고 있는 도준과 시선이 부딪쳤다. 휴대 전화를 든 채 성큼성큼 다가온 도준의 얼굴을 쳐다보느라 고개가 꺾일 것만 같았다.

툭―.

제아의 손에 들고 있던 휴대 전화가 바닥에 떨어졌다. 도준이 몸을 숙여 휴대 전화를 주워서 내밀자 지켜보던 여자들은 또 난리가 났다.

"전화 안 받고 뭐 해."

"아, 어."

휴대 전화를 받아 들자 도준이 팔을 내밀었다. 그게 무슨 뜻인지 알기에 잠시 망설여졌지만 깊숙이 침투해오는 도준의 눈빛에 홀린 듯이 제아는 그의 팔에 팔짱을 꼈다.

호텔 입구에 세워진 도준의 차에 오르는 순간, 그제야 정신이 번쩍 들었다.

나 지금 뭐 한 거지? 뭔가에 홀린 듯 당당하게 그에게 팔짱을 끼고 그곳을 벗어난 것이다. 짙게 선팅이 된 창문 너머로 호텔 입구에 모여든 여자들이 보인다. 맙소사, 조용히 좀 살아보려 했건만. 호텔에서 하루 더 있어야 하니 저 여자들 중 몇몇은 분명 마주치리라. 가는 곳마다 적대감을 드러내고 뒤에서 속살거릴 여자들을 생각하니 벌써 피곤하고 지치는 것 같았다. 일일이 상대하는 것도 일인데. 제아는 느긋하게 차에 올라타는 도준을 찌릿, 노려보았다.

"혀에 독 품은 건 여전한가 봐."

"……"

"좀 살살해. 여자가 한을 품으면 오뉴월에도 서리 내린다는 속담 몰라?"

"좋게 말하면 포기를 안 하니."

듣고 보니 또 틀린 말은 아니다. 좋게 말하면 여자들은 그에게 희망을 품고 집요하게 덤벼들었다. 열 번 찍어 안 넘어가는 나무 없다는 속담을 떠올리며. 그로선 어쩔 수 없는 방법인지도 모른다. 너무 잘나서 피곤한 인생을 사는 도준의 옆모습을 가만히 바라보던 제아는 문득 궁금증이 일었다. 10년 동안 단한 번도 연애를 하지 않았을까. 여자를 만나보지 않았을까. 대놓고 물어볼 순 없고. 안 물어보자니 궁금해서 미치겠고.

"미국에 있을 때 무지 예쁜 여자 만났나 봐. 예쁜 여자들을 눈 하나 깜짝하지 않고 다 거절한 거 보니."

아뿔싸. 속으로 생각한다는 게 입 밖으로 튀어나와버렸다. 방정맞은 입을 손으로 쳐버리고 싶었지만 이미 늦었다. 운전을 하던 도준이 묘한 눈빛으로 제아를 잠시 바라보더니 무겁게 닫고 있던 입을 열었다.

"연애를 한 적도, 여자를 만난 적도 없어."

"에이, 거짓말."

그럴 리가. 가만히 있어도 여자들이 눈에 불을 켜고 덤벼들 저 남자를 미국에서 가만히 놔뒀다고? 백인들은 남자 보는 눈이 다르나?

"왜 거짓말이라고 생각하지? 딱히 내 눈에 예뻐 보이는 여자가 없었고 그래서 마음이 안 간 건데."

어찌 보면 그럴 수도 있겠다 싶다. 본인이 저토록 잘나고 여자들보다 더 눈부신 외모인데 어떤 여자가 눈에 차겠어.

"하긴, 오빠 눈에 예뻐 보이는 여자가 어디 있겠어."

혼잣말에 가까운 제아의 말을 도준이 들었나 보다.

"있어."

있다고? 제아가 눈을 동그랗게 떴다.

"문제아."

갑자기 내 이름은 왜 부르는 거지?

"제아 너는 예뻐 보여."

순간 머릿속이 하얘지고 얼굴이 타들어가듯이 열이 올랐다.

"무, 무슨 말도 안 되는 소리야? 나 지금 놀려?"

"왜 말이 안 된다는 거지?"

때마침 신호에 걸린 차가 멈추었고 도준이 고개를 틀었다.

"오늘 너 예쁜데. 그것도 많이."

뚫어지게 응시해오는 도준의 적갈색 눈동자엔 조금의 장난기도 없었다. 그리고 그런 농담을 던질 남자도 아니고.

"오빠 이러는 거…… 반칙이야."

"뭐가 반칙인데."

"무조건 예쁘다고 하고 괜찮다고 하면…… 나 또 버릇 나빠진단 말이야."

그래놓고 또 떠나면 난 어쩌라구. 제아는 원망이 듬뿍 묻어나는 눈으로 도준을 바라보았다. 철없이 끝났을지도 모를 어린 소녀의 마음에 피어난 집착과 소유욕. 그걸 부채질하고 덩치 크게 몸집을 불려준 건 바로 오빠인 도준이었다. 그런데 그가 또다시 그 감정들을 끄집어내려고 한다. 책임지지도 못할 거면서. 타들어가는 그녀의 속도 모른 채 도준이 덤덤하게 대화 주제를 돌렸다.

"너답지 않았어. 문제아가 무서워서 숨다니."

살짝은 실망했다는 그의 말투에 제아는 발끈했다.

"무서워한 거 아니거든? 오빠 없는 동안 편하게 잘 지내서."

문이준의 동생이 아니게 된 순간부터 힘듦과 편함은 동시에 찾아들었다.

"그래서 이런 일에 일일이 반응하고 상대하는 거 이제 지치고 피곤해."

하지만 결국은 그가 없는 일상에 적응하려다 지쳐버렸고.

"조금만 참으면 피할 수 있는 상황인데 왜 터뜨려? 쓸데없는 일에 힘을 뺄 이유도 없고."

본모습을 잃어버린 채 그저 움츠러들 뿐이다. 더 이상은 다치고 상처받기 싫어서.

"오빠가 그렇게 떠난 순간부터, 가족이란 울타리는 내가 지켜야 했거든."

그 모든 걸 오빠가 알 리 없잖아. 제아의 말끝에 감출 수 없는 진득한 원망이 어렸다. 그 원망을 느낀 걸까? 도준도 말이 없어졌다. 미동조차 없는 침묵 속, 서로가 떠올리고 있는 기억이 서로 다른 의미로 미묘하게 떠올랐다.

남매의 키스를 목격한 윤식은 제정신이 아니었다. 업무 택시를 몰고 나가다가 큰 사고를 냈고 그 사고는 일방적인 윤식의 과실로 사망자가 2명이나 나왔다.

병원비에 합의금은 '억' 소리가 날 정도로 어마어마했다. 엎친 데 덮친 격으로 윤식이 보증을 잘못 서는 바람에 집에는 차압 딱지가 날아들었다. 최악의 상황 속, 유일하게 침착함을 유지한 건 이준뿐이었다. 그도 정신이 혼미했지만 자신에게 의지하는 모녀 때문에라도 정신을 붙들어 매야만 했다.

3일 만에 겨우 정신을 차린 윤영이 잔뜩 부은 눈으로 그의 손을 잡고 근처 커피숍으로 데려갔다. 할 말이 있어서 데리고 온 것 같은데 차마 입이 떨어지지 않는 듯, 윤영은 자꾸 입술만 깨물었다.

"어머니, 하실 말씀 있으시면 하세요."

이준은 차분하게 용기를 실어주었다.

"이준아, 엄마가…… 돈이 필요해. 그것도 너무 많이."

"제가 어떻게든 해볼게요. 대학 진학 포기하고 스카우트 제의한 기업으로 들어가서……."

윤영이 다시 한 번 그의 손을 꼭 잡는 바람에 이준은 말을 멈추었다.

"우리 집 상황을 어떻게 알았는지 몰라도, 한연희 씨가 날 찾아왔어."

그때까지도 예상 못했다. 윤영이 무슨 말을 하려는 건지.

"제가 그분한테 갈 일은 없으니 걱정하지 마세요."

"이준이 네가 연희 씨에게 가주면 안 되겠니?"

이준은 순간 제 귀를 의심했다.

"이준이 네 마음만 돌아서게 도와주면 물심양면으로 돕겠다는구나. 얼마나 부자인 줄은 모르지만 지금 이 상황을 해결할 능력 정도는 된다고. 아들을 찾게 도와달라고 말이야."

"그분이, 아들을 찾고 싶다고 하던가요?"

무릎 위에 올리고 있는 이준의 주먹에 불끈, 힘이 들어갔다.

"염치없다는 거 알아. 그래도 피는 못 속이는 법이야. 옛날엔 그랬어도 네 엄마도 지금은 마음이 바뀌었으니 찾아온 거 아니겠니. 이 상황에서 똑똑한 널 우리가 붙잡아두는 것도 욕심이고."

"어머니, 다른 방법이……."

"부탁한다. 제발……."

갑자기 그의 손을 잡고 흐느끼는 윤영의 얼굴은 가슴이 아프도록 누군가를 떠오르게 했다.

……나의 제아.

"제아를 한 번만 보고 왔으면 합니다. 기다려주실래요?"

병실 문을 살짝 여니 윤식의 침대 옆에서 곤히 잠이 든 제아가 보였다. 그런데도 차마 발을 들일 수가 없었다. 그저 문을 반쯤 열고 지켜보는 게 전부였다.

제아야, 내가 어떻게 해야 해? 네가 말해줘.

그의 눈빛을 느낀 걸까. 이준을 발견한 제아가 조심히 병실에서 빠져나와 그의 품에 사랑스럽게 안겨들었다.

"언제 온 거야? 왔으면 나 깨우지."

"……."

"아빠 수술 성공적이래. 좀 전에 의사랑 간호사 언니들 다녀갔어. 다행이지?"

"그래."

"오빠는 안 기뻐?"

"기뻐."

"근데 표정이 왜 그래? 하나도 안 기뻐 보여."

"제아야, 만약 내가 완벽한 남이 되면……."

나, 너에게 오빠가 아닌 남자로 다가가도 될까? 차마 말을 잊지 못하는 그의 모습에 눈치를 챘는지 제아가 눈을 피하며 조그맣게 입술을 오물거린다.

"그만해, 오빠."

"……."

"나 이제 가족이란 울타리 다신 깨고 싶지 않아. 깨려고 했다가…… 이 꼴 났잖아. 아빠 사고, 우리 때문에 난 거잖아."

손끝으로 제아의 턱을 조심히 들어 올리자 커다란 두 눈을 가득 채우고 있는 건 바로 죄책감, 그리고 그렁그렁 매달린 눈물이었다.

"가족이 가장 소중하잖아. 그러니까 오빠가 지켜줘, 제발."

그 말이 무슨 뜻인지 알기에 이준은 심장이 너덜너덜해져버렸다. 선택의 여지가 없이 구석에 몰린 기분이었다.

"네게 가장 소중한 그 가족이란 울타리, 내가 꼭 지켜줄게."

인생을 팔아서라도 말이다.

"그러니까 울지 마, 제아야."

제아의 눈물은 그의 가슴을 미어지게 했다.

정확히 30분 후, 이준은 같은 커피숍, 같은 자리에서 연희와 마주앉았다.

"내가 찾아갈 땐 꿈쩍도 안 하더니, 그 여자가 사정하니 마음이 바뀌었나 보구나."

그럴 줄 알았다는 듯 희미하게 웃은 연희는 거두절미하고 바로 본론으로 들어갔다. 그녀는 아들의 앞으로 서류 한 장을 내밀며 태연하게 물었다.

"네가 끔찍하게 아끼는 그 여자 식구들, 대충 12억 정도면 상황이 해결된다고 하더구나. 1년에 1억, 나와 몇 년을 계약하겠니?"

눈앞으로 들이밀어진 서류를 보는 이준의 눈이 흔들렸다.

"강요는 없어. 네 손으로 직접, 원하는 금액을 기재해."

순간적으로 종이를 갈기갈기 찢어버리고 싶은 욕구에 사로잡혔지만 이준은 고집스럽게 펜을 집어들었다. 어차피 제아를 위해 살려고 했던 인생이다. 그러니 제아를 위해 인생을 저당 잡혀 사는 것도 나쁘진 않겠지. 사인을 한 계약서를 던지듯이 내밀고 돌아서는데 연희가 마지막 일격을 가했다.

"네 손으로 계약 날짜를 오늘이라고 적지 않았니?"

"하지만 가족들에게 인사라도."

"계약금 일부는 이미 이틀 전에 그 여자 통장으로 입금이 되었어. 계약서의 효력은 네가 사인을 한 지금 이 순간부터라는 뜻이지."

윤영이 이미 돈을 받았다는 말에 굳어버린 아들을 보며 연희가 생긋, 웃었다.

"이의 있니?"

이준은 제대로 된 작별 인사조차 하지 못한 채 떠날 수밖에 없었다. 일주일이 넘도록 이준이 보이지 않자 불안한 건 제아였다. 눈치가 보여 윤영에게 물어보지도 못하니 속만 까맣게 타들어갔다.

설마, 엄마가 또 오빠한테 뭐라고 한 건 아니겠지?

윤식이 서서히 차도를 보이기 시작하자 제아는 오랜만에 학교에 나갔다. 그런데 그녀를 바라보는 시선이 마냥 곱지 않았다.

"정화야, 나 없는 동안 무슨 일 있었어?"

친구인 정화에게 묻자 정화마저도 묘한 표정을 지었다.

"저기, 그게……."

그때 대놓고 들으라는 듯, 제아의 귀에 속살거리는 말들이 들려왔다.

"쟤네 아빠 교통사고 엄청 크게 냈다면서? 택시 기사가 맨 정신으로 사고를 낸다는 게 말이 돼? 애꿎은 사람이 2명이나 죽었대."

"그래서 쟤 오빠 유학 간대잖아. 나도 들었는데 원래 쟤네 친남매 아니래. 친엄마가 엄청 부자라서 친엄마한테 가는 거 라던데?"

"쟤 어쩌니? 쥐뿔도 없으면서 오빠 하나 믿고 설쳤는데. 문 이준 없으면 선배들이 가만 안 놔둘걸?"

마음 같아선 머리채라도 틀어잡고 너 죽고 나 죽자 덤비고 싶었지만 제아는 참았다. 그 말에 반응하면 정말 사실이라는 걸 인정하는 꼴이 될 테니까.

"근데 문이준 걔, 사실은 친엄마가 아니라 돈 많은 여자 꼬 셔서 유학 가는 거라던데."

"에이, 설마."

"문이준이 만나는 여자들이 재벌가 딸들 아니면 유명한 여 자 연예인들인 거 몰라? 그렇게 사고 쳐도 잠잠한 게 다 그 여 자들이 막아준 거잖아. 그 여자들이랑 잠도 꽤 많이 잤을걸?"

"말도 안 돼! 도도한 문이준이 여자한테 몸을 팔았다고?"

"못 팔 건 뭐야. 즐기고 돈도 받고 좋지…… 악! 야, 이 머리 안 놔?"

빛의 속도로 달려간 제아가 여자애들의 머리채를 양손에 틀 어쥐고 흔들었다.

"우리 오빠에 대해서 함부로 말하지 마!"

오로지 가족밖에 모르고, 오로지 가족만을 위해 살았던 이준이었다.

"그 말 당장 취소해. 당장 취소하라구!"

그런데 너희들이 오빠에 대해서 뭘 안다고 멋대로 지껄여!

"그딴 소문 누가 냈어? 다 가만 안 둘 거야, 내가!"

뒤엉켜 싸웠다. 서로 머리채를 잡고 잡혔다. 뜯기고 뜯고, 긁히고 긁었다. 이준 오빠, 대체 어디 있는 거야!

제아가 애타게 이준을 찾던 그때, 그는 평창동 연희의 자택에 있었다. 그리고 그의 앞에는 노발대발하는 한 회장과 이를 말리는 연희, 그리고 흐뭇하게 바라보는 강훈 부자도 함께 있었다.

여기저기서 버림받은 인생, 될 대로 돼라. 인생 뭐 있나. 눈에 거슬리는 건 모조리 쓸어버리고 부셔버렸다. 물건이든 사람이든. 그걸 목격한 그의 형이라는 겁쟁이가 냉큼 한 회장에게 보고를 올린 것이다. 더 난도질당할 것도 없는 그의 인생이 다시 한 번 도마 위에 놓인 생선 꼴이 되었다.

"깡패처럼 사람이나 패고 다니는 이딴 망나니 놈은 필요 없다! 당장 쫓아내버려!"

"아버지! 정말 이러기예요? 이준이 넌 뭐 하니? 할아버지한테 다신 안 그런다고 당장 빌지 않고!"

고집스럽게 침묵하는 이준을 본 한 회장은 화가 폭발해버렸다. 휘두르는 지팡이에 여기저기 맞았는데도 참 이상했다. 윤영이 휘두른 파리채보다도 아프지 않으니 말이다.

"이 녀석 지금 당장 미국으로 유학 보내! 정신 차릴 때까지 돈 한 푼도 주지 말고 한국에 발 들일 생각도 하지 마!"

"아버지, 말이 틀리잖아요! 제일 그룹에서 실무 좀 익히고 미국 유학 보내기로 한……. 도준아, 한도준!"

그의 인생을 허락도 없이 멋대로 휘두르려는 인간들 틈에 있으니 탁 막혀오는 숨통. 연희의 부름에도 이준은 집을 박차고 나와버렸다. 때마침 재킷 안에서 휴대 전화가 울렸다.

[문이준, 네 동생 오늘 학교에서 여자애들한테 제대로 뜯겼다더라. 애들 시켜서 손 좀 봐놓을까?]

잠시 짧은 침묵이 이어졌다.

"지금 이 순간부터 무슨 일이 있어도 걔한테 신경 쓰지 마."

그의 발아래 처참히 짓밟혀서 망가지는 휴대 전화를 보며 아른거리는 애틋한 얼굴을 독하게 지워버렸다. 이제 더 이상 지켜줄 수 없으니까, 곁에 있어줄 수 없으니까.

그 기억 속 제아는 지켜주겠다고 하고 떠나버린 그를 원망하고 있었다. 그 기억 속 도준은 모든 걸 홀로 감당한 채 아파

하고 있었다. 차가 컨벤션 앞에 도착할 때까지 더 이상 어떤 대화도 오가지 않았다.

휴, 지나간 과거 들춰내서 뭐하겠어.

속으로 중얼거리며 차 문을 열고 내리려는 제아의 손목이 갑자기 다시 안으로 확 당겨졌다.

"다신 떠나지 않아."

제아를 제게로 끌어당기며 흘리는 도준의 음성은 또렷했고 눈빛은 뜨거웠다. 이 말을 하려고 여태껏 침묵했다는 듯.

"약속할게."

제아의 손목을 잡고 있는 그의 손에 힘이 단단히 들어갔다. 그때였다. 열리려던 문이 다시 닫힌 게 이상했는지, 밖에서 대기하고 있던 호텔 직원이 살그머니 차 문을 열었다.

"고객님, 안 내리십니까?"

"내, 내려요!"

깜짝 놀라 차에서 후다닥 내린 제아의 얼굴은 터질 것처럼 빨갰다.

"문 비서, 준비됐나?"

차에서 내린 도준은 어느새 사장으로 돌아가 있었다.

"네, 사장님."

컨벤션 상층에 위치한 회의실 안으로 들어가려는 찰나, 뒤에서 누군가 도준을 불렀다.

"한 사장."

친근하게 도준을 불러세운 이는 훤칠한 키에 잘 그을린 피부 톤, 시원한 이목구비가 꽤 매력적인 남자였다. 하지만 그 남자를 바라보는 도준의 눈빛은 꽤 날이 서 있었다.

"한 이사님은 오늘 초대받지 않은 걸로 아는데, 아닙니까?"

"형이 되어서 동생의 첫 프로젝트 발표회를 놓칠 수가 있나? 때마침 스케줄도 비었고 아무도 같이 하지 않겠다고 하면 나라도 같이 해줘야지. 아, 물론 준비한 프로젝트가 그나마 괜찮은 수준이어야 하겠지만."

휘둥그레진 제아의 눈이 남자에게 향했다. 설마, 저 남자가 제일 백화점의 한강훈 이사? 이사라는 직책을 증명하는 듯 대동한 비서만 3명이었다.

"한 이사님께서 뭔가 착각을 하고 오신 것 같은데."

"……?"

"난 설득을 하러 온 게 아니라 내 파트너를 초이스 하러 온 겁니다."

잠시 멍한 표정을 짓던 강훈은 이내 호탕한 웃음을 터뜨렸다.

"초이스라…… 하하! 뭐 그렇다면 내가 지켜봐주지. 아, 참고로 오늘 참석한 백화점 대표들이 모두 나와 절친한 사이라는 건 알고 있나?"

"그건 내가 상관할 바 아닙니다."

때마침 도준의 뒤에서 빼꼼히 고개를 내밀고 빤히 응시하는 제아의 시선을 느낀 강훈이 관심을 그쪽으로 옮겼다.

"흐음, 여비서로군."

제아를 보는 강훈의 눈에 옅은 호기심이 피어올랐다. 김 부장이 말한 그 여비서가 저 여자인가 보지? 얼핏 보면 단정하고 청순해 보이지만 살짝 올라간 눈꼬리가 꽤 앙칼져 보인다. 첫인상을 굳이 따지자면 얼굴보다 볼륨 있는 몸매가 더 봐줄 만한 여자. 그게 다였다. 그런데도 묘하게 남자의 본능을 자극하는 무언가가 있다. 본능적으로 가까이 다가가려는 순간, 도준이 보호하듯이 그녀를 제 뒤에 숨겨버렸다.

"쓸데없는 관심 끄시죠."

그러곤 노골적인 불쾌감을 드러냈다. 그런 도준을 흥미롭다는 듯 바라본 강훈은 이내 격려한다는 듯 가볍게 어깨를 두드리곤 회의실 안으로 사라졌다. 회의실에 들어가지 않고 가만히 서 있는 도준의 모습이 이상하게도 제아에겐 고독해 보였다. 저 문을 여는 순간 아군은 없고 오로지 적군뿐인데. 도준의 옆에 다가간 제아는 그의 손을 가만히 잡아서 깍지를 꼈다. 약간 놀란 듯 도준의 눈이 살짝 팽창되는 게 보였다.

"오빠 잘 할 거야. 그러니까 힘내."

생긋 웃어주며 눈빛으로 메시지를 날렸다. 저 안엔 온통 적들로 가득할지 몰라도, 난 항상 오빠 편이야. 이렇게라도 힘이 되어줄 수 있다면.

"난 오빠 믿어."

제아를 물끄러미 바라보던 도준이 나직하게 중얼거렸다.

"……되나?"

그의 말이 들리지 않아 제아는 한 발짝 그에게 바짝 다가섰다.

"뭐라구?"

"한 번만 안아봐도 되냐고."

순간 갈등이 생겼지만 이게 도준에게 힘이 되어준다면야. 제아는 대답 대신 먼저 그의 허리에 팔을 두르고 가만히 안겼다. 단단한 가슴에 뺨을 대자 도준의 강인한 심장 박동이 느껴졌다. 덩달아 미친 듯이 팔딱거리는 제 심장.

서로의 심장 소리가 야릇하게 얽혀드는 걸 느끼며 제아는 도준의 전투력을 상승시킬 만한 말을 떠올렸다.

"저 안에 있는 사람들 제대로 한 방 먹여. 그럼 얼마든지 안겨줄 테니까."

회의실에 들어간 두 사람을 맞이한 건 심드렁하게 앉아 있는 각 지역의 백화점 관계자들이었다. 그 중심에 강훈이 얄밉도록 미소를 짓고 앉아 있었다. 노골적인 적대감과 냉기가 회의실 안을 가득 채우고 있음에도 도준은 흔들림 없이 준비한 프레젠테이션을 시작했다.

강훈에게 말했던 대로 설득을 하고자 하는 의도는 조금도 내비치지 않았다. 프로젝트에 대해 간단히 설명하고 미래에 나아갈 방향을 제시했다. 그리고 프로젝트를 성공의 궤도로 올려놓을 독점 체결한 브랜드도 선공개했다.

프레젠테이션이 진행될수록 심드렁하던 회의실 안의 사람들이 도준에게 서서히 빨려들었다.

잠깐 쉬는 타임, 회의실 안은 처음과 확실히 달라져 있었다. 살짝 일그러진 강훈의 얼굴, 술렁이는 회의실 안의 분위기.

역시 우리 오빠야! 1대 100의 싸움에서 거뜬히 살아남은 도준이 자랑스러워서 미칠 것 같았다. 제아는 그에게 다가가 넥타이를 매만져주고 괜히 여기저기 매무새를 손봐주었다. 그러곤 자신의 매무새도 확인하기 위해 화장실로 향했다.

거울로 몇 번이나 체크한 후에야 화장실에서 나오자 뒤에서 누군가 그녀를 불렀다.

"한 사장 비서."

휙 돌아서자 벽에 비스듬히 몸을 기대고 있던 강훈이 성큼 다가왔다.

"이번에 새로 뽑힌 여비서, 맞지?"

말과 동시에 강훈의 느끼한 눈빛이 음미하듯 제아의 얼굴을 타고 천천히 밑으로 흘러내렸다.

"나쁘지 않단 말이야."

"네?"

"그냥 나한테 오는 건 어때?"

무슨 스카우트 제의가 이렇게 기분 나쁘지? 무엇보다 그의 눈빛이 마음에 들지 않은 제아는 단번에, 그리고 아주 정중하게 그의 제의를 거절했다.

"죄송하지만 못 들은 말로 하겠습니다. 그럼 전 이만."

"내 말 아직 안 끝났어."

말과 동시에 강훈이 거칠게 제아의 어깨를 움켜잡아 벽 쪽으로 밀어붙였다. 그러곤 가까이 얼굴을 들이댔다.

"예의란 걸 모르는 모양이군."

예의를 모르는 게 누군데 그래? 기가 막히다는 눈빛으로 강훈을 쏘아보며 어깨를 잡고 있는 손을 뿌리치려 했지만 오히려 손목이 틀어잡혔다. 이쯤 되니 참을 수가 없어진 제아가 한마디 하려는 순간…….

"그 손 당장 떼."

강훈의 어깨 너머 긴 다리로 빠르게 걸어오는 도준이 보였다. 도준은 잡고 있는 손을 쳐내고 제아를 제게로 끌어당겼지만 강훈은 집요했다. 제아의 다른 쪽 손목을 다시 거머쥔 것이다. 양 손목을 두 남자에게 잡힌 채 가운데 어정쩡하게 서 있는 지금 상황이 제아는 믿기지 않았다. 그녀의 성난 눈빛이 강훈에게로 향했다. 이 남자는 오늘 처음 본 나한테 대체 왜 이러는 거야! 하지만 강훈은 제아가 아닌 도준을 보고 있었다.

'한도준, 내가 이 여자 손을 놓지 않으면 어쩔 건데.'

두 남자 사이에 살벌한 기싸움이 짧게 벌어졌다. 마침내 강훈이 제아의 손목을 놔주며 능글거리는 미소를 실실 흘렸다.

"한 사장, 겨우 여비서인데 너무 민감하게 반응하는군."

겉치례적인 존칭 따윈 벗어던져버린 도준도 태연하게 맞대응을 했다.

"한 이사야말로 아직도 그 버릇 못 고쳤나 보네. 덕분에 나도 한 회장님께 보고할 일이 생겼고."

"워워, 진정하라구. 나는 단지 네 여비서에게 내 동생을 잘 보필하라는 말을 해주려 했던 것뿐이야. 그걸 여비서가 오버해서 과민하게 반응한 거고. 안 그래?"

강훈이 불쑥 돌린 화살에 제아는 황당했다. 대체 어디서 나오는 자신감인 걸까. 무례한 행동을 해놓고도 그녀가 제 편이라도 되는 것처럼 뻔뻔하게 묻다니! 입은 비뚤어졌어도 말은 바로 하라고 했다.

"이보세요, 한 이사님!"

발끈하며 튀어나온 제아는 눈에 비친 도준의 모습에 얼른 입을 꾹 다물었다. 지금의 그는 마치 폭풍 전야의 고요함을 머금고 있는 것 같았다. 그녀의 말 한마디에 도준이 어떻게 돌변할지 모른다는 불안감이 해일처럼 엄습했다.

"한 이사님 말씀이…… 맞습니다."

거짓말이 익숙하지 않은 제아의 음성이 어색한 떨림을 품었다. 그리고 제아의 뼛속까지 꿰뚫고 있는 도준은 그 거짓말을 감지했다. 그런데도 그가 참아야 하는 이유. 제아가 이 상황에서 거짓말을 한다는 건 제발 조용히 넘어가고 싶다는 그녀의 의지니까.

―오빠 없는 동안 꽤 편하게 살아서. 이런 일에 일일이 반응하고 상대하는 거, 이제 귀찮기도 하고 지쳐.

차 안에서 제아가 했던 말이 그의 귓가를 또렷하게 맴돌았다. 제아의 말에 거 보라는 듯, 강훈이 비소를 흘렸다.

넌 절대 날 못 이겨. 대수롭지 않은 일인데도 짜릿한 승리의 기쁨이 강훈의 머리끝부터 발끝까지 관통했다.

"그럼 난 먼저 들어갈 테니 천천히 들어오라고."

의기양양해진 강훈은 도준을 지나쳐 회의실로 들어가려고 했다. 그런데 서로의 어깨가 스치는 순간, 도준이 강훈의 어깨를 움켜잡았다. 계집애처럼 가늘고 긴 저 손가락 어디에서 그런 힘이 솟아나는지.

"으윽!"

강훈의 입에서 단말마의 신음이 짧게 터져 나왔다. 제아가 느꼈던 아픔을 배로 돌려주려는 듯, 손에 바짝 힘이 들어가자 강훈의 무릎이 힘없이 꺾였다. 내려간 강훈의 어깨만큼 도준의 고개도 숙여졌다.

"신경 끄라는 내 경고, 뼛속까지 박아놓는 게 좋을 거야."

그때 회의실 문이 열리면서 사람들이 나왔다. 이번 회의의 가장 핵심 인물인 도준과 강훈의 공석이 길어지자 확인 차 나온 것이었다. 그러자 언제 그랬느냐는 듯 강훈의 어깨를 놔준 도준이 깍듯하게 예를 갖추었다.

"곧 따라 들어갈 테니 먼저 들어가시죠, 한 이사님."

도준이 얼마나 세게 쥔 건지 강훈은 아주 잠깐 어깨에 힘이 들어가지 않았다. 일그러진 표정으로 도준을 힘껏 노려본 강훈이 씩씩거리면서 회의실 안으로 들어갔다. 강훈의 뒤통수에 대고 제아는 날름 혀를 내밀었다.

"흥, 쌤통이다!"

잠깐의 휴식이 끝나고 도준의 프레젠테이션이 다시 이어졌다. 회의실 안이 다시 어둠에 잠기고 오직 도준이 올라가 있는 단상만이 밝게 빛이 났다. 머리부터 발끝까지 흠 잡을 데 없이 완벽하고 당당한 모습으로 도준은 목소리의 강약을 조절하며 회의실 안의 사람들을 홀리고 있었다. 열심히 일하는 남자가 멋있다고 하더니, 지금 그의 모습은 눈을 뗄 수 없을 정도로 멋있었다. 심장이 두근두근할 정도로.

프레젠테이션이 끝나고 회의실 안에 환한 불이 들어왔다. 도준에게 갈채가 쏟아졌고, 오로지 강훈만이 일그러진 얼굴로 앉아 있었다.

"프로젝트를 같이 진행할 백화점은 제일 어패럴에서 별도로 연락하겠습니다."

강훈에게 선언한 대로 선택권을 쥐고 있는 건 도준이었다.

"한 사장! 내가 조만간 연락하지!"

"한 사장님! 지금 점심이나 같이하는 게 어떻겠습니까?"

"한 사장님, 지금 잠깐 시간 좀 내주십시오!"

모든 제의를 정중히 거절하고 컨벤션을 빠져나와 차에 오르고 나서야 제아는 조심히 도준에게 물었다.

"이런 거 물어도 될지 모르지만, 어느 백화점이랑 같이 할 거야?"

"제일 어패럴에서 이미 단독으로 비밀리에 진행 중이야. 회장님 승인도 받은 상태이고."

칼같이 떨어진 도준의 대답에 제아는 순간, 멍해졌다. 두산 백화점, 라이온 백화점, DK 백화점 등등…… 전국에서 알아주는 백화점이란 백화점은 모두 모인 자리인데. 출장을 따라

오면서 나름대로 추측까지 했었다. 부산까지 내려온 걸 보면 두산 백화점과 같이 할 거라고.

"그럼 오늘 회의는 왜 한 건데?"

"믿는 도끼에 발등 찍히는 걸 그들에게 직접 느끼게 해주고 싶었을 뿐이야."

회의가 끝나고 도준의 뒤를 따라 나온 순간, 그들의 동맹은 무너진 거나 마찬가지였다. 돈독한 그들 사이에 생긴 작은 틈은 곧 커다란 벽에 균열을 가져오리라. 철저하게 이기적인 기업 이득을 위해 동맹이라는 것도 생긴 거니.

"제일 어패럴을 망하게 하려고 결탁한 족속들 얼굴이 궁금하기도 했고."

물론 그들이 망하길 원한 건 제일 어패럴이 아니라 도준 자신이었으리라. 그가 취임을 하자마자 기다렸다는 듯이 오늘 참석한 백화점 모두가 제일 어패럴의 브랜드를 백화점에서 철수시키겠다고 통보해왔다. 그리고 도준은 자신의 한국행에 불안함을 느낀 한 부회장이 백화점 대표들과 결탁해서 벌인 일이라는 걸 꿰뚫고 있었다. 시장 경기가 침체되어 있는 지금 상황에서 아웃렛은 재고 떨이하느라 적은 마진으로 판매하기 바빴고, 그나마 매출이 나오는 건 백화점이었다.

그런데 모든 백화점들이 제일 어패럴의 매장을 반 이상 철수시킨다면, 제일 어패럴이 망하는 건 시간문제였다. 물론 그렇게 바짝 몰아붙이면 그러마 하고 포기하고 돌아갈 줄 알았겠지. 그게 아니면 사정을 하거나. 하지만 그건 그들만의 철저한 착각이었다. 도준의 선택은 바로 미국행이었다. 자신의 작품이 대중화되는 걸 극히 꺼려 하는, 명품 브랜드에서도 탐내 하는 젊은 디자이너들의 핫한 브랜드의 독점 계약을 감행했다.

"그래도 그 사람들 다 참석 안 했으면 어쩌려구."

"백화점 협회 회장인 한강훈이 참석하는데, 그들이 참석 안 할 리가 없지."

"한 이사님 오실 줄 알았으면 차라리 서울에서 하지 부산까진 왜 내려온 건데?"

"한강훈이 가장 믿고 있는 게 바로 두산 백화점 전무니까."

그의 말대로 제아마저도 당연히 두산 백화점과 함께할 거라고 생각하고 있었다. 맙소사. 제아는 한 척의 배로 수많은 적군의 배를 물리친 이순신 장군을 보고 있는 느낌이었다. 물론 이런 일과는 비교도 안 되게 이순신 장군이 더 위대하긴 하지만. 여하튼 머리 쓰는 거 하나는 최고라니까. 제아는 불현듯 김 부장이 떠올랐다. 도준이 내게 이런 말을 할 줄 알고 스파이 제안을 한 걸까. 물론 회사에서 잘리는 한이 있어도 말해 줄 생각은 없지만.

"근데 방금 한 말들 모두 회사 기밀 같은데. 나한테 막 말해 줘도 돼?"

"네가 날 믿는 것처럼 나도 널 믿어."

도준의 말에 제아의 심장이 쿵 내려왔다.

도준이 고개를 틀어 의미심장한 미소를 지었다.

"전쟁에서 승리했으니, 약속이나 잊지 마."

Episode 8

너도 나한테 미쳐줘

빡빡했던 하루 일정을 끝내고 호텔 룸으로 돌아온 제아는 그대로 침대로 쓰러져버렸다. 그런데 잠이 오기는커녕 정신은 점점 더 또렷해지고 알 수 없는 허전함이 가슴을 메웠다. 이 기분, 대체 뭐지? 그러다가 본능적으로 흘러나온 이름은.

"……도준 오빠."

아침까지만 해도 한쪽 침대를 가득 채우고 있던 그였다. 침실의 문만 열면 주변을 어지럽힌 채 도준이 일을 하고 있을 것만 같다.

―다신 떠나지 않아.
―널 믿으니까.

이미 한 번 허물어져버린 마음은 속수무책으로 그에게 물들어버렸다. 단 하루 같이 있었을 뿐인데 머리끝부터 발끝까지 온통 그에 대한 생각뿐이었다. 말도 안 되게, 인정하기 싫게. 보고 싶어 죽을 것 같아.

넓은 침대를 데굴데굴 굴러다니던 제아는 뭔가를 깨달은 듯 벌떡 몸을 일으켰다.

"보고 싶으면 보면 되지 뭐가 문제야? 핑계야 만들면 되지."

마음먹고 나니 다음은 쉬웠다.

제아가 뭘 계획하고 달려오는지도 모른 채 도준은 막 샤워를 마치고 나왔다. 오늘 승리의 깃발을 손에 쥐었지만 사실 그에게도 꽤 피곤하고 빡빡한 하루였다. 아마도 체력 약한 제아는 벌써 꿈나라에 빠져 있으리라. 도준도 누워서 잠을 청해봤지만 머릿속은 어느새 제아의 존재로 꽉 차 있었다. 보고 싶다, 미치도록. 그렇다고 무작정 룸으로 쳐들어가서 자고 있을 제아를 깨우기도 좀 그렇고. 어쩐다?

탁자 위를 두드리는 도준의 손길에 초조함이 어리는 그때…….

똑똑―.

불현듯 들려오는 노크 소리에 별 생각 없이 문을 연 도준은 느릿하게 눈을 깜빡였다. 녹초가 되어 잠들어버렸을 거라고 생각한 제아가 눈앞에 있었다. 그것도 달콤한 향을 풍기면서, 물기를 가득 머금은 촉촉한 모습으로 말이다.

"문……제아?"

내가 지금 환영이라도 보고 있는 건가? 하지만 환영이라기엔 톡 쏘아붙이는 눈빛과 말투가 앙칼지다.

"오빠를 노리는 여자들이 이 호텔에 얼마나 많은데 확인도 안 하고 문을 팍팍 열어줘?"

"내가 여자 하나 쳐내지 못할 정도로 나약한 놈은 아닌 것 같은데."

하긴, 그렇긴 하네. 속으로 수긍을 하는 제아의 눈은 도준의 어깨 너머 룸을 훔쳐보고 있다.

"늦은 시간에 어쩐 일이야? 자고 있을 것 같아서 일부러 안 찾아간 건데."

도준은 지금 무뚝뚝한 대답을 뱉어낸 제 입을 손으로 때려버리고 싶었다. 그녀가 먼저 찾아와줘서 좋아죽겠는데, 말을 이따위로밖에 못 하다니. 그런데 기분 나빠하기는커녕 제아는 오히려 생글생글 웃는다. 오빠도 내 생각을 하긴 했구나. 무의식중에 그가 흘린 말에 포함된 의미를 알아들은 것이다.

"……파서."

설마, 보고파서? 제멋대로 해석을 해버린 도준의 귀가 민감하게 곤두선 순간…….

"나 배고프다구. 밥 먹으러 가자."

아, 배고파서. 생각해보니 제아는 조금씩 자주 먹는다. 마지막으로 먹은 저녁이 6시, 그리고 지금은 11시. 벌써 5시간이나 지났으니 배가 고플 수밖에. 수긍을 하면서도 쓰디쓴 입 안을 느끼며 도준은 속으로 중얼거렸다.

'나는…… 네가 고프다.'

그의 속도 모른 채, 천진난만한 웃음을 머금은 제아는 그의 손목을 덥석 잡아서 밖으로 끌었다.

"오늘은 내가 쏠 테니까 오빠는 잔말 말고 따라와."

그나마 그에게 허락된 건 카디건 뿐. 지갑도 차 키도 휴대 전화도 없이 도준은 말 그대로 옷만 겨우 걸치고 제아에게 납치당해버렸다. 그녀가 도준을 데리고 간 곳은 부산 자갈치 시장의 장어 식당이었다.

"이모 연탄불 장어구이 대(大) 자 주세요!"

"문제아, 도대체."

"잔소리할 생각이라면 그 입 다물라!"

고양이 눈을 뾰족하게 치켜뜨며 제아가 매섭게 일갈하자, 도준은 정말 입을 다물 수밖에 없었다. 그런데도 온몸에서 흘러나오는 장어에 대한 거부감이 얼굴에 드러났는지 제아가 달래듯이 말을 했다.

"나야 꼬박꼬박 끼니 챙겨 먹었지만 오빠 거의 굶다시피 했잖아."

"굶은 적 없어."

"아, 그 수두룩한 영양제? 그걸 지금 밥이라고 하는 거야?"

네가 그걸 어떻게. 도준의 눈이 약간 커지자 제아가 생긋 웃으며 손을 내젓는다.

"오빠 스토커 아니니까 그렇게 쳐다보지 마. 슈트 케이스 열었다가 봤으니까. 난 오빠가 약국 차린 줄 알았어. 무슨 영양제가 그렇게 많아? 그리고 그건 밥이 아니라 보충제라는 거거든요? 사람이 밥을 먹어야지 밥을! 한국인은 밥심으로 산다는 말도 안 들어봤어?"

"음식 먹는 데 취미 없어. 약으로도 충분히 건강하게 잘 살고 있고."

"우선 먹어보고 말해. 여기 진짜 유명한 맛집이야. 양념 맛이 끝내준대. 아니면 미국 물 좀 오래 먹었다고 이젠 한식이 싫어진 거야?"

"한식 좋아해."

떨떠름한 듯 내리깐 도준의 시선에 젓가락이 닿는 걸 제아가 기가 막히게 캐치했다. 아, 사람 많은 곳에서 젓가락질 하기 싫다 이거구나?

"에잇, 까짓 거 오늘 내가 풀 서비스 해줄게. 내가 먹여줄 테니까 오빠 받아먹기만 해!"

이쯤 되니 도준은 군말 없이 장어를 먹어야 할 운명을 받아들일 수밖에 없었다. 그래도 한 성질하는 제아가 장어 한 번 먹여보겠다고 웃고 어르고 달래고 비위 맞추는데 그렇고 별 수 있겠는가. 정성이 갸륵했다. 도준이 너무 빤히 바라보자 무안해진 제아가 물었다.

"왜 그런 눈으로 봐? 사람 뻘쯤하게."

"그냥 오랜만이라서."

"뭐가?"

"누가 나 걱정해주는 거."

희미하게 웃는 도준의 미소가 너무도 쓸쓸해 보여서 오빠 엄마는? 이라는 말이 차마 나오지 않았다. 그사이 양념이 된 새빨간 장어는 불판 위에서 지글지글 익어갔다.

"그런데 왜 하필 장어지?"

"부산 하면 장어지! 이게 피로 회복에도 좋고, 남자 정……흠흠, 여튼 몸에 엄청 좋대."

뱀의 몸통처럼 생긴 걸 입에 넣고 씹을 생각을 하니 도준은 벌써부터 속이 울렁거렸다. 살아가면서 할 수 있는 게 있고 할 수 없는 게 존재한다. 하지만 아무리 봐도 장어를 먹는 건 그가 할 수 없는 범위에 속한다.

"제아야, 나 장어 못……."

"웬만한 남자들은 장어 없어서 못 먹는다면서? 지로도 이거 엄청 잘 먹어. 지로야 뭐 가리는 음식이 없다는 말이 정답이지만. 그래서 걔가 체력도 좋고 건강한가 봐. 근데 오빠 무슨 말 하려고 했어?"

제아가 커다란 눈을 깜빡이며 순진하게 묻자 방금 하려던 말이 목구멍 안으로 쏙 들어가버렸다. 하필이면 한지로를 들먹이다니. 우연이라면 몰라도 고의라면 제아는 꼬리 아홉 달린 여우나 마찬가지였다. 제아의 입에서 한지로가 언급되는 순간, 빌어먹을 남자의 자존심이 고개를 들어버렸으니.

"아, 맛있어 보인다고."

"오빠가 봐도 그렇지? 초벌구이 한 거라 금방 익어서 이제 먹어도 돼."

방어할 틈도 없이 무언가가 입으로 쑥 들어오자 도준의 사고가 정지되었다. 씹지도 못하고 입만 겨우 벌리고 동상이 되어버린 도준을 향해 제아가 친절한 도움의 손길을 뻗쳤다. 살짝 벌어진 도준의 턱을 손으로 닫아준 것이다.

"오빠, 그건 그냥 머금고 있는 게 아니라 씹는 거야."

안다, 너무도 잘 안다. 그래서 더 입이 움직이지 않는다. 뱉어내고 싶은데 반짝이는 눈으로 제아가 그를 바라보고 있으니 씹는 수밖에 없다. 첫 장어 시식을 힘겹게 마치자, 기대에 가득 찬 눈빛으로 제아가 물었다.

"맛이 어때?"

"먹을 만하……군."

진심이었다. 우선은 매콤하면서도 달달 짭짜름한 양념의 맛이 느껴졌고, 미끄덩거릴 줄 알았던 식감은 꽤 부드럽고 씹는 맛도 괜찮았다. 그래도 한 입 이상은 먹고 싶지 않은 메뉴였다. 하지만 제아에게 실망감을 주느니 어떻게든 장어를 먹어야겠다는 생각이 들었다.

"그치, 맛있지?"

옳지, 우리 오빠 착해라. 장어를 씹는 도준의 표정을 세심하게 지켜보던 제아는 그제야 안도의 웃음을 지었다. 비위가 약한 걸 알면서도 장어를 고른 이유는 지금 도준에게 가장 필요한 영양소가 장어에 있기 때문이었다. 양념도 매콤 달달 짭짜름한 게 그가 좋아하는 맛이었고. 게다가 장어는 매끈하고 길쭉하게 생긴 게 나름 귀엽기도 하잖아? 피로 회복에도 좋을 뿐 아니라, 남자의 힘도 불끈불끈 솟아난다는 장어는 지금 그에게 딱 맞는 음식이었다. 그 사이 도준은 젓가락을 보았다가 불판 위의 장어를 보았다가 뭔가를 심각하게 고민하는 것 같았다. 그 표정이 왜 이렇게 귀여운지. 제아는 터져 나오는 웃음을 겨우 집어 삼키며 젓가락을 다시 집어 들었다. 그렇게 고민이 된다면 이 동생이 기꺼이 해결해드리지요.

"아, 하세요. 오라버니."

한쪽 보조개가 깊이 들어가는 눈웃음을 살살 흘리며 오라버니라고까지 부르니, 어떻게 그가 입을 벌리지 않을 수 있을까? 두 번째 장어를 받아먹은 도준이 갑자기 어설픈 젓가락질로 장어를 짚었다.

"같이 먹어야지. 너도 아, 해봐."

어설픈 젓가락질로 장어를 먹여주려는 도준의 정성이 갸륵해 제아는 입을 벌렸다. 그런데 먹여준다는 도준이 미묘한 눈빛으로 제아의 입술을 바라봤다.

"붕어가 아니라고 했던 걸로 기억하는데."

갑자기 붕어는 왜 찾으실까.

"그런데 붕어 한 마리가 여기 있는지 몰랐군."

나도 붕어가 어디 있는지 모르겠는데? 그 말뜻을 이해를 못한 제아의 표정에, 도준이 피식 웃으면서 말을 했다.

"문제아 설마, 나한테 내숭 떠는 건가?"

그제야 붕어의 의미를 알아차린 제아는 화끈 달아오른 얼굴로 입 안의 목젖이 다 보이도록 입을 쩍 벌렸다.

"아아아!"

옛다, 내 목젖이나 실컷 봐라! 붕어처럼, 뻐끔했다는 건 인정한다. 그래도 그렇지, 그렇게 콕 집어서 얄밉게 말을 할 필요까진 없잖아? 동생은 뭐 여자 아닌가? 민망함만큼 크게 벌어진 제아의 입 안으로 큼지막한 장어가 쑥 들어왔다.

서로에게 먹이고 먹다 보니 어느새 불판 위의 장어는 깨끗이 사라졌다. 볶음밥까지 두 그릇 뚝딱 한 후에야 제아가 잠시 자리를 비웠다. 이걸 언제 다 먹은 거지? 도준이 믿을 수 없다는 눈빛으로 불판을 바라보는데 옆에서 신경에 거슬리는 소리가 자꾸만 귀를 건드렸다.

찰칵, 찰칵―.

고개를 틀자, 옆 테이블에 앉아 그의 사진을 휴대 전화로 몰래 찍고 있는 여고생들이 보였다. 살짝 가늘어진 그의 눈에 냉기가 어리자 놀란 여고생 한 명이 딸꾹질까지 했다. 그래도 제일 당찬 여고생이 방글방글 웃으며 도준에게 다가왔다.

"서울 오빠야가 너무 잘생겨서 찍은 건데, 괜찮죠?"

다른 남자들이라면 사투리를 쓰지 않으려고 노력하는 여고생의 말투가 귀여워서 웃어버렸을지도 모른다. 그런데 도준에겐 여고생의 풋풋함도 소용없었다.

"전혀 괜찮지 않아."

그가 일어날수록 점점 드러나는 훤칠한 키와 완벽한 신체 비율. 전깃줄에 주르륵 앉은 참새처럼 여고생들의 입에서 '어어어'가 터져 나왔다. 여고생들은 여고생들, 언제 덜덜 떨었느냐는 듯 수다가 폭발했다.

"오빠야 완전 잘생겼다 아이가! 피부가, 완전 우윳빛이다!"

"키도 완전 크데이! 모델이데이! 꺄악, 난 몰라. 난 모른다!"

남자들을 사르르 녹인다는 사투리와 '오빠야'라는 호칭마저 도준은 거슬렸다. 그에게 오빠라고 부를 수 있는 여잔 단 한 명뿐이니까.

"나는 너희들 오빠가 아……."

그 순간, 뒤에서 들려오는 당찬 목소리가 그의 1차 경고를 툭, 끊어버렸다.

"오빠라고 부를 수도 있지."

화장실에서 나온 제아는 풋풋한 여고생들에게조차 냉기를 풀풀 풍기는 도준의 모습에 혀를 찼다. 하여튼 이럴 때 보면 성격 참 별로라니까. 여고생들의 마음이 백번 천번 이해가 가는 제아였다. 저토록 아름답고 완벽한 피사체가 눈앞에 있는데 사진 찍고 싶은 건 당연한 거다.

"이 오빠야가 좀 많이 잘생기긴 했지?"

제아가 살갑게 묻자 도준의 포스에 눌려 잔뜩 움츠려 있던 여고생들이 이구동성으로 외쳤다.

"네! 이 오빠야 겁나 잘생겼어요!"

이렇게 깜찍하고 귀여운 여고생들을 겁주다니. 살짝 고개를 튼 제아는 도준을 찌릿 노려보았다.

"근데 저 오빠야가 생긴 것만 저렇지 성격 무지 까칠하다?

함부로 사진 찍으면 초상권 침해로 저 오빠야가 돈을 요구할 수도 있어."

"도, 돈이요? 얼마나요?"

잠자코 뒤에서 지켜보던 도준의 한쪽 눈썹이 억울함에 꿈틀, 했다. 30만 원 사건이야 따지고 보면 그의 잘못도 아니었다. 제아를 옭아매기 위해 치사해 보여도 빌미로 삼은 것뿐.

"농담이야. 남의 사진은 함부로 찍으면 안 된다는 뜻이야."

사람을 들었다 놨다 하는 제아의 언변에 도준은 살짝 불편한 심기를 드러냈다. 하지만 당사자는 조금도 신경 쓰지 않은 채 여고생들과의 대화를 즐기고 있었다.

"근데 언니야도 너무 예뻐요! 그니까 저 오빠야랑 나란히 사진 찍어주면 안 돼요?"

여고생들의 의도를 알아차린 도준은 한마디 하려다가 입을 꾹, 다물었다. 제아도 이제 어른이니 어련히 한 귀로 듣고 흘리고 해결하겠지 하는 마음에 지켜보기로 한 것이다. 그런데 별안간 들려오는 제아의 해맑은 음성에 그는 흠칫했다.

"너희들 눈엔 언니야도 예뻐?"

기분 좋아 갸르릉거리는 고양이 같은 음성에 불안함을 느낀 도준이 고개를 틀자 장화 신은 고양이 캐릭터처럼 반짝이는 제아의 눈동자와 부딪쳤다.

"오빠야, 자라나는 새싹들이 부탁하는데 사진 한번 찍어주자! 응?"

제아의 애교에도 안 되는 건 안 되는 거였다. 도준은 죽었다 깨어나도 모르는 이들이 제 사진을 가지고 있는 건 싫었다. 단호히 거절하려는 찰나.

"오빠야 언니야, 연인 사이 맞죠? 둘이 너무 잘 어울려요!"

여고생의 순간적인 재치에 박수를 보내며 도준은 결국 허락을 하고 말았다.

"찍어도 좋아."

제아의 가녀린 어깨를 부드럽게 감싸 안으며 도준이 그녀에게 달콤 살벌하게 속삭였다.

"문제아, 오빠야한테 확 안겨야지."

완벽한 연인 포즈로 찍은 사진을 여고생들에게 헌납한 후에야, 제아는 식사 값을 계산하고 식당을 나왔다. 도준은 등을 진 채 바다를 물끄러미 바라보고 있었다. 그 시선을 따라가자 어둠에 잠긴 밤바다가 길게 펼쳐지고 그 너머 빛을 쏟아내며 우뚝 솟아 있는 건물들까지 절경으로 펼쳐졌다. 이왕 온 김에 밤바다 구경하고 가자고 그럴까? 이대로 호텔로 돌아가기엔 뭔가 아쉬운 밤이다.

"서울 언니 오빠야!"

돌아서니 장어 식당 입구에 고개만 내민 채 대롱대롱 매달려 있는 여고생들이 그들을 향해 손을 휘젓고 있었다. 그래, 거기까지는 좋았다. 여고생들 중 한 명이 바로 앞까지 쪼르르 달려와 어딘가를 손가락질했다.

"깜빡하고 말 안 해준 게 있어서요. 조오기가 명당이에요."

손끝이 닿은 곳의 위치는 대충 가늠이 되었지만, 어두워서 그런지 딱히 형태가 도드라지게 보이지는 않았다.

"명당이라니?"

제아가 되묻자 갑자기 여고생이 키득키득 웃으며 말을 했다.

"키스하기 좋은 명당이라구요. 그럼 데이트 잘하세요!"

여고생의 눈물겨운 제보에 제아는 밤바다를 구경하고 싶은 마음이 싹 사라져버렸다.

"오빠 이제 호텔로 돌아가자."

"이왕 나온 거 바다 구경하고 가야지."

미처 거절할 틈도 없이 도준이 제아의 손을 잡아끌었다. 꽤 박력 있는 그의 행동에 지켜보던 여고생들의 입에서 비명이 터져 나왔다. 물론 그와 밤바다를 걷는 건 좋았다. 하지만 여고생들이 알려준 명당자리가 가까워지자 괜히 의식이 되어서 더 가까이 갈 수가 없었다. 그리고 명당인 걸 증명이라도 하려는 듯, 연인으로 보이는 이들이 빼곡하게 늘어선 뱃머리 사이로 들어가는 게 보이자 결국 참지 못하고 멈추어버렸다.

"오빠, 이제 걸을 만큼 걸었으니 돌아가자."

"싫은데."

"저기가 키스 명당이야."

"그래서."

"그래서……라니? 오빠도 봤잖아. 커플들이 저기 들어가는 거. 그런 거 보면 민망하잖아."

특히 오빠랑 보는 거라면 더더욱. 그런 제아의 속도 모르고 도준은 얄미울 정도로 덤덤히 물었다.

"안 보면 되지."

"그게 맘대로 돼?"

"관심이 없는데, 눈이 안 가는 건 당연한 거 아닌가?"

틀린 말은 아니지만 묘하게 신경에 거슬리는 말이었다.

"그럼 나는. 나는 뭐 남이 키스하는 거 관심 많다는 뜻?"

때마침 불어온 바닷바람에 머리칼이 휘날려 제아의 시야를 가렸다. 얼핏얼핏 보이는 머리카락 사이로 그녀에게 손을 뻗는 도준이 보인다. 그의 손끝이 얼굴을 스쳐 머리칼을 부드럽게 쓸어 넘겨주었다. 그의 손끝이 닿은 피부가 불에 덴 듯 따끔거린다. 난 몰라. 괜히 야릇한 기분에 시선을 피하려는 순간 그의 얼굴이 눈앞까지 훅 치고 들어왔다. 드센 바람이 둘 사이의 공백을 흔들었다. 찌르듯이 파고드는 도준의 짙은 눈동자가 어둠 속에서 유난히 반짝거린다.

"……키스할까."

바람결에 잘못 들은 거라고 생각하기도 전에 도준이 짙은 욕망이 담긴 눈으로 다시 또렷하게 말했다.

"지금 내가 키스하면. 또 나한테 미쳤다고 할 건가."

그의 손끝이 살짝 벌어진 그녀의 입술 윤곽을 부드럽고 섬세하게 어루만진다. 그 말을 행동에 옮기려는 듯 그가 입술의 각도를 틀어 비스듬히 거리를 좁혀오는 순간…….

짜악―!

날카로운 소리가 둘 사이를 가르면서 도준의 고개가 옆으로 틀어졌다. 제아의 손이 닿았던 뺨을 손등으로 대충 쓸어내리며 도준이 다시 고개를 틀었다.

"오빠 내가 그렇게 쉬운 여자로 보여?"

보드라운 입술 틈으로 쌔근거리는 숨이 꽤 거칠었다. 거칠게 소용돌이치는 도준의 눈과 잔뜩 날이 선 제아의 눈이 거센 충돌을 일으켰다. 그 눈을 꿰뚫듯이 깊숙이 응시하는 도준의 입술 사이로 씹어뱉듯이 나직한 한마디가 흘러나왔다.

"대체 누가 쉬운 여자라는 건데."

차마 뱉어내지 못한 감정의 응어리가 도준의 눈 속에서 거칠게 소용돌이쳤다. 내게 유일하게 어려운 여자가 너야. 너에게 가장 쉬운 남자가 나고. 그걸 가장 잘 아는 게 너잖아. 10년이 넘은 지금까지 너에게 닿는 작은 손짓 하나에도 내 심장이 이렇게 뛰는데. 하다못해 네게 닿는 눈빛조차.

"내가 마음 좀 열었다고 이렇게 해도 된다는 뜻은 아니야."

제아는 미치도록 화가 났다. 이런 취급을 당하려고 그에게 마음을 연 게 아니었다. 어쩌면 사실, 그의 입술이 다가온 순간 바보같이 심장이 떨리고 설렌 스스로에게 화가 난 건지도 모르겠다. 이유야 어찌 되었든 둘 사이엔 넘어선 안 되는 선이 있고 그걸 지켜야 한다.

"네가 말하는 이런 행동이 뭐지?"

"정말 몰라서 물어? 이건 남녀 사이에서나 하는 행동이잖

아. 오빠가 이러면, 더 이상 우리 못 봐."

"그럼 남녀 사이 하면 되잖아."

"……뭐?"

"피 한 방울 섞이지 않았어. 이제 완벽하게 남남이야. 난 널 여자로 보고 있고, 너도 날 남자로 보고 있어. 뭐가 문제지?"

도준으로선 제아를 처음 만났던 그날 하고 싶었던 말이었다. 오빠가 아닌 남자로 봐줘. 하지만 아무것도 모른 채 그를 향한 원망과 분노만 쏟아내는 제아를 상대하기란 결코 쉽지 않았다. 10년 만에 나타나서 '난 여전히 너에게 미쳐 있어.'라고 고백했다면 제아는 도망쳤을 것이다. 보지도 않고 미친놈 취급하며 피하느라 바빴겠지.

"오빤 그게 그렇게 쉬워? 간단해? 자유분방한 미국에선 오빠가 쉬운 남자처럼 지냈는지 몰라도 난 아니야. 오빠랑 내가 단순한 남녀 사이가 아니라는 거 오빠도 잘 알잖아. 보잘것없는 내가 이제 쉬워 보이나 본데 미안해서 어쩌지? 내가 아무리 보잘것없어도 내 오빠였던 남자랑 연애하고 싶을 만큼 나 남자가 궁하지 않거든."

도준은 절실히 후회한다는 눈빛으로 휙 돌아서는 제아의 손목을 틀어 돌려세웠다. 치켜뜬 눈매는 도발적이었지만 눈동자는 티끌 하나 없이 순수했다. 그래서 더 미치게 한다. 항상 여우처럼 유혹해놓고 곰처럼 천진난만하게 나 몰라라 하는. 도발적인 저 눈꼬리를 파들거리게 자극하고 싶다. 순수한 저 눈동자에 그를 온전하게 새겨놓고 싶다.

"인정해. 내가 쉬운 남자라는 거 말이야."

순순히 인정하는 도준의 한마디에 잡다한 감정들이 그녀의 마음에서 난잡하게 뒤엉켰다. 그 감정들을 내보이기 싫어 제아는 얼른 눈을 내리깔았다.

"그런데 그 쉬운 남자라는 거, 너한테만 해당되는 거 제아 네가 가장 잘 알잖아."

푹 떨어진 시야로 도준의 길고 섬세한 손가락이 치고 들어와 턱 끝을 잡아 올렸다.

"난 네게 쉬운 남자, 넌 내게 어려운 여자."

손끝에 힘을 주어 강제로라도 눈을 마주 보게 했다.

"기억해내. 그걸 정해준 게 바로 너니까."

이제 조금은, 제아가 알아주었으면 한다. 그의 마음을, 진심을, 심장을. 신체 건강한 남자가 성적 욕망을 억누른다는 게 얼마나 힘든지 제아가 알 리가 없다. 그런데도 그는 미친놈처럼 참아냈다. 오로지 제아를 떠올리고 또 떠올리면서. 지금 이렇게 눈앞에 두고도 어떻게 하지 못한다는 게 얼마나 참기 힘든 고통인지.

"난 여자들을 병적일 만큼 싫어해. 그건 너도 잘 알 거야."

제아의 눈을 뚫어지게 보며 도준이 의미심장하게 말했다.

"그런데 제아 넌 달라."

잘 알지도 못하는 그를 살리기 위해 끌어안고 입술 박치기까지 했던 소녀가 어느 순간부터 그의 습관 같은 존재가 되어버렸다. 그리고 그 습관은 그도 자각하지 못한 사이 심각한 중독으로 이어졌다. 어떤 여자를 봐도 감흥이 일어나지 않아 남자로서 문제가 있나 심각하게 고민까지 했지만 어느 순간 그 이유를 깨달았다. 어린 동생이 여자가 되어가고 있다는 걸 깨닫는 순간부터 그의 인생에 여자는 오로지 제아 한 명뿐이었다.

"네 말대로 참고 기다렸으니 이제 책임져야지."

물밀 듯이 거침없이 밀려드는 어떤 기억에 제아는 얕게 숨을 헐떡거렸다. 기억이…… 났다.

─오늘 또 3학년 선배들이 오빠 선물 잔뜩 주고 갔어. 오빠가 너무 어려워서 말도 못 붙이겠다나 뭐라나. 그래도 난 어려운 오빠가 좋아. 그래야 다른 여자들이 우리 오빠 넘보지 못할 거 아니야. 오빤 오직 나한테만 쉬운 남자여야 해. 알았지? 그 대신 난 오빠한테 어려운 여자 할 거야. 남자는 원래 고생을 좀 해야 자기 여자 소중한 줄 안대. 내가 다 클 때까지 다른 여자 만나지 말고 기다려줘. 나 다크면, 그땐 내 오빠 말고 내 남자 친구 해야 해. 알았지?

정말 아무것도 모르는 천진난만한 중학생이었을 때, 오빠가 남이 되는 게 마음만 먹으면 쉽게 되는 일인 줄 알고 무심코 한 말이었다. 그런데 맙소사, 그걸 아직까지 기억하고 있을 줄이야. 뜨거운 숨결이 소름 돋게 코끝에 와 닿는 순간, 제아는 두 눈을 감아버렸다. 해일처럼 다가온 그의 뜨거운 진심은 감당할 수 없을 정도였다.

"생각이 바뀌었어. 키스, 네가 해."

그를 격렬하게 거부하는 제아를 눈에 담으며 도준이 느른하게 말을 뱉어냈다. 지금까지 마냥 당기기만 했다면 이제는 그가 밀 차례.

"난 쉬운 남자고, 넌 어려운 여자니까."

너한테는 쉽게 당해줄 테니까 나를 한번 유혹해봐. 제아의 코끝을 떠난 아찔한 숨결이 귓가에 야릇하게 달라붙었다.

"내가 너에게 미친 것처럼."

내가 미친 듯이 널 사랑하는 것처럼.

"너도 나한테 미쳐줘."

너도 날 사랑해줘. 감정이 메마르고 심장이 얼어붙은 남자의 괴상한 고백이었다. 그런데 그 괴상한 고백을 제아는 찰떡같이도 알아들었다. 서로 한번 미쳐보자. 모르는 사람이 들으면 미친 연놈이라고 했을지 몰라도 적어도 그녀의 귀엔 그렇게 들렸다. 태연한 척하려 해도, 입술이 달달 떨려온다. 예고 없는 고백에 심장이 주체할 수 없을 정도로 폭주를 하고, 숨도 못 쉴 정도로 폐에 뜨거운 숨이 가득 차올랐다.

"설마, 지, 지금 한 말…… 아니지."

너무 당황스러운 나머지, 참 뭣같이도 주어를 생략했다. 그런데 그 말을 도준도 찰떡같이 알아들었다.

"고백 맞아. 나 지금 너한테 고백하고 있어. 널 사랑한다고. 날 사랑해달라고."

TV를 너무 많이 봤나? 그녀가 아는 고백은 달콤하고 다정하고 부드럽고 간질간질한 설렘이 피어오르는 그런 건데. 도준의 고백은 반 협박, 반 명령이었다. 로맨틱이라곤 1%도 찾아볼 수 없는 건조한 고백 같으니라고!

"무, 무슨 고백이 이래?"

도준 자신도 잘 안다. 자신의 고백이 부드럽지도, 다정하지도, 달콤하지도 못 하다는 걸.

"내 고백이 뭣 같다는 거 알지만 진심이야."

순순히 인정할 수밖에 없었다.

"부드럽고 다정하고 달콤한 고백을 원한다면."

말을 멈춘 도준이 손을 뻗어 제아의 손을 잡았다. 그러곤 심장이 있는 가슴에 가져다 댔다.

펼쳐진 손바닥 안으로 스며드는 그의 체온과 강인한 심장 박동, 그리고 코끝을 맴도는 아릿한 향.

"얼어붙은 내 심장, 네가 녹여줘."

그의 가슴에 올리고 있는 손바닥이 불에 덴 듯 뜨거워졌다. 잡힌 손을 틀어보지만 도준이 더욱더 꼭 움켜잡아 잔뜩 화가 나 있는 가슴 근육을 누르게 했다.

"너만 할 수 있어, 문제아."

만년설처럼 바짝 메말라버린 내 얼음 심장을 녹여줄 수 있는 건.

"너무 갑작스러워서…… 나한테 시간을 좀……."

예고 없이 불쑥불쑥 해일처럼 치고 들어오는 그의 진지함과 아찔함에 도망치고만 싶은 제아이다. 도무지 감당할 수가 없다. 천천히 좀 하라니까, 이렇게 격하고 급하게 닦달을 하니 미칠 것만 같다. 머릿속이 새하얗게 표백되어버린 것 같아 제대로 된 사고를 할 수가 없다. 그래서 바보같이 자꾸만 말이 더 틀어져 나왔다.

"나도 아직 내 감정을 잘 모르겠어……. 이건 너무, 그러니까 정말……."

부릉! 부르르릉!

그때 요란한 굉음이 고막을 터질 듯이 두드리는 순간 도준이 제아를 품에 안고 옆으로 몸을 날렸다. 기가 막힌 타이밍으로 오토바이가 빠른 속도로 그들이 서 있던 자리를 밟고 지나갔다. 딱딱한 시멘트 바닥에 제멋대로 둘의 몸이 뒹굴었다. 다행히도 완벽하게 도준의 품에 갇힌 제아는 생채기 하나 나지 않았다. 민첩하게 몸을 일으킨 도준이 주변을 빠르게 살폈다. 오른쪽은 바다, 왼쪽은 높은 시멘트벽으로 막혀 있다. 인적은 드물고 나가는 통로는 꽤 멀다. 결론은 제아가 안전하게 몸을 피할 곳이 없다는 것.

"빌어먹을!"

저절로 욕지거리가 새어 나왔다. 그사이 멀어졌던 오토바이가 다시 빠르게 다가오고 있었다. 우선은 맨몸으로 저 오토바이를 어떻게든 상대해야 한다.

"휴대 전화 줘봐."

도준은 제아가 덜덜 떨리는 손으로 내미는 휴대 전화를 받아 카디건으로 감싸서 손에 돌돌 말아 쥐었다.

"저 새끼 넘어지면."

제아를 뒤로 보낸 도준의 꽉 다물린 잇새 사이로 빠르게 말이 흘러나왔다.

"바로 저쪽 벽으로 뛰어가는 거야. 알았지?"

"오, 오빠는!"

혼비백산한 제아와 달리 도준은 지극히 차분하고 냉철한 모습이었다. 우선은 누구를 노리는지 알 수 없기에 제아와 떨어질 수도, 노출시킬 수도 없었다. 그것 먼저 파악해야 한다. 저 오토바이가 노리는 게 누구인지.

"네가 다치면 내가 못 버텨."

내 유일한 아킬레스건이 너니까. 아킬레스건이 끊기면, 차분한 이성도, 냉철한 본능도 모두 사라져버린다. 한쪽 무릎을 바닥에 꿇은 채 낮게 몸을 숙인 도준은 빠르게 다가오는 오토바이에서 시선을 떼지 않았다. 먹잇감을 단번에 낚아채려는 독수리가 낮게 하강하는 것처럼. 제아는 덜덜 떨리는 손으로 도준의 옷자락을 꼭 움켜잡았다. 오토바이가 어디까지 왔는지는 모른다. 그저 귀에 들려오는 소리로 가늠할 뿐.

그때 도준이 외쳤다.

"뛰어!"

자신과 붙어 있으면 도준이 자유롭지 못하다는 걸 본능적으로 깨달은 제아는 죽어라고 달렸다. 그럼에도 그가 걱정이 되어 자꾸만 뒤를 돌아보았다. 오토바이가 바짝 다가온 순간 아슬하게 몸을 피한 도준이 휴대 전화를 감싼 카디건으로 오토바이를 탄 남자의 헬멧을 쳤다.

타악—!

어딘가가 깨지는 소리가 난 것도 같다. 도준을 비껴나간 오토바이는 조금 달리다가 이내 쭉, 미끄러져버렸다. 그런데 비틀거리며 일어난 남자가 금이 간 헬멧을 고쳐 쓴 채 다시 오토바이에 올라탔다. 그리고 아주 정확하게, 그녀가 아닌 도준을 향해 다시 속도를 냈다. 그걸 본 순간 이성적인 판단은 사라져버렸다.

죽어도 같이 죽고 살아도 같이 살자!

"문제아!"

다급한 도준의 부름이 아득하게 귓가를 스쳤지만 이미 돌아서버린 다리는 도준을 향해 달려가고 있었다. 뛰어오는 제아를 본 도준의 얼굴이 무섭게 일그러졌다. 오토바이와의 거리가 다시 좁혀지는 순간, 도준이 이번엔 오토바이를 향해 몸을 날렸다. 오토바이와 오토바이를 탄 남자, 그리고 도준까지. 밤바다가 무섭게 집어삼키는 소리가 소름 끼치게 그녀의 고막을 후려쳤다.

풍덩—. 쏴아아아아아.

"도준 오빠!"

울음 섞인 제아의 비명이 부둣가를 울렸다. 제아가 아는 도준은 물을 싫어했다. 비 오는 날도 싫어했고, 목욕탕도, 수영장도 가기 싫어했다. 그건 도준이 수영을 하지 못한다는 뜻이었다. 제아는 흩날리는 눈물을 손등으로 훔쳐내며 미친 듯이 정착해 있는 배를 향해 내달렸다. 그나마 오르기 쉬운 덩치가 작은 배 위로 힘겹게 오른 제아의 시선이 정처 없이 무언가를 찾아 헤맸다.

'조끼, 튜브! 뭐든지 있을 거야!'

제아의 머릿속은 오로지 한 가지 생각뿐이었다. 새까만 밤 바다 밑으로 가라앉기 전에, 도준을 구해야 한다는 것. 이제 막 빠졌으니 아무리 수영을 못해도 아주 잠깐은 물 위에서 허우적거리며 떠 있으리라. 아니, 제발 그러기만을 간절히 바랐다. 마음이 급해서 그런지 잘 보이는 것들까지 흐릿하게 초점이 빗나갔다. 똑같은 곳을 몇 번이나 눈으로 더듬었는지 모른다. 드디어 배 구석에 대충 처박혀 있는 튜브와 조끼를 발견한 제아는 덜덜 떨리는 손으로 조끼를 몸에 걸치고 튜브에 달린 끈을 팔에 단단히 끼웠다. 그때까지도 멍하게 그들을 지켜보고 있는 야속한 커플을 향해 제아는 앙칼지게 소리를 질렀다.

"그만 좀 부둥켜안고 신고 좀 해줘요! 119든, 112든! 아무거나 다 불러줘요!"

커플들도 이 상황이 믿어지지 않은지 넋이 나가 보였다.

"그렇게 멍 때리고 있다가 나 죽으면, 물귀신 되어서 쫓아다닐 테니까 그렇게 알아요!"

커플들을 향한 협박을 마지막으로, 제아는 도준이 빠졌을 지점을 어림짐작해서 내려다보았다. 깊이조차 가늠이 안 되는 바다의 어둠은 오싹할 정도로 공포를 자아냈지만, 그녀는 조금의 망설임도 없이 바다를 향해 몸을 던졌다.

　부둣가 근처에 경찰서와 해양 구조대가 있었는지 몰라도 그들의 출동은 전광석화처럼 빨랐다. 빠르게 출동한 덕분에 깊이를 가늠할 수 없는 시커먼 밤바다에서 모두 무사히 구조가 되었다. 밤바다가 집어삼킨 건 오토바이뿐. 도준도 제아도, 그리고 오토바이를 탄 남자도 모두 무사했다. 끔찍한 밤바다에서 도준은 그를 해하려고 했던 남자까지 건져 올려 배에서 내린 닻의 사슬쪽에 매달려 있었던 것이다.

　오토바이를 탄 남자는 경찰이 연행해 갔고, 두 사람은 경찰서도 병원도 아닌 호텔로 돌아왔다. 조사고 정밀 검사고 뭐고 따뜻한 물로 깨끗하게 몸을 씻고 쉬고 싶은 생각에 그녀가 고집을 부린 것이다. 태어난 이래 오늘처럼 파란만장했던 하루는 처음이었으니까. 무사히 호텔에 도착했는데도 제아의 마음은 역대급 폭풍이 쓸고 간 것처럼 난장판이었다. 게다가 이 날씨에 밤바다로 다이빙이라니. 늘어진 파김치처럼 몸에 힘이라곤 하나도 없었다. 만신창이가 된 심신이 지칠 대로 지쳐버린 것이다. 그가 수영을 할 수 있다는 걸 알았다면 뛰어내리지 않았을 텐데. 카드키를 대기 위해 몸을 트는 순간, 뒤에서 들려오는 도준의 한마디가 또다시 심장을 들쑤셨다.

　"오늘 바다에 뛰어든 거. 고백에 대한 대답이라고 생각해도 되는 건가?"

　돌아서니 얼굴을 꿰뚫을 듯 쳐다보는 도준이 보인다. 정말 이렇게 성질 급한 남자는 죽었다 깨어나도 없을 것이다. 제발 천천히 좀 하라니까. 그리고 그게 왜 고백에 대한 대답인가! 이 남자 정말! 씩씩거리며 제아가 그를 쏘아보았다.

"저기 오빠가 벌써 잊었나 본데 우리 방금 전에 죽을 뻔하다 살아났거든요?"

"알아."

엄청난 일을 겪었음에도 그는 멀쩡하다 못해 입가에 희미한 미소까지 머금고 있다. 대체 뭐가 그렇게 좋다고.

"그런데…… 웃음이 나와?"

"나 살리겠다고 네가 뛰어들었잖아."

"그게 왜 웃을……."

차마 말을 잊지 못한 제아는 그저 아랫입술만 질겅질겅 깨물었다. 무슨 말을 해도 지금 그에겐 먹히지 않을 것 같아서 말이다. 정말 제멋대로 해석하는 데 일가견이 있는 남자였다.

"후, 오빠가 아니었어도 뛰어들었을 거야. 나 오지랖 넓은 거 알잖아. 나 이제 들어가서 좀 쉬어도 될까?"

지친다, 너무. 빡빡하고 파란만장했던 오늘 일과도. 거침없이 격하게 밀어붙이는 도준 때문에도. 제아 자신도 인정한다. 그에게 마음의 문이 활짝 열려버렸다는 걸. 하지만 갑작스럽게 치고 들어오는 도준 때문에 조금씩 좋아지고 있던 둘 사이의 균형이 깨져버린 느낌이었다. 뒤죽박죽 엉켜버린 그를 향한 두려우면서도 묘한 감정들, 그럴수록 떠오르는 부모님의 얼굴. 하늘과 땅처럼 벌어진 둘 사이의 간격. 정말 미쳐버릴 것 같다. 우선 푹 쉬고 나서, 그 후에 다시 감정을 정리하고 마음을 재정비해야 한다. 이대로라면, 위험하니까. 한숨과 함께 돌아서려는데 도준이 갑자기 성큼 다가섰다. 조금의 빈틈이라도 내보이면 아주 정확히 파고드는 그가 그 틈을 놓칠 리가 없었다. 짙게 타들어가는 도준의 눈빛이 문에 바짝 붙어서 숨조차 제대로 내쉬지 못하는 제아의 얼굴에 노골적으로 박혔다.

"날 구해준 게 오지랖이라⋯⋯."

자존심이 상했는지 나직하게 되뇌는 음성이 서늘했다. 손에 들고 있던 카드키가 찍히는 바람에 '찰칵' 소리를 내며 문이 열렸지만 그가 손을 뻗어 열린 문을 다시 닫아버렸다. 그러곤 빠져나가지 못하도록 문 양쪽에 손을 짚고 그녀를 가둬버렸다. 서로에게서 비릿한 바다 냄새가 풍기는데도 이상하게도 심장은 떨린다.

"이젠 더 못 기다려줘."

무슨 말이냐는 듯 떨리는 속눈썹 사이로 제아가 그를 올려다보았다.

"버텨볼 테면 버텨보던지."

"저기, 오⋯⋯!"

예고 없이 다가든 그의 손끝이 입술을 지분거리자 제아는 숨을 헐떡이며 말을 멈추었다.

"날 남자로 느낄 때까지 내가 널 미치도록 자극할 생각이거든."

전기라도 감전된 듯 찌르르, 온몸에 떨림이 전해졌다. 가까이 다가온 더운 숨이 제아의 입술을 데운다.

"문제아."

맙소사. 그의 입에서 흘러나온 젖은 숨결과 동반된 제 이름이 이렇게나 아찔할 줄이야. 제아의 심장이 폭탄을 맞은 것 같다. 흔들리는 동공의 무너짐을 눈치챘는지 도준의 눈가가 부드럽게 휜다.

"나란 남잘 사랑해봐."

부둣가에서의 고백이 뭣 같았다면 지금의 고백은 치명적으로 섹시하고 도발적이었다. 도저히 거부할 수 없을 만큼. 그만큼 강렬하게 부모님의 얼굴이 떠오른다. 그렇다는 건 아직 그에 대한 감정이 위험한 수준까지는 아니라는 것. 무엇 하나 거리낄 것 없는 그가 못한다면 아직 이성이 남아 있는 자신이 확고하게 선을 그어주면 될 일.

"나한테 한도준은 오빠야. 앞으로도 쭉……."

도준이 손을 뻗자 소스라치게 놀란 제아는 문에 더욱더 몸을 바싹 붙였다. 빠르지도, 그렇다고 느리지도 않은 그의 손길이 제아의 얼굴을 타고 흘러내린 머리칼을 부드럽게 쓸어 올려주었다.

"단정 짓지 마. 앞일은 모르는 법이니까. 내가 꽤, 전투적이거든."

그가 어루만지는 건 머리카락인데도, 피부가 어루만짐을 당한 듯 솜털이 곤두서는 묘한 감각. 그의 손길이 멀어지고 나서야 제아는 후다닥 들어와 문을 쾅, 닫고 휘청거리는 몸을 문에 기댔다. 극심한 혼동이 일어났다.

Episode 9

심장이, 터질 것 같아

잔잔한 호수처럼 고요한 도준과 달리 유치장에서 끌려나와 커피숍에 앉아 있는 남자는 두려움에 잔뜩 질려 있었다. 멱살을 잡고 욕을 해도 모자랄 판에 커피까지 사주면서 여유를 부리는 도준의 모습이 알 수 없는 두려움을 증폭시킨 것이다.

나른한 오후의 커피를 즐기듯 도준이 유지하는 침묵을 참다 못 한 남자가 먼저 급하게 입을 열었다.

"왜 이곳으로 불러냈는지 모르지만 자백 내용은 변함없습니다. 술 먹고 홧김에 저지른 거고 합의금 낼 능력도 없습니다. 그러니까 고소하든 말든 맘대로!"

말 한마디 없이 에스프레소를 음미하던 도준이 느릿하게 고개를 들자 순간 남자는 말문이 막혔다. 도자기 같은 새하얀 얼굴에 생긴 상처를 보니 명작 그림에 스크래치를 낸 것 같아 죄책감이 들 정도였다.

길고 우아한 손동작으로 짙은 커피를 입에 머금은 도준은 남자를 단번에 무너뜨리는 한마디를 무심하게 내뱉었다.

"주영 플라워."

그 한마디에 남자의 얼굴이 새하얗게 질렸다.

"내가 오늘 사들인 건물 1층에 있더군. 서류 처리가 되지 않았으니, 정확히는 내일부터일 테지만. 의외로 착한 면이 있더군. 여자 쪽 부모 수술비도 마련해주고 꽃집 보증금까지 마련해준 걸 보니."

"저기, 이봐요!"

남자가 말을 막으려 하자 도준이 싸늘하게 돌변한 눈빛으로 손을 들어 저지했다.

"내 말 아직 안 끝났으니 입 다물어."

"……!"

"돈의 힘은 굉장하지. 깊숙하게 꼭꼭 숨겨놓은 약점을 몇 시간 만에 찾아낼 수 있으니 말이야. 네가 돈 몇 푼에 날 해치려 했던 것처럼."

고집스럽던 남자는 도준이 틀어쥔 약점 때문에 숨을 헐떡이고 있었다.

"주영 플라워가 옮겨가는 건물마다 내가 다 사들일 작정이야. 아주 저렴하게 사서 아주 비싼 보증금을 요구할 생각이고. 이주영이란 여자의 소박한 꿈인 꽃집이 절대 이루어지지 못하게 말이야."

"주영인 이 일이랑 상관없어! 고소하라고 하잖아! 나한테 콩밥 먹이라고 하잖아!"

무너져 내린 남자에게 도준은 그제야 느긋하게, 그리고 짧고 간결하게 물었다.

"그럼 이번엔 내가 묻지. 나는 그렇다 치고, 내 여자는 너랑 상관있었나? 생판 모르는 나를 오토바이로 갈아버리려 했으면 나 혼자 있을 때를 노렸어야지."

"여, 여자는 다치게 할 생각이 없었어요! 정말입니다!"

냉랭한 눈빛과 달리 붉은 입술 끝에 희미한 비소가 어렸다.

"네 앞날은 궁금하지 않아. 삶에 힘들어하는 네 여자를 지켜보는 심정은 똑같을 테니 말이야."

도준이 미련 없이 자리에서 일어나자 그의 예상대로 남자의 절규가 터져 나왔다.

"제발! 주영인 건들지 말아요! 부탁합니다! 다 말할게요!"

도준이 커피숍을 나온 순간 젊은 여자가 경찰의 만류에도 불구하고 달려들어 그의 바지 자락을 움켜잡고 늘어졌다.

"우리 오빠, 한 번만 봐주세요! 오빠한테 받은 돈 다 돌려드릴게요! 그러니까 제발 우리 오빠 좀 봐주세요, 흑흑흑!"

"아가씨, 이러지 말라니까요? 이분은……."

그때 도준이 손을 들어 무슨 말을 하려는 경찰을 저지했다. 여자를 향해 몸을 숙인 도준이 나직하게 말을 했다.

"더 애달프게 사정해."

"……네?"

후드득 눈물을 쏟아내던 여자는 가까이 다가선 도준의 얼굴에 넋이 나가버렸다.

"그래야 네 오빠가 자백할 테니까."

커피숍을 박차고 나온 남자가 도준에게 달려든 여자를 움 커잡고 뜯어냈다. 말문이 막혀버린 주영이란 여잘 품에 안은 남자는 독기 어린 눈으로 도준을 노려보았다.

"돈이 급했어! 그것도 엄청! 그쪽한테는 얼마 안 되는 액수 겠지만 그 돈 때문에 내 인생을 팔았어. 됐어, 이 자식아? 오 토바이 잘 타는 사람을 구한다고 해서, 오토바이 타는 것도 자신 있고, 배신하지 않을 자신도 있어서! 그래서 내가 한다고 했다고!"

받은 돈의 배를 줘도 무너지지 않을 자신이 있었던 남자가 모든 걸 술술 토해냈다. 정확히 맞아떨어진 예상. 모든 상황을 지켜보고 있던 인호는 생글생글 웃으며 다가와 남자의 손에 명함 한 장을 쥐어주었다.

"언제든지 주저 말고 편하게 연락하십시오. 짐승 새끼도 은 혜는 갚는다는데, 사람은 더 그래야 되지 않겠습니까?"

두 남자가 탄 고급 승용차는 이내 여유롭게 출발했다. 그걸 보며 넋이 나간 남자에게 다가선 경찰이 혀를 끌끌 차며 진실 을 말해주었다.

"좋은 분 만난 줄 알아요. 돈 많은 사람 치고 저런 사람 드 무니까. 저분이 고소할 생각은 없다면서 그냥 커피나 한 잔 하 고 헤어지겠다고 했어요. 고소했으면 그거 명백하게 살인미수 라 죄질이 무거웠을 텐데."

"그럼 커피숍은 왜 지킨 겁니까?"

"그래도 만일의 경우를 대비해서 10분만 시간 내서 입구를 지켜달라니 별수 있나. 수고했다고 경찰서 전체에 커피랑 와플을 돌린다고 하니 뭐 겸사겸사 나왔지."

설마. 남자는 여자에게 돌아서서 다그쳤다.

"주영아, 혹시 건물주가 가게 빼달라거나 보증금 올려달라는 말은 없었어?"

"……응. 다음 주에 아주 인심 좋은 부자가 건물을 사들여서 오히려 보증금은 반납해주고 월세만 내면 될 거라는 연락만 받았어. 근데 왜?"

"하아……."

남자는 멍하니 풀린 시선으로 인호가 마지막에 했던 말을 떠올렸다. 설령 은혜를 갚고 싶지 않더라도 그 건물을 정말 매입했다는 건 커피숍에서 했던 협박만큼은 진심임을 의미했다. 정말 빼도 박도 못하게, 무슨 일이 있어도 은혜를 갚아야 할 것 같은 압박감이 들었다.

운전을 하던 인호가 슬그머니 룸미러로 도준을 응시하며 물었다.

"한 이사님은 그냥 둘 거야?"

아직 증거를 잡진 못했지만 강훈이 시켰으리라는 건 두 사람 모두 믿어 의심치 않았다.

"일 크게 키울 필요 없어. 한강훈이 노리는 게 그거니까. 내가 다쳐서 일에 차질이 생기거나 이 일을 알게 된 회장님이나 어머니가 나를 통제하거나."

"그래도 그냥 넘어가기엔 너무 꺼림해. 자칫하다가 정말 크게 다쳤거나 죽었을 수도 있다고. 아무리 그래도 사람 목숨 가지고 장난치면 안 되지."

"지금 당장 조일 생각이 없을 뿐이야. 느긋하게 기다렸다가 방심했을 때 확 조여야지."

"아까 그 남자한테 연락이 올 거라고 믿는 거야?"

"시간이 좀 걸리겠지만 올 거야."

작은 것 하나까지도 철저하게 파악하고 계산하는 도준을 믿는 인호였지만 그럼에도 이해가 가지 않는 게 있었다. 은혜든 원수든 받은 것의 몇 배로 돌려줘야 직성이 풀리는 성격 파탄자가 웬 오지랖? 그리고 웬 자비?

"피도 눈물도 없는 한 사장이 웬일이야. 자비를 다 베풀고. 그 남자한테 동병상련이라도 느낀 거야?"

도준은 창밖을 응시하며 침묵을 유지했다. 인호의 말대로 뒷조사를 하지 않았다면 제 방식대로 철저하게 남자를 짓밟았을 것이다. 하지만 돈에 인생을 팔아 하나뿐인 의붓동생이자 사랑하는 여자를 지키려고 했던 그 남자에게서 어린 시절 제 모습을 발견한 것이다.

"자비를 베풀든 오지랖을 펼치든 상관은 안 하겠다만 제발 무모한 짓은 하지 말자, 응? 누가 보면 죽고 싶어 환장해서 밤바다에 뛰어든 줄 안다고."

"부두 쪽으로 바람이 부니 바다 쪽으로 밀려나갈 확률은 적겠지. 파도에 쓸리지 않고 매달릴 위치도 파악했고."

"그래, 너 잘났다 인마! 근데 잘난 너야 그렇다고 치고 제아 씨는 왜 뛰어든 건데? 설마 제아 씨도 그런 거 계산하나?"

도준은 일부러 대답하지 않았다. 그가 아는 제아는 자신처럼 냉철하지도 계산적이지도 않다. 정말 순수하게 어떻게든 그를 구해보겠다고 뛰어들었을 뿐이었다. 유일하게 그를 위해 물불 가리지 않고 덤벼들 존재.

"이런 거 보면 남매 맞네. 아주 둘 다 미쳤어!"

지극히 정상적인 인호의 멘탈로는 도저히 이해를 할 수 없는 행동이었다. 손목시계를 확인한 도준이 인호에게 또 다른 지시를 내렸다.

"유 실장은 나 대신 호텔로 가서 제아 좀 만나줘야겠어. 일주일 휴가 줄 테니 푹 쉬고 출근하라는 말도 전해주고."

호텔에서 연락이 없는 걸 보면 제아는 늦은 오후인 지금까지 정신 못 차리고 잠에 빠져 있는 게 분명했다.

'문제아, 지금 머릿속이 꽤 복잡하겠지.'

정신을 못 차릴 만큼 격하게 몰아붙였으니 이젠 살짝 놓아주어야 할 때, 천진난만한 제아이지만 한 번 고집을 세우면 통제 불가능이니까 충분히 생각할 시간을 줄 생각이다.

복잡하게 뒤엉킨 머릿속을 정리하다 보면 결론이 나오리라. 원망하고 미워한 만큼, 죽을 걸 각오하고 밤바다에 뛰어들 만큼, 내가 너에게 얼마나 소중한 존재인지, 네 심장을 뛰게 할 남자가 나뿐이라는 걸 깨닫게 되겠지.

부산 출장 이후 갑작스럽게 주어진 일주일의 휴가는 제아에 겐 무의미했다. 자유란 것도 즐겨본 사람이 즐기는 법. 주말까 지 빡세게 불려 나와 일을 했으니 긴 휴가를 도무지 어떻게 즐 겨야 할지 알 수가 없었다. 무엇보다 도준이 했던 고백이 머릿 속을 꽉 채우고 있어서 감히 어떤 것도 즐길 입장이 되지 못 했다. 그럼에도 일주일 내내 방에 처박혀 있으면서까지 휴가 를 보낸 건 바로 도준 때문이었다. 출근을 하면 왠지 그와 부 딪힐 것 같아서. 이제 그를 어떻게 봐야 할지 하나부터 열까 지 도무지 감이 잡히지 않는다. 고백은 왜 해서 이렇게 사람을 미치고 환장하게 만드는 건지. 그런데 그게 끝이 아니었다. 끔 찍한 일주일을 보내고 출근을 한 제아에게 청천벽력과도 같은 소식이 기다리고 있었다.

"문제아 씨, 인사과 지시야. 당장 비서실로 옮길 준비해."

비서실로 옮긴다는 건 도준을 아침부터 저녁까지 봐야 한 다는 뜻이다. 격렬하게 거부하고 싶었지만 인사과 지시라고 하니 거부할 수도 없었다. 또 찾아가서 따지면 김 부장이 사표 를 내라고 할 테니까.

비서실에 도착하자 최고참인 신 비서가 구석진 곳에 덜렁 마련된 책상을 가리키며 새침한 표정으로 말했다.

"임시 발령이라 들었어. 그리고 우린 제아 씨와 달리 모두 한국대 비서과 출신으로 사장님의 일급 기밀 업무를 다뤄. 그

런데 언제 사라질지 모르는 임시 비서에게 그 업무를 공개할
순 없으니 당연히 자리도 떨어져야 하지 않겠어?"

다른 비서들의 표정도 제아를 반기는 눈치가 아니었다. 학
력, 스펙 모두 안 되는 그녀가 비서 팀에 발령이 나니 자존심
이 어지간히 상했나 보다. 인턴 취급 벗어나나 했더니 여기선
이제 임시 비서 타이틀을 거머쥐다니, 씁쓸한 웃음이 새어 나
왔지만 그렇다고 포기할 순 없었다. 포기하더라도 노력할 건
해보고 포기해야지.

"잘 부탁드립니다, 선배님!"

싹싹하게 부르는 '선배'라는 호칭이 싫지는 않은지 조금 누
그러진 신 비서가 다시 입을 열었다.

"짐은 책상 위에 올려두고 바로 지하 주차장 1층으로 내려
가 봐. 비서실장님이 기다리고 있을 테니까."

"……실장님이요?"

"말 두 번 하게 하지 말아줄래? 그런 거 딱 질색이라."

누가 도준의 비서 아니랄까 봐 비서도 아주 깐깐했다. 영문
도 모른 채 주차장으로 내려가자 인호가 그녀를 반갑게 맞이
했다.

"문 비서, 여기예요. 내가 갑자기 불러내서 놀랐죠?"

"조금요."

대답은 인호에게 하고 있었지만 초조함이 가득한 눈은 선팅
이 짙게 된 차 안을 힐긋힐긋 훔쳐보고 있었다. 그걸 모를 인
호가 아니었다.

"혹시 한 사장 찾습니까? 안 본지 오래돼서 보고 싶어서?"

"아니요! 제가 왜요! 그, 그냥 본 거예요!"

화끈 달아오른 얼굴을 홱 돌리며 제아는 괜한 곳에 시선을 막 던져댔다. 나쁜 짓 하다 들킨 것처럼 자꾸만 심장이 터질 것처럼 뛰어댄다.

"사실은 내가 사적으로 부탁할 게 있어서 불렀어요."

거절은 여자의 민감한 본능이었다.

"사적인 부탁이면 안 하시는 게……."

제아가 거절하려고 하자 인호는 얼른 태도를 바꾸었다. 정중한 부탁에서 정중한 업무 지시로 말이다.

"어차피 문 비서를 뽑은 게 바로 사적인 업무를 처리하려고 한 건데 혹시 설명 안 들었습니까?"

"……들었습니다."

인호의 완벽한 승리. 그의 차를 타고 이동한 곳은 최고급 주상 복합 건물, 그중에서도 55층인 펜트하우스였다. 대체 여기를 왜 데려왔느냐는 눈빛으로 응시하자 인호가 살살 눈웃음을 흘렸다.

"사적인 업무 처리 대상이 이 집에 있어서. 아주 민감하고 예민한 업무입니다."

한 층에 단 한 집. 그만큼 평수가 어마어마하다는 의미였다. 엘리베이터에서 내린 인호가 현관문에 카드키를 대었다. 띠릭 소리와 함께 문이 열리자 아주 긴 복도가 나타났다. 제아가 들어가지 않고 머뭇거리자 인호가 안심하라는 듯 어깨를 툭

툭 치며 장난스럽게 말을 했다.

"내가 설마 한 사장 동생 잡아먹겠습니까? 그러다 내가 잡아먹힐 게 뻔한데."

틀린 말도 아닌지라 제아는 조심스레 집 안으로 들어섰다. 긴 복도를 지나자 전면 통유리로 되어 있는 널찍한 거실이 드러났다. 그리고 거실 대리석 바닥에 놓인 가죽 소파 위에 시체처럼 축 늘어진 남자가 보인다. 이 집이 누구의 집인지 짐작이 간 순간 급하게 몸을 틀었지만 인호가 제아의 앞을 떡 하니 막아섰다.

"저기, 실장님."

'전 아직 오빠를 볼 준비가 되지 않았어요.'라고 말은 못 하겠고. 입 안도 속도 바짝 타들어갔다.

"밤바다에 빠졌을 때부터 몸살감기가 온 것 같아요. 그런데 내색을 안 하니 알 수가 있나. 그냥 컨디션이 안 좋은가 보다 했지. 그 몸으로 오늘 아침 스케줄까지 다 소화한 후에 집에 와선 저대로 기절해서 일어나질 않습니다. 그래서 말인데요, 문 비서."

인호가 말끝을 흐리자 제아는 문득 불안함을 느꼈다.

"오늘 하루만 시름시름 앓고 있는 야수 한 마리 부탁 좀 해도 되겠습니까?"

"실장님, 지금 오빠한테는 저보다 병원이 더 절실할 것 같은데요."

"가능했으면 병원에 입원을 시켰죠. 일어나서 병원이라는 걸 알면 아주 난리를 칠 테고 난 한 사장 성질 감당할 자신 없습니다. 그래도 까다로운 한 사장을 쉽게 조종하는 게 바로 문 비서잖아요. 그러니까 부탁 좀 합시다, 네?"

저절로 씁쓸한 웃음이 새어 나와 제아의 입술에 번졌다. 난 네게 쉬운 남자, 라는 도준의 말이 떠오른 것이다. 정말 그녀만 모르고 있었다. 몇 번 본 인호까지 알고 있는 그 사실을.

"저대로 두면 정신 차리자마자 또 미친 듯이 일만 할 거예요. 아무리 체력이 좋아도 한 사장도 사람인데 몸이 버티겠어요? 부탁이라 거절하는 거라면 업무라고 생각하고 거절하지 말아줘요."

거절하고 싶어도 며칠 만에 핼쑥해져 있는 도준의 얼굴이 마음에 걸렸다. 흔들어놓겠다고 당당하게 선전포고하고 잠수 타더니 결국은 이렇게 쓰러져서 나타나다니. 피하든 거절하든 버티든, 우선 죽어가는 사람은 살려야 할 듯싶었다.

"제가 뭘 하면 되죠?"

"역시! 우리 한 사장 걱정하는 사람은 문 비서밖에 없다니까!"

그럴 줄 알았다는 듯 인호는 부산스럽게 제아에게 도준의 집 카드키와 신용카드를 건넸다.

"그냥 오늘 하루 푹 쉬게 해줘요. 워낙 건강하니 잠 잘 자고 잘 먹고 하루만 푹 쉬면 멀쩡해질 테니까."

인호와 함께 집을 나온 제아는 건물 지하에 있는 마트로 향했다. 그의 말대로 잘 먹고 잘 자게 해주어야 빨리 나을 테니까. 간단히 죽을 만들 재료를 장 봐서 다시 도준의 집으로 돌아온 제아의 눈이 휘둥그레졌다.

소파가 텅 비어 있었던 것이다.

설마 그 몸으로 일을 하러 간 건 아니겠지?

제아는 반사적으로 침실로 가장 먼저 달려가 문을 벌컥 열어젖혔다. 하지만 침대는 누운 흔적 없이 깨끗하기만 했다.

"오빠 대체 어딜 간 거야?"

침실에서 나온 제아는 드레스 룸으로 향했지만 그곳에도 도준은 없었다. 로드 숍처럼 넓고 깨끗한 드레스 룸을 꽉 채운 그의 옷들과 액세서리에 정신이 팔린 순간, 뒤에서 문이 열리는 소리가 들렸다.

"도준 오빠…… 흡!"

무심코 돌아본 제아는 제 손으로 입을 틀어막으며 자꾸만 뒷걸음질을 쳤다. 막 샤워를 마친 듯 매끈한 상반신을 드러낸 도준이 허리에 타월만 두른 채 서 있었던 것이다.

"저, 저기 그러니까."

그에게 왜 자신이 여기 있는 건지 설명을 해야 하는데 얼어붙어버린 입은 떨어질 줄을 몰랐다. 그때 도준의 젖은 머리카락에서 뚝뚝 떨어지는 물방울이 보였다. 시선을 따라 내리자 탄탄한 가슴 근육 사이를 야릇하게 더듬으며 흘러내린 물방울이 치골 쪽으로 스며들었다. 허리에 두른 하얀 타월이 보이자 봐서는 안 되는 걸 본 것 같아 다시 얼른 시선을 올렸지만 도준과 눈이 딱 마주쳐버렸다.

서늘한 눈빛으로 찌르듯이 그녀를 응시하던 도준이 자비심 없는 걸음을 옮겼다. 깜짝 놀라 손사래를 격하게 쳤지만 그는 멈추지 않았다.

"버, 벗은 몸으로 다가오지 마!"

경고를 날렸는데도 당겨지는 거리가 거침이 없자 결국 제아는 손으로 눈을 가려버렸다.

난 몰라! 그런데 얼굴을 가린 손이 확 다시 당겨지면서 물기 젖은 아찔한 향과 헐벗은 남자의 완벽한 나신이 공격적으로 후각을 파고들고 시야를 뒤흔들었다. 몸이 기우뚱하면서 얼떨결에 그의 맨가슴 위에 두 손을 올려버렸다. 손바닥으로 스며드는 그의 피부가 전하는 감촉은 놀라울 만큼 부드럽고 따스하고 매끄러웠다.

드르륵, 탁—.

뒤에 있던 붙박이장의 문이 열렸다 닫히는 소리에 이어 옷이 맨살을 스치는 소리에 민감하게 귀를 곤두세웠다.

"눈 떠."

흔들림 없는 일정한 톤의 음성에 겨우 눈을 뜨자, 숨 막히도록 당겨졌던 도준과의 거리가 조금 멀어져 있었다. 파르르 떨리는 속눈썹을 살그머니 들었다. 바지를 갖춰 입고 와이셔츠 단추를 막 잠그기 시작한 도준은 여전히 시선을 제아에게 고정하고 있었다.

"너무 민감하게 반응한 거 아닌가?"

"당연한 거 아냐? 버, 벗고 있었잖아!"

"벗은 내 상체는 지겹게 봤을 텐데 그새 잊었나 보지?"

"그때랑 지금이랑 같아? 그때는 소년이었고 지금은 완벽한 성인 남자 몸이잖아!"

와이셔츠 소매의 커프스단추까지 채운 도준이 비스듬히 붙박이장에 기대어 서서 그녀를 내려다봤다.

"남자 몸이라."

긴 손가락으로 젖은 머리칼을 느릿하게 쓸어 올리자 별거 아닌 그의 움직임에도 제멋대로 심장이 어택을 당한다.

"나는 나가 있을게!"

도망치듯이 드레스 룸에서 뛰쳐나온 제아는 그대로 가죽 소파에 쓰러지듯이 앉았다. 아직까지도 쿵쾅거리는 심장을 손바닥으로 지그시 눌렀다.

"심장이 미쳤나 봐."

얼마 지나지 않아 완벽하게 슈트를 갖추어 입은 도준이 드레스 룸에서 나왔다. 아픈 사람이라고 하기에는 너무도 완벽한 모습으로.

"유 실장이 너를 번거롭게 했어. 데려다줄 테니 일어나."

도준의 반나체에 정신이 반쯤 나가버리긴 했지만 그렇다고 제 본분을 잊은 건 아니다.

"오빠는 아파. 그래서 쉬어야 해. 오늘 하루 푹."

"좀 잤더니 괜찮아졌어."

어휴, 이 고집불통! 그렇게 몸을 혹사시키면서 일하는 거 누가 알아준다구! 그래, 마음대로 하라지! 아프든 말든 내가 무슨 상관이야! 제아는 벌떡 일어나 몸을 홱 틀고 대리석 바닥을 억지로 쿵쿵 울려대며 걸어갔다.

"콜록, 콜록!"

그런데 뒤에서 들려오는 그의 기침 소리가 그녀의 발목을 휘어잡았다.

그냥 가. 그냥 가면 돼!

생각과 달리 그녀의 걸음은 어느새 다시 도준에게로 향하고 있었다. 휴, 이놈의 오지랖.

한숨과 함께 도준을 가만히 올려다보자 창백한 안색과 총기를 잃고 혼탁해진 눈동자가 안쓰러울 정도였다. 이런 고집불통은 무시해버려야 하는데 차마 그럴 수가 없으니. 아픈 게 거슬리고 신경 쓰여 죽겠다.

"내 눈엔 지금 오빠 많이 아파 보여."

자신감 없이 달래듯이 한 말이었는데 참 이상했다. 그 말에 도준이 흔들거리는 게 보인 것이다. 입을 꾹 다물고 자신을 빤히 바라보는 그의 눈빛에 자신감이 붙었다.

좀 더 바짝 다가선 제아의 손끝이 도준의 섬세한 얼굴선을 부드럽게 어루만졌다.

"눈도 충혈되어 있고 얼굴도 창백해. 입술도 말라 있고."

도준의 몸이 움찔거리는 게 느껴진다. 어라, 먹히잖아? 얼굴을 타고 흘러내린 제아의 손이 어깨에 닿고 팔을 타고 흘러 그의 손에 들려 있던 서류 가방에 닿았다.

"내가 같이 있어줄 테니까, 오늘 하루는 푹 쉬면 안 돼?"

툭―.

급기야 그의 손에서 서류 가방이 떨어졌다. 고심하는 듯 흔들리던 눈동자는 결국 한숨 소리와 함께 바닥으로 곤두박질쳤다.

"문제아, 너 정말."

뭐든지 제아가 작정하고 덤벼들면 절대 이길 수 없는 그이다. 살랑살랑 건들면서 달래면 나보고 어쩌라고. 걱정 어린 애틋한 손길, 그는 제아의 관심에 굶주려 있었다. 그리고 지금 그에게 관심을 갖고 걱정을 하는 그녀의 손이 다시 떠나지 않기를 바란다. 하루 일정 틀어지는 게 뭐 대수라고.

떠나려는 제아의 손을 다시 붙잡아 제 손 안에 가둔 도준의 메마른 입술 사이로 항복의 말이 흘러나왔다.

"문제아, 말해봐. 내가 어떻게 하길 바라지?"

이 손을 놓지 않으려면 말이야. 체념하듯 묻자 상을 주려는 듯 제아가 생긋 웃는다.

"오늘 하루 푹 쉬는 거야. 밥도 먹고 잠도 푹 자고."

다시 집에 들른 인호에게 제아는 도준의 서류 가방을 통째로 건네주었다.

"이거 가져가세요. 오빠 일어나면 또 일한다고 달려들 것 같아서요."

"한 사장은요?"

"침실에서 자고 있을 거예요. 죽 다 만들어서 죽까지 먹는 거 보고 가려구요."

"오늘 하루만 고생해줘요, 문 비서."

고맙다는 듯 눈인사를 건넨 인호가 나가자마자 제아는 맛깔스럽게 만들어진 죽을 그릇에 담았다. 그냥 끓여놓고 갈까 했지만 절대 혼자 챙겨먹을 도준이 아님을 알기에 결국은 죽을 가지고 그의 침실 문을 노크했다.

"도준 오빠?"

몇 번을 노크하며 기다려봤지만 대답은 없었다. 설마 하며 살그머니 문을 여니 옷도 갈아입지 못한 채 침대에 쓰러져 잠이 든 도준이 보였다.

"이럴 거면서 고집은."

제아는 작게 중얼거리며 침대로 다가섰다. 자는 모습을 물끄러미 내려다보고 있으니 그의 이마와 머리칼이 땀에 흠뻑 젖어 있는 게 보인다. 목에 닿아 있는 셔츠의 하얀 칼라까지도. 깜짝 놀라 그의 이마에 손을 대자 서늘하다 못해 찬 기운이 손바닥으로 스며들었다.

"맙소사, 어쩌지?"

고열이 아닌 저체온증이다. 땀에 젖은 옷 먼저 벗겨야 하는데. 고민하듯 손톱을 물어뜯던 제아는 '에라, 모르겠다.'를 외쳤다.

"아픈 사람 먼저 살려야지!"

망설임 없이 뻗은 손길이 도준의 재킷은 벗겨냈지만 와이셔츠 단추에서 잠시 머뭇거렸다. 하지만 그것도 잠시뿐, 손가락은 떨리지만 와이셔츠 단추를 풀어 내리는 손길은 빨랐다. 상의를 벗기고 바지까지 벗기는 데 성공한 그녀의 이마에도 촉촉하게 땀이 어렸다.

"남자가 아니라 환자야, 문제아."

스스로에게 타이른 제아는 따스한 물을 적신 수건으로 몇 번이고 그의 상체와 팔다리를 세심하게 닦아주었다. 이제 마른 수건으로 말끔하게 마무리한 후 가운만 입히면 끝이었다. 하지만 옷을 벗기는데 힘을 소진한 그녀에게 다시 옷을 입히는 일은 너무 버거운 일이었다.

몇 번을 끙끙거린 끝에 제아가 선택한 건 바로 그의 몸을 타고 오르는 일이었다.

겨드랑이 밑으로 손을 넣어 상체를 벌떡 일으키는 데 성공했다. 자, 이제 한쪽 팔만 넣으면…….

"꺄악!"

갑자기 도준이 뒤척이며 몸을 옆으로 틀어버리는 바람에 고지를 눈앞에 둔 제아는 그의 밑에 깔려버렸다. 그의 목 언저리에 입술이 닿고 단단한 가슴에 가슴이 민망할 정도로 짓눌렸다. 깜짝 놀라 벗어나려 버둥거려보지만 그럴수록 도준의 팔다리가 더욱더 제아의 몸을 휘감았다. 본능적으로 제 밑에 깔린 따스한 체온에 이끌린 것이다. 빈틈없이 맞닿은 몸, 단단한 그의 몸이 적나라하게 느껴지자 제아의 얼굴은 터질 것처럼 달아올랐다.

"추워……."

탁하게 흐려진 음성이 도준의 창백한 입술 사이를 비집고 흘러나왔다. 입술이 떨리는 간절한 그 중얼거림에 팔에 잔뜩 들어갔던 힘이 스르륵, 빠져나갔다. 그답지 않은 약한 모습에 결국 또 흔들려버리고 말았다. 제아의 팔이 드넓은 어깨를 꼭 감싸 안았다.

"한도준 씨, 딱 오늘만이야. 내가 따뜻하게 해주는 거."

그토록 강인하고 완벽한 남자가 왜 자꾸 저에게만 약한 모습을 보이고 허점을 보이는 건지. 그래서 자꾸만 신경이 쓰이고 걱정이 되고 도저히 거부할 수가 없다.

"그 대신 절대 깨어나서도 기억해서도 안 돼."

이제 우린 그래선 안 되는 사이니까. 이렇게 자꾸 흔들리면 안 되는데. 마음을 내어주어선 안 되는데.

"이래서 엄마가 안 된다고 했구나."

중학생이 된 이후로 왜 윤영이 그토록 둘에게 같은 침대에서 자지 말라고 했는지 이제야 알 것 같았다.

얇은 블라우스만을 사이에 둔 채 차가운 살과 따스한 살이 닿았다. 단단한 몸과 보드라운 몸이 빈틈없이 딱 맞게 맞물렸다. 심장이 떨리도록, 정신을 못 차리도록.

자꾸만 피어오르는 열기를 모른 척하며 제아는 그의 등을 쓸어내려주며 부드럽게 그의 귀에 속삭여주었다.

"우리 오빠, 얼른 따뜻해져라. 따뜻해져라."

제아가 집에 도착했을 때는 밤 11시가 거의 다 된 시각이었다. 그런데 불이 꺼져 있어야 할 집 안에서 환하게 불이 새어 나오고 있었다. 현관문을 여는 순간 거실에서 흐느끼고 있는 윤영이 보였다. 웬만해선 울지 않는 엄마인데.

"엄마! 무슨 일이야? 응?"

눈물 가득한 눈으로 제아를 본 윤영이 아직도 화가 나는지 입술을 바르르 떨며 말했다.

"네 아빠 때문에 못 살겠다, 정말! 그 돈이 어떤 돈인데! 흑흑!"

"울지 말고 똑바로 말 좀 해줘, 응?"

"귀 얇은 네 아빠가 또 주식을 했단다! 이번엔 또 어떤 망할 놈이 꼬셨는지! 그것도 적금이며 예금이며 몽땅 찾아가서는. 도대체 구제불능 네 아빠 어떻게 해야 하니? 응? 이러곤 못 산다 내가 정말! 이혼할 거야!"

"엄마! 내가 있는데 어떻게 이혼이란 말이 그렇게 쉽게 나와? 그런 생각 하지도 마. 돈이야 다시 모으면 돼. 빚은 없는 거잖아 그치? 우리 살 집도 있고, 나 비서 팀으로 발령 나서 월급도 올랐어."

"비서라니, 그게 무슨 말이야?"

"엄마 딸 일 잘한다고 소문나서 사장님 비서로 뽑혔어. 그래서 월급도 더 오를 거구."

"정말이야? 언제부터? 얼마나?"

윤영의 눈에서 솟구치던 눈물이 멈추었다.

"비서 된 지 얼마 안 돼서 아직 정해지진 않았는데 꽤 오를 걸? 그러니까 엄마는 아빠랑 이혼한다는 말이나 하지 마."

"내가 정말 딸 때문에 산다. 흐흑!"

윤영의 품에 안긴 채 제아는 남모를 한숨을 내쉬었다. 월급이 오를지 안 오를지 모르는데 어쩌지? 안 오르면 알바라도 뛰면 될 일. 아직 젊고 건강한데, 뭐. 좋게 생각하자, 문제아!

살그머니 시선을 트니 꼭 잠겨 있는 안방 문이 보인다. 저 문 너머엔 세상을 다 잃은 표정으로 어깨를 축 늘어뜨린 윤식이 휠체어에 앉아 있으리라. 제아는 가장인데도 가장 노릇을 못하는 윤식이 왜 주식에 손을 댔는지 충분히 이해가 되었다. 그 가장 노릇을 못하게 만든 게 바로 자신이기에 심장을 짓누르는 죄책감의 무게가 더해졌다.

정각 8시에 출근한 신 비서와 김 비서, 윤 비서는 오늘도 깜짝 놀랄 수밖에 없었다. 1시간이나 일찍 출근했는데도 비서실과 로비까지 깨끗하게 청소한 제아가 그녀들을 맞은 것이다.

"안녕하세요!"

인사를 건네는 제아의 미소가 너무도 해맑아서 하마터면 여비서들도 따라서 미소 지을 뻔했다. 하지만 제일 먼저 정신을 차린 건 신 비서였다.

"흠흠, 난 청소까지 시킨 적은 없는데?"

"온라인 팀에 있을 때 청소하던 게 버릇 들어서요. 깨끗하긴 한데 조금 더 해야 할 것 같아서 했는데. 그럼 앞으로 하지 말까요?"

신 비서는 아주 잠깐 사이에 수많은 생각을 빠르게 했다. 한도준 사장은 완벽한 외모처럼 업무 능력도 완벽, 결벽증도 완벽이었다. 업무 탓이 아니라 청소 때문에 잘린 여비서들도 수두룩했으니. 물론 그녀들은 강훈이 밀어 넣은 비서들을 트집잡아 쫓아낸 거라는 건 꿈에도 몰랐다. 그런 상황을 모르니서로가 트집 잡히기 싫어 집무실 청소를 미루고 있는 상황이었다. 그런데 청소 좋아하는, 그것도 기가 막히게 청소를 잘하는 신참이 나타났으니 그 기회를 그녀가 놓칠 리가 없었다.

"좋은 태도야. 신입이면 신입답게 패기가 넘치고 몸을 사리지 말아야지. 이왕 한 김에 제아 씨가 집무실도 청소해줄래?"

"네, 신 선배님! 뭐든지 시켜만 주세요!"

제아가 청소를 마치자마자 엘리베이터가 움직였다. 비서들과 함께 다소곳한 자세로 그 앞에 나란히 대기를 하고 도준을 기다리는 그녀의 심장이 미친 듯이 떨렸다. 아직도 많이 아픈가? 회복되었겠지, 이제? 걱정도 되고 궁금하기도 하고 보고 싶기도 하고.

띵—.

엘리베이터가 열리는 소리와 함께 남자의 구두 굽 소리가 일정하게 대리석 바닥을 울렸다. 비서들은 오늘 또 트집 잡히지 않을까 전전긍긍했고, 제아는 알 수 없는 묘한 긴장감에 마른침을 삼켰다. 일정하게 울리던 구두 굽 소리가 멈추고 떨어진 제아의 시야로 반질거리는 구두 굽이 슥, 밀려든다.

"좋은 아침."

듣기 좋은 나직한 아침 인사에 이어 살그머니 눈을 들자 완벽하게 회복을 한 그가 나른한 눈빛으로 제아를 빤히 바라보고 있었다.

'문제아.'

눈이 마주치자 도준이 소리 없이 입을 뻥긋거렸다. 오직 제아에게 보내는 은밀한 아침 인사. 당황한 제아의 시선이 얼른 옆을 훑었다. 다행히도 여비서들은 바닥에 뭐라도 있는 듯 고개를 푹 숙이고 있다. 안도의 한숨을 내쉰 제아는 덜덜 떨리는 손으로 괜히 있지도 않은 옆머리를 귀 뒤로 쓸어 넘겼다.

"유 실장은 오후 출근합니다."

그 말을 마지막으로 도준은 집무실 안으로 들어갔다.

"세상에! 저희 잘못 들은 거 아니죠? 사장님이 아침 인사를 건네다니!"

"우리 오늘은 무사히 넘어간다는 신호인 거죠? 그렇죠?"

"흠흠, 호들갑들 좀 떨지 마. 사장님이 성격이 무뚝뚝해서 그렇지, 우리 비서들을 제일 아끼는 거 모르니? 그리고 제아 씨 봤지? 간부들을 후려잡는 사장님이 우리 비서들만은 엄청 아끼시는 거. 이 팀에 계속 있고 싶으면 열심히 하라구."

"열심히 할게요, 선배님!"

"그럼 먼저 저 뒤에 있는 캐비닛의 파일 좀 정리해줄래? 데이터가 몽땅 다 날아가버려서 우리가 다시 컴퓨터로 파일 작업해야 하니까."

어찌 보면 허드렛일이나 마찬가지라서 한국대를 나온 자부심이 강한 윤 비서와 김 비서는 하기를 꺼려 했던 일이다.

"아주 깔끔하게 해놓을게요. 정리 하나는 자신 있습니다!"

조금의 싫은 내색 없이 바로 캐비닛으로 돌진하는 제아의 뒷모습을 바라보는 신 비서의 입가에 옅은 미소가 어렸다. 남자들을 죄다 홀리고도 남을 고양이상의 얼굴과 쫙 빠진 몸매의 제아가 괜히 짜증났던 그녀였다. 스펙도 없는 주제에 외모만 믿고 뽑힌 것 같은 제아 때문에 드높은 비서 팀의 위상이 떨어지는 것만 같아서.

그런데 자꾸 보니 싹싹하고 밝고 부지런하고 야무지고. 좀 더 지켜봐도 될 것 같다. 신 비서의 단단한 마음을 움직이게 한 것도 모른 채 제아는 열심히 파일을 분류 작업했다. 작업을 반 정도 했을 때 집무실에 들어갔다 나온 신 비서가 다가왔다.

"제아 씨, 그거 그만하고 집무실 들어가서 사장님 업무 좀 보조해드려."

"제, 제가요?"

물론 신 비서도 집무실 안에서 사장의 근사한 얼굴을 마음껏 보며 일할 기회를 놓치고 싶지 않았다. 하지만 도준이 단호하게 제아를 지명해서 어쩔 도리가 없었다. 양보할 수밖에.

"우리야 워낙 일이 많아서 힘들고. 왜 싫어?"

"아니요, 싫을 리가요!"

울며 겨자 먹기로 집무실에 들어간 제아는 도준의 레이더망 안에서 일을 시작했다. 착각인지 몰라도 서류를 정리하는 손을 멈추고 고개를 들 때마다 도준이 그녀를 빤히 보고 있었다. 그것도 멀쩡한 집무 책상은 놔두고 맞은편 소파에 앉아서 말이다. 대체 일을 하라는 건지, 말라는 건지! 얼굴에 달라붙는 눈빛이 너무 집요하고 뜨거워서 서류를 정리하는 손이 자꾸만 떨리자 참다못한 제아가 한마디 쏘아붙였다.

"그만 좀 보면 안 돼? 일을 못 하겠잖아."

"지금 생각 중이야."

"……그 생각을 왜 날 보면서 하는 건데?"

"어젯밤 내 품에 안겨 나를 잠들게 했던 게 너인 것 같아서."

순간 얼굴이 확 달아올랐다. 기억하지 않길 바랐건만, 사경을 헤매는 와중에도 기억하고 있었나 보다.

"오빠 어제 저체온증이었어. 그래서 어쩔 수 없이 그런 거니까 오해는 하지 마."

"오해 같은 건 안 해, 단지."

도준이 스윽 앞으로 몸을 기울이며 묘한 미소를 입가에 머금었다.

"지금 좋아하는 여자가 눈앞에 있는데 만질 순 없으니."

탁―.

사인을 휘갈긴 결재안을 테이블에 내려놓은 도준이 일어나서 제아의 옆으로 다가와 앉았다.

"눈으로라도 실컷 보고 싶어서."

말을 돌리지 않고 치고 들어오는 도준 때문에 심장이 미친 듯이 팔딱거린다. 이젠 그가 뭘 하든 고장 나버린 심장이 제멋대로 반응을 한다. 한지로도 종종 느닷없이 제 마음을 고백하며 치고 들어오긴 했지만 이렇게까지 떨리진 않았는데.

"그런 말을 대놓고 하면 어떻게 해? 그리고 여기는 회사잖아! 회사에서만큼은 자중해줬으면 좋겠어! 공과 사는 구분해야지!"

"그래서 눈으로만 보겠다잖아."

"설마 여기 앉혀놓은 것도 일부러 그런 거야?"

도준의 침묵에 공과 사는 정확히 구분하는 도준이 그럴 리 없다고 생각했던 제아의 착각은 여지없이 무너져버렸다.

"권력 남용 막 하지 마!"

"이런 것도 권력 남용이라면, 그 권력 난 마음껏 쓸 생각인데."

그 말을 증명이라도 하는 듯 도준은 뜨거움을 머금은 눈빛으로 노골적이고 집요하게 제아를 바라보았다. 앉혀놓은 명목은 비서지만 쳐다보는 건 영락없이 제 암컷을 바라보는 수컷의 눈빛으로. 그 눈빛이 온몸 곳곳을 서슴없이 파고들자 괜시리 입술 사이로 흘러나오는 호흡이 흐트러졌다. 서류를 정리하는 손은 기계처럼 움직였지만 그의 눈빛에 붙잡혀버린 의식은 이미 혼미해져버렸다.

머리에 뭔가 닿은 것 같다는 착각이 드는 순간, 바짝 틀어 올렸던 붉은 머리칼이 폭포수처럼 얼굴을 감싸며 흘러내렸다. 깜짝 놀라 돌아보자 도준의 손에 제 머리끈이 쥐어져 있다.

"……뭐 하는 거야!"

"제아 넌 머리 푼 게 예뻐."

찰랑이는 머리칼에서 향긋하게 풍겨오는 복숭아 향에 도준의 얼굴에 만족스러운 미소가 퍼진다.

"머리칼은 만져도 되는 거지?"

말이 끝나기 바쁘게 머리칼에 와 닿는 부드러운 손길.

음미하듯 쓸어내리는 그의 손 때문에 머리칼에도 피부가 있는 듯 감각이 민감하게 곤두섰다. 쓸어내리고, 손가락에 휘감고, 가볍게 잡아당기고……. 은밀한 그 손장난질에 찌르르한 감각이 머리끝부터 발끝까지 관통했다.

이제 겨우 하루째인데 벌써부터 이렇게 흔들리면 안 되는데. 그런데도 자꾸만 머리가 그의 손쪽으로 쏠린다. 그의 손길을 좀 더 느끼고 싶은 것처럼. 이성이 말려보지만 몸은 본능을 따라간다.

"머리칼 말고."

질끈 눈을 감자 가까이 다가온 그의 따스한 숨결이 귓가를 간질였다.

"다른 곳도 만지면 안 되나?"

터질 것처럼 거세게 뛰는 심장 소리가 고막을 울리며 홀린 듯이 허락하려는 순간, 뒤에서 들려오는 노크 소리에 눈이 번쩍 뜨였다. 튕기듯이 일어나자 막 집무실 문을 열고 들어오는 인호가 보였다.

구세주, 이 순간만큼은 인호는 제아의 구세주였다.

"실장님, 오셨어요?"

오후 출근이라는 인호가 왜 이렇게 일찍 나타났는지는 궁금하지 않았다. 그저 고마움이 역력한 눈빛으로 그를 바라볼 뿐. 인호는 그런 제아를 잠시 의문스럽게 바라보더니 갑자기 씨익 웃었다.

"문 비서, 나 좋아하지 마세요. 한 사장이 날 죽일지도 모르니까."

도망치듯 집무실을 나온 제아는 무언가에 단단히 홀린 듯한 표정으로 쓰러지듯 의자에 앉았다. 머리칼을 귀 뒤로 쓸어넘기는 제아의 손가락이 가늘게 떨려왔다.

심장이, 터질 것 같아.

Episode 10

지독한 습관, 그건 바로 너

비서 팀으로 발령 난 이후 제아로선 처음 참석하는 회의였다. 업무 능력은 뛰어난 인호이지만 남자라서 눈치가 없는 걸까. 세 비서와 제아의 미묘한 긴장감을 느끼지 못한 듯 인호는세 비서들 앞에서 제아를 두둔했다.

"성질 더러운 우리 사장님의 비위를 맞춰줄 신참 비서에게모두 박수! 외모처럼 출중한 능력을 숨기고 있는 문 비서이니우리가 잘 다독여서 그 능력을 이끌어내 줘야 해요. 무엇보다지극히 민감하고 사적인 업무를 담당할 거라 앞으로 고생도꽤 많이 할 테고. 그러니 고참인 신 비서가 잘 챙겨주도록 해요. 믿어도 됩니까?"

"아…… 네."

떨떠름한 표정의 세 비서와 달리 인호 혼자 마냥 신이 났다.

"자, 그럼 우리 비서 아가씨들이 얼마나 일을 제대로 했는지업무 체크 한번 해봅시다!"

인호가 즐겁게 손뼉을 치며 본격적인 회의 시작을 알리자 비서들의 표정이 어두워졌다. 그리고 그 이유를 제아도 곧 알게 되었다. 회의실 테이블 상석에 앉아 업무 체크를 하는 인호의 모습에선 눈웃음도, 장난기도 찾아볼 수 없었다.

"김 비서, 내가 몇 번 지적한 걸로 아는데 또 그랬어. 어떤 보고서든 주제별로 분류해서 묶어 올리라고 하지 않았나? 그리고 내용은 무조건 A4 용지 두 장을 넘지 않도록 미리 체크해서 조정하라고. 그래야 사장님께서 중요한 문건만 빠르게 확인하시고 결재를 할 거 아니야. 대학에서 업무를 일목요연하게 정리하고 분류하는 기술은 가르치지 않았나 보지?"

회의실 테이블 상석에 앉아 업무를 체크하는 인호의 모습에서는 그의 트레이드마크인 눈웃음과 장난기는 찾아볼 수 없었다.

"윤 비서도 그래. 걸려오는 전화는 적당히 걸러서 올리라고 했잖아. 또 이대로 올리면 내가 전화를 일일이 다 받고 추려내는 거나 마찬가지 아니야? 아직도 중요한 거랑 중요하지 않은 게 파악이 안 되나 보지? 그리고 분류별 업무 메일 보내는 시간대 어기지 말라고 했는데 윤 비서는 자꾸 어겨. 그 정도로 업무 속도 느려서 비서 팀에서 버티겠어? 아니면 느린 만큼 월급을 깎아야 정신 차리겠나?"

30여 분 정도는 대충 했거나 실수한 부분, 미흡한 부분을 족집게처럼 찾아내서 매섭게 쏘아붙이니 죄 지은 게 없는 제아마저도 등에 식은땀이 날 정도였다. 그리고 동시에 아, 하고 감탄사가 흘러나오면서 절실히 이해가 되었다. 왜 도준이 인호만을 곁에 두고, 또 부리는지 말이다.

"역시 고참답게 신 비서는 이번엔 잡아낼 게 없군. 지난 회의 때 지적한 것까지 아주 완벽하게 고쳤어. 그리고 문 비서도 처음인데 아주 잘했어요. 사장님 출장 건도 아주 잘 보고 했고 또 신 비서 말 들어보니 일도 열심히 한다면서? 우리 신 비서가 고참이라 가장 힘드니 사장님 부재일 땐 신 비서 잘 보좌해야 해요."

1시간 만에 드디어 첫 회의가 무사히 끝났다. 눈물 콧물 쏙 빠지도록 혼이 난 김 비서와 윤 비서는 얼굴이 시무룩했지만 신 비서와 제아의 얼굴은 밝았다. 의자에서 일어나는 제아의 어깨를 신 비서가 부드럽게 토닥였다.

"제아 씬 지금처럼만 해. 누가 알아? 비서실 고정될지. 하는 거 봐서 나도 밀어줄 수 있으면 밀어줄 테니까."

"감사합니다!"

비서들 중에서 제일 꼬장꼬장하고 만만치 않은 신 비서가 드디어 제아에게 마음을 연 것이다. 일은 잘하지만 시키는 일만 딱딱 하는 두 비서와 너무도 다른 제아의 장점에 마음을 열지 않을 수가 없었던 것이다.

비록 학벌이나 스펙은 달려도 시키기도 전에 알아서 착착 움직이고, 하나를 알려주면 둘을 알고, 궂은 일도 마다하지 않는다. 타고난 눈치와 부지런함에 싹싹함까지 갖추고 있는 후배를 어떤 상사가 미워할 수 있을까. 두 사람의 사이좋은 모습을 지켜보는 윤 비서와 김 비서의 눈에선 불똥이 튀었다.

회의실을 나서려는 제아를 인호가 나직하게 불러 세웠다.

"문 비서는 잠깐 남아요. 할 말 있으니."

회의실 문이 닫히자마자 방금 전의 위엄은 싹 날려버린 인호가 제아의 손을 덥석 잡았다.

"문 비서, 나 좀 도와줘요! 내가 아주 문 비서 오빠 때문에 피가 말라 죽을 것 같아요."

"예? 갑자기 무슨……."

"한 사장네 집 가사 도우미 채용, 문 비서가 대신해주면 안 됩니까? 내가 이렇게 사정할게요. 내가 절대 문 비서를 무시해서 이런 부탁하는 게 아니에요. 남자인 내가 처리하기엔 내 분야가 아니라서 아주 힘들어 죽겠어요. 저번에 한 사장 집 정리한 거 보니까 손끝이 아주 야무지던데. 사람 부리는 것도 해볼 줄 아는 사람이 잘 하는 거지. 난 그쪽은 완전 젬병이라. 그리고 한 사장 성질이 또 오죽 지랄 맞습니까?"

난 또 뭐라고. 제아는 너무도 싱거운 인호의 부탁에 생긋 웃음을 지었다.

"알겠어요. 그런데 이 손 좀 놓고 말씀하시면 안 될까요?"

그제야 인호는 잡고 있던 제아의 손을 놓으면서 종이 한 장을 내밀었다.

"내가 이렇게 프린트까지 해놔서 이것만 있으면 도우미한테 입 아프게 길게 설명할 필요도 없어요. 문 비서가 한 사장 집에서 했던 것처럼만 도우미가 할 수 있게 교육하고 체크만 해주면 돼요."

"최선을 다해볼게요."

"며칠에 한 번씩 서너 시간 청소하고 월급 250만 원 받는 거니 도우미 구하는 게 어렵진 않을 거예요."

"월급이 이백오십이라구요?"

대……박! 고작 하루 몇 시간인데, 월급이 250만 원이라니! 하지만 격하게 오버한 제아의 반응을 오해한 인호는 도둑이 제 발 저린 것처럼 급하게 진실을 털어놓았다.

"솔직히 말씀드리자면 한 사장이 워낙 지랄 맞다고 소문이 쫙 나서 도우미 구하는 게 좀 힘들어요. 혹시 월급을 더 인상해야 구할 수 있으면 내 사비를 털어서라도 줄 테니……. 무, 문 비서?"

이번엔 제아가 그의 손을 덥석 잡자 당황한 듯 인호가 말을 멈추었다.

"실장님, 그 도우미 제가 할게요!"

그렇지 않아도 집안 사정 때문에 아르바이트 자리를 알아보려던 그녀였다. 그런데 생각하지도 못했던 곳에 고액 아르바이트가 있었다니! 산 사람 입에 거미줄 안 친다더니 하늘은 아직 그녈 버리지 않았다! 한 달 부수입 250만 원이라니, 머릿속을 부유하는 액수에 갑자기 시야가 밝아지는 느낌이었다. 갑자기 역전된 상황에 인호가 머리를 긁적이며 조심히 말을 이었다.

"저기 문 비서, 사실은 말이에요. 그 일이 만만치가 않아요. 도준이가 엄청 깔끔하긴 한……."

"엄청 깔끔하긴 한데 정리는 지지리도 못하고 잘도 어지럽히고 난장판을 만든다. 그런데 또 엄청 깐깐해서 티끌 하나 없이 깨끗하게 유지하는 걸 좋아한다, 이 말씀 하시려는 거죠?"

족집게 도사도 아니고 자신이 하려는 말을 그대로 한 제아가 신기한지 인호는 멍한 표정이었다.

"그걸 어떻게."

"저희 오빠였잖아요."

제아는 절대 인호가 거부할 수 없는 히든카드를 내밀었다. 바로 인호가 주었던 종이를 그의 눈앞에 다시 바짝 들이댄 것이다.

"여기 있는 내용들, 다 제가 해줬던 거예요."

"예?"

"어렸을 때 오빠 뒤치다꺼리 다 제가 했거든요."

제아는 머쓱한 듯 웃어 보였다. 그도 그럴 것이 그때의 이준은 집에서도, 그리고 학교에서도 떠받드는 존재였다. 게다가 과외로 돈까지 딱딱 벌어다 주니 윤영이 집안일은 손도 대지 못하게 한 것이다. 하다못해 그의 속옷까지도 모두 제아가 고이 접어서 서랍에 넣어주었으니까.

"제가 그렇게 해준 게 습관이 들어서 아직도 그런가 봐요."

머쓱하게 웃는 제아를 본 순간 인호는 새로운 사실을 깨달았다. 10년이나 흘렀어도 변하지 않는 한도준의 지독한 습관이 바로 눈앞의 여자임을. 정말 유별난 남매구나. 새삼 깨닫는 중이었다. 그럼에도 인호는 절레절레 고개를 내저었다. 동생을 끔찍이 여기는 도준이 제 동생을 가사 도우미로 쓴 걸 알면? 갑자기 인호는 온몸에 소름이 쫙 돋았다.

내가 미쳤지! 어떻게 그런 생각을. 그런데도 천성적으로 밝고 유쾌한 그의 내면에서 작은 호기심이 고개를 들었다. 자신의 눈엔 완벽하게 깨끗한 집이건만, 도준은 꼭 귀신처럼 이것저것 집어냈다. 그렇다면 과연 지독한 습관의 원흉인 동생에게도 트집을 잡을까, 안 잡을까. 갑자기 미치도록 궁금해졌다.

"한 사장이 알면 분명 내 피를 쫙쫙 메마르게 해서 죽이려 할 텐데."

작게 중얼거리는 인호의 말에 '역시 무리였나?' 생각하며 제아가 고개를 푹 숙이는 그때……

"이건 우리 둘만의 비밀로 합시다."

"……네?"

고개를 다시 번쩍 들자, 생글생글 웃고 있는 인호가 보였다.

"딱 3개월만 합시다. 그 안에 가사 도우미 채용해서 교육 완벽하게 시켜서 그만두게 하지 않는 조건으로. 그리고 절대 한 사장에게 들키지 않아야 하고. 어떻습니까?"

"감사합니다, 실장님!"

"본드 걸, 우리 007 작전 잘해봅시다. 악당 한도준에게 들키지 않도록."

인호가 내미는 손을 잡으며 제아는 웃음이 터져 나올 것 같았다. 졸지에 인호의 본드 걸이 되다니. 하지만 이런들 어떠하고 저런들 어떠하리. 어떻게든 그 고액 알바를 손에 움켜쥐기만 하면 되는 거니까.

"저도 잘 부탁드려요, 제임스 본드 님."

도준은 절대 모르는, 그가 알게 되면 난리가 날 은밀한 거래
가 성립되는 순간이었다. 그 순간 윤 비서와 김 비서가 회의실
문의 투명한 틈으로 이 모든 상황을 훔쳐보고 있었다.

"문제아 씨, 우리 좀 봐요."

점심시간이 끝나지 않았는데도 바로 자리로 돌아와 마무리
하지 못한 분류 작업을 하던 제아가 고개를 들었다. 뭐가 그
리 불만인지 김 비서와 윤 비서가 팔짱을 단단히 낀 채 그녀
앞에 있었다. 딱 보니 그 이유가 이유가 짐작이 되었다. 마침
신 비서는 자리를 비우고 없고, 어떻게 한다?

잠시 고민하던 제아는 말없이 두 비서를 따라갔다. 어찌 되
었든 한 번은 겪어야 하는 일이었다. 비록 자신보다 어리지만
제아는 먼저 노력하고 손을 내밀기로 마음먹었다. 신 비서의
마음도 두드렸는데 어린 두 여자 마음 못 두드릴까.

사옥 옥상에 도착하자마자 자판기에서 음료수를 꺼내 먼저
내밀었다. 그런데 그 음료수는 어느새 바닥에 볼품없이 나뒹
굴고 있었다. 김 비서가 음료수를 손으로 쳐버린 것이다.

"참 내, 누가 이딴 거 먹자고 부른 줄 아나."

자신보다 몇 살 더 어린데도 건방지게 말꼬리를 잘라먹는

김 비서의 말에 제아의 한쪽 눈썹이 꿈틀했다.

"정윤 씨, 말이 너무 짧은 거 같네요."

"하아, 기가 막혀서. 신 비서님한테는 '선배님, 선배님' 하면서 죽는 시늉 다 하더니 우리는 선배로 안 보이나 봐? 사장님한테는 눈웃음 살살, 유 실장님은 손까지 잡으면서 꼬리 살랑살랑. 여기가 일하는 직장이지 남자 꼬시는 데인 줄 알아?"

윤 비서는 김 비서의 뒤에서 옳거니 하면서 맞장구를 치고 있었다. 이 조그만 걸 그냥 확! 성질 같아선 머리채라도 잡고 싶었지만 제아는 가까스로 화를 억눌렀다.

"에이, 무슨 그런 서운한 말을. 정윤 씨랑 세희 씨 모두 나한테 선배예요. 그리고 사장님이랑 실장님한테 꼬리 친 적 없어요. 다 이유가 있어서……."

거기까지 말하던 제아는 말문이 탁 막혀버렸다. 그 이유를, 어떻게 설명해야 하지? 제아의 침묵에 그럴 줄 알았다는 듯 김 비서가 서슴없이 삿대질을 해댔다.

"이봐, 이봐, 말 못 하잖아! 내가 그럴 줄 알았어. 스펙 없이 이 회사에서 어떻게 버티나 했는데 항상 그렇게 몸으로 밀어붙이나 보지? 웬만해선 사장님이 집무실로 비서들 안 부르는데 자꾸 부르는 것도 의심스럽다 했어. 대체 안에서 무슨 짓을 하는 거야? 우리 사장님도 그래. 고고한 척 다하더니 눈은 엄청 낮잖아? 눈이 발에 달렸나 보지?"

다른 건 몰라도 어렸을 적부터 제아가 가장 싫어하는 게 바로 이거였다. 제 앞에서 감히 오빠를 씹는 것. 이것들이 보자

보자 하니까. 제아의 눈에서 스멀스멀 피어오르는 불꽃을 감지하지 못한 김 비서는 득의양양 웃으면서 명령조로 말을 했다.

"비서 팀에서 버티고 싶지? 그럼 좋은 말할 때 눈 깔아."

"……."

"그리고 귓구멍 파고 내 말 똑바로 들어. 우리 사장님이랑 실장님한테 다시는 꼬리 치지 마. 그리고 우리한테도 선배님이라고 부르면서 눈 깔고. 알았어? 안 그럼 아주 확 그냥!"

겁을 주려는 듯 손을 들어 올린 김 비서는 순간 당황했다. 움찔할 줄 알았던 제아가 너무도 태연한 눈빛으로 자신을 바라보고 있어서.

'때릴 테면 때려봐.'

도전적인 그 눈빛에 잠시 움찔하긴 했지만 이럴 때일수록 본때를 보여주어야 한다 생각한 김 비서의 손이 허공을 갈랐다. 하지만 그 손이 뺨에 닿기도 전에 제아가 확 움켜잡았다.

"어, 어쭈? 이거 안 놔? 내가 이래봬도 청담에서 쫌 놀아본…… 흡!"

순식간이었다. 제아가 옥상 벽으로 단번에 밀어붙이며 김 비서의 목을 긴 손가락으로 움켜잡은 건. 제아는 치마의 옆트임이 쫙 찢어지든 말든, 김 비서 바로 옆의 벽에 한쪽 발을 떡 하니 올렸다.

"내가 손의 위치를 조금만 옮기면 지금보다 더 고통스러울 거야. 그러니까 얌전히 있어. 아, 세희 씨도 이 꼴 나기 싫으면 가만히 있는 게 좋을 거야."

사실 제아가 그렇게 말하지 않아도 굉장히 놀아본 것 같은 포스에 윤 비서는 이미 제대로 눌려버린 상태였다.

"나도 처음이자 마지막으로 말하는 거니까 귓구멍 파고 똑바로 들어요, 선배님들."

거친 동작과 달리 흘러나오는 말투는 사근사근 상냥했다.

"난 정말 조용히, 그리고 사이 좋은 팀 생활을 하고 싶어. 대선배인 신 선배님뿐 아니라 동생 같은 귀여운 선배님들인 세희 씨랑 정윤 씨와도. 내 마음, 이해하지?"

새하얗게 질린 얼굴로 열심히 고개를 끄덕이는 김 비서를 만족스럽게 바라보던 제아는 그제야 김 비서의 목을 움켜쥐고 있던 손을 살며시 놔주었다.

"컥, 캑캑!"

보기엔 여리여리한데 아귀힘이 장난이 아니었다. 뭐 이런 괴물이 있느냐는 듯 제아를 바라보는 두 비서들의 눈빛에 두려움이 가득 어렸다. 그 눈빛의 의미를 알기에 제아는 그저 쓴웃음을 흘릴 뿐이다. 사실 목을 움켜쥐어 꼼짝 못하게 한 건 손의 힘이 아니라 어딜 짚느냐, 위치의 차이였다.

─힘이 중요한 게 아니야, 정확하게 어딜 짚느냐가 중요한 거지.

도준이 그녀에게 알려준 방법이었다. 덩치에 상관없이 상대방을 제압할 수 있는. 그녀보다 덩치가 큰, 또는 여럿과의 싸움에서 스스로를 보호할 수 있는 방법. 문이준의 여동생이란 타이틀은 편하기도 했지만 고달픈 일이 더 많았으니까. 옛 기억을 애써 지운 제아는 잔뜩 겁에 질린 여비서들을 향해 생긋 웃어 보였다.

"그럼 우리, 사이좋게 지내는 거다?"

"그, 그럼요! 그럼 우리 먼저 내려가봐도 될까요?"

고개를 끄덕이자 도망치듯 옥상을 빠져나가는 비서들의 뒷모습을 보며 벤치에 털썩 주저앉은 제아는 멍하니 손을 내려다보며 중얼거렸다.

"안 잊고 있었네."

정말 오랜만에 울컥 성질을 쏟아냈다. 10년 만에 돌아온 도준 때문인지 몰라도 오래전 자신의 모습을 조금씩 되찾고 있는 기분이었다.

"좋은 건지 나쁜 건지 모르겠다."

그때 옥상 끝에 위치한 실내 정원의 뒤에서 새하얀 연기가 아지랑이처럼 피어오르는 게 보였다.

"거기 누구예요?"

앙칼지게 쏘아붙이자 구두 굽 소리가 느릿하게 옥상을 울리면서 도준이 모습을 드러냈다. 그의 손에는 아직 불이 꺼지지 않은 담배가 들려 있었다. 구두 굽으로 담배를 밟아 끈 도준이 서서히 거리를 좁혀왔다. 오지 말라고 한다고 해서 오지 않을 그가 아니기에 다가온 도준에게 제아가 덤덤히 물었다.

"……다 봤어?"

내리깐 눈빛으로 제아를 응시하던 도준이 고개를 짧게 끄덕였다.

"나한테 뭐라고 할 생각하지 마. 마음 같아선 어린것들이 반말 틱틱 내뱉어서 머리채를 틀어잡고 싶은 거 가까스로 참은 거니까."

"뭐라 안 해. 그 두 사람은 조만간 해고될 거니까."

"……뭐?"

너무도 쉽게 내뱉은 도준의 말에 제아는 소스라치게 놀라 그를 올려다보았다. 물론 두 비서가 얄밉긴 했지만 그렇다고 해고를 원하는 건 아니었다. 아니, 그건 부당한 일이었다.

"그건 아니지. 오빠한테 잘못한 것도 없는데 왜 잘라! 일도 엄청 잘하는 능력 있는 비서들을!"

"널 건드리는 것들은 남녀노소를 막론하고 용서하지 않아."

그건 너도 잘 알지 않느냐고 도준이 눈빛으로 말을 하고 있었다. 10년 전 그가 어땠는지, 제아는 너무도 생생히 기억하고 있었다. 옛날의 그는 동생인 제아를 조금이라도 건드리는 이들은 남녀노소 가리지 않고 철저하게 응징했다. 몇 번 본보기를 보이고 나니 그 이후로 웬만해선 제아를 건드리는 이들도 없었고.

하지만 공포로 그걸 억누른 도준이 사라진 순간, 봇물 터지듯이 쏟아져 나온 분노와 비난의 화살은 제아에게 향했다.

아프고 쓰디쓴 기억들.

도준과 함께 있을수록 자꾸만 잊고 싶은 옛 기억들이 솟아오른다. 추억이 어린 눈빛으로 가만히 고개를 들자 냉랭한 눈으로 제게서 시선을 거두지 않는 도준이 보인다. 그래도 이 정도까지는 아니었다. 적어도 자신 앞에서는 다정하고 부드러운 눈빛을 하고 있는 그였는데.

"오빠 너무 많이 변한 것 같아. 옛날엔 그래도 이렇게 차갑지 않았는데."

내리간 도준의 시선이 찢어진 치마의 옆트임 사이로 아찔하게 드러난 새하얀 허벅지에 닿았다. 대답 대신 슈트 재킷을 벗은 그가 프러포즈라도 하는 것처럼 제아 앞에 한쪽 무릎을 꿇고 앉았다.

"뭐 하려는 거야?"

일어나려는 제아를 힘으로 눌러 앉힌 도준이 상체를 기울였다.

그의 양팔이 제아의 양쪽 허리를 파고들어 휘감았다.

"내 다정함도, 그리고 친절함도."

허리를 휘감았던 손을 거둔 도준이 제아를 지그시 올려다보았다.

"제아 너한테만 나오는 습관이야."

파르르 떨리는 시선을 내리자 그의 재킷이 허리에 묶여 찢어진 치마 사이로 드러난 허벅지를 가려주고 있다.

"너만 보면 만지고 안고 느끼고 싶은 것도. 그것도 너 때문에 생긴 거고."

바닥에 닿은 바지가 더럽혀져도 상관없다는 듯 그는 제아를 타는 듯한 눈빛으로 바라보고 있었다. 그의 말 한마디에 제아의 심장은 제대로 휘둘려버렸다. 거칠게 뛰는 심장 소리에 고막도 덩달아 터질 것만 같았다.

"그, 그래도 김 비서랑 윤 비서는 절대 해고하지 마!"

그 감정을 들킬세라 제아는 벤치에서 벌떡 일어나 출입구로 내달렸다. 출입문을 '쾅' 닫은 후에야 후들거리는 손으로 도준이 허리에 묶어준 재킷을 풀었다.

잠시 잊고 있었던 사실이 떠올랐다. 그녀에게 닿는 손끝조차 도준은 지극히 섬세하고 조심스럽다는 걸.

차라리 대놓고 들이대면 버티기라도 하겠다. 그런데 여자의 심리를 잘 아는 듯 미묘하게 파고들고 건들지 않고 야릇하게 자극하니 그게 더 미칠 것 같다. 정말 제대로 자극당해 버렸으니까.

너무도 지독한, 그래서 서로에게 집착할 수밖에 없는 둘의 습관.

그건 바로 서로의 존재였다.

비서실에 도착하자마자 신 비서가 모니터에서 시선을 떼지 않은 채 말을 했다.

"제아 씨, 인사과 김 부장님 호출."

"아, 네!"

자리에 앉은 제아는 휴대용 반짇고리로 대충 터져버린 치마를 꿰맨 후에 인사과로 향했다.

"부르셨……어요?"

회의실 안, 김 부장은 대답 대신 노골적인 시선으로 제아의 머리부터 발끝까지 쭈욱, 훑어 내렸다. 비서실장이 아니면 누구도 믿지 않는 사장이 뭐 하나 내세울 것 없는 비서를 중요한 2박 3일 출장에 대동했다는 건, 보지 않아도 훤했다. 물론 철저하게 김 부장 자신의 눈으로 바라보았을 때는 말이다.

지극히 사적인 비서라니, 몸으로 보좌라도 했나 보지? 얼굴도 봐줄 만하지만 정말 몸매가 끝내주는 여자였다. 뭐 하나 내세울 게 없으니 가지고 놀기도 만만하고. 평소 제아를 눈여겨보았던 터라 아쉽긴 했지만 사장과 여자를 공유할 순 없으니. 김 부장은 입맛을 쩝쩝 다시며 시꺼먼 흑심을 접었다.

"그래, 비서실 적응은 잘하고 있나?"

"네."

"자네 이력서랑 지원서야. 비서과에 전달하도록."

제아가 파일을 받고 일어나려는데 김 부장이 다시 앉아보라는 듯 손을 들어 저지했다.

"흠흠, 2박 3일 사장님 부산 출장을 따라갔다지? 객실도 한 개만 썼다고 하던데. 무슨 일이 있었는지는 내가 묻지 않겠네."

씨익 웃는 김 부장의 미소가 너무도 음흉해서 제아는 순간 속이 울렁거렸다.

"사장님이 잘해주시고?"

"아, 네. 엄청 잘해주세요."

제아가 예의상 한 말에 김 부장은 옳거니 했다. 호텔 관계자의 말에 따르면 두 사람이 같은 객실을 쓰고 또 야밤의 데이트까지 즐겼다고 하니, 내연녀가 확실했다.

"그럼 됐네."

"……?"

"문 비서가 아주 선전하고 있어. 앞으로도 쭉 그러길 바라지. 조만간 또 부를 테니 나가봐, 그만."

다시 비서실로 향하는 제아는 꿈에도 모르고 있었다. 정말 얼떨결에 도준이 김 부장으로부터 완벽한 보호막을 쳐준걸. 제아가 나가자마자 김 부장은 바로 강훈에게 전화를 걸었다.

"문 비서가 지금 한 사장과 은밀한 관계를 맺고 있는 것 같습니다. 아직까지 필요한 정보는 얻지 못했습니다. 네, 그렇다고 해도 절대 배신할 일은 없을 겁니다. 그건 제가 보장하죠. 그러니까 한 부회장님께 말씀 좀 잘……. 감사합니다, 이사님!"

전화를 끊은 김 부장의 두툼한 입술이 탐욕스럽게 벌어졌다. 그 비서가 사장 라인으로 갈아타려고 한다면 정확히 짚어 줘야 할 일, 나의 배후가 바로 널 이 회사에 넣어준 한강훈 이사라고 말이다.

제아가 비서실로 복귀하자 항상 굳게 닫혀 있던 집무실의 문이 활짝 열려 있었다.

"제아 씨, 집무실 정리 좀 해줄래? 사장님 유 실장님 두 분 모두 출장 가셨으니까."

"오전까지 출장 간다는 말씀 없으셨잖아요."

그제야 신 비서가 모니터에서 시선을 떼고 제아를 바라보았다.

"사장님 스케줄은 오직 유 실장님 혼자 관리를 하셔. 우린 실시간으로 인폼만 받을 뿐이고."

"아……."

"그렇다고 우리 사장님이 비서들을 못 믿는 건 아니야. 우리 직급이 높은 편은 아니니 다른 높은 분이 압력을 넣으면 입이 가벼워질 수 있지 않겠어? 그래서 조심하는 것뿐이니 기분 나빠하지는 말구. 스케줄 관리가 아니어도 할 일은 넘쳐나니까."

제아는 텅 빈 집무실을 멍하니 훑어보았다. 숨 막히도록 가득 차 보이던 이 넓은 공간이 지금은 이상하게도 휑한 느낌이다. 내려앉은 공기 속 아련한 도준의 향만이 녹아들어 있을 뿐이었다. 어질러진 집무실을 정리하면서 제아는 혼잣말을 중얼거렸다.

"오래 걸릴 것 같으면 오래 걸릴 것 같다고, 그리고 어디로 왜 가고 언제 오는지, 뭐 하러 가는지 말해주면 덧나나? 여태 잘만 그러더니 이젠 그냥 가네. 뭘 알아야 돌아오면 반겨줄 거……."

도준에 대한 불만을 혼잣말로 털어놓던 제아는 흠칫했다.

"나 지금…… 10년 전처럼 오빠가 나한테 일일이 보고할 거라고 기대한 거야? 맙소사!"

도준이 초록색 대문을 넘은 순간부터 뼛속 깊숙이까지 서로에게 습관이 든 두 사람이다. 그걸 먼저 시작한 건 제아 자신이고. 그 이후 당연하다는 듯 서로의 일거수일투족을 꿰뚫고 하루 일과를 알고 있었다. 외박이 아닌 30분짜리 사소한 약속까지도. 하지만 그건 무려 10년도 훨씬 지난 일이다.

그런데 몸이, 그리고 본능이 오랫동안 잊고 있던 습관들을 조금씩 끄집어내고 있었다. 도준이 돌아오고 시간을 같이 보낼수록 계속.

그때 책상 위에 올려놓은 그녀의 휴대 전화가 울렸다.

한 사장과 나, 오늘부터 5박 6일 프랑스 출장 갑니다. 그러니 마음 편히 본드 걸 임무 수행해도 될 거예요. 한국행 티켓 끊으면 또 알려줄게요.

기대감 어린 눈으로 휴대 전화를 확인하자 메시지를 보낸 건 인호였다. 도준이 아니라는 실망감에 그녀의 어깨가 추욱 처졌다.

블랙독이라는 유명한 프랑스 아동 브랜드의 독점권 계약이 생각보다 빨리 체결되었다. 도준과 코드가 제대로 맞은 여사장이 흔쾌하게 오케이 사인을 내린 것이다. 그래서 일정을 하루 당겨 금요일에 한국으로 귀국을 했다.

피곤한 몸을 이끌고 집으로 향하는데도 도준은 기쁘기는커녕 신경이 바짝 곤두섰다. 매번 구하는 도우미마다 그의 마음에 들지 않아 집에서 쉬는 게 쉬는 것 같지가 않았다. 자꾸만 눈에 거슬리고 신경에 거슬리니.

오늘도 그냥 호텔로 갈까 생각했지만 이내 생각을 접었다. 호텔에 있는 것도 불편하고 집에 있는 것도 불편하다면 차라리 집이 낫겠지. 그리고 프랑스에 있는 내내 호텔에서 지낸 탓에 호텔이라면 지긋지긋했다.

"가사 도우미는 대체 언제 제대로 구해지는 거지?"

가뜩이나 피곤해서 그런지 엘리베이터에서 내리면서 도준이 신경질적으로 물었다. 그런데 평소라면 제발 좀 까탈스럽게 굴지 말라고 투덜거릴 인호가 자신만만한 미소를 짓는다.

"이번엔 마음에 들 거다. 내가 아주 제대로 구했거든."

너무 자신만만한 인호를 미심쩍은 눈으로 바라본 후 현관문을 연 도준은 흠칫했다. 은은한 복숭아 향이 기분 좋게 후각을 자극했다.

긴 복도의 대리석 바닥은 작은 얼룩 하나 없이 깨끗했다. 거실도, 다른 방들도 매의 눈으로 훑어보았지만 어느 곳 하나 트집 잡을 게 없었다.

드레스 룸 안의 옷장도 세탁물을 그때그때 찾았는지 보기 흉하게 빈자리 없이 컬러별로 가지런히 정리되어 있었다. 로고가 새겨진 화장품이나 향수, 컵같은 것마저도 가지런히 줄이 맞추어져 있다. 취향 저격이란 말은 아마도 이럴 때 쓰는 말이리라.

기분 좋게 샤워를 하고 나온 도준이 테이블 위에 태블릿 PC

와 각종 서류들을 널브러뜨리고 일을 하고 있는 인호에게 다짜고짜 물었다.

"도우미, 대체 어떻게 찾은 거지?"

"마음에 드나 보네?"

"……."

"그냥 업체 통해 채용한 거지. 다만 문 비서가 교육시키고 최종 체크를 했을 뿐이고. 그런 건 남자보다 여자가 더 잘하잖아? 출장도 가고 해서 겸사겸사 부탁했지."

그제야 이 모든 상황이 이해가 되는 도준이었다. 어찌 보면 그의 모든 생활 습관은 제아가 만들어준 거나 다름없었으니까. 수긍이 된다는 듯 미세하게 고개를 끄덕이는 도준을 본 인호는 하마터면 '나이스!'를 외칠 뻔했다.

시치미를 뚝 뗀 인호가 얼른 대화 주제를 돌렸다.

"한 사장, 이왕 하루 일찍 왔으니 내일 잠깐이라도 들러야 하지 않을까?"

"어딜?"

"제일 어패럴 지금 1박 2일 워크숍 가 있잖아. 보고서 제대로 안 보나 보네 한 사장."

"부수적인 건 내가 굳이 기억할 필요가 없지 않나?"

"이게 왜 부수적인 거야. 제일 어패럴의 가장 오래된 전통이자 한 회장님이 그 창시자인데!"

인호가 내민 서류를 마지못해 받아서 읽던 도준의 눈매가 확 구겨졌다. 회사가 무슨 파릇파릇한 새내기들이 넘치는 대학인 줄 아나.

"이딴 걸 워크숍이라고 지금……."

"'이딴'이라고 표현하지 마라. 한 회장님 들으셨으면 지팡이로 등짝 오지게 때렸을 거다. 제일 그룹의 시초인 제일 어패럴을 있게 한 전통이 바로 이 워크숍이니까. 너 이거 꼭 가야해. 제일 어패럴 주가가 다시 오르니까 신이 나셨는지 이번 워크숍에 걸린 상금도 친히 한 회장님이 사비로 처리하셨어."

"나 대신 네가 가."

단호한 도준의 반응에 인호가 고개를 갸웃, 했다. 제 동생밖에 모르던 녀석이 의외로 덤덤했다. 또 보고서를 제대로 보지 않았나?

"정말 안 가봐도 되겠어? 나야 뭐 상관없지만, 문 비서 괜찮으려나 모르겠네."

탁—.

인호가 서류가방을 들고 돌아서려는 순간 테이블 위에 서류가 다시 놓이는 소리와 함께 도준의 서늘한 음성이 들려왔다.

"그게 무슨 소리야?"

인호가 돌아서자 정말 모르겠다는 듯 태연하게 그를 바라보는 도준이 보인다.

"한 사장, 너 또 보고서 대충 봤지?"

"소제목만 봤어. 내가 부연 설명까지 자세히 봐야 할 이유가있어?"

"레크리에이션 마지막 순서인 게임 파트너 정하는 거. 그걸 통해서 공식적으로 사내 커플이 많이 생겨나."

그런 게 있었느냐는 듯 도준의 가지런한 한쪽 눈썹이 휙, 올라갔다. 내가 그럴 줄 알았다. 그러니까 저렇게 천하태평이었지. 속으로 중얼거리며 인호가 말을 이었다.

"문 비서 말이야, 그 얼굴에 그 몸매로도 그 전 부서에서 남자들한테 투명 인간 취급 당했잖아. 근데 누가 문 비서랑 게임 파트너를 하려고 하겠냐는 뭐 쓸데없는 걱정 정도? 문 비서가 아무리 씩씩해도 의외로 여자들은 감수성이 풍부해서 상처를 잘 받거든. 생각해봐라. 저보다 못한 여자들도 남자들 선택을 받는데 아리따운 문 비서 혼자 덩그러니 서 있는 거, 생각만으로도 마음이 울컥하네."

확실히 여자에 도가 터 있는 인호는 생각하는 깊이도 남달랐다. 생각에 잠긴 듯 침묵하는 도준을 보며 인호가 조심히 입을 열었다.

"아니면 내가 오늘 가볼까? 아, 지금 출발해도 이미 늦었겠네. 내가 그냥 내일 가볼 테니 한 사장 넌 신경 쓰지 마."

손을 휘이휘이 저으며 인호가 다시 돌아서는 순간, 확고한 도준의 음성이 그의 발목을 붙잡았다.

"그 워크숍 가야겠어."

"워크숍을 가겠다고? 언제?"

"지금 당장."

"뭐……?"

소파에서 일어난 도준이 손목시계를 확인하고 워크숍 일정을 다시 확인했다. 웬만한 차로는 절대 제 시간에 도착하지 못한다.

"이번에는 내가 운전한다."

"어…… 그, 그래."

그러나 도준은 어안이 벙벙한 표정으로 인호가 내미는 차 키를 받지 않았다.

"네가 운전한다며?"

"그 차는 너무 느려."

"……?"

"그래서 오늘은 다른 차를 몰고 갈 거야."

그가 없는 사이 제아에게 새로 생긴 습관은 바로 어떤 상황에서도 괜찮은 척, 멀쩡한 척하는 것. 그게 편하다고 말을 하면서도 정작 마음은 상처받고 있으면서.

벌써 강원도로 날아가버린 그의 눈앞엔 씩씩한 척 멀쩡한 척 홀로 서 있을 제아가 아른거렸다. 얼른 가서 왕자님처럼 나타나줘야 하는데. 어렸을 적 항상 그랬던 것처럼. 제아가 곤란해하거나 힘들어할 때 그리고 어려워할 때, 그는 기가 막히게 알고 항상 제아에게 달려갔다.

그걸 떠올리니 도준은 갑자기 마음이 급해졌다.

복숭아 사탕 키스

제일 어패럴의 워크숍도 처음에는 여느 워크숍처럼 단조롭게 시작되었다. 통째로 빌린 강원도 리조트의 대강당에 모여 제일 그룹의 창립 역사에 대해 들었고, 제일 계열사에 대한 설명을 들었다. 그리고 마지막으로 새로운 사장의 취임과 함께 펼쳐질 제일 어패럴의 밝은 미래에 대한 설명도 들었다. 이후 직원들에게 푸짐한 저녁 식사와 함께 휴식 시간이 주어졌다. 식사 후 직원들 대부분은 강당에 남아 수다를 떨었지만 비서 팀만은 바로 객실로 올라왔다.

"제아 언니, 언니는 회사에 마음에 드는 남자 없어요?"

"없는데. 그건 갑자기 왜 물어?"

"어휴, 제아 언니는 우리보다 회사도 오래 다녔으면서 아무것도 모르나 봐. 저녁에 커플 게임하잖아요!"

김 비서가 내미는 워크숍 안내 일지를 받으면서 제아가 장난스럽게 대답했다.

"몰랐어? 나 구시대식 온라인 팀의 은따였잖아. 괜히 재수 없고 친해지기 싫은 유형이라나 뭐라나."

"그 부서가 이상한 거예요! 언니가 어디가 어때서요!"

앙칼지게 제 편을 드는 김 비서와 윤 비서의 모습에 괜히 기분이 좋아진 제아의 입가에 미소가 어렸다.

도준이 출장을 간 사이 그녀는 사실 꽤 선전하고 있었다. 인호의 본드 걸 역할도 충실히 수행했고 비서 업무도 많이 배웠다. 가장 일취월장인 업적은 바로 눈앞의 두 비서들과 친해졌다는 것. 비서 팀에 드디어 평화가 찾아왔고 4총사의 단합 덕에 업무 능력도 업그레이드되었다. 그래서 요즘 제아는 처음으로 회사 생활의 재미란 걸 열렬하게 느끼는 중이었다.

"제일 어패럴 워크숍 엄청 유명해요. 썸 타는 게임이 많아서 커플 워크숍이라고 불리기도 해요. 사내 커플들이 이때 거의 탄생하는 거죠. 가장 대박인 건 제일 그룹에서 가장 탑인 제일 전자보다 게임에 걸린 상품이랑 상금이 어마어마하다는 거."

김 비서가 눈을 동그랗게 뜨며 주제를 다시 워크숍으로 돌렸다.

"웬만한 회사에서는 사내 커플 반기지 않는데. 혹시 잘못 안 거 아니야?"

"아휴, 언니도 참! 1년 허투루 다녔어 진짜! 몇 달 안 된 나보다 정보력이 더 없어서야 되겠어요? 우리 제일 어패럴만 사내 커플 적극 지원하잖아요. 분기마다 오래 사귄 커플한테 주는 보너스까지 있는데, 나도 이번 워크숍 때 사내 커플 돼서 보너

스나 받아먹을까?"

"난 신규 사업부에 김민호 대리님 꽤 멋있더라구요. 승진도 쭉쭉 하는 것 같고 외모도 나름 좋고 한 부회장님 쪽 친척이 란 말도 있고. 김민호 대리님이 공개 파트너 구할 때 나한테 왔으면 좋겠다. 넌 누가 왔으면 좋겠어?"

김 비서와 윤 비서의 말을 시큰둥하게 듣고 있던 제아의 귀 가 번쩍했다.

"공개 파트너라니 그건 또 무슨 소리야?"

몰라도 너무 모르는 제아에게 두 비서가 바짝 다가오더니 열심히 설명을 해주었다.

"그게 뭐냐면요, 언니."

설명을 듣는 제아의 안색이 잠시 굳었지만 이내 차분해졌 다. 뭐 아무도 안 오면 어때. 걸린 상금이 아쉽긴 하지만 게임 은 안 하면 그만이다. 그리고 유일하게 상금을 탈 수 있는 부 서 장기 자랑이 있으니까. 단독도 아니고 김 비서와 윤 비서와 함께이니 직원들에게 미운 오리 새끼 취급 받을 일도 없고.

제아는 갑자기 승부욕이 불타올랐다.

"우리 댄스 한 번만 더 맞춰보고 내려갈까?"

"저녁 먹고 올라와서 연습했는데 또 해요?"

울상을 짓는 김 비서에게 제아는 생긋 웃어 보였다.

"그래도 이왕 눈 딱 감고 장기 자랑하는 거 1등 해야 하지 않겠어? 비서 팀의 저력을 보여줘야지!"

셋 중에서 가장 월등히 춤을 소화하는 제아가 마지막 복습을 제시하니 김 비서와 윤 비서는 거절할 수가 없었다. 제아 없는 장기자랑은 고무줄 없는 팬티나 마찬가지이니까 하자고 하면 해야지. 연습을 끝낸 비서 팀이 내려왔을 땐 넓은 대강 당은 어느새 제일 어패럴 직원들로 빼곡하게 메워져 있었다. TV에서도 자주 봤던 개그맨이 익살스러운 웃음과 함께 마이 크를 쥐고 나와 자기소개를 했다.

"안녕하십니까! 오늘 사회를 맡게 된 '개그 라인'에 출연하고 있는 아주 핫한 개그맨 김종태라고 합니다. 자, 그럼 지금부터 본격적으로 레크리에이션을 시작하겠습니다!"

처음엔 부서 대항전이었다. 유난히 팀원도 적고 큰 보스와 작은 보스까지 자리를 비운 상태이니 그야말로 비서 팀은 빛 을 보지 못했다. 그저 꿀 먹은 벙어리처럼 앉아 얌전하게 관전 만 할 뿐. 상금이 다른 부서에게 쏙쏙 넘어가는 걸 보며 제아 는 그저 마른침만 꿀꺽 삼켰다.

"자, 상금 50만 원이 걸린 장기 자랑 시간입니다."

부서가 많은 만큼 장기 자랑의 종류는 다양했다. 하지만 학 력과 스펙을 쌓느라 모두 공부만 해서 그런지 이렇다 하게 눈 에 띄는 장기 자랑은 없었다.

"마지막으로 장기 자랑을 선보일 부서는 제일 어패럴 남직 원들의 로망인 비서 팀입니다!"

무대 위로 올라온 세 명의 여자들이 롱코트를 벗어 던지자 남자들의 입에서 군대를 방불케 하는 우렁찬 함성이 쏟아져 나왔다.

"우와아아아아!"

타이트한 검정 티에 짧은 핫팬츠를 입은 세 비서들은 하나같이 젊고 아름다웠다. 얼굴도 으뜸, 몸매도 으뜸, 각선미도 으뜸. 제일 어패럴 여직원들 중의 으뜸이 비서 팀이라면 그 비서 팀에서 단연 으뜸은 바로 제아였다. 살짝 마른 체형으로 날씬한 김 비서와 윤 비서와 달리 터질 것 같은 볼륨감 있는 몸매는 가히 예술이었다.

드디어 대강당의 불이 꺼졌다. 천장에서 쏟아지는 현란한 조명과 함께 요즘 가장 유행이라는 핫 걸(hot girl)이라는 아이돌의 노래가 흘러나왔다. 센터에 서서 눈을 내리깔고 있던 제아는 고혹적인 몸짓으로 리듬을 타기 시작했다. 터질 것 같은 육감적인 몸매로 웨이브를 소화하며 엉덩이 털기 춤을 보였을 땐 굵직한 남자들의 함성은 오로지 제아만을 향한 것이었다.

"우오오오!"

"휘이이익!"

오랜만에 추는지라 숨이 턱까지 차올랐지만 기분만은 최고였다. 가장 핫한 아이돌 노래이니만큼 다른 부서에서도 이 노래로 춤을 선보였다. 그래서 더욱더 비교가 되는 무대였고, 승리를 확신하게 해주는 무대가 되었다.

"앙코르! 앙코르!"

노래가 끝나자 남직원들의 박수 갈채가 쏟아져 나왔다.

"뭐, 장기 자랑 1등은 따로 박수로 구별할 필요가 없겠네요. 하하! 심사 위원들도 모두 남자이다 보니. 상금 50만 원은 비서 팀에 가야 할 것 같네요. 이의 있으십니까?"

"없습니다! 앙코르! 앙코르!"

우렁찬 남직원들의 목소리가 힘을 실어주자 그녀들은 기분 좋게 앙코르 무대까지 다시 한 번 한 후에야 상금 50만 원을 거머쥐고 내려왔다. 장기 자랑이 끝나자마자 드디어 커플 게임의 시작을 알리는 공개 파트너 구하기 차례가 돌아왔다. 넓은 공간이 필요하기 때문에 쌀쌀한 날씨에도 불구하고 모두가 강당 앞에 위치한 운동장으로 자리를 옮겼다.

"자, 제일 어패럴의 오랜 전통이니만큼 제가 설명해드리지 않아도 모두 잘 아시리라고 봅니다. 커플이 된 미혼 남녀들은 게임을 즐기면 되시고, 기혼자분들은 게임마다 우승할 커플을 맞추고 상금을 타가시면 됩니다."

레크리에이션의 게임은 사실 미혼 남녀들만이 즐길 수 있다. 하지만 기혼자들도 게임마다 우승할 커플을 맞추기만 하면 힘들이지 않고 상금을 탈 수 있고 보는 재미도 있다. 주머니는 두둑해지고, 무엇보다 '나도 저런 때가 있었는데.' 하는 추억 어린 눈빛으로 보는 즐거움까지 누릴 수 있었다.

"자, 남자 직원분들 용기를 내십시오. 평소 마음에 둔 여자분이 있거나 상금을 쓸어 모을 게임의 여신 같은 여직원이 있다면 과감하게 달려가서 쟁취하십시오! 솔로 탈출을 위한 열정과 상품과 상금을 향한 욕심을 불사르며 달려가세요!"

개그맨 사회자가 스타트를 알리자 남자 직원들이 우르르 운동장 앞쪽으로 달려갔다. 기대감 어린 표정으로 달려오는 남직원들을 바라보는 다른 여직원들과 달리 제아는 시큰둥한 표정으로 시선을 내리깔았다. 어차피 내 앞에 설 남직원은 없을 테니까.

제아는 아주 쿨한 눈빛으로 다른 비서들에게 시선을 틀었다. 역시나 여비서들의 앞은 선택을 기다리는 남자들로 문전성시를 이루었다. 명문대 비서과 출신에 높은 연봉, 사장의 직속 부서인 비서 팀. 게다가 외모까지 출중한 비서들의 인기는 절정을 달리고 있었다. 물론 제아처럼 남자들의 선택을 받지 못한 여자들도 몇 명 있긴 했다. 100kg에 육박하는 마케팅 팀의 김 대리, 성질이 고약해서 히스테리 부리기로 유명한 디자이너 팀의 노처녀 박 과장, 세월을 거슬러 올라간 듯한 노안을 자랑하는 경리팀의 이한나 직원 등등.

"자, 남자분들이 파트너 선택을 끝낸 듯하니 여자분들은 고개를 들고 자신을 선택한 남자들의 얼굴을 확……."

부르르르르릉―.

요란한 자동차 소리가 쌀쌀한 운동장의 공기를 뒤흔들었다. 국내에 몇 대밖에 들어오지 않았다는 비싼 스포츠카 한 대가 빠른 속도로 거칠게 운동장을 향해 돌진하고 있었다.

끼이이이익―.

우렁찬 굉음을 뿜어내며 360도로 거칠게 회전한 빨간 스포츠카는 운동장 입구 쪽에 정확히 멈추어 섰다. 모든 사람들이 호기심 어린 눈빛으로 차를 바라봤지만 제아만은 그 차의 주인이 누구인지 알 수 있었다.

"……도준 오빠."

본능적으로 입술 사이로 흘러나온 이름에 순식간에 모든 게 바뀌었다. 정말 멀쩡하던 자존심엔 금이 쩍 갔고 쿨내 진동하던 무덤덤함은 부끄러운 소심함으로 바뀌었다. 하늘을 향해 날개를 펼치듯이 열린 조수석에서 인호가 쓰러지듯 비틀거리면서 내렸다. 곧이어 운전석에서도 긴 다리가 쭉 뻗어 나와 오늘도 여전히 근사한 모습의 도준이 모습을 드러내자, 여직원들 사이에서 환호성이 터져 나왔다.

갑작스러운 사장과 비서실장의 등장에 운동장이 술렁였다. 뒤쪽에서 멀찌감치 떨어져 지켜보던 워크숍 담당자가 그들에게 달려가는 게 보였다. 인호와 몇 마디 대화를 나눈 담당자는 다시 다급하게 사회자에게로 달려갔다.

"내가 다시는 이 차, 안 탄다! 우욱, 쿨럭쿨럭!"

과속 탐지기에서 터져 나오는 플래시를 영광스럽게 맞으며 광란의 질주를 끝낸 차에서 탈출한 인호가 헛구역질을 쏟아내는데도 도준의 눈은 운동장을 서슴없이 헤집었다. 그리고 30초도 되지 않아 아주 정확하게 그 존재를 찾아냈다. 희미한 향만으로도, 아른거리는 실루엣만으로도, 유일하게 그의 심장을 뛰게 하는 존재가 운동장 위에 홀로 위태위태하게 서 있었다. 그가 광란의 질주를 하게 만든 문제아.

"제일 어패럴 최고의 남자 두 분이 방금 막 도착했습니다. 역시 오래된 전통을 가진 워크숍이니만큼 사장님께서 적극적으로 참여하겠다는 의사를 밝히셨습니다. 직급을 막론하고 직원들과 즐기기 위해 급하게 내려와 주신 멋진 사장님과 실장님에게 박수를!"

사회자의 말이 끝나기 바쁘게 우렁찬 박수 소리가 터졌다. 설렘 혹은 기대감 가득한 여자들의 눈빛이 두 남자에게 쏠렸다. 도준과 인호가 지나칠 때마다 그들의 뒤로 밀려버린 여자들의 실망 어린 한숨 소리가 줄줄이 터져 나왔다.

서슴없이 다가서는 도준을 보고 있으니 심장이 터질 것만 같아 제아는 고개를 숙여버렸다. 설마, 나한테 오지는 않겠지. 웅성거리던 소음이 멈추고 차가운 바람 소리만이 귓가를 스친다. 그 순간, 제아는 고개를 들지 않아도 느낄 수 있었다. 도준이 바로 앞에 와 있다는 것을.

살그머니 고개를 들자 그녀의 선택을 기다리고 있는 도준이 속삭이듯이 물었다.

"문 비서, 내가 너무 늦었나?"

눈물이 핑 돌아버렸다. 정말 별거 아닌데도 바보같이. 그 옛날처럼 곤란하고 필요할 때마다 기가 막히게 나타나준 슈퍼맨 한도준 때문에 말이다. 이목을 집중시킨 도준의 선택이 끝나자 순식간에 분위기가 흐트러졌다. 별의별 잡소리가 다 들려왔다.

"말도 안 돼. 어떻게 저럴 수가 있지?"

"불쌍했나 봐. 부럽다."

"사장님 미친 거 아니야?"

하지만 제아의 귀엔 오로지 도준의 숨소리만이 들리고 눈에는 도준의 얼굴밖에 보이지 않았다.

"자, 그럼 나도?"

도준의 결정이 떨어지자 인호도 당연하다는 듯, 도준의 뒤에 서려고 했다. 인호 딴에는 너덜너덜해진 제아의 자존심을 더 세워주려는 생각이었다. 그런데 고개를 튼 도준이 무시무시한 눈빛을 보냈다.

'넌 안 돼. 다른 곳으로 가.'

잠시 기막힌 눈빛으로 도준을 응시하던 인호가 어깨를 으쓱하며 눈빛으로 다시 물었다. 그럼 어디로 가라고? 그러자 도준의 눈빛이 신 비서에게로 향했다.

'내 참, 동생 챙겨준다고 해도 성질이야.'

도준의 명확한 메시지를 받은 인호는 속으로 투덜거리며 신 비서에게로 향했다. 단 한 명의 남자도 서 있지 않는 제아에겐 사장이, 나이가 가장 많은 노처녀 신 비서에겐 유 실장이. 두 남자의 선택은 직원들도 꽤 납득할 만했다.

"자, 남자분들은 여자분들에게 나를 뽑아달라고 어필하면서 손을 내미세요! 그리고 여자분들은 선택을 한 남자분의 손을 잡아주면 됩니다!"

단 한 명의 남자인 만큼 생략해도 되는 어필을 도준은 굳이 제아에게 한다.

"게임에 걸린 상금과 상품, 죄다 문 비서 품에 안겨주지."

제아는 지금 눈앞을 온전하게 채우고 있는 단 한 명의 남자 때문에 미칠 것만 같았다. 쿵, 떨어졌던 자존심이 하늘 높이 치솟고 덩달아 뛰기 시작한 심장은 덤이었다. 그가 내민 길고 새하얀 손을 홀린 듯이 바라보며 문득 도준이 부산에서 했던 말을 떠올렸다.

　─난 네게 쉬운 남자, 넌 내게 어려운 여자.

　본능적인 감이었다. 그의 손을 잡는 순간 도준과의 관계가 변하는 시발점이 될 거라는 걸 알기에 질끈 눈을 감자 또다시 부모님의 얼굴이 떠올라 묵직하게 가슴을 내리눌렀다. 그런데도 이젠 어쩔 수 없다. 이성이 말리기도 전에 본능이 그의 손을 덥석 잡아버렸으니.
　"그 약속, 꼭 지키세요."
　바로 옆에선 신 비서가 인호에게 귀여운 협박을 당하는 중이었다. 이게 뭐라고, 라이벌이 없는 도준과 달리 인호는 라이벌들이 신경 쓰인 것이다.
　"신 비서, 나를 퇴짜 놓으면 다음 주부터 아주아주 고단한 하루하루가 시작될 겁니다."
　"어휴, 정말 제가 실장님 때문에 못 살아요."
　말과 달리 신 비서의 입가엔 미소가 한가득이었다. 꿩 대신 닭이라지만, 유 실장도 도준 다음으로 회사에서 능력 있고 멋진 남자였으니까. 곧이어 커플들에게 큼지막한 숫자가 걸린 끈 목걸이가 전달되었다.
　"커플이 되신 분들은 숫자를 목에 걸어주시구요, 첫 번째 게임 들어갑니다! 이번 게임은 '내 파트너는 너무 가벼워.'입니다. 게임에 참여하지 않는 분들은 제일 어패럴 어플에서 로그인 후 우승할 커플의 숫자를 입력하세요! 우승한 커플에게는 순금 한 돈이, 맞춘 분들에게는 상금 5만 원이 주어집니다."

사회자가 첫 번째 게임 항목을 밝히자 가뜩이나 몸무게에 민감한 여자들의 입에서 불만 어린 한숨이 터져 나왔다. 무게를 줄이기 위해 메고 나온 가방이나 두툼한 재킷들, 심지어 신발조차 벗어 던지는 여직원들이 허다했다. 168cm의 제아도 움찔하긴 마찬가지였다. 제아가 입고 있는 코트를 벗으려고 하자 도준이 오히려 목까지 코트의 단추를 꼭꼭 잠궈준다.

"추위 잘 타잖아. 그냥 입고 있어."

미처 뭐라고 할 틈도 없이 제아의 어깨와 엉덩이 밑으로 도준의 팔이 쑥 들어왔다. 너무도 가볍게 들어올려서 제아는 지금 자신이 가벼운 솜이 된 것 같은 착각마저 들었다. 시간이 흐를수록 탈락자가 늘어났지만 도준은 의외로 잘 버텼다. 괜히 민망해진 제아가 자그맣게 속삭였다.

"내가 좀 무겁지?"

"10kg. 그 정도 더 쪄야 돼, 너는."

"한국의 남자들이 얼마나 외모 지상주의에 빠져 있는 줄 알아? 내세울 거 하나 없는데 몸까지 뚱뚱해봐. 차라리 노처녀로 살다 죽으라고 하지 그래."

"외모가 아니라 내면을 사랑해주는 남자를 만나면 되는 거 아닌가?"

서슴없이 찔러 들어오는 도준의 눈빛이 뜨겁다.

"지금 오빠가 그런 남자라고 나한테 어필하는 거야?"

"어필 아니야. 그냥."

도준이 잠시 말을 끊었다가 나직하게 다시 이었다.

"진심이야."

또다시 느닷없이 치고 들어오는 고백에 어쩔 줄 몰라 머리가 멍해지는 순간, 다행히도 인호의 능청맞은 음성이 들려왔다.

"어이쿠, 내 다리야!"

"악, 실장님, 실망이에요! 남자가 왜 이렇게 힘이 없어요? 저 몸무게 50kg도 안 된단 말이에요!"

"그런 말 말아요! 내가 원래 안 이러는데 무리해서 그런 거니까! 프랑스에서 잠 한숨도 못 자고 밤마다 얼마나 바쁘고 힘차게 여자한테 힘을 썼…… 험, 험. 여튼! 다음 게임은 꼭 이기게 해줄 테니 이번 게임은 그냥 넘어갑시다, 신 비서. 응?"

시간이 꽤 흘렀는데도 버티는 커플이 많았다. 그러자 사회자가 한 가지 조건을 더 내걸었다.

"지루한 구경꾼들을 위해 조속히 게임을 진행하겠습니다. 남아 있는 커플들은 정확히 3초 후에 한 발을 들어주십시오. 하나, 둘, 셋!"

그 말이 끝나기 바쁘게 버티고 있던 커플들이 중심을 잃고 하나둘씩 무너져 내리기 시작했다. 하지만 도준은 조금의 흔들림도 없었다. 비 내리듯 땀을 흘리는 남자들과 다르게 식은 땀조차도 나지 않았다. 오히려 똥 마려운 강아지처럼 안절부

절못하는 건 제아였다.

"저기 사장님, 상금은 안 타도 되니까……."

"오빠야."

"……?"

"그렇게 불러줄 거 아니면 얌전하게 안겨 있어."

씹어뱉듯이 토해내는 도준의 말에 제아는 입을 꾹 다물었다. 몇 시간이고 버틸 자신 있는 도준이었지만 한 발로 중심을 잡고 서 있는 건 그에게도 버거운 일이었다. 몸이 기우뚱 쏠리는 순간…….

"오빠야, 힘내!"

그놈의 오빠야가 뭐라고. 수줍게 달싹이는 입술에서 속삭이듯이 흘러나온 그 한 마디에 흐트러졌던 중심이 바로잡혔다. 드디어 마지막 남은 커플이 픽, 쓰러지자 도준은 그답지 않게 속으로 외쳤다. 나이스!

"내 파트너는 너무 가벼워 게임은 의외로 사장님 커플이 우승했습니다, 하하! 출중한 외모에 뛰어난 능력도 모자라서 남자의 힘까지 고루 갖췄다니. 같은 남자가 봐도 사장님 정말 너무한 거 아닙니까? 하하하! 역시 제일 어패럴의 미래를 거뜬히 짊어질 만합니다. 그렇죠, 여러분?"

사장이라는 직급에 완벽한 외모로도 모자라 힘까지 두루 갖춘 도준의 매력에 여직원들의 눈에서는 무한 하트가 뿅뿅 발사되고 있었다. 뒤이어 이어진 모든 게임에서도 도준은 줄줄이 승리를 안겨주었고 상금은 차곡차곡 쌓여갔다.

"드디어 마지막 게임이 다가왔습니다! 대망의 커플 숨바꼭질! 이번엔 전체 직원들이 참여하는 게임입니다! 커플들이 제한된 시간 이내에 숨고, 지금까지 구경하고 계시던 기혼자분들이 숨어 있는 커플을 찾으시면 됩니다. 마지막까지 버티는 커플 혹은 마지막 커플을 찾아내는 분에게는 가장 큰 효도 상품인 뷰티 숍 상품권과 최고급 안마 의자가 주어지겠습니다! 준비되셨나요?"

직원들의 우렁찬 함성에 사회자가 스타트를 알렸다.

"상층을 제외한 리조트 어디에 숨어도 괜찮습니다! 자, 출발! 꼭꼭 숨어라, 머리카락 보인다! 제한 시간은 10분입니다!"

우르르, 커플들이 일제히 손을 꼭 잡고 리조트 건물 안으로 달려가기 시작했다. 광란의 질주를 할 때부터 웬만한 게임은 각오를 하고 온 도준이었다. 하지만 이 게임만은 내키지 않았다. 숨다니, 내가 왜 그래야 하는데.

"문제아, 이 게임은……."

'그냥 넘어가자.'라고 말을 하려던 도준은 말을 멈출 수밖에 없었다. 그를 응시하는 제아의 반짝이는 눈빛 속에서 승부욕이라는 불길을 본 것이다.

"우리 꼭 우승해야 해."

파트너도 생겼겠다, 이왕 이렇게 된 거 제아는 가장 큰 효도 상품을 꼭 차지하고 말리라 마음먹었다. 안마 의자와 뷰티 숍 피부 이용권, 그야말로 부모님에게 꼭 필요한 선물이었다. 복숭아 사탕을 꺼내서 입 안에 쏘옥 넣은 제아가 그에게도 사탕을 내민다.

"난 됐어."

지금 도준은 사탕 먹을 기분이 아니었다. 어떻게든 제아를 말려야만 한다는 강렬한 욕구에 사로잡혀 있었다.

"제아야, 혹시 걸려 있는 상품 때문에 그런 거라면 그냥 내가 사줄……."

"그런 말 하지 마! 나 꼭 이 게임 우승해서 효도 상품 타고 말 테니까."

제아의 눈에서 타오르는 승부욕만큼 도준의 마음속에서도 불안함이 피어올랐다. 제아가 종잡을 수 없는 상상력의 끝을 발휘할 것만 같아서 말이다.

"숨을 곳이 생각났어!"

그리고 그 예감은 어김없이 적중했다. 어떻게 알았는지 몰라도 제아가 그를 이끌고 간 곳은 직원용 탈의실, 정확히 말하면 틈새 붙박이장 앞이었다.

"설마 여기 숨을 생각은 아니겠지?"

"오빠 생각에도 여긴 안 될 것 같지? 오빠 같으면 절대 이런 곳에 못 숨어. 그치?"

정말 별것 아닌 것에 감동받는다는 게 이런 건가 보다. 알아줘서 고맙다는 듯 도준이 고개를 끄덕이자 이상하게 제아가 더 환한 미소를 지었다. 그리고 그 미소에 등골이 오싹해지는 순간……

"바로 그거야! 우리 회사 최고의 두뇌도 생각 못하는 이곳에 숨으면 사람들이 어떻게 찾아. 그렇지? 그것도 천하의 한도준 사장님이 이런 곳에 숨었을 거라고는 절대 생각 못 할걸?"

"저기, 제아야."

"5분 남았습니다!"

밖에서 들려오는 사회자의 말에 다른 붙박이장에 겉옷을 밀어 넣은 제아가 제일 끝에 있는 붙박이장을 열곤 손짓을 했다. 넋을 잃을 만큼 눈부신 미소를 지으면서. 다행인지는 몰라도 제아가 열고 있는 붙박이장 내부는 다른 곳에 비해서 좀 넓은 편이었다. 그래도 불가능한 건 불가능한 것.

"문제아, 여기 숨는 건 불가능해."

"불가능이 어딨어. 내가 가능하게 해줄 테니 걱정하지 마!"

제아가 도준 먼저 붙박이장 안으로 밀어 넣기 시작했다. 무슨 코트도 아니고 옷걸이가 걸리듯이 비스듬히 붙박이장 안에 자리 잡은 스스로가 도준은 믿어지지 않았다. 쓰레기 수거함도 모자라서 이딴 좁은 공간에 볼썽사납게 구겨져서 숨는 꼴이라니. 도준의 입술 사이로 짙은 한숨만 연신 새어 나왔다. 하지만 제아는 잔뜩 신이 난 표정이었다.

"자, 이제 나 들어간다!"

야무지게 팔을 걷어붙인 그녀는 그의 앞으로 몸을 꾸역꾸역 밀어 넣었다. 그가 조금이라도 체형이 건장했거나 제아가 통통했다면 절대 불가능했을 일이 가능한 일로 바뀌고 있는 순간이었다. 차곡차곡 걸린 옷걸이처럼 몸을 포갠 제아의 몸이 완벽하게 도준의 품 안에 맞아떨어졌다. 어깨가 넓은 도준의 팔이 문 밖으로 삐져나와 허공을 헤매자 걱정 말라는 듯 제아가 또다시 웃어 보였다.

"오빠가 문 닫으면서 내 어깨 위로 손 올려. 그럼 완벽해."

'이게 대체 뭐가 완벽하다는 건데.' 그렇게 쏘아붙이고 싶어 도준은 입이 근질거렸다.

"오빠 나한테 백허그 잘하잖아, 그 백허그 하듯이 하면 돼."

소신 있는 제아의 한 마디에 도준은 따를 수밖에 없었다. 차라리 닫히지 않기를 바랐지만, 거짓말처럼 문이 닫혔다. 순식간에 시야가 어두컴컴해졌다. 칠흑 같은 어둠 속, 붙박이장은 조금의 움직일 공간조차 둘에게 허용하지 않았다. 어느 정도의 시간이 흐르면 어둠에 시야가 적응한다. 하지만 그것도 작은 빛이라도 있어야 가능한 일, 정말이지 캄캄해도 너무 캄캄했다. 아무것도 보이지 않으니, 오감만 바짝 곤두설 뿐.

"좁고 답답하지? 조금만 참아, 오빠."

좁은 공간이고 뭐고 답답하고 뭐고. 새까만 시야 속 간간이 들려오는 제아의 숨소리가 그의 청각을 야릇하게 자극했다. 조금의 빈틈도 없이 맞물린 보드라운 여체가 전해주는 감각에 도준은 본능적으로 머릿속에서 양을 세기 시작했다.

양 한 마리, 양 두 마리, 양 세 마리…….

그렇게 본의 아니게 수도를 하고 있는데 갑자기 제아가 엉덩이를 들썩였다. 왜 하필, 엉덩이인지. 지극히 미세한 달싹임이 있는데도 하체에 전달되는 감각은 해일처럼 몰려왔다. 온몸의 핏줄이 터질 듯이 팽팽하게 부풀어 오르고 거칠게 뛰는 심장이 뿜어낸 피가 찌르르한 감각을 하체로 전달시켰다.

딱 미치기 일보 직전······.

"문제아, 지금 당장."

"오빠, 그냥······."

경고를 하려고 고개를 숙인 도준의 입술과 그냥 나가자고 말을 하려던 제아의 입술이 위아래로 완벽하게 맞물려버렸다. 빈틈없이 맞물린 서로의 몸처럼 말이다. 살짝 벌어진 두 입술이 맞물린 순간, 붙박이장 안의 좁은 공간은 시간이 멈추어버렸다. 말캉하게 닿은 달콤한 입술의 감촉, 그 사이로 새어 나오는 달달한 복숭아 향 숨결이 그를 벼랑 끝까지 내몰았다.

닿아버린 입술을 먹느냐 마느냐. 도준이 격렬한 고민에 사로잡힌 순간, 그의 밑에서 고개를 들고 있는 제아도 상황은 다르지 않았다. 왜 하필 이때 고개를 들어서는. 지금 고개를 내려도 되는 건지 안 되는 건지. 당연히 닿은 입술을 떼어야 하는데 이상하게도 그게 쉽지가 않았다. 얌전하게 맞물리기만 한 그의 입술이 감질 난다고 하면 나 너무 엉큼한 걸까.

하필이면 비좁은 공간에 갇힌 텁텁한 공기 때문인지 눈치도 없게 코까지 근질거려왔다.

안 돼······에에······ 안 돼! 에에에 에취······ 안······!

"에, 에취이!"

맙······소······사. 그의 입 안으로 주책맞게 재채기를 쏟아버렸다. 입 안에 있는 사탕까지도. 태어난 이래 이토록 당혹스러운 적은 단연코 처음이었다. 이렇게 가만히 있을 게 아니라 우선 입술을 먼저 떼고 사과를 먼저. 그러니까 좀 떼고…… 입술…… 좀…….

"읍, 우읍!"

그런데 생각처럼 목이 움직이지 않는다. 어깨를 감싸고 있던 도준의 긴 손이 목과 턱을 감쌌다. 그가 좀 더 고개를 숙였고, 짓눌린 입술이 그 압력에 조금 더 벌어지는 순간 제아의 눈이 튀어나올 듯 휘둥그레졌다.

입술 사이로 다시 넘어오는 복숭아 사탕을 따라 미끄덩하게 파고드는 이건……? 도준이 입술 사이로 혀를 밀어 넣은 것이다. 먼저 들어온 사탕을 휘감은 그의 혀가 동시에 놀라서 숨어 있는 제아의 혀까지 휘감아 빨아들였다.

입 안에서 사탕이 이리저리 굴러다니고 그 사탕을 따라 도준의 혀도 같이 움직인다. 헤집고 파고들고 핥고 빨아들이고. 작은 혀의 움직임이 이토록 거대하게 느껴질 줄이야. 도준의 뜨거운 숨과 함께 밀려드는 질척이는 혀의 움직임에 제아는 점점 정신이 혼미해졌다.

감당하지 못할 감각들이 머리끝부터 발끝까지 찌르르 관통하자 급기야 몸이 덜덜 떨리기 시작했다. 힘없이 무릎이 꺾이는 순간, 도준의 다른 손이 힘 있게 제아의 허리를 휘감아 제게로 밀착시켰다. 엉덩이에서 느껴지는 단단한 그의 감촉에, 능수능란한 키스 실력에 머릿속에서 연신 폭죽이 터졌다.

점점 더 깊숙이 파고드는 뜨거운 숨결의 야릇함에, 눈물이 날 정도로 거칠게 빨리는 숨결에 숨이 넘어갈 것 같다. 폭풍처럼 휘몰아지는 감각을 선사해주는 도준의 입술에 자신도 모르게 매달려버렸다. 까치발을 들고 점점 더 그의 입술에 입술을 들이밀며 매달린 것도 같다.

"대체 어디 숨은 거지? 사장님 커플만 찾으면 되는데."

탈의실의 문이 열리면서 들어오는 음성에 제아가 눈을 번쩍 떴다. 방금 전까지 스스로가 무슨 짓을 하고 있는지 깨닫자 머리가 얼얼해졌다. 굶주린 여자처럼 도준에게 달려들다니. 스스로의 미친 짓에 놀라 격하게 숨을 들이켜는 순간, 감당 못할 텁텁한 공기가 콧속을 파고들었다.

"에, 에에에……."

참지 못하고 터져 나오려는 재채기마저 도준이 깊숙이 흡입해서 삼켜버렸다. 얼마나 깊숙이 빨아들였는지 제아의 숨이 탁 멈추는 순간, 도준이 다시 숨을 불어넣었다. 그사이 탈의실의 침입자들은 자기네들끼리 열심히 논의 중이었다.

"박 과장님, 그냥 나가요. 여긴 숨을 데가 없다니까요?"

"그래도 누가 아나? 확인은 해보는 게……."

"아이 참, 박 과장님 같으면 볼썽사납게 이런 데 숨겠어요?"

"어허! 남자가 어떻게 이런 곳에 숨나……."

"거 봐요. 박 과장님도 마다하는 저곳에 우리 사장님이 찌그러져 처박혀 있겠어요? 말이 되는 소리를 해야지."

뭘 모르는 소리였다. 고귀하고 도도한 한도준 사장은 말도 안 되게 이 좁은 공간에 찌그러져 처박혀 있었다. 그것도 할 건 다 하면서 말이다. 곧이어 문이 닫히는 소리가 들렸다. 그럼에도 제아는 꼼짝할 수 없었다. 설마, 또 하진 않겠지? 참 묘한 게 여자의 마음이었다. 안 된다고 생각하면서도 또 해주었으면 하고 은근히 바라게 되니. 지독할 정도로 이율배반적인 감정이었다.

사회자의 목소리가 마이크를 타고 우렁차게 울렸다.

"시간 종료! 숨바꼭질의 최종 승자는 사장님 커플입니다! 자, 모두들 외칩시다. 사장님, 제발 좀 나타나주세요!"

이 좁은 공간에서 얼마나 그와 부둥켜안고 입술을 부비고 있었던 걸까.

"사장님, 제발 좀 나타나주세요!"

직원들의 함성이 이어지자 입술을 떼는 게 아쉬운 듯 도준이 마지막으로 한 번 더 탱글거리는 제아의 입술을 부드럽게 빨아들였다.

촉촉이 젖은 입 안으로 입술이 빨려 들어가는 감촉에 제아가 또다시 몸을 부르르 떠는 순간, 도준의 입술이 멀어지고 붙박이장의 문이 활짝 열리며 눈부신 빛이 새어 들어왔다.

먼저 빠져나간 도준이 힘없이 무너져 내리는 제아를 품으로 받아냈다. 제 침에 흠뻑 젖은 입술을 살짝 벌린 채 흐릿한 눈빛으로 멍하니 올려다보는 제아를 보자 도준은 또다시 몸 안의 피들이 뜨겁게 달아오름을 느꼈다.

얼마나 빨렸는지 새빨간 핏물이 몰린 제아의 입술은 탐스럽다 못해 탱글탱글 부풀어 올라 있었다. 미치도록 깨물어 빨고 맛을 보고 싶을 정도로. 하지만 얼굴을 내려 쪽 하고 가볍게 입맞춤을 하며 입 안에 남아 있는 사탕을 원래의 자리로 다시 돌려주었다.

"이번에 자극한 건 너야."

나른하게 젖어든 몸처럼 그의 음성이 나른하게 귓가를 적신다. 멍하니 입 안의 혀를 굴리자 새끼손톱만 한 크기로 줄어버린 복숭아 사탕이 느껴진다.

"자극당한 건 나고."

도준이 다시 얼굴을 기울여 왔다. 귓가에 바짝 붙은 야릇한 숨결과 속삭임.

"사탕 일부러 남겼어."

마음 같아선 제아의 입술과 함께 아득아득 집어삼켰을 사탕이었다. 하지만 광포해져버린 본능 속 한 가닥 살아남은 이성이 속삭였다. 빼도 박도 못할 증거를 남기라고. 서로의 숨결을 나누며 열렬하게 반응했던 제아가 다시 발뺌하지 못하도록.

"너와 내가 진하게 입술을 섞었다는 증거 제출."

도준의 말 한마디에 입 안에 남아 있는 복숭아 사탕이 찌릿찌릿 심장으로 파고드는 것 같다.

"서로의 승인하에."

그의 엄지손가락이 제 타액으로 번들거리는 제아의 입술을 부드럽게 문질렀다.

"내 입술에 네가 각인되고."

젖어 있는 입술을 지워주려는 듯 그의 손이 느릿하게 제아의 입술을 꾸욱 누르면서 훑는다.

"네 입술에 내가 각인된 거야."

그의 숨결에, 나른한 음성에, 은은한 향에 또다시 정신이 혼미해지는 것만 같았다. 약에 취한 것처럼 스르륵 눈이 감긴다.

"이젠 내게 말해줘."

입술에서 손을 떼지 않는 그의 손에서 흘러나오는 은은한 이 향기. 핸드 로션 냄새인 걸까.

"너도 날 남자로서 사랑한다고."

아릿하게 파고들어 심장을 뒤흔드는 그의 마지막 말에 제아는 결국 인정할 수밖에 없었다. 한도준은 더 이상 제게 오빠가 아닌 남자임. 그것도 아주 오래전부터.

품에 안길 때마다 심장이 두근거린 것도, 다른 여자와 있는 그를 볼 때마다 질투가 났던 것도, 그 모든 게 그를 남자로서 사랑하고 있어서라고.

도준은 약속대로 모든 상금과 상품을 제아에게 안겨준 채 인호와 함께 리조트를 떠났다. 다른 직원의 차를 빌려 따로 가겠다고 극구 고집하는 인호를 기어코 옆 좌석에 태운 채로.

질투 어린, 시기 어린, 부러움 섞인, 경악한 눈빛들을 홀로 감당한 채 제아는 객실로 돌아왔다. 최고의 남자와 최고의 상품까지 양손에 거머쥔 채 금의환향했건만 조금도 기쁘지 않았다. 제아가 샤워를 하고 나오자, 신 비서가 말했다.

"난 피곤해서 자야겠어."

피곤했는지 신 비서가 침실로 사라지고 꽃다운 20대 아가씨 세 명만이 남았다. 대화의 주제는 당연히 정해져 있었다.

"그런데 언닌 대체 어디 숨어 있었던 거예요? 모두가 눈에 불을 켜고 찾았는데도 못 찾았잖아요."

"어? 어…… 사장님한테 하도 끌려다녀서 정신이 하나도 없었어. 여기 숨었다, 저기 숨었다 그랬거든."

제아의 말에 김 비서는 엄청난 걸 깨달은 표정이었다.

"대박. 난 한 군데 숨어 있다가 김 대리님이 몹쓸 손을 움직이는 바람에 짜증 나서 바스락거리다가 들켰잖아요."

"정윤이 너 김 대리님 마음에 든다고 하지 않았어?"

"그거야 사장님이 내 앞에 들렀다 가기 전의 이야기지. 사장님 얼굴 보고 김 대리님 보니까 웬 오징어 한 마리가 눈앞에 있는 것 같잖아. 오징어 한 마리가 더듬거리니 기분 좋겠어?"

"하긴. 근데 난 신사업팀 새내기가 갑자기 키스를 하는 거 있지? 근데 의외로 기분 안 나쁘더라? 몇 분 했던 것 같아."

"걔도 인기 많잖아. 유 실장님처럼 눈웃음까지 살살 흘리는 게 귀엽기도 하고. 그래서, 연애라도 해보려구?"

"키스했는데 괜찮은 거 보면 나쁘지 않을 것 같아. 키스해놓고 벌게진 얼굴로 쳐다보는데 귀엽더라고."

두 비서의 대화를 조용히 듣고 있던 제아가 머뭇거리다가 조심히 입을 열었다.

"저기, 나 궁금한 게 있는데."

"뭔데요?"

"키스란 게 원래 그렇게 막 나른하고 심장도 막 터질 것 같고. 그러니까……."

어떻게 말해야 할지 몰라 벌겋게 달아오른 얼굴로 제아가 같은 말만 반복하자, 감 잡았다는 듯 김 비서가 통쾌하게 말을 해준다.

"심장 소리도 크고, 터질 듯이 두근거리고, 황홀하고, 짜릿하고, 나른하고. 이 말 하려는 거죠?"

"어? 어어!"

"그걸 바로 쾌감이라고 하는 거죠. 남자들과 달리 여자는 감성적인 동물이라 키스만으로도 쾌감을 느낄 수 있는 존재거든요. 다른 여자들은 몰라도 저는 그렇게 생각해요. 근데, 그게 왜요?"

"아무나하고 해도 키스가 원래 그런 거야?"

"에이, 언니 키스 많이 안 해봤구나!"

틀린 말은 아니었다. 입맞춤이든 키스든. 오로지 도준 한 명과만 해보았으니까. 하지만 그와 했던 두 번의 키스는 너무도 달랐다. 10년 전의 첫 키스는 상황이 그래서였는지 두렵고 겁이 났다. 죄를 짓는 기분이었다. 하지만 붙박이장에서의 복숭아 사탕 키스는 얼굴이 확 달아오르면서 떠올리는 것만으로도 손끝 발끝이 저릿저릿했다. 그의 입술과 혀의 감촉이 떠올라서.

"당연히 아니죠! 그럼 아무 남자하고 다 키스하고 다니게요? 좋아하는 남자랑 해야 키스도 기분 좋은 거예요. 그렇지, 정윤아?"

"맞아. 제아 언니가 몰라서 그러는데 좋아하지 않는 남자랑 하면 기분 완전 더러워요. 걸레랑 키스하는 것 같은 기분? 잠은 자도 키스는 좋아하는 사람하고만 하는 거죠. 축축하고 냄새나고, 끈적거리고. 어휴, 생각도 하기 싫어요."

비서들의 솔직한 대답에 곰곰이 생각에 잠긴 제아의 어깨를 윤 비서가 은근하게 툭, 치며 물었다.

"근데 누구예요?"

"누구……라니?"

"언니가 정신 못 차릴 정도로 황홀한 키스를 해준. 언니가 좋아하는 그 남자."

"좋, 좋아한다니! 그런 거 아니야!"

말도 안 된다는 듯 김 비서가 제아를 몰아붙였다.

"언니가 둔해서 모르는 거 아니에요? 호감 정도로 그런 느낌 받는 거 드물어요. 내가 보기에 언니 그 남자 좋아해요. 그것도 엄청."

파릇파릇한 비서들과 수다를 끝낸 후에야 제아는 침대에 누웠다. 그런데도 잠이 오기는커녕 두근거리기 시작한 그녀의 심장은 점점 더 세차게 뛸 뿐 가라앉질 않는다. 한도준이라는 남자 때문에. 그에 대한 사랑을 깨달아버린 이상 이제 그 마음은 멈출 수가 없다.

제아는 베개에 얼굴을 깊이 파묻었다.

엄마, 아빠, 미안해요…….

Episode 12

오빠가 아니라 남자로서 사랑해

대절 버스는 토요일 정오가 되기 전 회사 앞에 정확히 도착했다. 모두들 제 갈 길 간 직원들과 달리 제아만 비서실로 복귀해 인호가 급하게 부탁한 업무를 처리 중이었다. 업무도 간단했고 주말에 약속도 없었기에 혼자 하고 가겠다고 자처한 것이다. 그때 휴대 전화가 울렸고 발신인을 확인한 제아의 입가에 미소가 어렸다.

"한지로, 오랜만이다?"

[제아 너 지금 어디야?]

"할 일 있어서 회사에 잠깐 와 있는데 왜?"

[나 30분 안에 네 회사 앞으로 간다. 어디 새지 말고 바로 나와.]

"한지로, 미안한데…… 나 오늘 너무 피곤……."

뚜뚜뚜―.

끊긴 전화 음에 제아는 잠시 멍한 표정으로 휴대 전화를 들고 있다 벌컥 성질을 냈다.

"한지로 이 자식, 또 지 할 말만 하고 끊었어!"

하루 종일 집에서 생각을 정리하려고 했다. 도준에 대한 마음을 깨달아버린 이상, 단호한 결단이 필요했으니까. 그런데 한지로를 상대해야 한다는 피곤함에 제아의 입술 사이로 한숨이 새어 나왔다. 인호에게 압축한 메일을 전송하고 로비로 내려가서 기다렸다.

회사 앞에서 멈춘 택시에서 내린 지로를 본 제아의 눈이 휘둥그레졌다. 머리끝부터 발끝까지 항상 완벽한 패션을 추구하던 지로가 검은 추리닝에 삼선 슬리퍼를 끌고 오는 모습이라니. 뭐 저렇게 입어도 비율이 좋으니 간지가 나네.

"이야, 한지로는 추리닝 입은 것도 멋지다."

부산 출장 때 매정하게 버린 게 미안해서 한 립 서비스였지만 진심은 진심이었다. 제아가 씩 웃자 지로가 신경질적으로 머리를 털며 맞은편 의자에 털썩 앉았다.

"너까지 놀리지 마. 나 지금 차랑 카드랑 다 할매한테 압수당해서 짜증 게이지 만땅이거든."

"에에? 어쩌다가?"

"몰라. 큰아버지 건설 회사에 밀어 넣어준 거 내가 또 때려치우고 나왔거든. 컴퓨터랑 씨름하는 거 내 적성에 안 맞는다고 술집이나 하나 차려주라고 했다가 이 나이에 외출 금지에 카드랑 차랑 다 압수당했다."

"그럼 어떻게 나왔어?"

"편의점 간다고 나와서 택시 탔지. 현금도 다 압수당해서 할매가 잔돈 모아놓은 깡통 뒤졌다."

"한지로, 너 진짜 언제 철들래?"

"몰라서 물어? 문제아가 내 여자 되면."

날카로운 눈매에 담긴 진중한 지로의 눈빛에 제아는 절실하게 깨달았다. 왜 지로의 고백에는 심장이 고요했는지. 그리고 왜 도준의 고백에는 그렇게 심장이 요동쳤는지. 그걸 깨닫는 데 너무 오래 걸렸다. 제아의 침묵이 불안했는지 지로가 급하게 말을 쏟아낸다.

"넌 내가 불쌍하지도 않냐? 망나니 하나 구제해준다 치고 이제 나한테 좀 넘어와주라. 울 할매가 좀 유별나긴 하지만 제아 너는 엄청 예뻐하잖아. 우리 부모님 거의 해외 나가 계셔서 시집살이 없을 테고 울 할매는 너 예뻐하고 나 외동아들이라 할매랑 부모님 재산 다 내 것이고, 그렇게 잘난 내가 너만 보고……."

"……."

"넌 진짜 딱 나한테 몸뚱이만 오면 된다니까? 쇠 수저도 들고 올 필요 없다."

"한지로."

유난히도 낮게 깔린 제아의 음성에 불안함을 느꼈는지 지로가 벌떡 일어나 제아를 품에 와락 끌어안았다.

"거절하기만 해봐. 확 뽀뽀해버릴 테니까."

"야아! 이거 안 놔? 놓고 이야기해!"

"내가 좀 더 기다릴게. 그러니까 지금은 아무 말 하지 마. 나 좀 더 기다릴 자신 있으니까. 아니, 얼마든지 더 기다려줄 테니까 와주기만 해."

아무 말도 하지 말라고, 더 기다리게 해달라고. 제아가 아무리 밀어내도 지로는 더욱더 그녀를 제 품에 끌어안을 뿐이었다. 항상 당당했던 한지로가 겁 먹은 아이처럼 사정을 하자 마음 한구석이 아려왔다. 의미는 다르지만 지로도 제아에겐 소중한 사람이니까. 하지만 그럴수록 더 단호하게 잘라내야 한다는 걸 스스로가 잘 알고 있기에 멈출 수가 없었다.

"한지로, 정말 미안한데."

"미안하면 기다리게 내버려둬."

그때였다.

"기다리지 마."

갑자기 튀어나온 싸늘한 음성에 지로의 팔이 느슨해졌고, 제아는 그 틈을 타 얼른 품에서 빠져나왔다. 지로의 어깨 너머로 군더더기 없는 걸음걸이로 다가오는 도준이 보이자 제아는 단말마 비명을 속으로 짧게 내뱉었다. 그렇게 피하게 하고 싶었는데 하룻강아지와 맹수가 만나버린 것이다. 게다가 한지로는 아직 도준에 대해서 아무것도 모른다!

하지만 지로는 제아의 예상과 달리 놀란 표정이 아니었다. 날카로운 눈에 힘을 잔뜩 주며 오만상을 찌푸린 채 도준을 노려보고 있었다. 10년이라는 세월에도 더 멋있어진 도준에게 속으로 욕을 퍼부으면서.

'문이준 저 새끼는 나이도 거꾸로 처먹나 보네.'

자연스럽게 제아를 제 뒤로 보낸 도준은 이글거리는 눈빛으로 자신을 쏘아보는 지로와 당당히 마주 섰다.

"제가 기다리든 말든 선배가 상관할 일은 아닌 것 같은데요. 선배가 없는 10년 동안 제아를 지킨 건 선배가 아니라 바로 나, 한지로거든요."

양심의 가책 좀 느껴보라고 한 말이지만 도준은 눈 하나 깜짝하지 않았다. 피도 눈물도 없는 냉혈한처럼. 상대방을 단번에 찍어 내리는 눈빛으로 그가 흘리는 말은 지로의 말문을 막히게 했다.

"그럼 앞으로도 계속 지키기만 해."

"······?"

"손끝도 대지 말고 눈으로만. 그것도 아주 멀리서."

사람 놀리는 것도 아니고! 이쯤 되니 제아의 오빠고 뭐고 지로는 눈에 뵈는 게 없어졌다.

"아직도 선배가 제아 오빠라고 착각하고 간섭하나 본데 정신 좀 차리시죠! 혼자 살겠다고 버리고 갔을 때 선배는 이미 그 자격을 스스로 져버린 겁니다! 그러니까 이제 뻔뻔한 낯짝으로 그만 상관하고 좀 꺼져주세요, 네? 나이 먹으면 눈치도 늘어난다는데 선배는 오히려 눈치가 없어졌나 봅니다. 낄 자리 안 낄 자리 구분 안 되나 봐요? 벌써 노망이라도 들었나."

그 말에 심장이 철렁 내려앉은 건 바로 도준의 등 뒤에 숨어 있던 제아였다. 하룻강아지의 막말에 사나운 맹수가 물어뜯기라도 하면 어쩌나 조마조마해서 손끝까지 다 떨렸다. 이대론 안 되겠어! 어떻게든 둘을 떼어놓아야…….

둘 사이에 끼어들려던 제아는 순간 멍한 눈으로 시선을 내렸다. 도준이 등 뒤로 손을 뻗어 제아의 손목을 움켜잡은 것이다. 가만 있으라는 듯.

"뻔뻔한 건 내가 아니라 너 같은데."

지로의 막말에도 도준은 무서우리만치 침착했다. 나른함을 흘리는 눈빛은 호수처럼 잔잔하고 고요했다. 그게 더 사람을 찔끔거리게 만든다는 거 아마 본인은 절대 모르겠지.

"이봐요, 문이준, 아니 한도준 씨!"

그때였다. 도준이 서서히 지로에게 상체를 기울이자 길게 찢어진 지로의 눈이 튀어나올 듯 휘둥그레졌다. 이, 이 새끼 나한테 왜 이래! 분명 같은 남자인데도 심장이 미친 듯이 팔딱거렸다.

"다른 여자들이랑 수도 없이 잤으면서 마음만은 제아에게 향하고 있었단 건가? 몸 따로 마음 따로, 그게 한지로라는 남자가 사랑하고 기다리는 방식인가 보지?"

지로는 격하게 숨을 헐떡였다. 미국에 있었다는 그가 그걸 어떻게. 사실이긴 했지만 다 그럴 만한 사정이 있었고 또 제아도 알고 있는 사실이었다. 제아를 한 번 잊어보겠다고 나쁜 새끼처럼 살긴 했지만 그것도 딱 몇 개월뿐. 그저 억울하고 답답해서 도준의 등 뒤를 눈빛으로 더듬었지만 보이지도 않는 제아 때문에 속만 시꺼멓게 타들어갔다.

"그건!"

본능적으로 도준의 말에 변명하려던 지로가 입을 다물었다. 변명을 하고 이해를 구한다고 해도 그건 제아에게 할 일이지 도준에게 할 건 아니었다. 신경질적으로 눈을 치켜뜨자 태산처럼 우뚝 서 있는 도준이 보였다. 흔들림 없이 고요하고 서늘하게 가라앉은 눈, 그 안에는 오랜 시간이 지났는데도 퇴색하지 않은 동생을 향한 집착과 소유욕이 담뿍 담겨 있었다.

지로는 도준의 그 눈빛을 오래전에도 마주했었다. 순진무구한 눈빛으로 제아가 제 오빠라고 자랑스럽게 소개하던 그때도 저 눈빛이었으니까.

집 앞 골목에 다다랐을 때 키가 크고 호리호리한 체구를 가진 남자의 뒷모습을 발견한 제아의 얼굴에 광채가 돌았다.

"어? 우리 오빠다!"

동시에 제아의 걸음이 빨라졌다. '오빠'라는 말에 지로는 바짝 긴장이 되었다. 유난히도 오빠에 대한 사랑이 남달랐던 제아라는 걸 알고 있기에 잘 보여야 한다는 마음이 들어서였다.

누군가에게 잘 보이려는 짓 따위 성격상 맞지 않았지만 좋아하는 여자의 오빠라면 말이 달라지니.

"한지로, 우리 오빠 문이준이야."

"안녕하세요, 제아 남자 친구 한지로입니다!"

허리까지 90도 각도로 꺾어 인사했는데 돌아와야 할 대답이 들리지 않았다. 슬그머니 숙였던 상체를 드는 순간, 지로는 제 눈을 의심했다.

흐, 흑 표범? 태어난 이래 처음으로 지로에게 쌍코피를 선사해준 미친 흑 표범이 눈앞에 있었던 것이다. 손등으로 눈을 비비고 다시 봐도 싸늘한 눈빛으로 지로를 응시하는 남자는 바로 미친 흑 표범이었다.

착각이길 바라지만 저런 얼굴은 세상에 비슷한 얼굴조차 없을 것이다. 묘한 매력을 풍기는 섬세한 이목구비가 들어찬 작은 얼굴. 하지만 저 얼굴은 철저한 속임수이다. 주먹 맛은 핵폭탄 급이었으니까. 물론 지로도 처음엔 그에 대한 소문 따위 믿지 않았다. 소문이란 원래 과장되게 부풀어 오르는 법이니까. 그럼에도 궁금증은 품고 있었다. 대체 어떻게 생겨먹은 놈이길래 그렇게 소문이 난무하는지.

그러다 우연히 흑 표범을 보게 되었다. 지로의 첫 반응은 피식거리는 웃음이었다. 계집애처럼 곱상했고 키만 클 뿐 체격도 호리호리했다. 그런데도 남자의 치기는 말릴 수가 없다.

사소한 걸로 시비가 붙었고, 지로가 주먹을 날리려는 순간 흑 표범의 주먹이 얼굴을 먼저 강타했다. 파워는 말할 것도 없고 정확한 펀치는 전광석화 같았다. 맞는 순간 플래시가 터진 듯 눈앞이 번쩍였고 정신을 차려보니 창피하게도 쌍코피가 터졌다. 온갖 운동을 섭렵해서 싸움이라면 자신 있었던 자존심이 와르르 무너져 내린 순간이었다. 그럼에도 인정할 건 인정해야 했다. 저 자식은 동물적인 감각을 타고난 파이터이다. 싸움을 배워서 하는 놈은 절대 이길 수 없는.

그런데 왜 하필 저 자식이 제아 오빠인 거야? 지로는 짜증이 치솟는 동시에 궁금해졌다. 제아는 과연 제 오빠가 소문의 미친 흑 표범이라는 걸 알고 있는지 말이다. 그를 알아본 자신과 달리 흑 표범의 눈빛은 흔들림이 없었다. 오로지 동생에 대한 짙은 소유욕만을 드러내고 있을 뿐. 설마, 나를 기억 못 하는 건가?

"꼬맹이 네가 뭘 착각한 것 같은데, 제아는 남자 친구 따위 없어. 지금도, 그리고 앞으로도 쭉"

골목길에 덩그러니 혼자 남겨진 지로는 그제야 찬찬히 생각을 정리했다. 제아 오빠가 미친 흑 표범이라니. 그러다 뒤통수를 세차게 때리는 불현듯 떠오른 사실 한 가지.

—우리 오빠 명문고인 남한고 학생회장이야. 모범생의 정석이지. 난 우리 오빠가 너무 자랑스러워.

맙소사, 제아의 오빠는 완벽하게 이중생활을 즐기는 포악한 야누스였다. 그 후 우연치 않게 제아는 제 오빠가 미친 흑 표범이란 걸 알게 되었다. 놀라긴 했지만 그럼에도 제아는 여전했다. 지켜보는 사람이 짜증날 정도로 제 오빠밖에 몰랐다. 짝사랑이란 거 더러워서 못해먹겠네. 결국 지로는 제아를 포기하기로 했다. 일부러 연락하지 않았고, 만나러 가지 않았다.

그때쯤 소꿉친구인 지연이 그를 커피숍으로 불러냈다. 귀찮은 듯 어슬렁거리면서 커피숍으로 들어가자 지연의 옆에 제아가 앉아 있었다. 그때 바로 나와버렸어야 했는데. 눈물을 뚝뚝 흘리고 있는 제아의 모습에 자석에 이끌리듯 그 앞에 털썩 앉아버렸다. 그리고 제아의 집안에 들이닥친 불운과 함께 엄청난 비밀을 알아버렸다.

"나도 자세한 건 모르는데……."

"그런데?"

"미래를 위해서 친엄마한테 가기로 했나 봐."

이유야 어찌 되었든 문이준이 전부라고 믿고 있던 제아에게는 엄청난 충격이었으리라.

"미래는 개뿔! 지 혼자 살겠다고 가족들 버리고 떠난다는 거잖아! 이런 거지 같은 상황에. 재수 없는 새끼 같으니라고!"

그렇게 말하면서도 지로 자신도 이해가 되지 않았다. 끔찍할 정도로 가족밖에 모르던 그가 혼자 살겠다고 친모에게 간다는 것은. 자신도 이해가 되지 않는데 제아는 더욱 이해가 안 될 것이다. 그래서인지 제아는 실낱같은 희망을 버리지 못했다. 하지만 결국 그는 미국으로 떠났고 그걸 믿을 수 없었던 제아는 두 눈으로 똑똑히 확인하겠다고 공항으로 내달렸다.

"가지 마, 이 바보 같은 계집애야! 문이준 그 새끼 너희 식구 버리고 미국으로 간다잖아!"

"그럴 리 없어, 무슨 사정이 있을 거야! 내가 직접 오빠 만나서 들을 거야!"

결국 상처 받고 홀로 남은 건 제아였다. 문이준 개자식. 이렇게 버리고 갈 거였으면 정 주는 것도 적당히 했어야지! 지로는 넋이 나가버린 듯 바닥에 풀썩 주저앉은 제아를 일으켰다.

　"저런 새끼 때문에 울지 마, 문제아."

　"지켜준다고 했었는데. 곁에 있어준다고 했었는데."

　제아의 말은 거의 혼잣말에 가까웠다. 주저앉은 채 멍하니 하늘을 바라보는 제아의 눈에서 쉴 새 없이 눈물이 쏟아져 내렸다. 어딘가를 멍하니 응시하는 맑은 동공은 영혼이 사라져버린 듯했다.

　"나한테 이제 오빠는 없어. 문이준 따위…… 깨끗하게 잊을 거야."

　스스로에게 다짐하듯 중얼거리는 그 말을 지로는 똑똑히 들었고 기억했다.

　과거의 회상에서 벗어나자마자 지로는 자신이 왜 제아의 회사 앞까지 다짜고짜 쫓아왔는지를 상기했다.

　─아이씨, 할매! 나 진짜 책상머리 체질 아니라니까? 술집 하나 차려주면 기가 막히게 운영 잘할…… 윽!

　이른 아침부터 30분간 쏟아지는 잔소리에 확 대들어버린 지로의 얼굴에 할매가 경제 신문을 투척했다. 얼굴에 툭, 맞고 떨어진 경제 신문의 1면 뉴스에 눈이 박힌 순간 눈을 뗄 수가 없었다. 처음엔 제아가 다니는 제일 어패럴이라는 회사 명에 눈이 갔고, 그다음에는 흑백임에도 불구하고 끝내주는 얼굴을 가지고 있는 남자 때문에 시선을 고정했다.

그런데 가만 있자. 저 눈빛, 저 분위기 분명 어디서 많이 봤는데? 기억을 더듬는 순간, 어떤 이름이 번뜩 그의 뇌리를 스쳤다.

떠올리는 것만으로도 온몸에 기분 나쁜 소름이 오소소, 돋게 하는 이름. 문이준.

그 이름을 보자마자 제아에게 달려온 것이다.

―나한테 이제 오빠는 없어. 문이준 따위…… 깨끗하게 잊
 을 거야.

10년 전 눈물을 흘리며 제아가 했던 그 말이 아직도 유효한지 확인하기 위해. 그런데 제아에게 그 대답을 듣기도 전에 그와 맞닥뜨린 것이다. 10년이나 흘렀는데도 변함없는 소유욕을 과시하는 문이준을. 그때도 그랬지만 지로는 지금도 도무지 이해가 되지 않았다. 동생을 향한 이준의 과도한 집착과 소유욕이. 지로는 흐트러진 호흡을 가다듬고 천천히 입을 뗐다. 절대 질 수 없다는 듯이.

"그렇게 따지면 선배도 자격 없는 거 아닙니까? 선배야말로

오빠 노릇 그만하고 꺼져주시죠. 누가 보면 오빠가 아니라 애인인 줄 알겠습니다. 애정도 과하면 추해요, 추해."

"네 말대로 오빠 노릇은 이제 그만할 생각이야."

순순히 대답하는 도준의 섬세한 눈매가 부드럽게 휘는 걸 보는 지로의 마음엔 의심이 뭉게뭉게 피어올랐다. 저렇게 호락호락 포기할 놈이 아닌데. 불안감은 바로 현실이 되었다.

"제아에게 남자로서 다가갈 생각이거든."

지로는 아주 잠깐 동안 정신을 놔버린 것 같았다. 한도준이 지껄이는 미친 소리에.

"저, 저기, 오빠!"

도준의 등 뒤에서 제아가 토끼처럼 휘둥그레진 눈으로 튀어나오자 현실 감각이 서서히 돌아왔다. 지로가 가장 먼저 한 건 신랄한 욕이었다.

"이거 미친 새끼 아니야? 너 지금 그게 무슨 뜻인지나 알고 하는 소리야? 변태 새끼도 아니고 완전 돌았네, 아니 미쳤어! 하아 진짜!"

얼마나 기가 막힌지 욕마저도 횡성수설 흘러나온다.

"10년 전에는 미친 짓이었지만 이젠 합법적이지."

그러곤 보란 듯이 지로에게 무슨 말을 하려는 제아의 손목을 움켜쥐고 돌아섰다. 더 미치게 하는 건 바로 제아의 태도였다. 자신이 손만 대면 난리를 치던 계집애가 도준에겐 얌전한 양처럼 끌려가고 있었다.

문제아, 너 설마…… 또 흔들린 거냐!

이성이 깨끗하게 사라진 지금, 저 미친놈으로부터 제아를 지켜야 한다는 생각뿐이었다. 지로는 긴 다리를 쭉쭉 뻗어 달려가 막 로비를 벗어난 도준의 어깨를 움켜잡아 돌려세웠다.

"야, 미친 새끼야! 그 더러운 손……."

미친놈 면상에 주먹을 날릴 생각이었지만 두 손을 크게 벌린 제아가 막아서는 바람에 그러지 못했다.

"안 돼!"

그런데 이상한 건 도준이 아닌 지로 자신을 보호하듯이 제아가 돌아서 있다. 대체 이게 무슨.

"지로 때리기만 해봐."

그 말에 뒤늦게 보았다. 자신을 겨냥했던 도준의 주먹이 목표를 잃고 방황하다가 느릿하게 바지 주머니로 향하는 걸. 짜증이 나는데 인정할 수밖에 없었다. 제 주먹이 도준의 얼굴에 닿기도 전에 도준의 주먹이 얼굴에 먼저 닿았을 거라는 걸.

"진짜 뭣 같네."

그 중얼거림을 들었을까. 살짝 고개를 튼 제아의 앙칼진 고양이 눈이 지로에게 짧게 머물렀다.

"한지로, 넌 입 닥치고 가만히 있어."

참을 만큼 참아줬다는 말투다. 내가 뭘 어쨌다고, 속으로 중얼거리는 지로는 그저 억울하고 또 서운할 뿐이다. 왜 이렇게 내 진심을 몰라주는 거냐고 문제아.

"지로는 나한테 가장 소중한 친구야. 그러니까 한지로 때리면 나 가만 안 있을 거야."

제아가 제 편을 들어주었는데도 지로는 한약이라도 먹은 듯 입 안이 아주 썼다.

저 새끼 앞에서 친구라고 딱 선을 그어버리네, 문제아. 씁쓸한 웃음을 머금는 찰나, 지로는 제 눈을 의심했다. 바늘로 찔러도 피 한 방울 안 나올 한도준이…… 상처받은 눈을 하고 있었다.

"그렇게 소중하다면야, 난 이쯤에서 빠져줘야겠군."

상처받은 야수의 눈이 지로의 얼굴에 서슴없이 꽂히는 순간, 아주 짧게 내비쳤던 감정은 깨끗하게 점멸해버렸다.

"소중한 친구와 뜨거운 우정을 나누겠다고 하니 말이야."

제 스스로 사라져주는 도준의 뒷모습을 멍하니 바라보는데 '탁' 소리와 함께 지로의 뒤통수가 번쩍했다.

"아야! 넌 때려도 남자 체통 무너지게 뒤통수를 때리냐?"

제아가 지로의 머리통을 냅다 후려친 것이다.

"오빠한테 터지느니 나한테 맞고 체통 무너지는 게 낫지!"

"아이씨, 나 옛날의 한지로가 아니거든? 저 자식은 이제 내가 한 손으로도 이겨!"

저놈의 허세 어쩔 거야! 제아가 기가 막힌 눈빛으로 바라보자 지로는 슬쩍 눈을 피했다. 얻어터지면 어때! 저 잘난 낯짝에 작은 스크래치라도 낼 수 있다면 몇 대 얻어터지지 뭐! 휴, 깊게 내쉬는 제아의 한숨 소리가 들리고 어린아이를 달래듯이 제 어깨를 두드리는 손길이 이어졌다.

"한지로, 할머니 연세도 많으신데 이제 그만 속 썩이고 집으로 돌아가라. 알았지?"

이번엔 지로가 제아의 앞을 막아섰다. 누구한테 가려는지 알기에 어깨를 움켜잡고 정신 좀 차리라는 듯 거칠게 흔들었다.

"문제아! 제아야! 제발 정신 좀 차려! 응? 저 새끼처럼 너까지 미치면 안 돼! 어떻게 서런 더러운 새끼한테. 아후, 말도 제대로 안 나오네. 여튼 나 절대 저 새끼한테 너 못 보……."

"그래! 나 미쳤다! 어쩔래?"

잔뜩 날이 선 제아가 꽥 소리를 지르는 바람에 지로가 입을 꾹 다물었다.

"미친 건 인정해. 그런데 한지로, 더럽다는 말은 하지 마. 오빠랑 나…… 피 한 방울 안 섞였으니까. 이젠 서류상으로도 완벽한 남남이라구."

넋이 나가버린 지로의 손에 제아가 2만 원을 쥐여주었다.

"한지로, 내가 좀 급하거든? 그러니까 이야기는 나중에 다시 만나서 하자. 알았지? 딴 데로 새지 말고 바로 집으로 돌아가!"

도준이 차에 오르는 걸 본 제아는 마음이 다급해져서 냅다 달리기 시작했다. 출발하려는 도준의 차를 겨우 잡아 조수석에 올라타긴 했는데 화가 단단히 났는지 도준은 눈길조차 주지 않는다. 그런데도 제아는 기분 나쁘기는커녕 살그머니 웃음이 나왔다. 서로의 마음을 알아서일까. 이제 조금씩 보이지 않았던 게 보이기 시작한 것이다. 지금까지 이해하지 못했던 그의 모든 행동들이 다 질투였다는 걸.

"오빠, 삐쳤어?"

"……."

"대답도 하기 싫은가 보네. 그럼 차 다시 세워줘. 나 그냥 내릴래."

"안 삐쳤어."

그제야 마지못한 듯 대답은 하지만 목소리는 퉁명스럽고 여전히 시선조차 주지 않는다.

"에이, 삐쳤네. 삐쳤어."

자꾸만 속 좁은 남자로 몰아가는 제아 때문에 도준이 고집스럽게 정면을 유지하던 시선을 틀었다. 묘한 눈빛으로 제아가 시선을 받아치자 그가 눈을 가늘게 뜬다.

"그 눈빛, 뭐지?"

"그냥 신기해서."

"뭐가."

"질투하는 오빠 모습."

질투라니, 말도 안 되는 소리였다. 그런 유치한 감정은 취급하지 않는다고 말하고 싶었지만 그래도 다시 그에게 돌아와준 제아이기에 반박하지 않기로 했다. 사실 기뻤다. 지로가 아닌 자신을 선택해주어서.

그때 인호에게서 전화가 왔다. 블루투스를 연결해서 전화를 받은 도준은 인호와 꽤 오래 통화를 했다. 통화를 하며 운전을 하는 도중에도 차창 밖을 내다보는 제아의 옆모습에서 눈을 떼지 않았다. 인호와의 통화가 끝나자 제아는 눈을 반짝이며 그에게 물었다.

"일리니는 주얼리 브랜드잖아. 우리 회사, 이제 주얼리도 취급해?"

"일리니만 독점 계약해서 판매할 거야. 제일 아웃렛 회원들에 한해서만 구매 자격이 주어질 거고. 그런데 너도 일리니를 꽤 좋아하나 보지?"

도준의 말인즉슨, 마케팅 목적으로 일리니 브랜드를 이용할 거란 뜻이었다. 게다가 온라인 사이트처럼 아웃렛을 회원제로 운영하겠다니, 꽤 파격적이었다.

"국내에 안 들어와서 한국 여자들이 더 열광하는 게 일리니거든? 이번에 리미티드로 제작한다는 커플링이랑 팔찌는 여자들이 로망하는 잇 아이템 1위인데."

"그 로망 너한테도 해당되는 사항인가?"

"당연한 거 아니야? 나도 로망을 꿈꾸는 여자거든요?"

때마침 도준의 차가 큰 도로 가에 멈추었다. 안전벨트를 풀고 내리려는 제아를 저지한 도준이 차에서 내려 조수석의 문을 열어주었다. 뜻밖의 매너에 제아는 어색하게 차에서 내리며 중얼거렸다.

"이런 매너까지 갖추면 여자들 완전 쓰러지는데."

"그럼 쓰러져주든가."

"……?"

"이 매너도 문제아 너한테만 해당되는 거니까."

"누, 누가 뭐래?"

이제 조금 적응이 되었나 싶다. 당황스럽기보다는 심장이 기분 좋은 설렘을 품은 걸 보니. 두근두근, 적당히 뛰는 심장 소리가 기분 좋게 제아의 고막을 울렸다.

"데려다주지 마. 낮이라서 괜히 우리 엄마랑 마주칠 수 있단 말이야."

"어머니가 그 정도로 나를 싫어하시나 보지?"

도준의 물음에 제아는 뜨끔했다. 그가 상처를 받을 말은 뉘 앙스도 풍겨서는 안 되는 건데!

"우리 부모님은 좀 더 시간이 필요해. 이해하지?"

다행히도 도준이 조용히 고개를 끄덕인다.

"근데 또 출장 간다면서. 오래 걸려?"

"일주일 정도."

또 일주일씩이나 그를 못 볼 걸 생각하니 밀려오는 서운함에 제아는 괜히 시무룩해졌다. 그 감정을 들키기 싫어 눈을 피하며 작별 인사를 건넸다.

"출장 잘 갔다 와. 그럼 난 갈게."

먼저 돌아서서 걸음을 떼었지만 알 수 없는 미련이 자꾸만 발목을 잡았다.

뭔가 굉장히 중요한 걸 빼먹은 느낌. 대체 그게 뭘까?

길을 꺾어 골목길에 접어든 순간 제아는 다시 반대 방향으로 뛰었다. 원래 있던 자리로, 정확히는 도준에게로 말이다.

"도준 오빠!"

막 차에 타려던 도준이 시크한 눈빛과 표정으로 돌아선다. 코앞까지 바짝 다가간 제아는 숨을 헉헉 내쉬면서 허리를 구

부렸다.

"헉헉……."

입술 사이로 흘러나오는 고르지 못한 숨처럼, 제아의 심장도 고르지 못하게 벌컥거리고 있다. 의아한 표정으로 내려다보는 도준을 보고 있으려니 새삼 깨달았다.

죽어 있던 내 심장을 뛰게 한 남자. 차가웠던 내 심장을 뜨겁게 데워준 남자. 도준은 오빠가 아니라 남자라는 걸. 좋아하는 게 아니라 사랑한다는 걸.

이젠 용기를 내는 일만 남아 있었다. 제아가 아주 작게 손짓을 했다. 할 말이 있으니 얼굴 좀 내려달라는 듯.

도준이 유순하게 상체를 조금 내려주자 제아는 그때를 놓치지 않고 까치발을 들었다.

쪽―.

도준의 입술에 짧게 입술을 부딪치는 소리가 청량감 있게 귓가를 자극했다. 그 소리에 무심하게 내리깔고 있던 도준의 눈이 조금 커졌다.

하루 전에 뜨거운 키스를 했음에도 불구하고 가볍게 입술만 부딪친 입맞춤에 순식간에 서로의 얼굴이 붉어졌다. 기습 입맞춤을 날린 제아도, 기습 입맞춤을 당한 도준도.

"출장 갔다 오면 고백에 대한 대답, 해줄게."

수줍게 입을 연 건 제아였다. 따지고 보면 농밀한 키스를 두 번이나 했다. 그런데도 이 깃털 같은 입맞춤이 뭐라고 도준은 넋이 나간 표정이다. 백자처럼 새하얀 도준의 얼굴이 귀까지 달아오른 걸 보니 제아는 부끄럽고 민망해서 죽을 것 같았다.

에라, 모르겠다! 이럴 땐 줄행랑이다!

"그럼 출장 잘 다녀와!"

메마른 건초에 불을 질러놓고 나 몰라라 튀려는 괘씸한 고양이 한 마리를 도준이 단번에 품에 낚아챘다. 키스할 듯 다가오는 도준의 얼굴에 깜짝 놀라 제아는 눈까지 감아버렸다.

설마 키스하려는 건 아니겠지? 지금 환한 대낮인데? 그리고 이 동네에서 누가 보기라도 하면? 불안함이 차오르는 머리와 달리 묘한 기대감이 몸속에서 피어올랐다. 입술을 벌려야 하나? 아니야, 그럼 너무 조신하지 못해! 아무래도 키스를 할 것 같진 않고, 뽀뽀 정도는 괜찮겠지?

기대감에 입술에 꼭 힘을 주고 기다려보지만, 입술에 내려앉는 기분 좋은 감촉은 없었다. 터질 것처럼 두근거리는 심장을 느끼며 실눈을 뜨는 순간, 입술이 아닌 목에서 이상한 촉감이 느껴졌다.

탁―.

"대답 듣기 전까지 키스는 참기로 하지."

도준의 야릇한 속삭임을 들으며 눈을 뜨자 그의 손에 들린 익숙한 무언가가 보였다.

"그거…… 내 목걸이?"

제아는 뒤늦게 손으로 목과 가슴 부분을 더듬어봤지만, 항상 걸려 있던 목걸이가 잡히지 않았다.

"내 인질이야."

제아는 이해할 수 없다는 듯 고개를 갸웃했다.

"이건 고백에 대한 대답을 듣고 난 후 돌려주도록 하지."

화르륵, 양쪽 뺨에서 피어오르는 열기에 제아는 자신도 모르게 두 손으로 뺨을 감쌌다. 도톰한 아랫입술을 질끈 깨물면서. 깨물어서 피가 몰린 제아의 입술이 또다시 그를 아찔하게 자극한다. 이거, 위험한데.

"방금 했던 말 취소해야 할 것 같군."

긴장한 듯 가늘게 떨리는 동공이 그를 조심히 올려다보았다.

"셋 셀 동안 나한테서 안 벗어나면 키스해버린다."

말이 끝남과 동시에 도준이 얼굴을 살짝 기울이자, 허둥거리는 제아의 손길이 허리를 감고 있는 그의 손에 닿았다.

"하나."

그 모습이 귀여워서 도준은 허리를 감은 팔에서 일부러 힘을 빼지 않았다.

"둘."

"오빠, 자, 잠깐!"

"셋."

"꺄악!"

덮칠 듯이 얼굴을 숙이며 감고 있던 팔을 놔준 순간, 두 손을 하늘 위로 번쩍 들어 올린 제아가 튕기듯이 그의 품에서 벗어나 골목길로 내달렸다. 키스를 바라면서 눈을 감을 땐 언제고. 도망치는 제아의 뒷모습을 바라보는 도준의 눈에 옅은 웃음이 배어났다.

도준이 없는 일주일은 생각보다 빠르게 흘러갔다. 바빠서인지 회사에서의 시간은 금방 흘렀고, 퇴근 후엔 도준의 집으로 향해서 충실하게 인호의 본드 걸 역할을 수행했다. 티끌도 없이 말끔하게 청소를 하고 도준의 집을 나오던 제아는 버릇처럼 휴대 전화를 또 확인했다.

"대답 궁금하지도 않나?"

도준에게는 연락 한 통조차 없었다. 하다못해 인호조차도. 고백에 대한 대답이 궁금해서라도 빨리 돌아올 줄 알았는데.

"설마 이제 다 잡은 물고기라고 안심하는 거 아냐?"

기다림이 길어지니 조마조마해지고 오해를 하게 되고 괜히 발끈하게 된다.

버스 정류장에 도착하자 지연에게서 전화가 왔다.

"사랑하는 내 친구 이지연!"

[문제아, 너 당장 압구정 MB로 튀어와. 한지로 이 새끼 술 처먹고 너만 찾는다.]

"너 지금, 한지로랑 같이 있어? 걔가 뭐래?"

[술 처먹고 뻗은 애가 뭐라고 해. 얼른 오기나 해.]

저절로 안도의 한숨이 새어 나왔다. 그래도 생각보다 입이 무겁네, 한지로.

지연의 성격상 첫사랑 한도준이 돌아온 걸 알면 아마도 난리가 날 것이다. 그걸 상대하고 모든 걸 털어놓을 생각을 하니 벌써부터 머리가 지끈거렸다.

"지연아, 나 너무 피곤해서 그런데 우리 다음에 보면 안 될까? 그리고 나, 어떤 이유로라도 클럽은 별로 안 가고 싶어."

[나도 지금 여행에서 돌아오자마자 쉬지도 못하고 지로한테 불려 나왔거든?]

"넌 지로랑 놀아주고 집에 가서 쉬면 되잖아. 난 내일도 출근해야 되거든? 그것도 아침 일찍."

[그래서 못 오겠다?]

"못 가겠다는 게 아니라 다음에 보자는 거지."

[그럼 하나만 묻자. 너 다니는 회사 사장이 진짜 이준 오빠야?]

하마터면 손에서 휴대 전화를 떨어뜨릴 뻔했다. 한지로 이 자식, 입 무겁단 말 취소다! 잠시 생각에 잠기긴 했지만 결론은 빨리 났다. 어차피 지연도 알아야 할 일이니까.

"나 지금 바로 갈게."

MB에 도착하자 입구에 버티고 서 있는 문지기가 단정한 오피스룩 차림의 제아를 못마땅한 듯 응시했다. 통과를 시켜 말아 고민하는 눈치였다. 때마침 지연이 구세주처럼 나타났다. 완벽한 풀 메이크업에 붉은색의 시스루 레이스 원피스를 입은 지연은 파티의 여왕답게 오늘도 화려했다. 지연을 따라 룸에 들어가자 테이블에 이마를 박고 있는 지로가 보였다.

"한지로, 야! 한지로!"

힘겹게 머리를 든 지로가 흐릿한 초점을 맞추곤 제아를 열렬하게 반겼다.

"어? 제아다! 나의 제아."

지로의 주량을 알기에 그가 얼마나 마셨을지 상상이 되자 제아는 마음이 무거워졌다.

"문이준한테 안 가고 나한테 와준 거야? 제아야, 알지? 다른 여자들 그거 다 아무것도 아니야. 나 너밖에 없다. 그러니까 그 새끼한테 가지 마. 응?"

횡설수설하며 제아를 품에 안으려 팔을 벌리는 지로의 이마를 제아가 가볍게 툭 밀자 그대로 소파로 쓰러졌다. 늘씬한 다리를 꼬고 앉은 채 둘을 지켜보던 지연이 말했다.

"한지로가 한 말이 뭔지 이제 제아 네가 말해봐."

"이준 오빠가 돌아왔어. 한도준이란 이름으로, 우리 회사 사장님으로."

부연 설명은 없이 핵심만 간단하게 말했다. 지연은 한참 동안 말이 없었고, 제아는 차분하게 기다려주었다. 복잡한 생각이 드디어 정리가 되었는지 지연이 마침내 입을 열었다.

"다 이유가 있으니 네가 나한테 숨긴 거겠지. 그래, 그건 다 이해할 테니까 그 대신……."

"넘보지 마."

지연이 무슨 말을 할지 불 보듯 뻔하기에 제아가 단호하게 말을 끊었다.

"문제아, 나 아직 아무 말도 안 했거든?"

"오빠 넘보려는 거잖아. 안 된다구."

"왜 안 되는데? 이제 이준 오빠가 제일 그룹 손자라서 그래? 그건 걱정하지 마. 우리 아빠 회사 중소기업이어도 꽤 알아주잖아. 그리고 네가 이준 오빠 많이 원망하고 미워하는 거 알겠는데 그것 때문에 내가 사랑을 포기할 순 없잖아. 너도 알지? 내가 이준 오빠를 얼마나 좋아했는지."

"네가 생각하는 그런 이유 아니야. 내가 오빨 사랑해. 그래서 안 돼."

"나도 당연히 알지. 이준 오빠랑 너 진짜 유별났잖아."

제아가 입에 담은 '사랑'이란 의미를 다르게 해석한 듯 지연은 덤덤하게 술잔을 입으로 가져갔다.

"오빠가 아니라 남자로서 사랑해. 그래서 친구한테도 양보해주기 싫다는 거야."

"풉, 컥컥!"

얼마나 놀랐는지 지연은 입에 머금었던 술을 입 밖으로 뿜어버렸다. 무슨 말을 하려는 듯 입술을 달싹이는 지연의 말을 제아가 다시 가로챘다.

"한지로처럼 더럽다는 말이나 할 거면 입 다물어. 오빠랑 나 피 한 방울 안 섞였으니까. 너까지 그렇게 취급하면 나 정말 힘들어."

그제야 지연의 입에서 탄식이 흘러나왔다.

"맙소사. 그래서 한지로가 저 꼴이구나. 근데 이준 오빠? 오빠도 네가 좋대? 제일 그룹 후계자가 될지도 모르는 몸인데 그런데도 평범한 네가 좋다고 하더냐구."

대답 대신 조용히 고개를 끄덕이는 제아를 보던 지연이 갑자기 미간을 확 좁혔다.

"잠깐. 설마 둘 다 남매였을 때부터 그랬던 거야?"

"과거가 중요하진 않잖아. 지금이 중요할 뿐이지. 시기는 정확히 몰라."

"그래도 내가 오빠 좋다고 하면 어쩔 건데?"

"머리채 잡고 싸우기라도 할까? 그걸 원해?"

"우리가 애니? 몸싸움 벌이게. 당당하게 페어플레이 하자는 거지. 나한테도 기회는 줘야 할 거 아니야."

"해볼 테면 해보던지."

"불안하지 않아?"

"내가 왜 불안해. 오빠가 넘어갈 일은 없는데. 독한 말 듣고 울지나 마, 이지연."

결국 지연은 쿨한 성격답게 철저하게 적응하기로 했다. 생각해보니 옛날부터 제아에 대한 도준의 집착과 소유욕이 예사롭지 않았었다. 단순하게 과한 시스터 콤플렉스를 가지고 있는 줄 알았는데 그게 사랑이었다니. 게다가 지금은 모든 걸 갖춘 완벽한 남자가 되었는데도 제아가 좋다고 했다는 건 해보나 마나 진 게임이고, 이기지 못할 게임에 괜히 힘 빼기도 싫었다.

"오르지 못할 나무 안 쳐다보는 게 내 신조지. 오빠랑 예쁜 사랑 해. 응원해줄 테니까."

포기했다는 듯 지연이 두 손을 들어 보였다.

"이지연, 고마워."

"뭐가?"

"한지로처럼 욕 안 해줘서."

"왜 욕해? 젊은 남녀가 서로 좋아하는 건 당연한 거지. 이준, 아니 도준 오빠 사진이나 보여줘봐. 그 얼굴이 어떻게 변했는지 궁금해 죽겠으니까."

잠시 망설이던 제아는 휴대 전화를 꺼내서 지연에게 내밀었다. 아직 고백에 대한 대답을 한 것도, 정식으로 애인 사이가 된 것도 아닌데 왜 이렇게 수줍고 마음은 또 설레는지. 연인을 친구에게 보여주는 기분을 제아는 처음으로 만끽하고 있었다.

"대박! 이게 남신이야, 인간이야? 남자 나이 30살 넘으면 아저씨라고 누가 그런 거야? 사진 괜히 봤네, 한도준이란 남자 욕심 나 죽겠네."

휴대 전화를 휙 던진 지연이 갑자기 항상 들고 다니던 메이크업 박스를 들더니 화장을 고치기 시작했다.

"제아 너는 한지로 책임지고 집에 데려다줘. 너 때문에 애가 이 꼴이니까."

"넌 어디 가게?"

"이준 오빠 임자 있으니 난 다시 부킹 가야지."

화장을 고치고 향수까지 다시 뿌린 지연은 손을 흔들며 룸에서 나가버렸다. 그제야 제아는 인사불성이 된 지로를 보았다.

"휴, 내가 진짜 한지로 너 때문에 못살아."

정말 미안해. 그리고 고마워, 한지로.

Episode 13

한 남자를 향한 유혹, 그리고 도발

"주차장에 있는 차까지만 부탁드릴게요."

웨이터 두 명의 도움을 받아 지로를 데리고 룸에서 나오는 제아의 앞을, 불쑥 튀어나온 지연이 가로막았다. 그러곤 제아에게 어떤 말도 없이 웨이터들에게 다시 지로를 룸으로 데리고 가라고 했다. 몇 분 만에 다시 소파 위로 늘어진 지로에게서 시선을 뗀 제아가 지연에게 인상을 썼다.

"이지연, 너 진짜 왜 그래? 안면도 없는 웨이터한테 내가 얼마나 어렵게 부탁한 건데 그걸……."

말을 하던 제아는 문득 지연의 표정이 이상하다는 걸 깨달았다.

"이지연, 너 무슨 일 있어? 표정이 왜 그래?"

멍한 눈으로 잠시 천장을 바라본 지연이 제아에게 다가와 손을 내밀었다.

"문제아, 네 휴대 전화 화면 보호기 좀 풀어서 다시 줘봐."

휴대 전화를 받아 든 지연은 조금 전 제아가 보여주었던 도준의 사진을 찾아내 뚫어지게 응시했다.

"나 방금 이준 오빠 본 것 같아."

"무슨 소리야. 오빠 지금 해외 출장 가서 안 돌아왔어. 네가 잘못 본 거겠지."

"문제아, 이준 오빠 같은 외모가 흔하다고 생각해?"

"……"

"내 눈썰미 기가 막힌 거 너도 알잖아. 확실하다니까? 분명 이준 오빠였어. 그 얼굴에 그 몸매, 그리고 그 분위기. 절대 다른 남자일 리가 없어."

가만히 생각해보니 지연의 말이 맞다. 대답이 없는 제아를 바라보며 지연이 한 자, 한 자 힘주어 말을 이었다.

"이준 오빠, 엄청 쭉쭉빵빵 미녀랑 같이 있었어."

그게 사실이라고 해도 도준에 대한 믿음은 변함이 없었다. 다만, 출장에서 돌아왔는데 왜 연락하지 않은 걸까. 고백에 대한 대답이 궁금하지 않나 보다.

"어디서 봤는데?"

"4층 라운지 룸. 쭉쭉빵빵한 여자랑 룸으로 들어가는 거 내가 봤어. 두 눈으로 똑똑히."

확신에 찬 지연의 표정은 제아를 불안하게 만들었다.

"내가 두 눈으로 직접 봐야겠어."

정말 도준이 맞다면 왜 그랬는지 직접 물어볼 것이다. 제아가 자리에서 벌떡 일어나자 지연이 손목을 잡았다.

"야, 넌 못 가!"

"왜 못 가?"

지연이 답답하다는 듯 소리쳤다.

"몰라서 물어? 라운지 룸은 룸 잡는 데만 200만 원이야! VVIP를 위한 프라이빗 룸이라고. 그런데 너 같으면 회사에서 퇴근한 차림의 생판 처음 보는 여자를 통과시켜주겠어? 지금 네 꼴로 가면 4층 지키고 있는 가드들한테 바로 문전 박대야!"

아……, 작게 입을 벌린 제아의 시선이 갑자기 지연에게로 향했다.

"이지연, 나랑 옷 좀 바꿔 입자."

지연은 단번에 눈살을 구기며 거부를 했다.

"미쳤어? 나보고 그런 꼬리꼬리한 옷을 입으라고?"

"단정한 오피스룩 차림이 왜 꼬리꼬리해? 그것도 남자들의 로망인 비서룩 콘셉트인데!"

"그럼 너나 비서 해! 난 곧 죽어도 네 옷 입기 싫으니까."

"그럼 진짜 한번 죽어볼래?"

물러남 없는 제아의 살벌한 눈빛에 지연은 흠칫했다. 얌전한 고양이 같다가도 발톱을 세우면 얼마나 앙칼진지 알기에 말이다.

"어휴, 성질머리하고는! 알았어. 해주면 될 거 아니야!"

룸 안에 있는 화장실에서 서로의 옷을 바꿔 입고 나온 지연이 언제 그랬느냐는 듯 메이크업 박스를 들고 제아에게 손짓했다.

"화장은 내가 해줄게. 너보단 메이크업 배운 내가 낫지 않겠어? 이준 오빠가 바람 피운 거 후회하도록 내가 완벽하게 헤어까지 세팅해줄 테니까."

"바람피운 거 아니라니까? 오빠 절대 그럴 남자 아니야."

"네가 남자에 대해 얼마나 안다고 자신해? 세상에서 제일 믿지 못할 존재가 바로 남자거든, 이 바보야. 그것도 오빠처럼 잘난 남자들은 더더욱."

"절대 그럴 일 없어."

지연의 말에도 도준을 향한 제아의 믿음은 조금도 흔들리지 않았다.

"그러니까 제대로 변신이나 시켜줘, 이지연."

어떻게든 4층을 통과해야 나의 늑대를 사냥하러 갈 수 있으니까.

이제 몇 차인지 세는 것도 무의미해졌다. 도준은 벌써 이틀째 잠 한숨 자지 못하고 일리안의 한국에서의 음주 가무를 책임지고 있었다. 인호는 하루도 채 버티지 못하고 항복을 선언한 후 사라졌다. 홀로 남은 도준은 일리안의 술 상대를 하고 있었지만 그도 사람인지라 몸의 한계를 느끼고 있는 중이었다. 마음 같아선 술판을 엎어버리고 당장 달려가 제아의 대답을 듣고 싶었지만 그럴 수가 없었다. 여자들의 로망이라는 그걸 어떻게든 손에 넣어야만 했으니까.

도준은 제 옆에 바짝 앉아 있는 일리안을 괴물 보듯이 바라보았다. 무슨 여자가 이렇게 체력도 좋고 주량도 무한대인지. 시선을 느꼈는지 일리안이 붉은 입술을 탱탱하게 당기며 미소를 지었다.

"어머, 제이드. 벌써 지친 거 아니지? 나보다 먼저 쓰러지면 네가 부탁한 거 바로 쓰레기통으로 직행할 텐데."

도발적인 그 한 마디에 도준이 고집스럽게 술잔을 비운 후 다시 그녀에게 내밀었다.

"술이나 따시지."

"호호호! 역시 날 상대할 남자는 제이드밖에 없다니까? 난 이래서 자기가 좋아."

그럴 줄 알았다는 듯 독한 위스키 원액을 도준의 술잔에 넘치게 따르며 일리안이 태연하게 말을 했다.

"요즘 어느 업계에서나 동양인 열풍인 거 알지? 특히 한국 모델들 인기가 어마어마하게 치솟고 있어. 단아한 동양적 마스크에 화려한 서양미가 더해진 한국 여자들, 내가 봐도 매력적이긴 해."

받아 든 술잔을 단번에 입 안에 털어넣은 도준이 살짝 미간을 찌푸리며 일리안의 술잔에 똑같이 술을 넘치도록 따른다.

"돌려 말하는 거 질색이야."

"우리 부킹 좀 하자. 응? 여기까지 와서 우리끼리 노는 거 재미없잖아."

"이틀 내내 실컷 구경했잖아."

"그렇게 구경하는 거 말고. 내 눈앞에 두고 제대로 음미하고 싶단 말이야."

"이미지 관리해. 독특한 취향 소문나서 좋을 거 없으니까."

도준이 따라준 술을 단번에 원샷한 일리안이 호탕하게 웃었다.

"나 못 믿어? 날 못 믿어도 내 비서인 에릭은 믿잖아. 얼마나 능력 좋은 비서인데."

그래도 도준이 꼼짝도 하지 않자 일리안이 구미가 확 당기는 제안을 한다.

"만약 내 취향의 한국 미인을 본다면 제이드 네가 원하는 거 바로 내줄게. 그래도 안 돼?"

그 말이 끝나기가 바쁘게 도준이 호출 벨을 눌렀다.

"성형 미인은 안 돼. 동양미가 느껴지는 최고의 미인들로 데려오도록 해, 지금 당장."

수표를 받아 든 웨이터가 룸에서 나가는 걸 보며 도준은 간절히 바랐다. 지긋지긋한 이 거래를 끝내줄 눈에 확 띄는 미인을 웨이터가 찾아내서 데려와주기를. 그리고 수표의 효과는 아주 빠르게 나타났다.

이제 겨우 10분밖에 안 지난 것 같은데 노크 소리와 함께 문이 열리고 여자들의 힐 소리가 도준의 귀를 어지럽게 했다.

"최고의 미인들로 데리고 왔습니다!"

어차피 여자에겐 관심이 없었기에 도준은 시선조차 틀지 않았다. 일리안의 표정만 뚫어지게 주시할 뿐. 반짝이는 일리안의 눈이 가장 오른쪽에서부터 왼쪽으로 서서히 움직인다. 그러다가 딱 어느 한곳에서 멈추었다.

반짝이는 눈빛, 올라가는 입꼬리.

흐뭇한 음성이 가늘게 흘러나왔다.

"아름다워."

마음에 드는 미인을 발견했다는 뜻이리라. 드디어 일리안과의 지독한 시간을 끝날 때가 온 것이다. 일리안을 사로잡은 여자는 확실히 보기 드문 분위기를 가지고 있는 미인이었다. 강렬한 레드 컬러의 원피스 때문인지 새하얀 피부가 유난히 돋보였다. 쌍꺼풀이 없는 큰 눈과 오밀조밀한 이목구비는 동양적이었고 쭉 뻗은 팔다리와 터질 것 같은 볼륨감을 드러내는 몸매는 서양적이었다. 하지만 도전적인 여자의 눈빛과 부딪친 순간, 도준의 입에서 본능적으로 나직한 음성이 흘러나왔다.

"……문제아."

대체 네가 왜……. 믿기지 않는 상황에 그답지 않게 이성이 송두리째 흔들렸다. 꾹 다물고 있는 촉촉한 입술과 달리 제아의 눈빛은 날카롭게 그에게 질문을 퍼부어댄다. 왜 돌아왔는데 연락하지 않았냐고, 찾아오지 않았냐고, 고백에 대한 대답이 듣고 싶지 않은 거냐고.

"미치겠군."

제아의 시선을 피한 도준은 작게 중얼거리며 신경질적으로 머리를 쓸어 올렸다. 그런 도준의 반응을 회피라고 생각한 제아의 눈에서 스파크가 튀었다.

그제야 도준에게서 떨어진 제아의 시선이 룸 내부를 차분하게 훑었다. 룸 한쪽에 마련된 미니 수영장, 한쪽 벽면 전체를 차지하는 커다란 스크린 화면은 클럽 내부를 다양한 각도로 비추고 있었다. 마음에 드는 이성을 단번에 집어낼 수 있을 정도로 또렷하고 정확하게. 게다가 소파 옆에 짝으로 쌓여 있는 박스를 보니 이곳에서 꽤 오랫동안 유흥 파티를 벌였다는 걸 알 수 있었다. 하나같이 젊고 세련된 룸 안의 남녀들. 지연의 말대로 도준이 방금 전까지 시선을 떼지 못하고 있던 여자는 화려했고 아름다웠다.

'이래도 날 모른 척하고 있나 보겠어, 한도준 씨.'

제아는 제일 가까이 있는 금발 머리의 남자에게 눈을 곱게 휘며 유혹적인 미소를 날렸다. 그 미소에 담긴 유혹을 알아차렸는지 남자가 답으로 그녀에게 손을 내밀었다.

"레이디."

남자에게 제아가 손을 느릿하게 뻗는 찰나…….

"에릭, 그 여자는…… 제이드!"

상석에 앉은 여자의 날카로운 소리와 함께 빠르게 몸을 일으켜 다가오는 도준이 보였다. 남자의 손을 잡기도 전에 도준이 제아를 낚아채 제 품으로 끌어당겼다. 코 속으로 훅 스며드는 그립고 그리웠던 도준의 은은한 향에 그녀의 심장이 두근거렸다. 내리깐 시선 아래, 새하얀 와이셔츠에 가려진 단단한 가슴이 거칠게 들썩였다. 야하게 드러난 제아의 어깨 위로 도준의 재킷이 내려앉았다.

"이 숙녀분은 내가 데리고 가지."

갑작스러운 행동에 놀란 일행들을 뒤로한 채 도준은 제아를 품에 끌어안고 룸을 나왔다. 문이 '탁' 닫히자마자 서로가 서로를 마주 보았다.

"문제아, 대체."

"오빠는 왜."

동시에 트인 말문. 서로의 말이 꼬여버렸다. 곧이어 서로의 입술 사이로 한숨이 흘러나왔다. 도준의 긴 손가락이 잠시 감은 눈언저리를 어루만질 때 제아는 버릇처럼 아랫입술을 잘근잘근 깨물었다.

"우선 따라와."

하지만 발걸음을 떼기도 전에 룸의 문이 열리면서 농밀한 장미 향이 훅 풍겨왔다. 도준의 옆에 앉아 있던 여자의 반짝이는 눈빛이 제아에게 잠시 머물렀다 이내 도준에게로 향했다.

"제이드."

한국말이 분명한데 뭔가 세련된 억양이었다.

그런데, 제이드?

"내 마음 알면서 이런 짓을 하다니. 너무한 거 아니야?"

서운함 가득한 말투로 칭얼거린 여자가 묘한 시선으로 제아를 바라보며 붉은 입술을 다시 연다.

"두 번 말 안 해. 난 절대 양보 안 해. 그렇게 알아."

단단히 화가 난 일리안의 말투에 제아는 본능적으로 느꼈다. 분명 둘 사이에 무언가가 있다. 자신이 알지 못하는. 충격에 일렁이는 제아의 눈동자와 고집스러운 여자의 눈동자가 동시에 한 남자에게 꽂혔다.

"복도 끝 오른쪽에 테라스 있어. 거기 가 있어. 금방 갈게."

그 말을 마지막으로 도준은 신경질적으로 여자를 다시 룸 안으로 밀어 넣었고, 문이 닫히기 전 단호한 여자의 경고가 제아에게도 들려왔다.

"나한테 있는 거 갖고 싶으면 저 여자 포기해."

휘청이는 걸음으로 제아가 어디론가 가버린 것도 모른 채 도준은 만만치 않은 상대를 노려보았다. 다른 사람은 간담이 서늘해지는 그 눈빛에도 풍만한 가슴에 단단히 팔짱을 낀 일리안은 당당하게 그 눈을 맞받아쳤다. 두 회사 보스들의 신경전에 흥청망청 즐기던 디자이너들은 얼어붙었고, 룸 안의 분위기는 싸늘하게 냉각되었다. 일리안의 손짓 한 번에 기다렸다는 듯 디자이너들이 우르르 룸에서 빠져나갔다.

"저 여잔 안 돼."

도준의 단호한 한마디에 일리안이 12cm의 킬힐로 신경질적으로 바닥을 쿵쿵 울렸다.

"왜? 도대체 왜? 저 여자 딱 내 취향이란 말이야. 한 번 보고 두 번 봐도 흔한 마스크가 아니라고! 제이드 너 좋아하는 여자 있다면서. 응? 그 많은 여자들 거절하면서 나한테 그랬잖아. 몸 따로 마음 따로 노는 그런 나쁜 놈 아니라고. 그러니까 저 여자 양보해. 그럼 내 가방에 있는 그거 바로 줄 수 있어. 아니면 거래 종료라구. 그래도 양보 못 하겠어?"

웬만해선 감정을 드러내지 않는 도준이었지만, 지금 상황만
큼은 짜증이 났다. 일이 꼬여도 어떻게 이렇게 꼬일 수가 있는
지. 왜 하필이면 일리안의 눈에 제아가 들어와버렸는지.

"우리, 이러지 말자. 너와 나, 훌륭한 파트너이자 친구잖아?"

도준의 침묵을 고집스러운 거절로 받아들였는지 일리안이
작게 한숨을 내쉬며 쿨하게 다시 말을 했다.

"오케이, 좋아. 그럼 그 여자 공유해. 먼저 실컷 즐기고 질리
면 나한테 보내. 대신 나 돌아가기 전에 보내야 하는 거 알지?
이 이상은 양보 못 해."

"대체 어디서 나오는 자신감이지?"

"……?"

"한국은 프랑스처럼 취향이 독특한 여자가 드물어."

"제이드, 나 부동산 재벌 윌리엄 맥리의 외동딸 일리안 맥리
야. 지금까지 내 눈을 즐겁게 한 여자들이 모두 취향이 독특
했을 거라고 생각해? 아니야. 그런데도 내가 마음껏 즐긴 이
유? 그건 바로 돈이야. 몇 시간만 참으면 거금을 쥐여주는데
어떤 여자가 싫다고 할까. 나처럼 재벌이 아닌 이상. 그리고 기
가 막히게 뒤처리를 하는 나의 에릭이 있잖아."

일리안이 별 걱정을 다한다는 듯, 자신만만한 미소를 지어
보였다. 여자인데도 남자보다도 호탕하고 화끈한 그녀는 유일
하게 그에게 흑심을 품지 않은 여자였고, 사업적으로도 도움
이 될 만큼 강력한 인맥을 가지고 있었다. 그리고 인호를 제
외한 유일한 친구라고 해도 과언이 아닐 만큼 마음도 잘 통했

다. 그런데 난생처음으로 그녀와 친구인 게 후회가 되었다.

빌어먹을!

"그 여자가 반지 주인이야."

"……뭐?"

말도 안 된다는 듯 일리안이 긴 속눈썹을 빠르게 깜빡였다. 하지만 이내 호탕한 웃음을 터뜨렸다.

"맙소사. 우리 마음만 통하는 게 아니라 취향도 통하나 보네. 아쉬워라."

일리안이 아쉬운 표정을 지으며 입맛을 다시자 도준이 눈살을 확 찌푸렸다.

"제아를 상대로 쓸데없는 상상하지 마. 생각만으로도 기분 더러우니까."

"오케이, 알겠어. 그런데 이를 어쩌지? 천하의 제이드를 사로잡은 네 여자. 나는 그렇다 쳐도 다른 남자들이 쓸데없는 상상을 할 것 같은데. 그것도 아주 야하게 말이야."

도준의 뒤쪽에 위치한 스크린을 응시하는 일리안의 얼굴은 재밌어 죽겠다는 표정이었다. 도준이 불안감에 돌아서자 커다란 스크린 속에 테라스에 있어야 할 제아가 보였다.

수많은 사람들 틈에 섞여 있는데도 제아는 아주 또렷하고 치명적인 존재감을 드러냈다. 타이트한 붉은 원피스, 뇌쇄적으로 흔들리는 선이 고운 몸짓, 고혹적으로 내리깔았다 치켜뜨는 눈빛이 도전적으로 화면을 응시하고 있었다.

곧이어 룸의 문이 거칠게 열리고 닫히면서 일리안은 룸 안에 혼자 남았다.

"세컨드 따위, 절대 안 해."

야릇한 어둠과 뿌연 안개로 가득 찬 스테이지에 홀로 선 제아의 입술 사이로 흘러나온 혼잣말이었다. 테라스로 가기 전화장실에 들렀다가 우연히 엿들은 대화가 떠올랐다.

―남녀 사이에 친구 사이가 어디 있어? 그것도 대놓고 잘난 남녀 사이에. 이사님이 그러셨잖아. 한 사장님이 최고의 신랑감이고 결혼은 곧 사업이라고. 딱 보면 몰라? 결혼 생각이 있으니까 사업을 그렇게 도와주는 거지. 재력이나 권력으로 따지면 우리 이사님이 한 사장님보다 훨씬 위지.

―맞다. 이제 보니 한 사장님이 회사 방문하고 나서 이사님이 급하게 리미티드 반지 한 쌍을 직접 세공했잖아. 딱 봐도 프러포즈용이던데?

―설마, 한 사장님한테 프러포즈하려고 우리까지 끌고 한국 쫓아온 거 아니야? 근데도 한 사장님은 대놓고 다른 여자랑 바람피우려는 거고?

―재벌들은 결혼 따로 연애 따로인 거 몰라? 재벌가 남자들 다 세컨드 숨겨놓잖아. 한 사장님이라고 별수 있겠어?

그 대화를 잊기 위해 독한 술을 들이켠 제아는 무작정 스테이지에 올랐다. 쿵쾅거리는 음악에 몸을 흔드는데도 그 대화가 자꾸만 귓가를 앵앵거렸다. 분명 말 못할 사정이 있었을 거야. 그럼에도 제아는 여전히 도준을 믿고 있는 자신이 대단하기까지 했다.

하지만 그런 제아를 벼랑으로 내모는 건 바로 지독한 현실이었다. 제일 그룹의 후계자가 될 남자, 그런 엄청난 남자의 곁에 남으려면 그늘 속에 몸을 숨긴 채 세컨드가 되어야만 하는 걸까? 그게 정말 나를 위한 거고 그를 위한 걸까? 흐릿해진 제아의 눈이 현란한 조명을 뿌려대는 천장으로 향했다.

천장과 상층 곳곳에 달린 CCTV가 보였다. 도준과 그 여자가 있을 룸 안 스크린에 제 모습을 비추어줘. 때마침 '트러블 메이커'라는 노래가 흘러나왔다. 지금 이 순간, 너무도 마음에 와 닿는 가사였다.

니 눈을 보면 난 Trouble Maker

니 곁에 서면 난 Trouble Maker

조금씩 더 더 더

갈수록 더 더 더

이젠 내 맘을 나도 어쩔 수 없어

니가 나를 잊지 못하게 자꾸 니 앞에서 또

니 맘 자꾸 내가 흔들어 벗어날 수 없도록

니 입술을 또 훔치고 멀리 달아나버려

난 Trou a a a ble! Trouble! Trou! Trouble Maker!

스테이지를 비추는 CCTV가 도준이라도 되는 듯 제아는 지독하게 타올랐다. 한 남자를 향한 지독한 유혹과 도발, 자극을 담은 몸짓과 눈빛으로. 그가 보고 있다면 질투심에 사로잡혀 다시 나타나주기를 바라며. 끊임없이 뻗어오는 늑대들의 손길을 교묘하게 피하면서도 눈으로 누군가를 찾지만 도준은 보이지 않았다.

술기운이 퍼진 건지 힘이 빠진 건지, 몸이 축 늘어지는 잠깐의 순간 능글맞은 남자의 손이 제아의 허리를 휘감았다. 지독한 술 냄새와 향수 냄새. 제아가 신경질적으로 그 손을 뿌리치기도 전에 달라붙은 손이 사라졌다. 깜짝 놀라 돌아서자 손으로 코를 감싼 채 남자가 바닥에 널브러져 있었다.

짧은 비명이 여기저기서 터져 나왔지만 시끄러운 음악 소리에 묻혀버렸다. 마스카라로 바짝 치켜 올린 풍성한 속눈썹 사이로 폭발할 듯 타오르는 도준의 눈빛이 심장을 살벌하게 긁어내렸다.

잡아먹을 듯 포악한 기세로 제아에게 다가선 도준이 부러질 듯 야들거리는 그녀의 손목을 확 끌어당겼다. 밀착된 몸처럼 제아의 귓가에 바짝 달라붙은 그의 입술은 잔뜩 자극을 받아 뜨거운 숨을 토해냈다.

"문제아, 이번 자극 아주 제대로 먹혔어."

이번만큼은 호락호락 넘어갈 생각이 없다는 뜻이었다.

"그러니 내가 다시 돌아올 때까지 잘 생각해봐."

이토록 그를 미치게 하는 여자는 다시 태어나도 없을 거라 생각하면서.

"나를 미치게 한 네 속마음, 기꺼이 들어줄 테니까."

그래서 다시는 이런 발칙한 자극 따위 하지 못하도록, 제대로 옭아매줄 생각이다.

틀어잡힌 손목이 자유를 찾자 제아는 멍한 시선으로 빠르게 도준의 뒷모습을 바라보았다. 긴 다리로 계단을 올라 복도로 향하는 도준의 뒤를 따라가는 그 여자가 보였다. 딱 봐도 느껴지는 도준의 한계치, 더 이상 그를 자극하면 안 된다는 걸 알면서도 가만히 있을 수가 없었다. 누가 먼저 자극했는데!

"제일 독한 거 한 잔 주세요."

바의 바텐더에게 받은 술잔을 입 안에 털어 넣었다. 불덩이가 식도를 타고 흘러내리는 고통마저 이겨낸 제아는 손등으로 젖은 입술을 슥, 닦아냈다.

지렁이도 밟으면 꿈틀한다구!

잘못한 건 그녀가 아닌 도준이다. 출장에서 돌아왔는데도 연락하지 않고 술 파티를 벌인 건 도준이니까. 어떤 이유로라도 연락 없이 그래서는 안 되는 것이다. 무엇보다 끝까지 거부하며 버티던 자신을 흔들어놓은 건 바로 도준이었으니까.

"흔들어놨으면 책임을 져야지, 한도준 씨."

도준이 사라진 방향으로 향하는 제아의 걸음이 야무졌다. 차가운 밤공기가 스며드는 테라스로 나가자 새하얀 셔츠만을 걸친 길고 유려한 도준의 뒷모습이 보였다. 새하얀 셔츠처럼 그의 위로 피어오르는 새하얀 담배 연기와 그의 옆에 찰싹 달라붙은 그 여자도. 도준의 옆자리를 당당하게 차지할 뒷배경

빵빵하고 외모 빵빵한. 그 여자의 손에는 고급스러운 케이스가 들려 있었다.

　—이제 보니 한 사장님이 회사 방문하고 나서 이사님이 급하게 리미티드 반지 한 쌍을 직접 세공했잖아. 딱 봐도 프러포즈용이던데?

　우연히 들었던 대화 내용을 떠올린 제아의 눈매가 앙칼지게 곤두섰다. 제아가 바로 뒤까지 다가온 줄도 모른 채 도준은 숨통을 조이는 것 같은 넥타이부터 거칠게 잡아당겼다. 그러곤 급하게 담배를 찾았다. 독한 담배 연기가 독처럼 사르르 몸 안에서 퍼져나가자 제어되지 않는 광기가 그나마 조금씩 가라앉는 것 같다.

　문제아. 유일하게 그를 미치게 하는 여자.

　이 담배 한 개비로 우선 진정을 시킨 후에 대체 무슨 생각으로 그런 위험한 도발을 한 건지 꼭 듣고야 말리라. 진정시키지 않으면 당장에라도 아무 룸으로 끌고 들어가 범해버릴 것만 같았다. 온몸에 내 것이라고 각인을 새길 것 같았다.

　"제이드."

　바로 뒤에까지 다가온 일리안의 부름에도 그는 돌아보지 않았다.

　"나 무시하면 이거 그냥 던져버린다?"

　한다면 하는 여자이기에 도준이 마지못해 돌아섰다. 몽롱하게 흩어지는 담배 연기 사이로 비치는 도준의 모습을 몽롱하게 바라보던 일리안이 갑자기 미묘한 미소를 지었다.

"왜 이렇게 섹시하게 날 쳐다보실까. 독특한 내 취향 바꾸고 싶게."

"그 취향 변하지 마라."

"······뭐?"

"변하면 친구 사이도 끝이니까."

"내가 그 정도밖에 안 되는 우정이야?"

"그 정도 우정이라서, 시답잖은 거래에도 맞장구쳐줬어."

그제야 이해가 된 듯 생긋, 웃음을 흘린 일리안이 도준에게 케이스를 내밀었다.

"굳이 어려운 사랑을 하시겠다니, 나라도 응원해줘야지 어쩌겠어."

도준은 리미티드 일리나라고 새겨진 고급스러운 반지 케이스를 선뜻 받지 않았다. 부탁을 흔쾌히 들어줘놓고 심술궂게 거래를 제안하며 반지를 내주지 않던 일리안이었으니까.

"원하는 걸 말해."

"처음부터 원하는 건 없었어. 제이드도 나처럼 사랑 같은 거 영영 못 하는 인간인 줄 알았거든."

"······."

"왠지 배신당한 느낌이라 심술 부려본 것뿐이야."

도준의 손이 일리안이 내민 반지 케이스를 받으려던 그때였다.

"받기만 해봐!"

불쑥 끼어든 앙칼진 음성이 반지 케이스를 받으려는 도준의 손을 멈추게 했다. 테라스 입구에서 빠른 속도로 다가오는 제아를 보자마자 도준의 입에서 다시 한숨이 새어 나왔다. 문제아는 정말 단 한순간도 그의 말을 제대로 들어준 적이 없었다. 담배 한 대 피우며 분노를 가라앉힐 여유조차 주지 않은 채 이번엔 또 어떤 상상력을 품고 쫓아왔는지. 그런데 제아는 도준이 아닌 일리안의 앞에 꼿꼿하게 마주 섰다.

"저 누군지 아시죠?"

잠시 놀라긴 했지만 일리안은 흥미롭다는 듯 제아와 눈을 마주쳤다. 자신의 취향을 저격한 여자의 미모도 미모였지만, 한도준을 사로잡은 여자가 궁금하기도 했으니까. 노골적으로 파고드는 여자의 자신감 있는 눈빛에도 제아는 흔들리지 않았다. 쥐뿔도 없다고 제 남자를 지킬 권리조차 없는 건 아니니까. 가까이서 본 여자의 미모는 더 눈이 부셨지만 제아는 물러설 생각이 추호도 없었다. 일리안이 짧게 고개를 끄덕이자 그래도 조금은 안심했다. 거짓말 같은 거 하지 않는 도준이니까 분명 사랑하는 여자라고 알려주기는 했겠지. 잠시 갈등이 일긴 했지만 그것도 잠시뿐, 이제 모든 행동엔 책임이 따른다는 걸 보여줄 차례였다.

"나는 세컨드 따위 절대 안 해."

시선은 일리안에게 향했지만 흘리는 말은 도준을 향한 것이었다.

"그러니까 선택해."

뻗은 손끝에 그답지 않게 흐트러진 넥타이가 걸렸다.

"이 여자인지."

제아는 넥타이를 휘어잡아 제게로 확 잡아당겼다.

"나인지."

선택은 철저하게 도준의 몫이었다. 까치발을 든 제아는 도준의 얼굴과 어깨의 경계선 어딘가로 오차 없이 파고들어 그곳을 확 깨물어버렸다. 입술 각인이 한도준의 방식이라면 목에 잇자국을 남긴 건 그녀만의 방식이었다. 지극히 동물적인 방법을 쓰긴 했지만 어쩌겠는가. 이게 나란 여자인데.

아픈 신음 하나 흘리진 않았지만 얼떨결에 목을 물려버린 도준의 얼굴에 당혹스러움이 번졌다. 그러건 말건, 새침하게 핑그르르 몸을 돌린 제아는 더욱더 자신감 있게 일리안을 바라보았다.

"이 남자, 내가 실컷 여기저기 깨물어놓았거든요. 그래도 이 남자 갖고 싶으면……."

"……?"

"세컨드는 그쪽이 해요."

생긋 웃음까지 날린 제아는 빠른 걸음으로 테라스를 빠져나갔다.

쾅―!

문이 닫히는 소리에 먼저 정신을 차린 건 일리안이었다. 도준의 새하얀 목에 새겨진 선명한 잇자국에 그녀가 배꼽을 잡고 한참을 웃어대다 겨우 입을 열었다.

"네 여자 앙칼진데? 보통이 아니야. 성격도 마음에 들어 미치겠네. 그나저나 대체 어디어디를 깨물린 거야?"

목에 남아 있는 아릿한 통증이 도준의 심장을 저릿하게 만들었다. 이러니 미치지 않을 수가 있나. 웬만해선 당황하지 않는 그였지만 유일한 예외는 항상 제아였다. 항상 계산할 수 있는 범위를 벗어났지만 오늘은 아주 제대로 어긋났고 벗어나버렸다. 이젠 더 망설일 필요도 없다. 어찌 되었든 제아가 목에 남긴 아릿한 상처는 고백에 대한 대답이나 마찬가지였으니까.

일리안에게서 반지를 받은 도준은 서둘러 테라스를 벗어났다. 고삐 풀린 앙칼진 고양이가 더한 짓을 저지르기 전에 해야 할 게 많았다. 오해도 풀고, 고백에 대한 대답도 듣고, 이 모든 사건의 원흉인 반지도 끼워줘야 하니까.

복도 끝, 어깨를 축 늘어뜨린 채 힘없이 걸어가는 제아의 가녀린 실루엣이 도준의 눈에 포착되었다. 야무지게 자극할 땐 언제고 이렇게 어설퍼서야. 그런데 그 모습마저도 사랑스러워 미치겠다.

"휴…… 내가 미쳤지, 미쳤어."

제아는 작게 중얼거리면서 걸음을 멈추고 시선을 내렸다. 오랜만에 신어보는 킬 힐에 가는 발목이 자꾸만 꺾인다. 변신이고 뭐고, 이제 본모습으로 돌아가라는 신호라도 주는 것처럼. 힐을 벗어 양손에 들고 덜렁덜렁 흔들며 고급스러운 대리석 바닥 위로 새하얀 맨발을 내딛는 그때, 몸이 확 돌려졌다.

"문제아."

잇새로 내뱉는 그의 말투가 꽤 살벌했다.

"정말이지 다양하게 나를 미치게 하는군."

다양하게? 어떻게 다양하게? 제아는 도준의 말이 좋은 뜻인지 나쁜 뜻인지 알 수 없었다. 혹시 중요한 사업을 망쳐버려서 화라도 난 걸까. 조심히 그의 눈을 올려다봤지만 시린 음성과 달리 눈빛은 부드럽게 풀려 있었다. 제아의 손에 들려 있던 재킷을 잡아챈 도준이 다시 어깨 위에 덮어주었다.

"다신 이런 옷 입고 그딴 야한 춤 추지 마. 아니, 이런 곳 자체를 다니지 마."

변함없이 짙게 풍겨오는 제아를 향한 도준의 소유욕.

"이런 곳 자체를 먼저 온 건 오빠잖아. 그것도 여자까지 끼고 술판이나 벌였으면서. 난 오빠를 봤다는 제보를 받고 확인하러 달려왔을 뿐이야."

난 절대 오빠처럼 나쁜 짓 하러 온 게 아니란 말이야.

"오빠는 4층에 있다는데 4층은 통과해야겠고."

도준을 봤다는 지연의 말에 얼마나 속이 탔는지도 모르면서.

"그래서 지연이한테 도움 좀 받아서 변신 좀 했어. 출장에서 돌아온 줄도 모르고 있었는데, 그런 오빠가 여자랑 있다고 하니까……."

그런데 알지도 못하면서 왜 내 탓으로 돌리는 거야! 억울하다는 눈빛으로 쏘아보자 도준이 태연하게 말을 했다.

"계속해봐."

이런저런 말 돌려서 할 필요는 없다. 입만 아프고 그럴 성격도 되지 못하니까. 결국 제아는 깊은 한숨과 함께 최종적으로 하고 싶은 말을 토해냈다.

"그 여자 프러포즈 오케이 했어? 그게 아니면 그 여자가 세컨드 하겠대? 아니면 세컨드를 눈감아…… 꺄악!"

미묘한 눈빛으로 제아를 응시하던 도준이 갑자기 번쩍 들어 올린 바람에 제아의 입에서 하이 톤의 비명이 터져 나왔다. 얼떨결에 그의 목에 팔을 두르면서도 서운함에 제아가 톡 쏘아붙인다.

"그 여자 보면 어쩌려고 안아? 내려줘. 내 발로 걸어갈 수 있으니까."

"미국에서 사귄 친구야. 사업 파트너이자 오랜 친구."

도준은 선을 긋고 있었지만 그게 또 묘한 뉘앙스를 풍겼다. 결혼은 곧 사업이라는 건가?

"이렇게 안고 어디 가는 건데?"

"너와 내가 마음껏 묻고 대답할 수 있는 곳."

도준이 찾아낸 룸은 어느새 깨끗하게 치워져 있었다. 소파가 아닌 테이블 위에 제아를 내려놓은 도준이 도망칠 진로를 차단하듯 그 앞에 긴 다리로 바짝 버티고 섰다. 그러곤 제아의 어깨 위에 있던 재킷을 단 한 번의 손길로 걷어가버렸다.

무방비하게 드러난 가냘픈 어깨 라인부터 시작해서, 도준의 야릇한 눈빛이 음미하듯이 그녀를 찬찬히 더듬으며 훑어 내렸다. 눈빛이 손이라도 되는 듯 그의 시선이 닿는 곳마다 연약한 피부가 뜨거움을 머금었다. 무슨 말이라도 하지 않으면 안 될 것 같았다.

"다시 한 번 말하지만 난 세컨드 따위 안 해! 그 여자보다 나한테 더 사랑을 많이 줘도, 돈을 많이 줘도 난 절대 안 해!"

"세컨드 따위 시킬 생각 없어."

폭발할 듯 이글거리는 눈빛과 달리 그의 목소리는 부드러웠고 다정다감했다.

"연애 따로 결혼 따로란 말도 하지 마. 어쩔 수 없다는 말도 하지 마. 재벌들의 사랑법 따위도 나한테 설명하지 마. 난 그런 거 모르니까. 그런 변명 따위 안 먹혀."

"변명 같은 거 할 생각도 없어."

도준이 잠시 말을 멈추자 제아는 마른침을 꿀꺽, 삼켰다. 설마 그 여자를 선택한 걸까? 미친 듯이 폭주하는 상상력에 심장이 쫄깃하게 조여왔다.

"연애도 결혼도, 다 너랑 할 거니까."

아, 하고 자그맣게 제아의 입이 벌어졌다. 결혼이라니, 그 단어만으로도 머릿속이 새하얘져버렸다. 도준이 그녀의 몸을 앞으로 당겼다. 민망하게 살짝 벌어진 그녀의 다리 사이로 슈트에 감싸인 그의 단단한 허벅지가 그녀의 안쪽 허벅지 살을 민감하게 자극하며 파고들었다. 살과 살의 접촉이 아닌데도 오히려 옷감의 재질이 더욱더 찌르르한 감각을 선사해주었다.

"판자촌에서 네가 날 구해주었던 그때 이후로."

내리깐 시야에 몸을 숙이며 테이블 위를 짚고 있는 도준의 손이 보였다.

"단 한 번도 다른 여자 따위 생각해본 적 없어."

좀 더 상체가 숙여지자 섹시하게 풀어헤쳐진 넥타이와 그의 목울대가 눈에 들어왔다. 꼴깍, 저절로 침이 삼켜졌다.

"빌어먹게도 내 모든 오감이 문제아란 여자한테만 반응을 하거든."

분명 닿지 않았다. 그런데도 은밀하게 파고드는 그의 시야 공격에 제아는 짧게 숨을 헐떡였다.

"처음부터 지금까지, 죽을 때까지도 난 너밖에 없어."

그가 몸을 숙일수록 아찔한 향이 숨 막히게 후각을 짓눌렀다. 이대로라면 죽을 것 같은 착각마저 들었다. 빠져나오려 몸을 비틀어봤지만 비스듬히 틀어 내려온 그의 얼굴이 아슬하게 뺨을 스쳤다.

"문제아, 나 출장 끝내고 돌아왔어."

고막까지 녹여버릴 듯한 목소리에 제아의 눈썹이 파들파들 떨렸다. 그 순간, 다시 뺨을 스치면서 도준의 얼굴이 가까이 다가왔다.

"그러니까 대답해봐."

그의 손 끝에 턱이 잡히고 데일 듯한 뜨거움을 품은 눈빛이 시선을 틀어잡고 대답을 요구한다.

"나란 남자 사랑하나?"

입술이 아닌 심장에게 묻는 말이었다. 자극당한 심장이 쿵쾅쿵쾅 거칠게 뛰며 대답을 토해내고 있었다.

그토록 바라던 순간이었다. 온몸이 불타서 재가 되어 공기

중에 흩어져버린다 해도 놓치고 싶지 않은 남자에게 드디어 진심을 보여줄 차례였다.

"사랑해."

'그러니까 그 여자한테 가지 마.' 뒤늦게 깨달은 진심이 전해지길 간절히 바라며.

"오빠 때문에 나도 미칠 것만 같아."

너무 미쳐버려서 이젠 제어조차 되지 않는다. 아직 들어야 할 구차한 변명이 많음에도 도준의 짙은 눈 속에서 폭발해서 타오르는 불꽃이 제아의 몸에 흐르는 피까지도 들끓게 만들었다.

"다시 한 번 말해봐."

도준이 다시 한 번 대답을 요구했다.

"사랑해."

"다시."

"사랑한다구."

고백이 반복될수록 점점 더 그가 상체를 내리고, 그만큼 제아의 몸이 반질거리는 테이블 위에 눕혀졌다.

"한 번 더."

"미치도록 사랑한다구. 한도준이란 남자를."

뜨거운 그의 눈빛에 심장이 눌리듯 풍만한 그녀의 가슴이 도준의 단단한 가슴에 뭉개져버렸다. 서로의 심장이 맞닿은 것 같은 아찔한 감촉에 벌어진 입술 사이로 가쁜 숨이 토해져 나오고, 기대감 어린 묘한 흥분이 그와 몸이 닿은 곳곳에서 아지랑이처럼 피어올랐다.

"오빠는 여동생에게 키스하지 않지."

닿을 듯 말 듯 멈춘 도준의 입술에서 쏟아지는 뜨거운 숨이 입술 점막을 예열시켰다. 10년 만에 처음 재회했던 그날 했던 말을 왜 그가 되풀이하는지 알 것 같다. 철저하게 되짚어서 그 맹세를 깨버리겠다는 도준의 의지가 느껴졌다.

"그런데 이제 난 네 오빠가 아니니."

닿지만 않았을 뿐, 서로의 숨결이 입술 사이로 아찔하게 넘나들었다. 기다렸다는 듯 제아도 대답을 되돌렸다.

"나도 이제 오빠 동생 아니야."

그러자 그가 그 말에 힘을 실어준다.

"넌 내게 여자, 난 네게 남자지."

야릇한 떨림을 머금은 입술이 드디어 닿아버렸다. 그런데도 폭발할 것 같은 욕구를 억누른 채 도준은 달콤한 그 입술을 집어삼키지 않았다. 숨 막힐 정도로 섹시하고 치명적인 유혹을 세상에 하나뿐인 제 여자에게 당한 만큼 돌려줄 차례였다.

"그러니까 키스해줄래?"

제아는 잠시 눈을 감고 떨리는 숨을 입 안에 잠시 머금었다. 눈을 감고 있어도 느껴진다. 지금 이 순간조차도 초인적인 인내심과 지독한 평정심을 유지하는 포악한 야수 한 마리가.

난 네게 쉬운 남자, 넌 내게 어려운 여자. 그 말을 증명이라도 해주려는 듯, 테이블 위의 제아를 누르고 있는 단단한 몸은 지독스러울 정도로 버티고 있었다.

정말이지 지독한 이 남자, 어떻게 돌려주어야 제대로 무너뜨릴 수 있지? 얇은 셔츠를 뚫고 뿜어내는 도준의 뜨거운 열기가 숨이 가쁠 정도로 제아를 채찍질한다.

본능이 시키는 대로 저질러버려. 너무 많이 기다렸고 너무 많이 돌아왔다. 그리고 앞으로 더 돌아가야 할지도 모르고 힘들지도 모른다. 하지만 그녀는 기꺼이 모든 걸 감당할 것이다.

독하게 결심을 한 순간, 제아의 가녀린 팔이 단단하고 긴 그의 목을 유혹하듯 휘감았다. 입술을 붙인 채 그녀는 유혹적인 숨결과 속삭임을 되돌렸다.

"원한다면 얼마든지."

허락이 떨어지는 순간 테이블 위를 지탱하던 도준의 손이 무서운 악력으로 매끈하게 빠진 제아의 허벅지를 단단히 거머쥐었다. 탄력 있는 피부가 손바닥에 찰지게 달라붙자, 숨이 거칠어지고 입술의 움직임이 포악해졌다. 격하게 짓이겨진 제아의 입술에서 번진 피 맛이 이렇게 달콤할 수가.

거친 숨이 떨리는 숨을 단번에 빨아들였다. 흠빨리는 소리가 격렬하게 공허한 룸 내부를 가득 채웠다.

"읏!"

제 밑에 깔린 제아에게서 신음이 터져 나옴에도 도준은 멈출 수가 없었다. 그저 격하게 정신을 못 차리고 짐승처럼 탐할 뿐. 오랫동안 참아왔다가 토해내는 도준의 거친 격정과 욕망을 제아는 완벽하게 받아냈다. 찢길 듯이 거칠게 파고드는 그의 모든 것들이, 말도 안 되게 미칠 정도로 좋았다.

Episode 14
사랑의 주도권은 그녀에게

　집에 도착해서 침대에 눕기까지 제아는 몇 번이나 얼굴을 붉혔는지 모른다. 룸에서 했던 도준과의 키스가 머릿속에서 떠나질 않았다. 도준은 키스만으로 모든 대화를 끝내버렸다. 마음속에 피어오른 실낱같은 의심조차 태워버릴 만큼 농밀한 키스로 사람 혼을 쏙 빼놔버린 것이다.
　"꺄악, 난 몰라!"
　발로 이불킥까지 난리며 오두방정을 다 떠는데 휴대 전화가 메시지가 왔음을 알렸다.

> 집 앞인데 잠깐 나올 수 있나?

　도준임을 안 순간 제아의 뺨이 잘 익은 사과처럼 싱그러운 홍조를 머금었다. 굳게 닫힌 안방 문을 확인하자마자 고양이 걸음으로 대문을 넘어 바람처럼 내달렸다. 다다다 뛰어오는 소리를 들었는지 차체에 몸을 기대고 있던 도준이 돌아섰다.

"헉헉헉."

그의 턱 밑까지 숨 가쁘게 도착은 했는데 이상하게도 얼굴을 쳐다볼 수가 없다. 그 전엔 심장 떨려서 못 보았는데 지금은 너무 좋아서 못 보겠다.

"천천히 나오지 힘들게 왜 뛰어와."

부끄러움에 눈을 내리깔고 있는 제아의 머리를 부드럽게 어루만지는 도준의 다정한 손길이 좋아 입가에서 미소가 떠나질 않았다.

"오빠 기다릴까 봐."

수줍은 듯 대답을 흘린 순간 제아는 아차, 싶어 손가락을 들어 입술을 가렸다. 여자가 너무 자존심도 없이 달려와서 꼬리를 흔들어버렸나?

"10년도 넘게 기다렸는데 몇 분을 내가 못 기다릴까 봐?"

무심하고 덤덤한 그의 목소리만 들어도 이젠 심장이 민감하게 반응을 한다. 아마도 이런 게 바로 연애의 묘미가 아닐까 싶다. 보는 것만으로도 심장이 터질 것 같고 좋아 죽을 것 같은. 먼저 고백하고 마음을 표현한 건 도준인데 이상하게도 연애의 주도권까지 그가 잡고 있는 것 같았다. 그런데 그녀는 워낙 감정에 솔직한 성격인지라 어떻게 숨길 수조차 없다.

그때 내리깐 제아의 시선에 도준의 손가락 사이에 걸린 담배가 들어왔다. 그걸 본 순간 망설임은 없었다. 거의 본능적으로 그의 옷깃을 살그머니 손에 쥐며 까치발을 들었다.

쪽—.

갑자기 당한 귀여운 버드 키스에 약간 놀란 듯 동그래진 눈을 하고 있는 도준의 표정마저 왜 이렇게 귀여운지. 정말 단단히 미친 게 아닐까 싶다.

"그 입술 이제 내가 심심하지 않게 해줄게. 그러니까 담배 끊어, 응?"

그녀가 초롱초롱한 눈으로 사랑스럽게 올려다보자 도준이 말갛게 웃는다.

"마지막 담배였어. 작별 인사는 해야 할 것 같아서."

마지막 담배라는 말에 제아는 잠시 생각에 잠겼다. 피처럼 붉은 입술에 새하얀 담배를 물고 있는 도준의 모습은 회사 내에서도 유명했다. 그처럼 섹시하게 담배를 피우는 남자는 없었으니까. 이제 그 모습을 보지 못한다는 게 아쉽기까지 할 정도였다.

그 말을 지키려는 듯 도준이 담배를 다시 입에 물고 마지막 한 모금을 길게 빨아들였다. 새하얀 연기가 어둑한 하늘 위로 올라가고 타다 남은 담배의 몸뚱이가 무참하게 바닥에 던져졌다.

그 담배를 멍하니 바라보는데 갑자기 또다시 '쪽' 하는 소리가 들렸다. 도준이 버드 키스를 되돌린 것이다. 입술이 닿은 건 찰나였지만 담배 향마저 섹시하게 녹여버린 그의 숨결의 향은 생생했다. 먼저 하는 건 당당했지만 당하는 건 여전히 적응이 안 되는지 제아의 얼굴이 새빨갛게 달아올랐다.

"뭐야, 갑자기."

"금방 피웠는데도 담배가 또 당겨서."

"얼마나 됐다고 또 피우고 싶어. 오빠 혹시 골초야?"

도준은 대답 대신 제아를 제 품으로 끌어당겼다. 이제 완벽하게 제 여자가 되어버린 제아가 그렇게 사랑스러울 수가 없었다. 으스러지도록 껴안아 가루로 만들어버려 흡입해버리고 싶을 정도로.

"골초야, 그것도 지독하게."

서서히 내려오는 도준의 입술을 바라보는 제아의 몽롱한 시선마저도 도준에겐 지독한 자극이었다.

"그러니까 책임져야지."

말이 끝나는 순간 도준의 입술이 야릇한 기대감에 살짝 벌어진 제아의 입술을 강렬하게 머금고 빨아들였다. 농밀하고 야한 도준의 키스에 이상하게도 제아의 발꿈치는 자꾸만 치솟는다.

좀 더. 좀 더 원 해. 키스가 길어질수록 목이 말라 갈구하는 것처럼 열렬하게 매달렸다. 그런데 갑자기 도준이 거친 숨을 몰아쉬며 입술을 떼버린다.

"문제아, 내 인내심을 테스트하지 마."

도준은 미련 가득한 숨결을 가늘게 흘리며 자신을 애타게 올려다보는 제아의 젖은 입술을 엄지로 쓱 문지르며 경고를 했다.

"더 키스해달라고 조르는 것 같은 그 눈빛. 내 안에 있는 또다른 나를 꽤 자극하거든."

"내, 내가 언제 더 키스해달라고 졸랐다고 그래? 그냥 본 거거든요?"

자신조차 모르는 속마음을 콕 집어서 굳이 알려주는 도준이 제아는 얄미웠다. 연애의 주도권을 빼앗기면 안 되는데. 지연이 버릇처럼 항상 하는 말이 불현듯 떠올랐다.

─남자는 초반부터 확 잡아놔야지. 안 그러면 버릇 이상하게 들어서 나중에 여자 고생한다?

아직 하루도 채 지나지 않았으니 늦지 않았다. 단단히 결심을 세우는 순간 도준이 갑자기 손을 뻗어 제아의 손을 제 가슴 쪽으로 끌어당겼다.

"딱 맞군."

그제야 네 번째 손가락을 눈부시게 하는 핑크 골드 반지가 제아의 눈에 들어왔다. 삼부 크기의 큐빅이 촘촘하게 박힌 반지는 희미한 가로등 아래에서도 영롱하게 빛을 발하고 있었다. 다이아몬드 사이사이로 새겨진 이니셜은 도준과 그녀의 이름이었다. 그런데 반지의 디자인도, 큐빅 사이에 이니셜을 무늬처럼 새겨 넣는 것도 분명 어디에선가 본 적이 있었다.

"여자들의 로망이라는 그 반지를 받은 소감이 어때."

주문 제작으로만 한정 수량 판매한다는 일리니의 리미티드 커플링 디자인이었다.

"이거 구하기 힘들었을 텐데 어떻게……."

"일리안이 직접 세공한 거야. 어때, 마음에 드나?"

"마음에 안 들 리가 있겠어? 너무 예뻐!"

반지를 낀 손을 요리조리 돌리면서 바라보는 제아의 표정이 너무도 행복해 보여 도준의 얼굴에도 희미한 미소가 어렸다.

"그 반지 때문에 이틀이나 룸에 처박혀서 일리안의 술 상대가 되어줘야만 했어. 그런 줄도 모르고 누구는 내 속을 제대로 뒤집어놨지만."

잠깐, 어디서 많이 들어본 레퍼토리인데?

"맙소사! 설마 그 여자가 일리안이었어?"

재미 교포 출신인 미국 부동산 재벌의 유일한 상속녀, 일리안. 패션업계에선 떠오르는 샛별이자 화려한 인맥, 그리고 스캔들 메이커로 유명하다. 그런데도 얼굴을 노출하지 않아서 더 유명해진 상속녀였다. 딱 봐도 범상치 않은 여자인 줄은 알았지만 그 여자가 일리안이었을 줄이야.

"설마 그 엄청난 여자를 마다하고 나를 선택한 거야?"

"선택할 것도 없어. 일리안과 난 철저하게 친구 사이니까."

"하지만 그러기엔 그때 대화가⋯⋯."

제아가 말을 흘렸다.

"일리안은 양성애자야. 게다가 취향이 꽤 독특하지. 아름다운 여자의 벗은 몸을 보고 디자인의 영감을 얻거든."

뒤통수를 세차게 얻어맞은 기분이었다. 잠시 정지되었던 제아의 뇌가 빠르게 돌아갔다. 천재는 역시나 평범하지 않구나. 같은 여자의 벗은 몸을 보고 영감을 얻다니. 지극히 섬세하고 정교한 일리니의 디자인이 이해가 되었다.

자, 잠깐! 그렇다면……?

"맙소사. 그럼 일리안이 포기 못 하겠다는 게 나였어?"

"일리니 디자인에 영감을 주고 싶다면 기꺼이 연결해줄 의향은 있는데."

"돼, 됐어! 일리니는 좋아하지만, 내 벗은 몸 보여주는 건 사양할래."

"인질도 돌려주었으니 잘 간직해."

"인질?"

제아의 손을 얽는 도준의 네 번째 손가락에도 같은 디자인의 반지가 끼워져 있었다. 단단히 얽은 손을 들어 올린 도준이 그 손등에 입을 맞추었다.

"클로버 반지는 이 안에 있어. 덕분에 일리안이 귀찮게 한다고 꽤 투덜거렸지."

별 볼일 없는 반지이지만 둘에겐 소중한 의미가 있는 반지였다. 둘의 과거와 미래. 그 둘을 모두 버리지 않고 가겠다는 도준의 의지이기도 했다.

그 마음을 알기에 제아는 가만히 반지를 내려다보았다.

서로의 손가락에서 유난히도 빛이 나는 반지가 그렇게 예뻐 보일 수가 없었다. 과거의 커플링과 현재의 커플링이 동시에 존재하는 반지. 서로의 손에 나란히 끼고 있는 반지는 예뻤지만 제아도 바보는 아니었다.

"우리 아직 당당하게 이 반지 낄 때 아니잖아. 그치?"

얽힌 깍지를 푼 제아가 반지를 빼서 다시 목걸이에 건 후 도준에게 내밀었다.

"오빠가 다시 목에 걸어줘. 나 충분히 기다릴 수 있으니까."

지금 당장 기다리지 않아도 된다는 말을 해줄 수는 없었다. 먹먹한 눈빛을 한 도준이 물끄러미 제아를 응시했다.

"미안하다는 말, 할 생각 없어."

"바라지도 않아."

"기다려줘. 이 반지를 네 손에 다시 끼워주는 날까지."

"나 아주 착하게 기다릴 거야. 그 대신……."

도준이 손을 뻗었고 목에서 서늘한 목걸이 줄의 감촉이 느껴진다.

"난 절대 세컨드 안 해. 햇빛도 없는 곳에서 시들어버리기 싫어."

빛 한 점 없는 그늘에선 숨을 쉴 수가 없으니까.

"그럴 바엔 차라리 나를 버려."

그가 없으면 시들겠지. 하지만 어차피 시들 거 당당하게 햇빛을 받으며 시들 것이다. 다른 여자와 나누어 가지느니 차라리 보낼 것이다.

도준이 갑자기 제아를 다시 와락 껴안았다.

"그럴 일 없을 거야."

그는 상체를 숙여 제아의 목에 얼굴을 묻으며 혼잣말처럼 중얼거렸다.

"너를 버릴 바엔 차라리 내가 죽을 테니까."

대문을 나서는 출근길이 설레기는 정말 오랜만이었다. 이렇게 상쾌한 기분과 가뿐한 몸으로 출근을 했던 게 언제인지 기억이 나지 않을 정도였다.

　버스 정류장으로 향하는 공원 길목, 갑자기 뒤에서 짧게 클랙슨 소리가 들렸다. 새하얀 차가 보이지만 모르는 차라서 무시하고 걸어가려는데 다시 들렸다.

　시간을 확인하니 아침 6시 30분이었다. 어떤 몰상식한 놈이 이 시간에 클랙슨을! 핸드백을 야무지게 한 번 고쳐 멘 제아가 몸을 휙 틀자 따라오던 흰색 차도 멈추었다. 선팅이 짙어 운전자가 확인이 되지 않자 손으로 톡톡 차의 창문을 두드렸다. 호기롭게 경고 한 번 하려 한 짓인데 선팅된 창문이 내려가는 순간 덜컥 겁이 났다.

　설마 차 안에서 그 짓을 하고 있는 변태는 아니겠지. 그런 놈들이 꽤 많다고 들었는데. 인적 없는 골목길에서 너무 겁 없이 행동한 것 같아 제아는 얼른 뒤로 물러나려 했다. 혹시 모를 상황에 안구가 테러당할 수 있으니 안전거리를 확보하려는 것이었다. 그런데 불쑥 튀어나온 손이 뒷걸음질 치려는 제아의 손을 잡아채 앞으로 확 끌어당겼다.

　설마, 납치?

　핸드백을 휘두르려는 자유로운 다른 손을 울림 좋은 남자의 음성이 멈추게 만들었다.

"좋은 아침."

차창 너머 비스듬히 고개를 내민 남자. 시린 아침 햇살보다 더 시리고 투명한 도준의 산뜻한 마스크는 눈이 부실 만큼 싱그러웠다.

"도준 오빠?"

"춥다, 얼른 타."

차에 올라탄 제아는 내부를 빠르게 눈으로 훑었다. 차의 비닐까지 그대로 씌워져 있는 걸 보니 새 차가 분명했다.

"처음 보는 차라서 오해했잖아."

"이목 끌어서 피곤한 건 내가 아니라 너일 것 같아서."

"그러기야 하지만. 그런데 갑자기 아침부터 웬일이야? 무슨 일 있어?"

"시간이 되는 날은 출퇴근 시켜주려고."

"그러지 않아도 돼. 내가 아직도 마냥 어린앤 줄 알아?"

"어린애라서가 아니야."

운전을 하던 도준이 비스듬히 시선을 틀어 제아를 응시했다. 부드럽게 휘어진 길쭉한 눈매, 살짝 올라간 입꼬리, 예술적인 옆선까지. 진짜 사람 미치게 하는 얼굴이다, 저 얼굴은.

"보고 싶었어. 잠도 자지 못할 정도로. 그럴 바엔 보러 오는 게 낫지 않나? 출근도 같이 하고."

무심하게 흘리는 그의 달콤한 진심에 제아는 심장이 뜨겁게 타들어가는 기분이었다. 능수능란하게 심장을 자극하는 게 선수가 따로 없다. 그가 이렇게나 달콤하게 애정 표현을 하는 남자일 줄이야.

"오빠 선수지. 여자 심장 여럿 떨리게 했겠어. 몇 명한테 먹힌 작업 멘트야?"

장난스럽게 물었는데도 이 남자 봐라. 진지하게 대답을 쏟아낸다.

"내 심장은 평생토록 한 여자밖에 품지 못해."

"그 심장 품고서 지금까지 어떻게 참았어? 재회하자마자 나한테 못되게 굴기까지 하고. 초등학생들이 좋아하는 여자 괴롭히는 그런 거야?"

"겁이 나서."

천하의 한도준이 겁이 나? 제아가 고개를 갸웃거리는 순간, 그가 끊었던 말을 덤덤히 이었다.

"조금이라도 진심을 드러내면 네가 도망쳐버릴까 봐."

무슨 말이라도 해줘야 하는데 입이 떨어지지 않는다. 그의 말대로 감정을 깨닫기 전에 그가 그렇게 몰아붙였다면 아마도 도망갔으리라. 하지만 그는 차분하게 기다려주었고 끈기 있게 그녀를 자극했다.

아주 기가 막힌 그의 밀당으로 지금까지 오게 된 건 인정. 그런 도준에게 고맙기도 하고 미안하기도 했다. 단단한 허벅지 위에 놓인 도준의 손을 제 손으로 덮자 도준이 힐끗, 시선을 튼다. 왜 그러느냐는 듯.

"한도준 씨, 각오해. 이젠 찰거머리처럼 붙어서 절대 안 떨어질 거니까. 무섭다고 도망치기만 해봐."

그가 슬며시 입꼬리를 비틀며 웃는다.

"원하던 바야."

제일 어패럴 지하에 마련되어 있는 전용 주차장에 도착할 때까지 포개진 두 손은 떨어지지 않았다. 주차를 했는데도 도준이 내리지 않고 그녀를 빤히 바라보았다. 내 얼굴에, 뭐가 묻었나?

"왜 그렇게 쳐다…… 읍!"

운전석을 넘어온 도준이 제아에게 짧게 입술을 부딪쳤다.

"오전에 피울 담배, 한 번에 다 해치워버릴까?"

말뜻을 알아차린 제아의 얼굴이 확 달아올랐다. 그런데 피하고 싶진 않았다. 아찔한 감각을 선물해주는 그의 입술은 뿌리칠 수 없는 유혹이었으니까. 그의 하얀 얼굴에 스치는 갈등을 제아가 끝내주었다. 먼저 과감히 입술을 벌리고 그에게 키스를 하기 시작한 것이다. 키스가 농밀해지고 서로의 입술 사이로 간간히 새어 나오는 숨이 짧고 격해지는 순간…….

"한 사장, 안 내리고…… 아이쿠! 내가 본의 아니게 방해를!"

차 문이 벌컥 열렸는데도 도준은 놀란 기색 없이 입술을 떼고 젖어 있는 제아의 입술을 엄지로 슥 닦아주는 매너를 보였다. 도준이 몸을 바로 세우자 그제야 인호가 여자의 존재를 반짝이는 눈으로 확인했다.

"안녕하세요. 저는 한 사장의 절친한……."

하지만 이내 귀신이라도 본 듯, 인호의 얼굴이 새하얗게 질렸다. 엘리베이터 내리자마자 어색한 눈웃음으로 제아에게 인사를 건넨 인호가 빠르게 도준의 뒤를 쫓아 집무실로 들어갔다. 닫힌 문을 몇 번이나 확인한 후에야 인호가 다급하게 집무실 책상 앞까지 바짝 쫓아왔다.

"한 사장! 너 미쳤냐? 미쳤어? 그거 미친 짓이야! 불륜이라고!"

방음 처리가 잘되어 있는 집무실인데도 인호는 소리가 새어 나갈까 목소리를 잔뜩 낮추었다. 물론 도준이 일리안에게 커플링을 부탁한 것까지는 알고 있었다. 그래서 드디어 마음에 드는 여자가 생겼나 보다 하고 잠자코 기다려주었건만, 그게 여동생일 줄이야. 너무 잘나고 똑똑하면 머리가 돌아서 또라이 짓을 한다더니, 딱 그 짝이었다.

"한 사장, 제발 정신 차리자. 문 비서야 너의 매력에 헤어 나오지 못하겠지만 엄연히 금단의 열매다. 그 열매는 먹는 순간은 달콤하지만……."

"피 한 방울 안 섞였어. 그러니 잔소리는 그만해."

그의 말에 잠시 당황하긴 했지만 그게 진짜라고 해도 둘의 관계가 정상적인 건 아니었다. 한 회장이나 한 여사가 알기라도 하면…….

하지만 도준의 성격을 알기에 말릴 수도 없었다. 그 정도로 관계가 발전했다면 이미 그가 마음을 먹었다는 뜻이니까. 도준은 한 번 마음먹으면 목에 칼이 들어와도 해내야 하는 외골수이니까.

그제야 왜 그렇게 제아에게 집착을 했는지 이해가 되었다. 그래도 말 한마디 해줄 법도 한데.

"나한테 왜 말 안 했어. 한마디 해줬어도 이렇게 놀라진 않았잖아. 엄청 서운하다, 한 사장."

"굳이 말할 필요를 못 느꼈어. 이루어지지도 않은 짝사랑으로 설레발칠 필요는 없으니."

한 사장이 짝사랑이라니. 후아……. 인호는 생소한 눈빛으로 지독히도 낯선 모습의 도준을 응시했다.

"그래서, 지금은 짝사랑에 성공한 거고?"

"보시다시피."

이유야 어찌 되었든 저 냉동 로봇이 연애를 시작하고 짝사랑에 성공했다니 축하해주어야 할 일이었다.

그렇다면?

어깨를 은근하게 툭 치는 손길에 도준이 시선을 틀자, 기분 나쁠 정도로 히죽거리는 인호가 보였다.

"좋냐?"

"……?"

"아주 좋아 죽겠지, 웅? 이 엉큼한 녀석 같으니라고."

딱딱하게 굳은 도준의 냉랭한 눈빛에 인호는 잠시 주춤했다. 내가 너무 뺀질거리면서 놀렸나? 그만하려는 그 순간…….

"그래, 좋아 죽겠다."

"……!"

"지금 죽어도 미련 없을 만큼."

퇴근을 하자마자 도준의 집으로 내달린 제아였다.

　"청소 준비 끝! 자, 이제 우렁 각시 노릇 좀 해볼까?"

　도준이 집 안에서 음식 냄새가 나는 걸 싫어한다고 했지만 그럼에도 요리를 하려는 이유는 바로 자신이 있어서였다. 거슬리는 음식 냄새마저도 이겨낼 만큼 요리 솜씨도 좋았고, 또 그의 입맛도 정확히 꿰뚫고 있으니까.

　부지런히 30여 분을 움직인 끝에 세 가지 맛의 김밥이 만들어졌다. 그가 좋아하는 김치볶음밥 김밥만 만들고 싶었지만 혹시라도 눈치챌까 싶어 샐러드 김밥과 불고기 김밥까지 곁들였다. 희미하게 음식 냄새가 남아 있긴 했지만 김밥을 먹는 순간 그 냄새는 애교로 넘어가리라.

　그 시각 도준과 함께 그의 집 엘리베이터에 오르는 인호의 속은 새까맣게 타들어가는 중이었다. 진짜 미치겠네! 왜 전화를 안 받는 거야?

　외부에서 있었던 마지막 스케줄이 30분 일찍 끝나 제아에게 연락을 했지만 연락이 되지 않는다. 그래도 메시지를 보내놓았으니 그녀가 봤기를 바라며 숨을 죽이고 도준의 눈치를 보던 그때, 1층에서 엘리베이터를 탄 젊은 여자가 그들에게 말을 건넸다. 정확히는 집주인인 도준에게 말이다.

　"어머, 혹시 55층 사시는 분이세요?"

　여자는 엘리베이터에서 마주칠 때마다 도준을 눈여겨봤었

다. 처음엔 나이를 가늠하기 힘든 방부제 외모에 시선이 갔고, 그다음엔 로열층인 55층 펜트하우스에 살고 있다는 게 마음을 사로잡았다. 재력과 외모를 모두 갖추고 있는 남자. 그러니 마음을 빼앗길 수밖에.

"저는 40층에 사는 김혜연이라고 해요. 같은 건물 사니 우리 친하……."

"됐습니다."

이 무슨 날벼락인지. 휴대 전화에서 시선도 떼지 않은 채 말꼬리를 툭 잘라먹으며 도준이 거절하자 여자는 발끈했다.

"이봐요! 이웃이 아는 척을 했으면 얼굴이라도 보고 말해야 하는 거 아닌가요?"

"불필요한 건 보지 않는 성격이라."

내 외모가 불필요한 거라고? 어디 두고 보자고! 내 얼굴과 몸매를 보고도 그런 소리가 나오는지. 눈 끝이 뾰족하게 곤두선 여자가 도준의 앞까지 바짝 당겨왔다.

그제야 확 찌르는 짙은 향수 냄새에 휴대 전화에서 눈을 뗀 도준이 단도직입적으로 물었다.

"나한테 관심 있습니까?"

서늘한 도준의 눈과 마주한 순간 여자는 꼴깍 침을 삼켰다. 시크한 싸가지까지 멋있어 보일 줄이야.

"뭐 관심일 수도 있죠. 우선 같은 건물에 사는 이웃……."

"나한테 관심 꺼요."

여자의 말이 끝나기도 전에 말꼬리를 잡아챈 도준이 목에 걸고 있던 반지를 꺼내 달랑달랑 흔들어 보였다.

"임자 있는 몸이라 그쪽은 내 눈에 들어오지도 않으니."

제 할 말을 마친 도준은 아무 일도 없었다는 듯 다시 휴대 전화를 바라보았다.

살벌해진 여자의 분위기를 눈치챈 건 인호였다.

"아, 하하하! 반갑습니다, 혜연 씨!"

"기가 막혀서 정말! 재수 없어!"

인호는 쌩하니 무시한 채 붉은 입술을 삐죽이며 여자가 쿵 쿵거리며 내려버리자 인호의 성난 눈빛이 도준에게 향했다. 이렇게 섹시한 아가씨를 모른 척하는 것도 모자라서 무시하다니! 인호에게 있어 그건 죄악이었다.

"한 사장, 너 그 싸가지 좀 고치면 안 되냐? 자꾸 여자들한테 상처 주면 명 짧아진다고 몇 번을 말해. 여자가 한을 품으면 오뉴월에 서리 내려."

"그럴 거면 난 진작 서리 맞아 죽었겠지."

"진짜 여자 무서운 줄 모르네. 큰코다쳐봐야 정신 차리지."

그제야 휴대 전화에서 다시 시선을 뗀 도준이 인호를 향해 손을 들어 보였다.

"말은 바로 하자. 난 여자들한테 아무 짓도 하지 않았어. 정중히 거절했을 뿐이지."

정중히 거절은 개뿔! 처녀 귀신은 저런 싸가지 안 괴롭히고 뭐 하나 몰라.

땡—.

때마침 엘리베이터가 멈추었고, 여자 때문에 제아를 까맣게 잊고 있던 인호는 문이 열리는 순간 화들짝 놀라 폴짝 뛰어올랐다.

"웨, 웬 놈의 모기가!"

현관문 입구에서 시야를 막은 채 열심히 폴짝폴짝 뛰어대는 인호를 도준이 이상한 눈빛으로 바라본다. 이 추운 날씨에 모기라니.

"유인호, 대체……."

"뗴이, 고귀한 우리 한 사장의 피를 빨아먹을 모기 놈들아, 몽땅 죽어라!"

인호로선 살기 위한 처절한 몸부림이었다. 자신보다 머리가 더 솟은 도준의 시야를 차단하기 위해 폴짝폴짝 뛰면서 한 손으로 작게 손짓을 했다. 얼른 몸을 숨기라고. 무방비하게 맞닥뜨린 제아도 놀라긴 마찬가지였다. 반사 신경을 발휘해 대리석 바닥으로 몸을 날려 슬라이딩을 했다.

흐읍! 무릎에 가해지는 통증에 흘러나오는 신음을 가까스로 삼킨 채 그녀는 얼른 무릎걸음으로 기어가 벽 뒤로 몸을 숨겼다.

"유 실장, 너 오늘 꽤 수상해."

"내가 수상할 게 뭐 있다고. 하하하! 그리고 내가 귀신을 속였음 속였지, 설마 천하의 한도준을 속일까."

분명 뭔가 냄새가 나긴 하는데 딱히 꼬집을 만한 건 없었다. 무엇보다 도준의 유일한 관심사는 제아와의 일뿐이기에 잠깐 피어올랐던 의심을 지웠다. 하지만 집 안에 배어 있는 음식 냄새에 그의 얼굴이 단번에 일그러졌다.

"도우미한테 음식하지 말라고 당부하지 않았나?"

"당연히 했지."

"이런 일 없도록 다시 한 번 당부해봐. 아무리 마음에 들어도 두 번은 봐주지 않으니까."

도준이 싱크대에 버리듯이 투척한 도시락을 인호가 다시 주워서 열었다.

"냄새 나니까 열지 말고 버려, 그냥."

"먹는 것에 취미가 없는 너와는 달리 난 배가 고파서 이거 먹어야겠다. 너 때문에 나까지 끼니 못 챙기는 거 미안하게 생각하면 냄새 좀 참아라. 이야, 김밥이 이렇게 예쁜 건 또 처음이네."

김밥 한 개를 들어 입 안에 넣고 오물거리는 인호가 연이어 감탄사를 토해냈다.

"김치볶음밥으로 만든 김밥에 치즈 넣어서 만 거 꽤 괜찮은데? 새로운 맛이야."

그때 무서운 속도로 다가온 도준이 도시락을 낚아채 뚫어지게 관찰했다.

"그거 버리기만 해봐. 배고파?"

순간 인호는 말을 멈추었다. 도준이 김밥을 입에 넣고 음미하듯이 천천히 씹어삼킨 것이다.

"……맛있군."

중얼거리듯이 말을 뱉은 도준이 날카로운 눈빛으로 인호를 주시했다.

"도우미 월급 더 인상해주고 종종 요리 부탁한다고 해봐."

속이 빨간 김밥만 몇 개 골라 먹은 도준이 다이닝 룸에서 나가자 그제야 인호는 안도의 한숨을 내쉬었다.

"저 녀석은 항상 다 알고 있다는 눈빛이야. 사람 식겁하게."

도준의 아파트에서 나온 제아는 버스 정류장 벤치에 털썩 주저앉았다. 대리석 바닥에 슬라이딩한 무릎이 쓰라리긴 했지만, 고액 알바 자리를 지켰으니 나름 만족하고 있던 그때 휴대전화가 울렸다.

한 사장님

"집에 가서 바로 쉴 거라고 했는데."

잠시 고민하던 제아는 목을 가다듬고 태연하게 전화를 받았다.

"오빠."

[지금 어디지?]

흐트러지지 않은 단정한 음성이 나직하게 귓가로 스며들었다.

"어디긴, 당연히 집이지."

그때 눈치 없는 차 한 대가 도로를 지나갔다.

[차 소리 아닌가?]

"TV에서 난 소리야. 나 지금 거실에서 TV 보고 있거든!"

[그렇군.]

다행히도 그는 꼬치꼬치 캐묻지는 않았다. 이제 목소리 들었으니까 끊어야지. 길게 통화했다가는 그에게 거짓말을 한 게 들키기 십상이니. 그런데 도준이 먼저 선수를 쳤다.

[이제 슬슬 가려고.]

"이 시간에 또 어디 가?"

[너한테.]

"아, 나한테 가는 거구나."

대수롭지 않게 대답하던 제아는 깜짝 놀라 다시 되물었다.

"……뭐? 나한테? 온다고? 지, 지금?"

손목시계를 확인하니 밤 10시였다. 버스를 타고 가면 넉넉히 한 시간 반은 걸리고 택시를 타고 간다고 해도 어마어마한 택시비에 도착 시간도 비슷했다. 이미 집이라고 해버렸는데. 피곤하다고 하는 거야! 단순하긴 하지만 그나마 머리를 짜내서 겨우 찾은 핑계였다. 그런데 또 도준에게 말할 타이밍을 빼앗겨버렸다.

[문제아, 보고 싶다.]

지극히 덤덤한 음성인데도 그리움이 짙게 배인 그의 마음이 느껴진다. 도저히 거부할 수 없게. 그래서 대답이 제멋대로 흘러나와버렸다.

"……나도."

말리지는 못할망정 불난 집에 부채질을 해버린 것이다. 보고 싶으니 얼른 달려오라고.

　짧은 침묵이 이어지고.

　[기다려, 지금 바로 갈 테니까.]

　전화를 끊자마자 부랴부랴 택시를 잡아탄 제아가 동네에 도착했을 때 도준에게서 전화가 왔다.

　[어디지?]

　겨우 숨을 고른 제아가 불안한 눈빛으로 주변을 훑었지만 그가 타고 있을 만한 차는 보이지 않았다. 그래서 헐떡이는 숨을 집어삼키며 도준에게 태연하게 물었다.

　"집이지! 오빠는 도착했어?"

　[근처에 볼일 있어서 잠깐 들렀다 갈 거야. 혹시 지금 하고 있는 거 있으면 할 거 다하고 큰 도로 쪽으로 천천히 나와.]

　"응!"

　안도의 한숨을 내쉰 제아가 사라지자 어둠 속에서 도준이 모습을 드러냈다. 한 손에는 휴대 전화를, 다른 한 손엔 헬멧을 든 채 말이다.

　"유 실장이 왜 그렇게 당황했는지 알 것 같군."

　피식 웃음을 흘린 도준은 그대로 오토바이에 올라타서 제아를 기다렸다. 얼마나 시간이 흘렀을까. 골목길에서 다시 허겁지겁 뛰어나오는 제아가 보였다. 숨을 몰아쉬며 그의 코앞까지 뛰어온 제아에게서 풍기는 복숭아 향이 코끝을 간질이고 흠뻑 젖어 있는 머리칼의 물기가 시리도록 차갑게 느껴진다.

"따뜻하게 입고 나왔어야지."

두툼한 옷이 제아의 어깨에 걸쳐지고 따스하게 몸을 감싸주었다.

"엄마한테 잠깐 나갔다 온다고 하고 대충 걸치고 나온 거야."

도준을 본 게 그저 좋아 배시시 웃던 제아는 그제야 서로가 똑같은 디자인의 무스탕을 입고 있다는 걸 알았다.

"뭐야, 커플룩이야?"

대답 대신 도준은 무스탕의 지퍼를 목 위까지 채워주었다.

"여자들의 로망, 상상 이상으로 꽤 많더군. 아직도 해야 할게 수백 개, 수천 개는 되는 것 같아서."

미약하게 불만을 토로하는 도준을 바라보는 제아의 눈빛이 애틋하게 젖어들었다. 가감 없는 그의 성격을 알기에 이런 로맨틱함은 바라지도 않았는데.

"평생토록 해볼 생각이야."

근데 자꾸만 이렇게 행복하고 설레게, 두근거리고 심장 떨리게 한다.

"나를 만날 때마다 네가 항상 설레었으면 해서."

이런 거 안 해도 항상 설레고 행복한데.

"권태기 같은 거 느끼지 말고 평생 내 곁에 있으라고."

도준의 절절한 진심에 가슴이 벅차오른 제아는 살며시 그의 품에 안겨들었다.

"오빠야말로 각오해."

이래서 남자들은 여자를 모른다는 거다. 여자들이란 크고 작은 로망을 이루어주는 남자의 말과 행동에 설레는 게 아닌데.

"평생토록 찰거머리처럼 붙어 있을 테니까."

사랑하는 남자의 존재 자체가 여자들에겐 로망이고 설렘인데. 그러다 문득 도준의 뒤에 세워져 있는 오토바이가 눈에 들어왔다. 제아는 그의 품에서 벗어나 오토바이 앞으로 다가갔다.

"오빠 이거 타고 온 거야?"

"네가 보고 싶다고 하니까."

뒤에 바짝 붙은 그의 존재가 느껴졌다.

"그래서 못 참고 달려왔잖아."

날렵하고 쌔끈하게 빠진 오토바이의 디자인은 꼭 제 주인 같았다. 제아의 손끝이 바이크의 머리부터 서서히 훑어 내렸다.

"한번 타보든지."

그러자 도준이 유혹을 한다.

"추위도 잊게 할 만큼 매력적인 녀석이거든."

오토바이 손잡이에 나란히 걸려 있는 헬멧은 한 개가 아닌 두 개였다.

"이미 뒤에 태우려고 작정하고 온 거 같은데?"

제아가 믿지 않게 흘겨보자 긴 다리로 오토바이에 올라탄 도준이 그녀의 머리 위로 헬멧을 씌워주었다. 손에 가죽 장갑까지 끼워준 후에야 도준의 팔이 제아의 허리를 휘감고 가뿐하게 들어올려 제 뒤에 태웠다.

"문제아, 마음껏 소리 질러도 돼."

"아무리 무서워도 소리 안 지를 테니 걱정하지 말고 출발이 나 하시죠."

그 말이 끝나기가 바쁘게 오토바이가 거칠게 앞으로 치고 나갔다. 순식간에 붙는 스피드가 굉장했다. 오토바이는 이내 도로로 접어들었다. 휙휙 빠르게 스쳐 지나가는 밤 풍경은 차를 탔을 때는 절대 볼 수 없는 것들이었다. 칼바람이 매섭게 온몸을 스치는데도 제아는 왜 남자들이 스피드를 즐기는지 알 것 같았다. 소름이 확 돋는데도 구미가 당긴다고 해야 할까. 그렇게 얼마나 달렸는지 모른다.

갑자기 오토바이에 스피드가 더 붙어 슬쩍 내다보니, 앞서 가는 다른 오토바이 무리가 보였다. 자꾸만 속도를 더 내는 걸 보니 추월하려는 게 분명했다. 강한 바람과 엄청난 스피드에 몸이 녹아내리는 것 같은 오싹함이 발끝까지 관통하는 순간, 절대 가까워질 수 없다고 생각했던 거리가 바짝 좁혀지고 있었다. 그래, 거기까지는 좋았다. 저 멀리 U자형으로 멋지게 휘어진 도로가 눈에 들어오자 심장이 미친 듯이 팔딱거렸다. 이 속도로 가면 너무 위험한데!

바로 앞에서 달리는 오토바이들도 조금씩 속도를 줄이고 있는데 도준은 여전히 쌩쌩 달린다. 속도를 유지한 채 드러눕다시피 도로와의 입맞춤에 들어갔다.

"으아아아아악!"

오른쪽 어깨에 딱딱한 도로가 닿는 것 같은 순간, 도준의 오토바이가 오토바이 무리들을 완벽하게 추월했다. 죽을지도 모른다는 공포심은 이내 사라진 지 오래였다.

"야호!"

신이 난 제아는 저도 모르게 살짝 몸을 일으키며 손을 들고 환호성을 내질렀다. 입 밖으로 환호성이 터져 나오자 막혀 있던 머리가 확 비워지는 기분이었다. 매서운 바람에 얼어붙은 몸과는 다르게 가슴이 뻥 뚫리는 듯한 상쾌함이 짜릿했다. 오토바이의 매력에 푹 빠져버렸다. 광란의 질주를 끝낸 오토바이에서 내린 제아가 아쉬운 듯이 헬멧을 벗자, 도준도 헬멧을 벗었다. 부드럽게 쏟아지는 머리칼 밑으로 드러난 날렵한 얼굴에서 강렬한 수컷의 향기가 진동했다.

대체 못하는 게 뭘까, 이 남자는.

"스트레스는 좀 풀렸어?"

"나 스트레스 같은 거 안 받거든요? 매사에 긍정적이고 밝은 거 몰라?"

걱정 말라는 듯 웃어 보이는 제아의 얼굴을 도준이 물끄러미 바라보았다.

"지쳤다면서. 그래서 참고 살면서 진짜 네 모습은 안에 숨겨버렸잖아."

돌리지 않고 찔러 들어오는 도준의 말이 심장에 탁, 와 박혔다.

"그리고 지금은 나와 함께하는 것에 대해 부담감을 느끼고 있을 테고."

아니라고 해야 하는데 제아는 차마 입이 떨어지지 않는다.

그와 함께해서 가슴이 설레고 마음이 따스해지고 심장이 두근거린다. 하지만 행복함으로 가득 차오르는 마음 한구석은 부모님에 대한 죄송스러움에 무섭게 일그러져 내리고 있었다. 그 모든 걸 단 한 번도 내비친 적이 없는데도 도준이 꿰뚫고 있을 줄이야. 태연한 척 웃으며 대답하려는데도 목소리가 자꾸만 떨려 나왔다.

"내 스트레스 풀어주려고 일부러 오토바이 태워준 거야? 내가 싫어하면 어쩌려구."

그가 피식 웃었다.

"그냥 좋아할 것 같아서."

진심 어린 그의 한 마디, 한 마디가 자꾸만 심장을 파고들어 가슴을 묵직하게 내리누른다.

"지금부터라도 예전처럼 참지 말고 너답게 살아."

먹먹하게 가라앉은 제아의 눈빛을 깊숙이 바라본 도준이 허리를 휘감고.

"네 뒤엔 항상 내가 있을 거니까."

흘러내려 얼굴을 가린 머리칼을 부드럽게 쓸어 올려주었다.

"약속했잖아. 다신 떠나지 않는다고."

그녀를 응시하는 도준의 눈빛은 데일 듯 뜨거웠지만 뺨에 가볍게 닿는 입술은 차가웠다. 왜 키스를 안 해주지? 내리깐 그녀의 속눈썹 사이에 듬뿍 배인 미련을 느꼈나 보다.

"키스가 아니라서 아쉽나 보지?"

귓가를 쓸어내리는 웃음기 배인 음성에 얼굴이 확 달아올랐다. 모른 척 좀 해주면 안 되나? 이런 눈치는 포털 사이트를 검색해도 안 나오나 보다. 모른 척해줘야 할 여자의 수줍은 감정, 뭐 이런 거 말이다.

"무, 무슨! 하나도 안 아쉽거든? 날 뭘로 보고!"

벌건 얼굴로 발끈하는 제아를 바라보는 그의 동공이 야릇하게 흔들렸다.

"늦은 밤에는 너랑 키스 안 해. 밤에 키스하면 아무리 나라도 자신 없거든."

그를 바라보는 눈동자는 순진했지만, 뭔가를 더 바라는 듯한 눈빛은 남자의 본능을 아찔하게 자극했다. 바로 지금처럼. 같이 있는 일분일초, 매 순간, 그는 유혹을 당한다.

"널 볼 때마다 또 다른 내가 나를 끊임없이 유혹해. 지금 당장 널 침대로 데려가라고."

짙은 욕망을 드러내는 마지막 말에 당혹스러워 제아가 동상처럼 얼어붙자, 시니컬한 표정으로 머리칼을 쓸어 올린 도준이 툭 내뱉는다.

"문제아, 나도 남자야."

제발 좀 알아달라는 듯. 곧이어 가볍게 한숨을 내쉬며 안녕을 고했다.

"날씨 춥다. 얼른 들어가."

그러나 제아는 집으로 바로 가지 않았다. 그의 손을 잡곤 아주 또렷한 눈빛으로 진지하게 물었다.

"나랑 자고 싶어?"

사랑하면 닮는다더니. 도준처럼 가감 없이 묻는 말에 당혹스러운 듯 도준의 눈이 살짝 커졌다. 그때를 놓치지 않고 제아는 까치발을 들어 차가운 입술에 얼른 입술을 가져다 댔다. 짧고 강렬하게.

쪽─.

입맞춤을 날린 제아의 입술이 도준의 귀로 옮겨갔다.

"오빠 애가 더 타야 해."

의도적으로 귀를 간질이는 애틋한 숨결. 도준의 호흡이 살짝 흐트러지는 게 느껴졌다.

"10년 동안 연락 한 통 하지 않은 벌은 받아야 하지 않겠어?"

제아는 흐트러진 호흡만큼 흐트러진 그의 짙은 눈빛을 마주하며 생긋 웃었다.

"그러니까 좀 더 기다려."

남자의 사랑을 흠뻑 받은 여자는 당당하고 매력적이다. 어떤 모습이든, 어떤 상황이든. 온몸을 꽉 채우는 도도한 자신감이 그녀의 입술 사이로 흘러나와 말을 끝맺었다.

"내가 먼저 유혹할 때까지."

그리고 동시에 깨달았다. 숨 막힐 듯이 서로를 옥죄는 사랑놀이의 주도권을 쥐고 있는 건 도준이 아닌 바로 그녀 자신이라는 것을.

비 오는 날은 딥 키스

　정말 오랜만이었다. 뭔가 할 말이 있는 듯, 혹은 재밌어 죽겠다는 듯한 눈빛으로 인호가 도준을 보는 건.

　30만 원 사건 이후로 처음인 것 같았다. 제아가 관련된 거니저런 눈빛일 것이다.

　결재안에 사인을 하며 도준은 고개도 들지 않고 업무적으로 말을 했다.

　"쓸데없는 말이라고 판단되면 이번 달 아예 못 쉴 줄 알아."

　"어헛! 일단 들어보고 나서 그런 말 해. 그리고 정당한 내 휴일을 빌미로 그렇게 협박하면 쓰나?"

　"제일 어패럴에서 사장 다음으로 연봉이 높은 네가 할 말은 아닌 것 같은데. 그리고 휴일은 애초에 연봉 계약할 때 너에게 명시했던 부분이고."

　하여간 융통성은 진짜 없다니까. 잠시 눈살을 찌푸린 인호가 집무 책상 앞으로 다가왔다.

"내가 우연히 들은 대화를 그대로 전달해주자면 말이야."

"……."

"오늘 저녁 약속 잊지 않았지? 잘나가는 제일 어패럴 여비서 3명 데리고 나갈 테니까 능력 좋고 외모 좋은 남자들만 골라서 데리고 나와. 알았어?"

"……."

"난 그냥 화장실에서 나오다가 우연히 들은 신 비서의 통화 내용을 전달했을 뿐이니 신경은 쓰지 말고."

인호의 너스레에 도준은 한참 동안 업무에 집중을 할 수 없었다.

퇴근 시간이 다가오자 제아의 입술 사이로 한숨이 담뿍 새어 나왔다. 오늘따라 유난히도 점심이 먹기 싫다 했더니 점심 시간에 도준이 잠깐 회사에 들렀다 간 것이다.

보고 싶어 죽겠는데.

그 마음이 어디에선가 열심히 스케줄을 소화하고 있을 도준에게 닿은 걸까? 도준에게서 메시지가 왔다.

> 지금 어디야?

> 아직 회사지. 신 비서님이 오랜만에 비서들끼리 뭉치자고 해서 저녁 먹고 들어가려구.

그거 안 가면 안 되나?

나 지금 비서들이랑 사이 엄청 좋거든요? 직장 동료들하고 사적으로 밥 먹는 거 첨이라 떨리니까 이런 것까지 간섭 마시죠, 애인님.

신 비서가 안내한 곳은 '로망'이라는 회사 근처의 고급스러운 일식 선술집이었다. 그런데 선술집에 들어서자마자 낯선 남자들이 자리에서 일어나 반겼다. 비서들이 조금 당혹스러운 표정을 짓자 그제야 신 비서가 생긋 웃으면서 뒤늦게 귀띔을 해주었다.

"친한 대학 동기랑 동기 직장 동료들이야. 후배들 자랑 좀 했더니 소개팅 시켜달라고 해서. 직장도 빵빵하고 집안까지 다 괜찮은 남자들이래. 잘되면 좋은 거고 안 되면 한 번 놀고 마는 거니까 그냥 가볍게 먹고 마시고 헤어지는 거야. 오케이?"

남자들을 빠르게 훑어본 윤 비서가 먼저 조심히 물었다.

"회사 어디 다니는데요?"

"동강 건설. 저기 남자들 최소 대리급 이상이니 걱정은 하지 말고."

눈을 빛내는 비서들과 달리 제아는 조심히 말을 꺼냈다.

"신 비서님, 저는 그냥 빠지는 게……."

"빠지기는! 머릿수 딱 맞게 나오라고 했는데. 밥통 같은 우리 회사 남자들보다 훨씬 괜찮은 남자들이야. 이제 제아 씨도 연애도 하고 해야지, 안 그래? 부담 갖지 말고 우선 앉아봐."

신 비서에게 등이 떠밀려 마지못해 자리에 착석을 하자 때마침 도준에게서 답장이 왔다.

> 회식 장소 어디야.

> 회사 근처 로망이라는 일식 선술집이야. 근데 왜? 데리러 오게?

> 지금 스케줄이 언제 끝날지 몰라.

> 스케줄 끝날 때까지 회사에서 기다리면 보러 올 거야?

입력을 하긴 했지만 차마 전송을 누를 수가 없었다. 그렇지 않아도 눈코 뜰 새 없이 바쁜 도준이 신경 쓸 만한 일은 하고 싶지 않았다. 그 말을 한 순간 도준이 왠지 모든 스케줄을 취소하고 달려올 것만 같았다. 머뭇거리는 그녀의 손끝에 휴대 전화의 진동이 다시 느껴진다.

> 코트도 벗지 말고 술도 마시지 마.

도준의 메시지가 이해가 되지 않았지만, 대수롭지 않게 생각하고 넘어갔다. 얼른 먹고 집에 가라는 뜻이겠지. 메시지는 더 이상 오지 않았지만 이상하게도 휴대 전화에서 눈을 뗄 수가 없다. 계속 만지작거리면서 휴대 전화에 온 신경을 팔고 있는 제아를 유심히 지켜보고 있던 남자가 불쑥 말을 건넸다.

"제아 씨는 어떤 남자 스타일 좋아합니까?"

"좋아하는 스타일은 딱히 없어요. 저는 운명을 믿는 스타일이거든요."

'적어도 넌 아니랍니다.'라는 의미로 생긋 웃어준 제아는 옆에 앉은 신 비서에게 넌지시 말을 했다.

"신 비서님, 저 집에 일이 생겨서 먼저 일어나봐야 할 것 같아요. 어쩌죠?"

"집안일이라면 가봐야지! 한준환, 네가 좀 데려다줄래?"

"아니에요! 분위기 좋은데, 더 노세요. 전 알아서 갈게요!"

말을 건넸던 준환이란 남자가 따라 나올까 봐 얼른 선술집을 나왔다. 그때 주머니에서 휴대 전화가 울렸다.

도준 오빠가? 뒤에서 자꾸만 빵빵거리는 클랙슨 소리에 통화 연결 음을 눌렀는지도 모른 채 제아가 뒤를 돌아보았다. 국산 차치고는 꽤 고가인 풀 옵션의 SUV가 멈추어 서고, 내려간 창문 틈으로 준환이 고개를 쓱 내밀었다.

"제아 씨, 데려다줄 테니까 타요."

"술 드셨잖아요."

"사케 한 잔 먹은 거라 괜찮습니다. 그리고 비 온다고 했어요. 숙녀를 비 맞게 할 순 없잖습니까?"

"버스 타면 바로 집 앞에 내려요. 그러니까 저는 신경 쓰지 말고 노세요."

그렇게 거절 의사를 내보였는데도 준환은 기어코 차에서 내려 제아에게 다가왔다.

"저 제아 씨한테 관심 있어서 그러는 건데, 좀 받아주시면 안 됩니까?"

서글서글 웃는 인상이 나쁘지는 않았지만 그래도 어쩌겠는가. 이미 임자 있는 몸인데.

"죄송하지만 제가 관심이 없어서요."

"제아 씬, 내가 마음에 안 듭니까?"

"마음에 안 드는 게 아니라 사실은 제가 애인이 있어서요. 그것도 운명적으로 사랑하는 애인 말이에요."

부드럽게 휜 준환의 눈이 제아의 손가락에 머물렀다. 괜한 거짓말은 하지 말라는 듯. 그러건 말건 다시 걸음을 옮기려는 제아의 앞을 준환이 다시 막아섰다.

"키는 180. 한국대이니 머리 똑똑한 건 알 테고. 얼굴도 이 정도면 잘생겼다는 말 듣습니다. 부모님은 모두 대학 교수이고, 동강 건설 최연소 과장이라 능력도 좋은 편입니다. 어때요? 이 정도면 운명적 상대에 들어가도 될 것 같은데."

"네, 네. 완벽한 남자인 거 인정해드릴게요. 그런데 진짜 제가 애인이 있거든요? 그러니까 관심 접고 좀 비켜주실래요?"

"영숙이한테 모태 솔로라고 들었는데 애인 있다고 거짓말을 할 정도로 내가 그렇게 별로인가 보죠? 데려다주겠다고 쫓아온 성의까지 무시하는 걸 보니."

꽤 기분이 상한 듯한 준환의 말에 제아도 기가 막힐 뿐이었다. 몇 번이나 정중히 거절했는데!

"집까지 데려다달라고 했으면 엄청 큰일 날 뻔했네요. 선술집은 여기서 백 미터도 안 되니까, 다시 들어가시면 되겠네요."

"대학도 안 나왔고. 내놓을 만한 게 아무것도 없는 것 같고."

준환의 말에 제아는 얼굴에서 웃음기를 싹 거두었다. 이 미친놈이 여기서 왜 또 갑자기 대학 타령이야.

"그래서요."

"내가 대시하면 기분 좋아야 하는 게 아닌가 해서. 그런 것도 신경 안 쓸 만큼 난 제아 씨가 꽤 마음에 들거든요."

말이 끝남과 동시에 준환의 눈이 제아의 머리끝부터 발끝까지 느릿하게 훑어 내렸다. 헐렁한 코트를 입어도 감추어지지 않는 날씬하면서도 육감적인 몸매를 더듬듯이. 핸드백을 쥐고 있는 손이 저 면상을 날리고 싶어 부르르 떨렸지만 신 비서의 대학 동기라 가까스로 참았다.

"그렇게 말씀하시니 저는 더 신경이 쓰여서 못 만나겠네요. 그러니까 쓸데없는 데서 우물 파지 마시고 다른 데 가서 알아보세요."

그를 지나쳐 가려는데 준환이 제아의 손목을 잡아채서 돌려세웠다. 얼마나 세게 쥐었는지 손목이 아릿할 정도로 아팠다.

"에이, 데려다준다니까요."

"사람 말이 말 같지 않아요? 싫다잖아요! 애인 있다잖아요!"

"그 애인 얼굴이라도 보여주든지. 물론 진짜 애인이 있다 해도 나보단 못할 것 같은데, 아닌가?"

우악스러운 힘에 의해 질질 끌려가는 순간, 거리 옆 대로에서 시끄러운 경적 소리가 연이어 터져 나왔다.

끼이이익—!

벤틀리 한 대가 불법 유턴도 모자라 오토바이처럼 제멋대로 차선을 넘나들고 가로질러 이쪽으로 돌진하고 있었다.

콰아아아앙—!

영화의 한 장면처럼 차선을 넘어온 벤틀리는 갓길에 세워놓은 준환의 차를 뒤에서 고의적으로 들이박았다. 넋 놓고 지켜보던 준환의 입에서 비명이 터져 나왔다.

"으악! 내 차! 뽑은 지 얼마 안 됐는데!"

제 몸값의 몇 분의 일도 되지 않는 차를 들이박은 벤틀리에서 내린 남자가 그들 쪽으로 거침없이 다가왔다. 그리고 그 남자가 다가설수록 제아의 심장은 거침없이 뛰고 온몸의 피가 빠르게 돌면서 데워진다.

도준이 코앞까지 들이닥치자 차가 들이박힌 피해자인데도 준환은 순간 쫄았다. 잘나도 너무 잘난 남자의 외모와 압도적인 분위기에 주눅이 들어 겨우 더듬더듬 말이 흘러나왔다.

"당신, 뭡니까? 대체 뭔데 남의 차를 그렇게 들이박냐고요!"

우월한 기럭지로 단번에 준환을 내리누른 도준이 손에 든 휴대 전화를 흔들면서 느릿하게 입술을 열었다.

"나? 네가 집적거리는 이 여자 애인."

제 몸으로 준환의 시야에서 완벽하게 제아를 차단한 후에야 도준은 그에게 상체를 기울이며 살벌하고 나직하게 말을 했다.

"내가 이 여자 남자 되려고 무려 10년을 기다렸어."

"……?"

"그런데 겨우 180인 주제에."

도준이 한 걸음 더 다가서자 우월한 기럭지에 준환은 고개를 들어야만 했다.

"그따위 얼굴로 겨우 한국대 나와서."

시선을 단번에 강탈하는 남자의 완벽한 외모에 비하면 제 외모가 오징어임을 실감하는 순간…….

"주제 파악 못 하고 감히 내 여자한테 집적거려?"

가차 없이 찍어 내리는 남자의 오만한 눈빛과 말투에 준환의 자존심이 갈기갈기 찢겨져 내렸다. 재력이야 아무렇지 않게 벤틀리로 들이받은 걸로 증명했고. 외모는 직접 두 눈으로 코앞에서 보고 있으니.

"내 여자한테 정중히 사과해."

태생적으로 타고난 지배자의 기운 때문인지 길게 늘어진 눈매 끝에 배인 오만함 때문인지 준환은 하마터면 사과를 할 뻔했다. 잘못한 것도 없는데.

"내가 왜요? 오히려 사과는 그쪽이 나한테 해야 하는 거잖습니까!"

"내가 전화 한 통으로 널 끝장낼 수 있다면, 믿어지나?"

"뭐라구요?"

"대학 교수라는 네 부모님도, 그리고 동기인 신영숙까지."

"하아!"

도가 지나친 협박에 눈을 확 구기는 준환에게 도준이 명함을 내밀었다.

잠깐, 그렇다면 이 남자가 영숙이 모신다는 제일 그룹 후계
자가 될 남자? 자신이 몸담고 있는 동강 건설은 제일 건설의
하청 업체, 그리고 부모님이 재직 중이신 대학마저도 제일 그
룹의 지속적인 후원을 받고 있는 상황. 지금 자칫 실수했다가
는 집안이 송두리째 흔들릴 수가 있었다. 자존심은 상하고 화
는 나지만 고개를 숙여야 할 때였다.

"제아 씨, 내가 실수를 한 것 같네요. 미안합니다."

'네에.' 하고 쉽게 끝낼 것 같은 상황이었는데 의외로 제아
가 앙칼지게 되물었다.

"뭐가요?"

"네?"

"뭐가 실수 같고 또 미안하냐구요."

"아, 싫다는데 집적거려서요. 멋진 애인분…… 있다고 했는
데 믿지 않은 것도."

이번엔 뒤로 한 걸음 물러선 도준이 느긋하게 팔짱을 낀 채
그들을 지켜보고 있다. 우리 제아 잘한다고 흐뭇해하는 눈빛
으로.

"사과할 거 또 있으시잖아요."

준환은 이를 갈면서도 억지웃음을 입가에 머금었다.

"그거 말고 내가 또, 실수한 게 있습니까?"

"정 모르시면 알려드릴까요."

"내가 모른다면 제…… 흠흠, 당연히 알려주셔야죠."

"대학, 스펙, 그런 걸로 사람 판단하고 무시하지 마세요. 저보다 좋은 대학에 스펙까지 좋으신데 인성은 초졸 수준이잖아요. 여자 꼬셔서 데려다줄 매너 보일 시간에 인성 공부 다시하세요."

준환에게 좀 더 다가선 제아가 또렷하게 눈을 마주하며 나직하게 마지막 경고를 날렸다.

"내 남자 친구가 제때 나타난 걸 감사하게 생각해요. 그게아니었으면, 허락도 없이 내 손 잡고 집적거리고 무시한 대가로, 그쪽 거기 눈물 확 쏟을 정도로 걷어차줬을 테니까."

내리깐 제아의 시선이 허리 아래 어딘가에 노골적으로 닿자준환의 얼굴이 새하얗게 질렸다.

"하나 더. 신 선배님한테는 기꺼이 비밀로 해드릴게요. 그럼안녕히 가세요."

10년 묵은 체증이 확 내려가는 통쾌한 기분은 바로 이런 거겠지? 준환을 등진 제아는 휙 돌아서서 그녀를 기다리고 있는제 남자의 팔짱을 꼈다. 기꺼이 그녀에게 팔을 내어준 도준이옆으로 비스듬히 시선을 내려 제아를 응시했다.

"문제아, 멋진데."

"든든한 빽 있는 애인 믿고 나도 있는 척 좀 해봤어. 왜, 난그럼 안 돼?"

새침하게 솟은 눈동자가 천진난만하게 그를 올려다보았다.

앙칼진 내 고양이 같으니라고. 사랑스러워 죽겠다는 듯 도준이 그녀의 귀에 속삭였다.

"얼마든지 이용해."

찌그러진 차를 보며 발을 동동 구르던 준환이 휴대 전화로 누군가와 통화하는 게 보였다.

"근데 보험사에 연락해줘야 하는 거 아니야?"

"보험사에서 알아서 처리할 테니 내버려두면 돼."

"보험사가 어떻게 알고?"

"들이박은 순간 보험사 쪽에 자동적으로 연락이 가."

갑자기 무언가가 생각난 듯 제아의 뾰족한 시선이 도준에게로 향했다.

"오빠, 그리고 운전 좀 위험하게 하지 마! 분노의 질주 빈 디젤도 아니고, 누가 비싼 차를 오토바이처럼 몰라고 했어? 그러다 사고 나면 어쩌려구!"

"통화 내용 듣다 보니 열 받잖아."

"그렇다고 비싼 차로 그렇게 들이받아?"

"그럼 어떻게 하라고, 네가 싫어하는 짓은 못 하겠는데."

"내가 싫어하는 짓?"

모르겠다는 듯 제아가 묻자, 부드럽게 휜 눈매에서 스윽 내려온 시선이 살포시 얼굴에 와 닿았다.

"내 손에 피 묻혀서 경찰서 가는 거 싫다면서."

"그거야 그렇지만……."

말끝을 흐린 제아가 새침하게 눈을 깔더니 대화 주제를 돌렸다.

"근데 바쁘다더니 어떻게 왔어?"

"그냥 스케줄이 좀 일찍 끝나서."

너무도 말끔한 도준의 미소에 제아는 알지 못했다. 다른 남자가 제아를 보는 것조차 싫은 그가 결국 중간에 스케줄을 박차고 나와버렸다는 걸.

제아의 동네에 도착했을 때쯤엔 어둑한 하늘을 가득 메운 먹구름에서 한 방울 두 방울씩 찬 빗줄기가 조금씩 내리고 있었다. 한 우산을 같이 쓰고 걸으니 골목길까지 가는 길이 아쉬울 만큼 짧았다.

제아에게서 우산을 건네받던 도준의 눈이 휘둥그레졌다. 제아가 기습 키스를 날린 것이다.

"비 오는 날이 키스하기 좋은 날이래. 그래서……."

요즘 들어 먼저 입맞춤을 많이 했던 걸 떠올린 제아가 민망함에 둘러댄 변명이었다. 제아가 대문 안으로 들어간 후에야 도준은 가만히 손을 들어 입술을 만졌다. 잠깐 닿았던 달콤함이 사라져서일까. 서늘하고 메마른 입술 감촉이 공허하게 느껴졌다. 현실이든 꿈이든 제아는 항상 그의 안에 머물러 있다. 그럼에도 보이지 않고 느껴지지 않아 더 불안하게 만드는 공기 같은 존재, 그게 바로 제아였다.

"제아야, 문제아."

그저 이름만 몇 번이고 애달프게 부를 뿐. 넌 날 불안하게 만들어. 금방이라도 사라져버릴 것만 같아서.

성큼 다가온 겨울에 코끝이 시릴 만큼 날씨가 추워졌다. 그 날 이후 일주일 가까이 도준을 보지 못한 제아는 굳게 닫힌 집무실을 바라보며 중얼거렸다.

"이럴 줄 알았으면 그때 좀 실컷 봐놓을걸."

"제아 씨, 밥 먹으러 가자! 오늘은 쌀국수 어때?"

"좋아요."

비서들과 함께 1층 로비에 도착하자 김 비서가 자그맣게 환호성을 내질렀다.

"우리 사장님이에요!"

마중 나온 임원들을 뒤에 거느리고 블랙 캐시미어 코트를 입은 도준이 막 로비로 들어서고 있었다. 널찍한 로비를 가로지르던 도준이 걸음을 멈추고 돌아서는 순간, 제아의 시야에 이상한 무언가가 포착되었다.

도준이 서 있는 바로 위, 나선형의 난간에 생뚱맞게 올라가 있는 화분 하나가 불안하게 흔들리고 있었던 것이다. 그 순간 제아는 본능적으로 내달렸다.

"사장님!"

우렁찬 부름에 막 돌아서는 도준의 품으로 코뿔소처럼 돌진한 제아가 와락 안겨들었다.

얼마나 세게 안겼는지, 그녀를 받아낸 도준의 몸이 기우뚱 중심을 잃고 뒤로 기울어졌다.

쨍그랑—!

방금 전까지 도준이 서 있었던 그 자리에 도자기 화분이 형체를 알 수 없을 정도로 산산조각이 났다.

갑작스러운 상황에 잠시 정적이 흐르고 뒤늦게 로비를 지키던 경비원들이 달려왔다.

아찔했던 그 순간에도 도준은 코트로 제아를 꼭 감싸고 있었다. 그를 쿠션 삼아 떨어진 제아는 다행히 충격이 적었지만 그 밑에 깔린 도준은 꼼짝도 하지 않았다. 불안함에 떨리는 심장을 부여잡으며 살그머니 고개를 들자 다행히도 서늘한 그의 눈빛이 그녀를 내려다보고 있었다.

"문제아 씨, 괜찮습니까?"

"저는…… 괜찮습니다."

화분의 파편이 튀었는지 새하얀 도준의 뺨에 길게 그어진 생채기가 안쓰러워 시선을 뗄 수가 없었다.

"어떻게 이런 일이!"

"사장님, 얼른 병원에 가셔야 합니다!"

동상처럼 가만히 있던 임원진들이 갑자기 호들갑을 떠는 소리에 두 사람은 몸을 일으켰다.

"살짝 베인 것뿐이니 호들갑 떨 필요 없습니다."

도준의 싸늘한 한마디에 술렁이던 분위기가 가라앉았다. 그제야 그는 인호에게 나직하게 지시를 내렸다.

"다음 스케줄 장소에는 나 혼자 이동할 테니 유 실장은 문 비서를 집까지 데려다주도록 해. 문 비서는 많이 놀랐을 텐데 바로 퇴근하도록 해요."

"사장님, 저는 괜찮습니다."

"내가 괜찮지 않습니다. 날 구해준 것에 대한 보상 문제는 내일 다시 이야기하죠."

인호에게서 차 키를 받아 든 도준이 다시 로비 입구 쪽으로 발을 떼자 갑작스러운 그의 일정 변경에 당황한 임원진들이 줄줄이 사탕처럼 그의 뒤를 쫓았다. 그제야 비서들이 제아에게 몰려들었다.

"제아 씨, 괜찮아?"

"그러니까요. 언니 아니었으면 사장님 정말 큰일 날 뻔했어요."

"언니 순발력 진짜 최고였어요!"

여비서들의 말조차 제아의 귀에는 지금 들리지 않았다.

"문 비서, 나랑 같이 주차장으로 내려갑시다."

"저 괜찮은데요. 마무리 못 한 일도 많구요."

"문 비서 안 데려다주면 그 불똥 나한테 튑니다."

"……그럼 차 가지고 회사 앞으로 와주시면 안 될까요."

물끄러미 제아를 바라보던 인호가 짧게 고개를 끄덕였다. 조금이라도 도준을 더 보고 싶어하는 제아의 마음을 눈치챈 것이다.

빠른 걸음으로 로비를 나선 제아는 임원들의 배웅을 받으며 다시 차에 오르려는 도준을 애틋한 눈빛으로 바라보았다. 그 시선을 느꼈는지 돌아본 도준의 시선이 임원들의 뒤를 더듬다가 출입문 쪽에 서 있는 제아를 발견했다.

허공에서 애틋하게 두 사람의 시선이 얽혔다.

'걱정하지 마. 연락할게.'

'걱정 안 해. 꼭 연락해.'

오가는 눈빛만으로 절절한 대화를 나눈 후에야 도준은 차에 올라탔다. 움직이는 차를 지켜보는 제아의 심장이 좋지 않은 예감으로 들썩였다. 왜 이렇게 불안하고 무섭지?

그때였다.

끼이이이익—!

차가 미끄러지는 소음이 기분 나쁘게 고막을 찢어대는 순간, 사거리 도로에서 무섭게 돌진한 차 한 대가 도준의 차를 뒤에서 거칠게 들이박았다. 그 충격에 도준의 차가 꺾여 밀리면서 반대편 도로의 턱에 부딪혔다.

연달아 이어진 갑작스러운 불상사에 지켜보던 이들은 혼비백산했다. 곧이어 운전석의 문이 확 열리고 도준이 비틀거리면서 내렸다.

새하얀 도준의 얼굴을 물들이며 흘러내리는 시뻘건 피.

'도준 오빠!'

머릿속이 새하얘지고 몸에서 점점 힘이 빠져나간 제아의 몸이 바닥으로 픽, 쓰러졌다.

도준의 얼굴을 물들이는 붉은 피가 그녀의 심장까지 물들이고 있었다.

강훈은 집무 책상에 앉아 느긋하게 박 실장의 보고를 받고 있었다.

"대성 병원에 입원 중이라고 합니다."

"상태는?"

"출혈이 좀 있었지만 심각하지는 않다고 합니다."

"적어도 이틀은 꼼짝 못 하게 해야 해."

"확인해보겠습니다."

"입단속 잘 시키고."

"걱정 마십시오. 음주 운전에 의한 단순 접촉 사고로 경찰 쪽에서 조사가 들어간 상태입니다."

"지시한 건 미국 쪽에 잘 전달되었고?"

"네. 지금쯤이면 팩스로 받아보셨을 겁니다."

"나가봐."

박 실장이 사진 몇 장을 강훈의 책상 위에 올려놓고 나갔다. 지금쯤이면 업무차 미국을 방문한 한 부회장이 윌리엄 맥리를 만나서 협상을 제시하고 있을 것이다.

"한도준, 미안해서 어쩌지? 제일 백화점에 일리니 좀 입점시켜야겠어."

강훈이 사악한 미소를 지었다. 국내 백화점 중 부동의 1위 자리를 유지하고 있지만 매출은 몇 년째 제자리걸음이었다. 획기적인 브랜드 마케팅이 필요했고 그게 바로 일리니였다. 몇 번이나 접촉을 시도했지만 번번이 실패를 했었는데 뜻밖에도 도준이 기회를 물어다준 것이다.

박 실장이 놓고 간 사진 속에는 전라의 늘씬한 여자 둘과 뒤엉켜 있는 일리니의 창업주 일리안이 있었다. 영국 왕실과 사돈을 맺고 싶어 하는 윌리엄이 이런 딸의 사진을 보면 아마도 노발대발하겠지.

사진을 응시하는 강훈의 눈가에 웃음이 어렸다.

짧은 시간에 할 수 있는 검사는 모두 끝마친 도준은 환자복을 입고 VIP 병실 침상 위에 앉아 있었다. 창 밖을 내다보니 벌써 해는 떨어져 어둑했다. 다행스럽게도 찰과상과 약간의 출혈 이외에 크게 다친 곳은 없다고 하지만 차분한 도준과 달리 인호가 난리를 쳤다.

"이번 건도 조용히 넘어갈 거야? 증거가 이렇게 우리 손에 있는데도?"

오토바이 사고를 냈던 남자가 인호에게 휴대 전화로 사진 한 장을 전송했다. 계좌 추적을 피하기 위해 중간 브로커인 남자에게 돈 가방을 건네는 이는 바로 강훈 쪽 박 실장이 부리는 수족 중 한 명이었다.

"오늘 일도 내가 제대로 된 증거 찾아낸다! 그러니까 이번엔 아주 한 이사님 제대로 한 방……."

"됐어. 좀 더 완벽하게 준비되면 그때 제대로 터뜨리면 돼."

"돈세탁을 워낙 교묘하게 해서 추적하기가 힘들어서 시간이 좀 걸려."

"그래서 기다리는 거잖아. 한 부회장이 불법적으로 모은 자금으로 전직 대통령에게 정치 자금을 대주고 그 대가로 제일그룹에 유리한 경영권을 따낸 거. 충분한 증거 자료가 모아지면 그때 한 번에 부자의 숨통을 틀어쥐어야지."

"그거 터뜨리면 제일 그룹도 타격이 꽤 클 텐데 괜찮겠어?"

"상관없어. 난 어차피 한 부회장만 물러나게 하면 되니까."

"한 회장님도 한 부회장님이 어떤 짓을 했는지 다 알고 묵인하셨을 거야. 괜히 너한테 날벼락 떨어질 수도 있다고."

애초에 도준은 제일 그룹에 관심이 없었다. 연희와의 계약 조건만 이행하고 나면 미련 없이 털어버릴 계획이니 제일 그룹이 산산조각이 나든 말든 그의 관심사가 아니었다.

"제아는 잘 데려다줬어?"

"그게⋯⋯."

흠칫한 인호가 시선을 피하며 말꼬리를 흐렸다.

"사실은 문 비서 지금 병원 어딘가에서 대기 중이다. 너 걱정할까 봐 검사 다 끝나면 보러 온다고 연락 달라고 하더라고. 고집이 너 못지않게 세서 난 도저히 못 돌려보내니까 네 여자 돌려보내던지 품고 있던지 그건 한 사장 네가 알아서 해."

"⋯⋯."

"그나저나 문 비서도 보통 아니더라?"

무슨 말이냐는 듯 도준이 인호를 응시했다.

"너 사고 나는 거 보고 쓰러졌다 일어나서 폭풍 눈물을 흘릴 땐 언제고, 경찰이 사고 낸 놈 끄집어내니까 달려가서 그 남자 거시기를 사정없이 발로 차버리던데? 보는 내가 다 눈물이 찔끔 나더라. 그리고 여자가 무슨 욕을 그렇게 걸쭉하게 잘해? 나 진짜 문 비서 다시 봤다."

그 말을 마지막으로 병실에서 나온 인호는 제아에게 연락을 했다.

"오빠 괜찮나요?"

"네. 크게 다친 곳은 없긴 한데 그래도 문 비서한테 부탁 하나만 할게요."

"......?"

"이왕 하루 입원 시킨 거 우리 한 사장 영양제 한 대 맞힙시다. 내 말은 도무지 먹히질 않으니."

말뜻을 알아차린 제아가 배시시 웃었다.

"저만 믿으세요."

"그럼 문 비서 믿고 간호사한테 말해놓을게요."

병실 안 도준은 침상이 아닌 창가에 서서 창밖의 풍경을 물끄러미 바라보고 있었다. 환자복을 입었는데도 조금도 초라하지 않은 도준은 정말 다친 곳 없이 멀쩡해 보였다.

"오빠, 몸은 괜찮아? 어디 막 쑤시거나 아픈 데 없어?"

돌아서는 도준의 찰랑이는 앞머리 사이로 큼지막하게 붙여진 반창고가 보인다.

"내가 얼마나 놀랐는지 알아? 그러니까 오늘은 병실에서 일할 생각하지 말고?"

몸을 틀어 성큼 다가온 도준이 제 품으로 확 끌어당기는 바람에 제아는 말을 이을 수 없었다.

"하아, 이제 살 거 같다."

나직한 그 중얼거림에 제아도 팔로 그의 목을 둘렀다. 가만히 얼굴을 들어 도준과 눈을 맞추며 짙은 한숨과 함께 말을 했다.

"나도 살 것 같아. 오빠 멀쩡한 거 두 눈으로 직접 봐서."

제아를 보내줘야 한다는 건 알지만 보내기가 싫었다. 오늘만큼은 마음껏 곁에 두고 보고 듣고 느끼고 싶었다.

"자고 가."

"……뭐?"

"너 없으면 나 일 끌어다가 여기서 밤새워 일할지도 몰라. 그러니까 자고 가라고."

제아의 눈에 갈등의 빛이 역력했다. 병실도 넓고 침대도 넓지만 모두 하나뿐인데. 그때 긴 손가락으로 콧등을 짚는 도준의 얼굴이 창백하게 질렸다.

"왜 그래? 어디 아파? 의사 부를까?"

"핸들에 세게 부딪혀서 그런지 두통이 좀 있네."

"의사! 내가 의사를?"

깜짝 놀라 침대 옆에 있는 호출 버튼을 누르려는데 갑자기 도준이 제아를 안은 채 침대에 누웠다.

"잡아먹지 않을 테니까 오늘 가지 말라고."

"……."

"하필이면 오늘부터 3일 동안 내내 비가 내린다는군."

모르는 사람이 들었다면 도준이 단순히 날씨 이야기를 하는 거라 생각하겠지만 제아는 알고 있었다. 비가 내린다는 말을 꺼낸 건 혼자 있기 싫다는, 악몽을 꾸기 싫다는 말을 하는 거라는 걸. 그러니 어떻게 거부할 수 있을까.

"오빠 그거 알아?"

살짝 몸을 움직인 제아는 도준의 얼굴을 가만히 품으로 끌어안았고, 그 또한 얌전하게 안겨왔다. 어린 시절 그랬던 것처럼.

"이번 주가 마지막 비래. 다음 주부터는 눈이 온대."

"12월의 마지막 비라."

"오빠는 아직도 비가 싫어?"

"……이젠 네가 있잖아."

"오늘 밤은 내가 지켜줄 테니까 푹 자."

"문제아 심장 소리, 오랜만에 듣네."

그렇게 서로를 끌어안고 일상적인 소소한 대화를 나누었다. 제아의 품에 안겨 있으니 긴장감이 풀렸나 보다. 도준은 대화 도중 잠이 들어버렸다.

그의 숨소리가 안정되자 감고 있던 눈을 뜬 제아는 살그머니 시선을 내려 잠이 든 도준의 얼굴을 물끄러미 바라보았다.

"자고 있는 모습은 영락없이 소년이네."

긴 속눈썹이 눈을 덮고 있어서인지 잠든 모습이 꽤 앳되어 보였다.

"한 사장!"

그때 갑자기 문이 드르륵 열리는 소리에 막 잠이 든 도준이 눈꺼풀을 들어 올렸다. 나란히 누워 있는 둘을 본 인호는 화들짝 놀라 얼른 손으로 눈을 가렸다.

"웬만해선 방해를 안 하려고 했는데."

제아가 얼른 침상에서 내려오자 그제야 가리고 있던 손을 내린 인호가 제아의 눈치를 보면서 조심히 말을 이었다.

"한 여사님이 연락도 없이 갑자기 병원에 오셨어. 김 박사님 만나고 이쪽으로 오고 계신다고 해서 하도 급해서."

한 여사님이라는 말에 제아는 본능적으로 느꼈다.

내가 빠져줘야겠구나.

"오빠, 내가 잠깐 나가 있을게."

나가려는 제아를 도준이 잡았다.

"어딜 나가, 제아 넌 여기 있어."

"오빠 어머니랑 내가 아직 마주칠 땐 아닌 것 같아서."

제아의 말 속에 담긴 단호함을 느꼈는지 도준이 마지못한 듯 일어났다.

"그럼 어디 가지 말고 여기 있어. 금방 올 테니까."

도준이 병실을 나서자 기가 막힌 타이밍으로 엘리베이터에서 수행 비서들과 함께 내리는 연희가 보였다.

"답답한 병실로 갈 필요 없이, 휴게실로 가시죠."

VIP 층에 마련된 라운지 휴게실에 마주앉은 두 사람은 안부

인사조차 없이 싸늘한 침묵을 유지했다. 한국에 온 이후로 처음 대면하는 모자 사이인데도 그만큼 서로에게 할 말이 없는 걸까. 다행히도 연희가 먼저 입을 열었다.

"강훈이는 신경 쓰지 않아도 되니 괜히 자극하지 마. 하이에나 새끼는 아직 뭘 몰라서 건들기만 하면 물려고 하거든. 내가 원하는 건 한태영이야."

"저한테 명령이나 하려고 연락도 없이 누추한 병원까지 오신 겁니까?"

"더 이상 제멋대로 혼자 움직이지 말라고 경고해주러 왔다. 봐주는 것도 한계가 있으니."

"어련하시겠습니까."

도준의 이죽거림에 연희는 고운 눈살을 살짝 찌푸렸지만, 다시 차분하게 말을 이었다.

"이미지에 흠집 내는 유치한 짓도 그만하고. 조만간 네 약혼자리 알아볼 테니까."

"약혼 안 합니다."

"겨우 제일 어패럴 하나 손에 쥔 주제에 잘난 척이니? 넌 힘이 부족해도 많이 부족해."

"계약은 충실히 이행할 테니 어울리지 않는 걱정은 마시죠. 누가 보면 진짜 아들 걱정하는 줄 압니다."

"진짜 아들은 아들이잖니?"

"……"

제 할 말을 다했다는 듯 휴게실을 나가려던 연희가 갑자기 돌아섰다.

"사고가 꽤 크다고 하더니 생각보다 멀쩡하구나."

"……."

"착각하진 말아라. 아빠가 하도 성화라서 잠시 들른 것뿐이니까."

홀로 남겨진 휴게실에서 도준은 어둑한 창밖으로 시선을 던졌다. 12월의 마지막 비가 내리고 있었다. 습한 기운을 느끼며 굵은 빗줄기를 보고 있으려니 몸이 서서히 차갑게 식어갔다.

참 아이러니했다. 친모인 연희에게 버림 받은 날도, 그리고 10년 만에 재회한 오늘도 하필이면 겨울 비가 내리다니. 끔찍한 기억들에 짓눌린 심장이 제 기능을 못하자 가슴이 탁 막히는 느낌이었다.

병실로 향하는 한 걸음 한 걸음이 지금 도준에게는 힘겨웠다. 병실로 들어가자마자 누군가를 찾는 것처럼 촉박하게 눈이 움직인다. 그리고 창 앞에 등을 지고 서 있는 제아를 본 순간 저절로 안도의 한숨이 새어 나왔다.

"문제아."

그녀가 있다. 한 공간에, 바로 눈앞에, 손만 뻗으면 닿을 수 있는 곳에.

"어머니는 잘 만나고 왔어?"

뒤도 돌아보지 않은 채 비 오는 창밖을 응시하는 제아의 시선은 고급 외제 차에 올라타는 여자에게 향해 있었다. 바로 그의 어머니인 여자. 도준 몰래 그냥 가려다가 우연히 들었던 모자의 대화가 떠올랐다. 도준의 악몽도 어쩌면 친모 때문인지도 몰랐다.

"오빠는 모르지? 비가 굉장히 낭만적이라는 거."

제아는 도준이 비에 대한 끔찍한 트라우마에서 벗어났으면 했다.

"그딴 거 나는 몰라."

등 뒤까지 바짝 다가온 도준이 느껴진다.

"내가 아는 건 문제아 너뿐이니까."

유리창을 짚고 있는 제아의 손에 도준이 제 손을 덮는다. 항상 따스했던 그의 손이 지금은 유난히도 차가웠다.

"비는 나를 숨 막히게 해."

그 서늘한 손 마디마디가, 그리고 손끝이 가늘게 벌어진 제아의 손가락 사이사이로 흘러들어 깍지를 낀다.

"그래서 비 같은 거 아예 오지 않았으면 좋겠어."

단단한 가슴이 등에 닿는 아찔한 감촉에 흠칫하며 제아가 손을 가늘게 떨었다.

"비가 안 오면 세상이 다 말라비틀어져. 비는 꼭 와야 해. 그리고 난 비오는 날 우산 쓰고 걷는 걸 좋아해. 그러니까 이제 오빠도 좋아해야 해."

"그럼 네가 알려줘 봐."

귓가에 바짝 붙은 그의 입술마저 차갑다.

"비 오는 날이 왜 낭만적인 건지."

입술만큼 차가운 속삭임이 제아를 유혹한다.

"비 오는 날이 기다려지게끔."

내 입술 좀 뜨겁게 해달라고.

"비가 오면 물기를 머금은 공기가 가라앉아서 냄새가 더 진해지는 거 알아?"

말한 것처럼 도준에게서 흘러나온 향이 페로몬처럼 짙게 뿌려져 병실 내부를 농밀하게 채워간다.

"빗소리에 소리가 다 묻혀버려서 귀도 민감해지고."

맞닿은 등과 가슴에서 서로의 심장 소리가 세차게 고막을 울렸다. 비스듬히 고개를 뒤로 틀어 도준을 바라보는 제아의 입가에 미소가 어려 있다.

"서로한테 집중하기 딱 좋다는 거야."

그 웃음의 의미를 파악하기 위함인지 도준의 눈이 가늘어졌다.

"딱 한 번만 알려줄 테니까 잘 기억해."

제아가 갑자기 손을 뻗어 그의 얼굴을 밑으로 끌어당긴다.

"비 오는 날은 악몽을 꾸는 날이 아니라."

입술을 가져다댄 채 야릇하게 속삭인다.

"키스하기 좋은 날이라는 거."

감긴 듯 나른하게 치켜뜬 눈빛이 지독히도 섹시했다. 항상 하던 버드 키스가 아닌 농밀하게 파고드는 다디단 입술과 촉촉한 혀의 공격이 대담했다. 창문을 짚고 있는 서로의 손끝에 힘이 들어가고 입술과 혀를 부딪치고 흠빠는 원초적인 소리가 병실 내부를 야릇하게 울렸다.

"이 정도 가지고는 부족해."

숨이 부족한 듯 살짝 입술을 떼려는 제아에게 좀 더 하체를 밀어붙인 도준이.

"내 악몽을 지우기에는."

짙어진 눈빛과 거칠어진 호흡으로 다시 키스를 해왔다. 격렬하게 파고드는 그의 입술을 받아들이는 고개가 점점 더 꺾여 쥐가 날 것 같음에도 제아는 피하고 싶지 않았다. 도준에게 먹히고 씹히고 빨리는 이 감각들이 온몸을 태워버릴 듯 피어나는데도 더 원했다. 정신이 아득해지고 뭔가를 요구하는 게 몸의 움직임으로도 나왔다. 품에서 몸을 비비듯 움직이는 제아의 아찔한 반응에.

"오늘은 여기까지."

으르렁거리듯 나직하고 거친 말을 허스키하게 토해낸 도준이 입술을 떼고 호흡을 골랐다.

몸을 돌리려는 제아를 다시 뒤에서 안은 채 도준도 같이 창밖을 내다보았다.

"제대로 먹혔어. 비 오는 날의 공식."

"비 오는 날의 공식? 그게 뭔데?"

도준은 허리를 조금 굽혀 정말 모르겠다는 듯 되묻는 제아의 목과 어깨 사이에 얼굴을 묻으며 뜨거운 숨과 함께 토해냈다.

"비 오는 날은 딥 키스."

넌 나만 보고 나만 신경 쓰면 돼

　침대에 누운 도준의 팔목에 링거가 꽂히는 걸 본 후에야 제아는 집으로 돌아왔다. 샤워도 할 겸 입맛 까다로운 도준을 위해서 집에서 음식을 좀 챙겨 갈 생각이었다. 정리 벽이 또 도졌는지 주방 살림을 몽땅 꺼내놓은 윤영이 냉장고에서 음식을 챙기는 제아를 보곤 웃었다.

　"우리 집에 음식 도둑이 있는 줄 몰랐네?"

　"사장님이 교통사고 때문에 입원해서 나 오늘 거기서 밤새야 돼. 나도 사 먹는 거 별로라서 같이 먹을 겸 챙겨 가는 거야. 엄마 음식 솜씨가 끝내주잖아?"

　"니네 사장은 돈도 많으면서 그냥 간병인 부를 것이지 왜 신참 비서를 부려먹니?"

　"우리 사장님 취임하고 나서 우리 회사 주가가 팍팍 오르는 중이잖아. 그만큼 일이 어마어마해서 병실에서도 손을 놓을 수가 없어. 그래서 비서들이 돌아가면서 하기로 한 거고. 월급이 150만 원 이상 올랐는데 그 정도는 해야 되지 않겠어?"

"하긴. 월급을 그렇게나 많이 주니 부려먹긴 해야겠네."

도우미 월급까지 보태서 보내주는 액수가 꽤 큰지라 윤영도 이내 수긍하는 눈치였다. 이때다 싶어 얼른 제아가 대화의 주제를 돌렸다.

"그런데 갑자기 웬 주방 정리?"

"버릴 건 버리고 해야지. 엄마가 우리 딸 비서 첫 월급 기념으로 이번에 주방 용품 좀 질렀어. 이것들 다 10년 넘게 써서 버릴 때도 됐지."

윤영이 버리겠다고 빼놓은 주방 용품을 본 순간 제아의 얼굴이 확 굳었다.

"이거 다 오빠가 사줬던 거잖아."

"그래서 오래 쓴 거야. 10년 넘게 썼으면 오래 쓴 거지."

워낙 똑똑한 탓에 또래 친구들의 과외까지 했던 이준은 그 돈을 본인에겐 한 푼도 쓰지 않고 오로지 가족을 위해서 썼다. 윤식에게 용돈을 주었고 제아가 가지고 싶은 게 있으면 사주고 윤영의 주방 살림까지 차근차근 모두 바꾸어주었다. 그가 어떤 마음으로 이걸 사주었을지 알기에 버릴 때가 된 걸 알면서도 속이 상했다. 마치 윤영이 품고 있는 도준에 대한 마지막 정인 것 같아서.

"엄만 이준 오빠가 아직도 밉고 원망스러워?"

부지런히 움직이던 윤영의 손이 멈추었지만 그것도 잠깐뿐이었다.

"엄마는 이준이 미워하지도 원망하지도 않아. 이미 내 품에서 떠난 자식, 깨끗하게 잊어주는 게 도리니까."

"그럼 혹시 오빠가……."

"문제아! 부자 엄마 따라 잘 살고 있는 앨 왜 자꾸 들먹여? 다시는 이준이와 엮일 일 없으니까 너도 잊어. 그 이름 다시 꺼내지도 말고!"

그리고 더 이상 그 이야기는 하기 싫다는 듯, 윤영이 대화의 주제를 돌렸다.

"넌 도대체 지로를 언제까지 기다리게 할 거니?"

"아, 갑자기 지로 이야기가 왜 나와? 지로는 그냥 친구란 말이야. 남자 사람 친구란 말도…… 아얏!"

윤영의 손이 제아의 등을 후려쳤다.

"남자 여자 사이에 친구가 어디 있어? 지로처럼 괜찮은 애가 또 어디 있다고!"

"괜찮으면 엄마가 지로 데리고 살던지. 아얏!"

매서운 두 번째 등짝 스매싱에 등이 번쩍하면서 어떤 생각이 번뜩, 떠올랐다.

"……같은 남자는?"

"뭐?"

"이준 오빠 같은 남자는 싫어?"

순간 싸늘하게 얼어붙은 윤영의 눈빛과 표정.

"제아 너 설마 이준이 기다리고 있는 거니? 그래서 지로도 모른 척하고 연애도 안 하고 이 꼴로 있는 거냐고!"

"그건 아니야! 그냥 마음에 드는 남자가 없어서 그런 것뿐이야! 그리고 내가 연애할 틈이 어디 있어? 죽어라 일해서 내가 사랑하는 우리 부모님 행복하게 해드려야 하는데."

"근데 그런 건 왜 물어보는데?"

"엄마가 옛날부터 그랬잖아. 오빠만 한 남자 세상 어디에도 없다고. 그래서 물어본 거지. 이제 완벽하게…… 남남이기도 하고."

"엄마가 몇 번을 말하니, 이준이 기다리지 말라고! 그리고 오빠랑 남자랑 같니, 같아?"

"같지 않으니까 엄마한테 물어보는 거잖아."

조심스러운 제아의 반문에 휘둥그레진 윤영의 눈빛이 거칠게 흔들렸다.

"피 한 방울 안 섞였어도 10년 동안 남매로 지냈어. 동네 사람이 다 알고 서류에도 흔적이 다 남아 있어. 근데 그게 말이 된다고 생각하니? 그리고 난 이준이 엄마랑 다시는 보고 싶지 않아. 생각만으로도 끔찍하니까 제아 넌 꿈에서라도 그런 상상하지 마라. 알았니?"

"……."

"문제아, 대답 못 해?"

거짓말은 태생적으로 하지도 못하고, 하기도 싫다.

"난 그래도 이준 오빠 같은 남자가 좋아!"

쇼핑백을 손에 들고 현관문으로 내달리며 제아는 피가 나도록 입술을 깨물었다. 못다 한 말을 뱉어버릴 것만 같아서. 이젠 멈출 수도 포기할 수도 없는데.

엄마, 정말 미안. 도준 오빠 사랑해버려서.

도준의 팔뚝을 더듬는 간호사의 손길은 느려도 너무 느렸다. 눈은 얼굴을 응시하고 있으니 움직이는 손은 느릴 수밖에. 링거를 빼러 가는 데만도 이 남자 얼굴을 가까이서 보겠다고 간호사들끼리 치열한 경쟁이 일어났다. 최종 승자는 미혼녀에 가장 연장자인 간호사였다.

하지만 그걸 참아줄 만큼 도준은 착한 남자가 아니었다.

"3초 안에 링거 빼요."

"그러면 아플……."

"내 얼굴 구경시키려고 대성 병원에 억대 회원가를 지불하는 건 아닙니다."

간호사가 사라진 후 넓은 병실에 홀로 남은 도준은 가슴이 답답해져 왔다. 제아가 없어서일까. 그냥 허전하고 외롭다. 결국 병실에서 나온 도준은 팔뚝에 남아 있는 링거의 흔적을 손으로 문지르며 차분하게 엘리베이터를 기다렸다. 일분일초라도 빨리 보려면 직접 마중 나가는 방법밖에 없으니까.

때마침 엘리베이터가 올라오자 멈추었던 심장도 박동을 다시 시작하는 것 같았다.

하지만 엘리베이터에서 내린 건 어머니인 연희였다. 그것도 머리끝부터 발끝까지 화려한 젊은 여자를 대동하고 나타났다.

"마침 나와 있었구나. 정연아, 내 아들 도준이다. 인사하렴."

정연이라는 여자가 도도한 눈빛으로 그에게 짧게 고개를 숙였다.

"또 웬일입니까?"

두 여자를 반기지 않는 게 그의 말투에서 고스란히 드러났다.

"그렇지 않아도 너와 정연이 식사 자리 마련하려고 했었다. 그런데 네가 다쳤다고 하니 기특하게도 정연이가 문병을 오겠다고 그러잖니? 근처에 괜찮은 한정식 식당 예약했으니 늦은 저녁 한 끼 같이 하자꾸나."

연희가 이토록 그에게 길게 말을 한 것은 처음이었다.

"저녁 선약이 있습니다. 그러니 식사는 두 분이서 오붓하게 하세요."

도준은 이미 연희에게 1차 경고를 했다. 아들로서 최소한의 예의를 지켜줄 때 인조인간 같은 저 여자를 데리고 꺼지라고 말이다.

"업무와 관련된 선약이니?"

"지극히 사적인 저녁 약속입니다."

"그럼 취소해라."

반항기 가득한 아들을 향해 연희가 어림없다는 표정을 지었다. 회사로 쳐들어가면 일 핑계로 빠질 아들이니 기회를 노리고 있었던 차에 병원에 입원을 했으니. 그 기회를 놓칠 순 없었다. 이참에 제대로 못을 박아놔야겠으니.

"업무적인 선약보다 더 중요한 선약입니다. 그건 곧 두 분과의 식사와는 비교도 안 될 정도로 중요하다는 뜻이죠."

노골적인 거절에 연희가 오히려 상냥한 미소를 지었다. 하지만 미소 짓는 입술과 달리 도준을 응시하는 눈동자만은 차가웠다.

"도준아, 난 네 의견을 묻는 게 아니란다."

"어머니, 오늘은 날이 아닌 것 같아요. 몸도 안 좋은데 외부에서 식사하는 건 무리일 수도 있잖아요. 그러지 말고 음식 포장해서 가지고 올까요?"

어머니, 어머니라……

"이 여자분 이름, 어머니가 작성한 약혼녀 명단에 있겠죠. 상위 랭킹일 테고. 몇 위입니까?"

드러내놓고 공격했는데도 연희는 지극히 태연했다.

"1위는 아니지만 상위 랭킹에 있는 아가씨는 맞아. 하지만 정연이가 어떻게 하느냐에 따라 1위가 될 수도 있겠지?"

연희가 부드럽게 바라보자 걱정 말라는 듯 정연히 살그머니 연희에게 팔짱을 낀다. 그걸 본 도준이 정연의 앞으로 걸어갔다.

"통성명이나 하죠. 제일 어패럴 대표 이사 한도준입니다. 그쪽은?"

코앞까지 다가온 도준의 근사한 얼굴을 제대로 보기가 힘들었는지 살포시 속눈썹을 떨며 올려다본 정연이 수줍은 미소를 머금었다.

"한성 그룹 오형택 회장님 차녀 오정연이라고 해요. 친가 어른들은 대부분 사업을 하시지만 외가 어른들은 거의 정치 쪽에 몸을 담고 계셔서. 어른들 직책은 좀 친해지면 그때 말씀드릴게요."

당당하게 집안 스펙을 읊는 정연의 표정은 자신만만했다. 이런 나를 거부할 수 있겠느냐는 듯.

"한성 그룹 차녀, 오정연이라……."

도준이 잘생긴 입꼬리를 말아 올리며 흐릿하게 웃자 정연의 눈빛이 황홀하게 풀렸다. 도준에게 최소한의 기본 예절은 있을 거라 생각하고 연희가 이런 짓을 벌인 거겠만 도준은 아낌없이 보여줄 생각이다. 어머니에게 못된 아들인 것처럼 여자에게도 얼마나 못된 놈인지.

"스펙은 인정. 하지만 압구정 호빠에서 몇 명씩 데리고 진상 떠는 여자는 취미 없어."

"……!"

"특히 변태적 성향이 다분한 여자는 더더욱. 아, 사진 몇 장도 확보했다고 말해줘야 하나?"

이럴 줄 알고 연희의 약혼 명단에 상위 랭킹되어 있는 여자들의 뒷조사를 샅샅이 해놓았던 것이다. 그 노고가 빛을 발하는 순간, 정연은 표독스럽게 도준을 노려보곤 씩씩거리며 엘리베이터를 타고 내려가버렸다.

"저녁 식사 예약, 이제 취소하세요. 혼자 내려가기 민망하시면 로비까지 배웅해드릴까요?"

"아직까지 그 더러운 때를 벗지 못해서야."

이렇다 할 화도 내지 않고 표정 변화도 없던 연희가 그제야 입을 뗐다.

"이래서 자라온 환경이 중요하다는 법이다."

배웅은 필요 없다는 듯 돌아서는 연희처럼 도준도 등을 졌다. 친모임에도 원수보다 더하니 같이 있는 것만으로도 숨이 막힌다. 병실로 돌아가려는데 뒤에서 들려오는 연희의 목소리가 꽤 컸다. 그에게 들으라는 듯.

"아들 녀석이 중요한 선약이 있다고 어미인 나를 바람맞혔어요."

돌아서자 연희와 함께 있는 제아가 보였다. 살짝 몸을 튼 연희가 다시 생긋 웃으면서 도준을 응시했다.

"문제아 양, 시간 괜찮으면 나랑 저녁 식사나 같이할까요?"

빌어먹을 타이밍이었다.

"안녕하세요."

연희는 예의 바르게 인사를 하는 제아의 얼굴에서 시선을 떼지 않았다. 초면인데도 얼굴을 본 순간 머릿속에서 떠오르는 건…… 최윤영, 그 여자였다.

그 여자의 딸을 보고 있으니 마음속에서 뜨거운 분노가 치밀어 올랐지만 연희는 결코 내색하지 않았다.

"어머니를, 많이 닮았군요."

새하얀 피부에 아몬드형의 커다란 눈매. 눈동자는 순진했지만, 치켜 올라간 눈꼬리는 절대 순진하지 않다. 그 엄마에 그 딸이니 음탕하고 교활하겠지. 피는 못 속인다더니 그 여자가

420

재경을 홀린 것처럼 그 여자의 딸마저도 제 아들을 홀린 것이다. 그녀에게 유일한 두 남자 모두 빼앗겨버렸다. 윤영 모녀에게. 예상대로 무서운 속도로 도준이 다가오고 있었다.

머뭇거리는 제아에게 연희가 생긋 웃어 보였다. 안심하라는 듯.

"내 아들이 어떻게 자랐는지 이야기도 듣고 싶고."

성큼 다가온 도준이 몸으로 제아의 앞을 막아섰다.

"정문까지 직접 배웅해드릴 테니 가던 길 가시죠."

"난 네가 아니라 제아 양에게 물었다."

살얼음판 위에 서 있는 것처럼 모자는 팽팽하게 대치하고 있었다.

"내가 허락 못 합니다. 그러니까……."

"예의 없이 대화에 끼어드는 건 누구한테 배운 거니? 난 널 그렇게 가르친 적 없다."

도준의 뒤에 가려진 제아는 결론을 내렸다. 연희의 말이 틀린 것도 아니고 무엇보다 연희는 도준의 어머니였다. 그의 어머니가 어떤 사람인지 알고 싶은 마음이 가장 컸기에 제아는 도준의 뒤에서 나와 싹싹하게 웃어 보였다.

"맛있는 거 사주시는 거죠?"

"한식당 예약이 되어 있는데, 괜찮나요?"

"저 뭐든지 잘 먹습니다!"

걱정 말라는 듯 들어가라며 도준에게 눈빛을 보낸 제아가 연희와 함께 엘리베이터에 타려는데 도준이 손목을 낚아채 다시 잡아당겼다.

"1층에서 기다려. 옷 갈아입고 올 테니까."

연희가 무슨 꿍꿍이로 제아에게 저녁 식사를 하자고 했는지는 모르지만 절대 고운 말은 하지 않으리라. 긁고 물어뜯었음 뜯었지. 그걸 안 이상 제아가 아무리 괜찮다고 해도 그는 둘이 같이 있게 할 생각은 조금도 없었다.

"도준이 너, 나보다도 중요한 저녁 선약이 있다고 하지 않았니?"

"그 선약, 방금 어머니가 채갔습니다. 그러니 따라갈 수밖에요."

무슨 배짱으로 예약을 해놓았는지 몰라도 한정식 식당 안쪽에 마련된 좌식 룸에 앉자마자 3인분의 코스 음식이 세팅되었다.

"꽤 유명한 식당이니 제아 양 입맛에도 맞을 거라고 봐요."

"정말 맛있어요."

제아는 진심으로 한 말이었다. 그중에서도 처음 먹어보는 수란채와 육장은 정말 일품이었다. 하지만 음식을 먹는 건 제아 자신뿐, 연희도 도준도 수저조차 들지 않고 있었다. 이럴 줄 알고 도준을 떼어놓고 오려 한 건데.

"사모님은 음식이 입에 맞지 않으세요?"

연희를 부를 만한 마땅한 호칭이 없기에 차 안에서 이미 사모님으로 굳히기를 본 후였다.

"배가 별로 고프진 않군요. 그리고 도준이도 한식을 별로

선호하지 않아요. 입맛이 워낙 까다로워서 제 입맛에 맞는 음식이 없으면 손도 대질 않으니."

제아의 눈이 상 위를 빠르게 스캔했다. 신선로부터 메로 구이, 수삼 더덕채, 칠절판이나 대하 튀김, 소고기 더덕 말이 등등……. 그녀로서는 처음 보는 고급스러운 음식들을 도준이 싫어하는지 좋아하는지는 모른다. 하지만 그 사이에 섞여 있는 빨간 갈치조림과 황태 무침은 그중 한 가지만 있어도 도준이 밥 두 그릇을 뚝딱하는 반찬이었다.

제아는 젓가락을 움직여 갈치살을 능숙하게 발라내며 태연하게 말을 했다.

"오빠 입맛이 까다롭긴 해요. 그래서 모르는 사람 요리는 잘 안 먹으려고 하거든요."

잘 발린 갈치살이 빨간 양념이 듬뿍 찍혀 도준의 새하얀 밥 위에 올라가자 그가 조금은 놀란 듯 제아를 바라보았다.

"여기 유명한 식당이라잖아. 분명 맛있을 거야. 오빠 갈치조림만 있어도 밥 두 그릇은 뚝딱하잖아."

제아의 마음을 눈치챈 걸까. 빨간 갈치살을 내려다보던 도준이 군말 없이 흰 밥을 듬뿍 떠서 입으로 가져갔다. 그러자 제아는 도준이 좋아하는 반찬을 이것저것 집어서 또 올려주었고 도준은 밥을 듬뿍듬뿍 떠서 연신 입 안에 넣었다.

공기의 반이 뚝딱 사라지자 그제야 젓가락질과 함께 고집스럽게 다물렸던 입을 열었다.

"어린 시절 이야기 해달라고 하셨죠? 오빠 똑똑한 거야 잘

아실 테니까 오빠 입맛에 대해서만 말씀드릴게요. 아, 기분 나쁘신 건 아니죠? 오빠가 바로 미국으로 가서 오빠 입맛 파악할 만한 여유가 없었다는 거 알아서 해드리는 말인데."

대답 없는 연희의 얼굴이 딱딱해졌음에도 제아는 아랑곳하지 않고 말을 이었다.

"오빤 갈치조림, 메추리알, 황태 무침, 소갈비찜, 감자볶음 중 하나만 있으면 잘 먹었어요. 그래서 엄마가 항상 이 반찬들 중 두 개는 꼭 올려놨어요. 그리고 밥을 다 먹고 나면 엄마는 항상 물었어요. 제가 아닌 오빠한테요."

젓가락질을 잠시 멈춘 제아가 고개를 들어 연희를 똑바로 직시했다.

"우리 아들, 또 먹고 싶은 음식 없니? 내일은 무슨 반찬 해줄까. 오빠가 대답하면 그다음 날 그 반찬이 어김없이 상 위에 올라왔어요."

그런데 사모님은 단 한 번도 물어본 적이 없으신가 봐요. 제아의 눈빛에서 쏟아져 나오는 질문에 연희의 고운 눈꼬리가 파들파들 떨렸다. 건방져 보이고 예의 없다는 건 안다. 그럼에도 이런 말을 한 건 지금이라도 늦지 않았으니 아들의 입맛을 제발 알아달라는 뜻이었다. 하지만 제아의 바람과는 다르게 연희는 매우 차가운 반응을 보였다. 가늘게 입꼬리를 올리며 웃고는 있지만 쏘아보는 눈빛은 싸늘했다.

"제아 양에게 저녁 식사를 대접한 보람이 있군요. 그래서, 또 해줄 말 있나요?"

어디 또 지껄일 테면 지껄여보란 경고였다.

"10년이나 흘렀는데 오빠도 많이 변했을 수 있어요. 그러니까……."

그 눈빛을 담담하게 받아친 제아가 끊었던 말을 이었다.

"저보다는 당사자인 아들한테 물어보는 게 더 정확할 것 같아요."

뭘 좋아하니, 먹고 싶은 거 없니, 갖고 싶은 거 없니……. 그게 제아가 알고 있는 흔한 엄마의 모습이었다.

—그래도 오빠 어머님 좋은 분이시잖아, 그치?

당연할 거라고 생각하며 정말 바보 같은 질문을 했던 것 같다. 대체 왜 오빤 항상 괜찮다고만 하는 건지. 10년 동안의 일까지 모두 꿰뚫고 있는 도준과 달리 정작 자신은 그에 대해 아는 게 하나도 없는 것 같아 화가 날 정도였다. 그때 도준의 휴대 전화가 울렸다. 발신인을 확인만 하고 재킷 안으로 다시 휴대 전화를 넣었지만 제아는 보았다. 발신인이 누구인지.

"유 실장님 전화는 받아야 되잖아."

"식사 끝나고 내가 다시 전화하면 돼."

"제아 양 안 잡아먹을 테니 나가서 전화 받고 오렴. 여자끼리 단둘이 오붓하게 대화나 나누고 있을 테니."

"나가도 같이 나갈 겁니다."

"나 이제 아이 아니야. 사모님이랑 대화 나누면서 기다릴 테니 전화 받고 와."

제아마저 상 밑으로 도준의 허벅지를 툭툭 치며 신호를 보냈다. 자꾸만 재킷 안의 휴대 전화가 울리자 도준은 결국 일어날 수밖에 없었다. 웬만큼 급하지 않고서는 인호가 이렇게 전화를 할 일은 없으니.

"쓸데없는 말 제아에게 하지 마세요."

그래도 못 미더운 듯 연희에게 한마디 한 후에야 도준이 룸을 나갔다.

"사모님이 워낙 바쁘셔서 오빠에게 신경 못 쓰는 건 당연한 건데, 제 말이 건방지게 들렸다면 죄송합니다."

막상 지르고 나니 또 마음에 걸리는 제아였다. 그래도 오빠를 낳아주신 분인데. 이분 아니었으면 오빠가 이 세상에 존재하지도 않았을 텐데.

"좋은 걸 알려줬는데 죄송할 게 뭐 있어요? 나는 신경 쓰지 않으니 제아 양은 얼른 식사해요."

"저한테 하실 말씀…… 있으신 것 같은데."

제아도 바보는 아니었다. 연희가 식사를 청한 이유가 있을 테고 도준이 있는 이상 말을 하지는 않을 걸 알기에 도준에게 자리 좀 비워주라고 신호를 보낸 것이다.

"그냥 묻고 싶은 게 있어서 식사를 청했어요."

"얼마든지 물어보셔도 됩니다."

호기롭게 한 말이었지만.

"도준이를 사랑하나요?"

426

"푸읍! 콜록, 콜록!"

느닷없는 질문에 입 안의 음식물들이 보기 흉하게 튀어나와 버렸다. 벌겋게 충혈이 된 눈을 들자 작은 백자 잔을 들어 우아하게 입 안을 적시는 연희가 보였다. 나쁜 짓을 하다 들키기라도 한 것처럼 심장이 거칠게 뛴다. 연희가 묻는 의도가 파악되지 않지만 제아는 우선 솔직하게 대답했다. 오빠든 남자든 사랑하는 건 사실이니까.

"사랑합니다. 그것도 아주 많이요."

그리고 질문을 되돌렸다.

"사모님도 도준 오빠 많이 사랑하시잖아요. 아닌가요?"

하지만 연희는 대답 대신 미소를 지으면서 태연하게 다시 주제를 돌렸다.

"그래서, 드러내놓고 만날 건가요?"

"죄송하지만 진짜 하시고 싶은 말씀이 뭔지 여쭈어도 될까요? 전 도준 오빠만큼 똑똑하지 않아서 돌려서 말씀하시면 이해가 느립니다."

제아가 단도직입적으로 묻자 그제야 연희가 입가에서 미소를 싹, 거두었다.

"옛정이란 게 무서운 거니 만나지 말란 말은 안 하죠. 내가 말리면 더 덤벼들 녀석이니."

"……"

"돈을 뜯어먹든 옛 가족 놀이를 하든 상관은 안 하겠지만 이상한 소문 돌지 않게 조심은 해줘요. 아니면 내가 미리 제아 양에게 용돈이라도 좀 줘야 하나? 원하는 액수 있어요?"

이거구나. 이게 목적이었어.

"사모님, 저 어엿한 직장도 있고 월급도 꽤 많이 받고 있어요. 제가 사모님한테 용돈 받을 이유는 없는 것 같습니다."

"그래서 내가 주면 거절하겠다는 건가요?"

"돈 싫어하는 사람 없습니다. 하지만 제가 사모님 돈을 받을 이유는 없는 것 같습니다."

"누구랑은 틀리군요."

무슨 소리냐는 듯 눈을 동그랗게 뜨는 제아를 보며 연희가 생긋, 웃으며 말을 이었다.

"나도 시간 길게 끌기 싫으니 단도직입적으로 말할게요. 도준이는 하나뿐인 내 핏줄이고 그래서 내가 제일 그룹 후계자로 밀 거예요. 그러려고 데리고 왔고 그럴 만한 재목이 되는 아이니까."

본격적으로 시작이 되었다. 연희의 본 목적이.

"도준이 앞길 막을 짓은 하지 말라는 뜻이에요. 가족이란 걸 빌미로 돈을 받고 싶으면 차라리 나한테 받고 깔끔하게 떨어지던지."

"믿으실지 모르지만 저는 돈 때문에 오빠 옆에 있는 게 아닙니다."

"뭐 그럴지도. 내가 하고 싶은 말은 그게 다예요. 내 세계에선 진흙탕에서 뒹굴던 아들을 내가 주워 온 줄 아무도 모르고 앞으로도 쭉 모르게 할 생각이에요. 그러니 정말 도준일 사랑한다면 쥐 죽은 듯이 지내요. 무슨 짓을 하든 눈감아줄 테니까."

제아는 미련 없이 일어나는 연희의 뒤를 따라나갔다. 연희가 낡은 자존심은 가든 말든 신경 쓰지 말라고 했지만 그래도 도준을 낳아준 어머니임을 떠올리니 차마 무시할 수가 없었다. 주차장에 도착하자 연희가 돌아섰다.

"내 손으로 내 아들을 끌어내리는 일 없도록 제아 양이 도와줘요. 도준일 정말 아끼고 사랑한다면."

"……노력하겠습니다."

제아가 의외로 순순히 대답하자 연희의 눈이 흥미롭다는 듯 반짝였다.

연희가 차에 타는 순간 제아는 망설이고 또 망설였던 말을 토해냈다.

"사모님도 아들을 아끼고 사랑해주세요."

그럼에도 야속하게 차문은 닫혔고 한숨과 함께 돌아서는 순간 입구에 서 있는 도준이 보였다.

"문제아."

조금은 화가 난 듯한 눈빛과 말투. 하지만 뻗은 손길과 제 품에 가둔 도준의 가슴은 다정했고 따스했다.

"돌아보지 마."

가슴을 손으로 밀어내며 뒤돌아보려는 제아의 얼굴을 도준이 다시 손으로 감싸 제게로 끌어당겼다. 차 안에서 연희가 지켜보고 있을 건데.

"넌 나만 보고 나만 신경 쓰면 돼."

"미쳤어? 오빠 어머님이 보시면 어쩌려고 그래!"

제아의 어깨 너머, 창문 사이로 연희의 얼굴이 드러나는 순간…….

"그럼 실컷 보라고 해."

연희도 알아야 한다. 문제아가 그의 유일한 약점임과 동시에 그를 터지게 할 다이너마이트 같은 존재라는 걸.

"그러라고 하는 거니까."

도준이 서슴없이 입술을 내렸고 강렬하게 두 개의 입술이 맞물렸다.

"한도준!"

차 문이 거칠게 열리고 닫히는 소리가 났다. 연희가 다가오는 걸 아는데도 이상하게도 도준의 입술이 닿는 순간 제아의 심장은 야릇한 설렘을 품고 미친 듯이 떨린다. 거부해야 하는데 입술을 꾹 누르는 기분 좋은 서늘함이 말할 수 없을 정도로 아찔하고 좋았다. 그래서 더욱더 입술을 벌리며 넘어오는 그의 혀를 강렬하게 받아들였다. 연희 앞에서도 서슴없이 자신의 존재를 인정해주는 도준의 의지가 미치도록 멋있었다.

기어이 나도 미쳤구나. 우린 정말 미친 커플이야. 뜨겁게 키스하는 걸 보여준 후에야 두 입술이 느릿하게 떨어졌다.

짜악―.

날카로운 소리가 추적추적 내리는 빗줄기를 매섭게 가르면서 퍼졌다. 작은 체구 어디에서 그런 힘이 나왔는지 도준의 얼굴이 옆으로 우악스럽게 돌아갔다.

"어디 내 앞에서 할 짓이 없어서."

급하게 따라온 수행 비서가 연희의 뒤에서 어쩔 줄 몰라 하며 서 있었다.

"아들이 뜨겁게 연애하는 걸 직접 보셨으니 이제 약혼 자리 알아보지 마세요."

파들파들 떨리던 눈꼬리와 입꼬리가 멈추더니 갑자기 연희가 생긋 웃었다.

"그래, 어디 해볼 테면 해보려무나. 깊게 사랑할수록 상처받는 건 너희 둘일 테니까."

의미심장한 마지막 말을 남긴 연희는 수행 비서의 에스코트를 받으며 차를 타고 사라졌다. 연희가 마지막에 했던 말이 점점 더 귓가에 박혀서 옴짝달싹하지 못하는 제아를 도준이 제품으로 다시 끌어안았다.

"불안해하지 마. 무슨 일이 있어도 우리 안 헤어져."

"……."

"내가 절대 너 포기 안 할 거니까."

"……."

"그러니까 제아 너만 흔들리지 않으면 돼."

병원에 도착하자 도준이 옷장에서 꺼낸 옷가지를 제아에게 주었다.

"먼저 씻어."

두근, 심장이 또다시 발작을 일으켰다. 느닷없이 얼굴이 달아오른 제아는 고개를 푹 숙였다. 별말이 아닌데도 꽤 야하게 들린 것이다.

"오빠가 먼저 씻어. 환자는 오빠잖아."

붉어진 제아의 얼굴을 도준이 묘한 눈빛으로 바라본다.

"난 밖에 있는 욕실에서 씻으면 돼."

"아……."

그제야 제아는 주섬주섬 옷과 수건을 들고 병실에 딸린 욕실로 향했다. 샤워를 하고 나오자 막 샤워를 마친 도준이 소파에 앉아 서류를 보고 있었다. 버릇은 못 고치는지 물기를 제대로 닦지 않은 그의 머리칼에서 뚝뚝, 물방울이 느릿하게 떨어지고 있었다.

"제발 머리 좀 말리면 안 돼?"

제아의 투덜거림에 도준이 희미하게 웃었다.

잠시 후, 발을 쿵쿵 울리며 제아가 욕실에서 드라이어를 가지고 나왔다.

"분명 작정하고 이러는 거야, 그렇지? 머리 말려줄 테니까 고개 뒤로 해봐."

얌전하게 소파에 몸을 기댄 채 등받이를 지지대 삼아 도준이 목을 젖혔다.

위이이이잉―.

적막한 병실 공기가 드라이어 소리에 흔들렸다. 부드럽게 머리를 어루만져주는 제아의 손길이 좋은지 도준이 눈을 감았다. 남자의 섹시한 부위 중 하나가 목울대라더니 일정하게 움직이는 목울대로 자꾸만 시선이 간다. 도준이 눈에 뭐가 들어간 듯 갑자기 눈을 찌푸리자 깜짝 놀란 제아는 상체를 숙였다.

"왜 그래? 눈에 뭐 들어갔어? 머리칼이 눈을 찔렀어?"

그 순간 도준이 눈을 떴고 서로의 시선이 끈적이게 얽혔다. 촘촘히 박힌 속눈썹의 결이 느껴질 정도로 가까운 거리. 시선을 피한다고 올렸더니 이젠 도준의 입술이 보인다. 항상 정신 못차리는 황홀한 감각을 선물해주었던 그의 입술. 그걸 떠올리니 눈은 흔들리고 얼굴로 피가 몰리는 듯 뜨거워지는 것 같았다.

그때 도준이 손을 뻗어 제아의 목을 감싸쥐곤 지그시 누른다. 숨 막힐 정도로 가까워진 거리, 쏟아져 내린 제아의 머리칼이 달콤한 복숭아 향을 흘리며 둘만의 공간을 만들어주었다.

키스하기 딱 좋은, 은밀한 거리감과 공간.

"넌 항상 날 미치게 해, 문제아."

야릇한 속삭임과 달리 도준의 입술은 제아의 입술이 아닌 이마를 꾹 눌렀다. 입술을 탐하는 순간 멈추지 못할 걸 알기에.

"한 사장!"

노크도 없이 벌컥 문을 열고 들어오는 인호를 향해 도준이 살벌한 표정으로 조용히 하라는 손짓을 했다. 인호가 제 손으로 입을 막은 채 살그머니 내다보자 소파 위 도준의 어깨 위에 머리를 기댄 채 곤히 잠이 든 제아가 보였다.

"넓은 침대 놔두고 청승맞게 둘 다 웬 소파?"

도준은 일을 해야 했고 제아는 끝끝내 도와주겠다고 고집을 부렸다. 결국 새벽까지 소파에 앉아 일을 하던 중 제아가 먼저 고개를 떨어뜨리며 잠에 빠졌다. 침대에 눕힐까 했지만 그때마다 눈을 번쩍 뜨고 같이 잘 거 아니면 재우지 말라고 고집을 부리니. 침대에 같이 누울 자신도 없기에 결국 잠이 든 제아를 그대로 내버려둘 수밖에 없었다. 할 수 있는 거라곤 어깨를 빌려주는 것뿐.

"그럴 일이 있어."

모든 걸 일축하는 도준의 한마디에 갑자기 인호가 은근하게 미소를 지으며 그의 어깨를 툭 쳤다.

"혹시 소파는 2차전?"

생각하는 거 하고는. 인호를 찌릿 노려본 도준이 조심히 제아를 안아 들었다. 늦게 잠이 들어 깊은 잠에 빠졌는지 침대에 눕힐 때까지 제아는 움직이지 않았다. 휴게실에 도착하자마자 인호가 투덜거림을 늘어놓는다.

"그러니까 전화는 왜 안 받고 그래? 한 여사님이 전화해서 이것저것 물어보면서 나를 막 몰아붙이는데 끝까지 모른다고 했다. 박수도 같이 쳐야 소리가 나지. 어후, 누가 한 사장 어머니 아니랄까 봐 그분도 보통이 아니야. 식은땀 나서 죽는 줄 알았어."

"어제 약혼녀 후보 한 명 데리고 병원까지 쳐들어왔더라고."

"그래서?"

"쫓아냈지. 그리고 빌어먹을 타이밍으로 어머니랑 제아가 병원에서 마주쳤고."

인호의 입이 작게 벌어졌다.

"설마 벌써 문 비서와의 관계를 모두 실토한 건 아니지? 응? 제발 아니라고 해주라."

"그런 말 한 적 없어."

그럼 그렇지. 연희는 그럼 어떻게 제아와 도준과의 관계를 알고 전화를 해서 막 물어본 거지? 혹시 뒷조사를 했거나 사람을 붙였나? 이런저런 생각을 하는 인호에게 도준이 덤덤히 말을 이었다.

"보란 듯이 키스했지."

"에라이, 미친놈아!"

항상 냉철하던 도준은 제아만 관련되면 이성보다 본능적으로 반응했다. 그래서 걱정되서 달려왔건만. 역시나…… 후.

"미친놈 소리 하려고 아침부터 쳐들어온 건 아닐 테고."

자포자기한 인호는 아침 일찍부터 찾아온 본론을 꺼냈다.

"일리안이 새벽부터 갑자기 널 찾더라고. 계약을 못 할 것 같다는 둥 어쩐다는 둥 횡설수설하는 게 술을 꽤 먹은 것 같더라고."

"일리니 계약을 못 할 것 같다고?"

"나도 잘 모르겠어. 내가 물어봐도 한 사장이랑만 이야기하겠다고 하니. 팰리스 호텔에 묵고 있으니 얼른 가봐. 그리고 오늘 저녁 제일 그룹 주주 파티, 자녀 동반으로 변경되었어."

"자녀 동반? 갑자기 왜."

"한 사장의 공개적인 선 자리를 여사님이 마련한 거지. 한 여사님이 최소한의 배려로 네게 준 선택의 자유를 네가 발로 차버렸으니. 이젠 네 의견 무시한 채 직접 보고 약혼녀를 물색하겠다는 거잖아."

"……."

"그러니까 왜 한 여사님 앞에서 키스는 하고 그래? 좀 숨겼다가 나중에 터뜨려도 좋았을 것을. 이런 거 보면 한 사장도 참 융통성 없다니까."

"지금 당장 퇴원 수속 밟아."

병실로 돌아온 도준은 잠이 든 제아를 물끄러미 바라보았다. 드디어 본격적인 전쟁이 시작된 것이다. 연회에게 제아의 존재를 드러냄으로써. 고개를 숙인 도준의 입술이 제아의 얼굴 곳곳에 사랑스럽게 닿았다.

간지러운 그 느낌이 좋은지 배시시 웃음을 짓던 제아가 몽롱하게 눈을 뜨고 그를 가만히 올려다보았다.

"나 또 혼자 잔 거야?"

"나도 네 덕분에 잤으니까 걱정하지 마."

도준이 다정한 눈빛으로 내려다보자 그게 부끄러운지 제아가 손을 들어 얼굴을 가려버렸다.

"나 아침에 얼굴 붓는단 말이야. 그러니까 그렇게 보지 마."

제아에게 항상 예쁜 말만 해주고 웃게 하고 싶고 행복하게 해주고 싶은 도준이었지만 현실은 그걸 허락하지 않았다.

"문제아, 어머니에게 너와 내 관계를 알린 이상 앞으로 꽤 고달플지도 몰라."

아침부터 무슨 소리냐는 듯 도준을 빤히 바라보던 제아가 조심히 입을 열었다.

"어머니가 뭐라고 했구나? 설마, 제일 어패럴 사장 자리에서 내쫓겠대?"

"그건 아니고."

"그럼?"

"오늘 오후에 참석해야 하는 파티 일정이 있는데 여자 파트너가 필요해."

"설마 나한테 부탁하려는 건 아니지?"

"파티를 가장한 내 소개팅 자리라고 해도 맞는 말이고."

"……."

"어머니가 갑자기 서두르는 걸 보니 어제 꽤 열 받았나 봐."

"그래서 그곳에 나를 데려가겠다는 거야? 어머니 더 열 받게 하려고?"

"어차피 그 파티에 참석은 해야 하고, 다른 여자에게 업무적이든 사적이든 내 곁을 내주기 싫고. 확실하게 한 번 더 보여 줘야 약혼시킬 엄두를 못 내지."

"그래서 나를 만천하에 공개하겠다고?"

"얼굴만 공개하는 거야. 실체는 신비주의로 밀고 나갈 생각이고."

제아는 쉽사리 대답할 수가 없었다. 파티에 파트너로 따라가는 것 자체는 어렵지 않았다. 문제는 연희였다. 어제는 당돌하게 말을 했다고 하지만 오늘은…….

"문제아, 겁이 나?"

제아는 눈앞의 도준을 빤히 응시했다. 이 남자를 위해서라면 뭐든지 할 수 있을 것 같아. 지금 딱 그녀의 심정이었다. 사실 그와의 연애를 결심했을 때 나름대로의 명백한 기준을 정해놓았었다. 냉정한 현실 앞에 주제 파악은 정확히 하고 욕심은 내지 말자. 물러날 때가 있으면 과감히 물러나되 우선 부딪쳐볼 만큼 부딪쳐보자. 그때가 드디어 다가온 것이다.

"오빠가 다른 여자 파트너 데려가는 거 볼 바엔 차라리 내가 그 파티 갈래."

제아는 가는 팔을 뻗어 사르륵, 도준의 목을 휘감아 제게로 끌어당겼다.

"능력 좋은 남친, 지금 이용해도 되는 거지?"

그녀가 귓가에 달콤하게 속삭이자, 도준이 목 깊은 곳에서 낮은 웃음소리를 흘렸다.

"나 콧대 안 눌리게 오늘 최고의 풀 옵션으로 장착해줘. 그럼 오빠 파트너 역할 아주 제대로 해줄 테니까."

최고의 여자이자 최고의 요부

"오후 5시에 데리러 올게."

5층으로 이루어진 럭셔리한 뷰티 숍에 제아를 데려간 도준은 그 한마디만을 남긴 채 사라졌다. 직원들이 안내해주는 원장실로 들어가자, 40대 초반 정도로 보이는 평범한 여자가 제아를 맞이했다.

"반가워요. 원장 김홍연이라고 해요."

유명한 연예인 스타일리스트 김홍연? 너무 놀라 인사조차 못한 제아를 홍연은 머리끝부터 발끝까지 날카로운 눈빛으로 훑어보며 뭔가를 체크하고 차트에 기록을 했다.

"오후 2시까지 얼굴 마사지와 레이저 시술, 전신 마사지와 스파가 이어질 거예요. 그 후에 메이크업과 스타일링에 들어갈 거고."

"스파에 마사지까지요?"

"한 사장님이 정중히 부탁했어요. 최고의 여자에게 최고의 아이템을 장착해달라고."

지극히 평범한 자신과는 어울리지 않는 최고의 여자란 표현에 제아는 어색하기까지 했다.

"하지만 최고의 여자라 해도 최고의 아이템을 장착하려면 얼굴과 몸을 최적화시켜야 해요. 무슨 뜻인지 알죠?"

"아, 네."

다소곳한 제아의 대답에 결국 홍연은 궁금증을 참지 못하고 물었다.

"이런 거 물으면 실례인 거 알지만, 한 사장님 애인 맞죠?"

제아는 대답 대신 모호한 미소를 지었다. 가십거리가 될 수 있는 이들에게는 어떤 실마리도 주어서는 안 된다는 생각이 들어서. 언론보다 더 무서운 게 사람의 입이고 혀니까.

제아의 침묵에 홍연이 안심하라는 듯 따스하게 웃었다.

"하긴, 나도 그 마음 이해해요."

"……네?"

"우리 숍 다니는 내로라하는 재벌가 딸부터 유명한 여자 연예인들 사이에서 가장 핫한 신랑감 후보가 한 사장님이에요. 그러니 그 마음 오죽할까. 여자의 질투와 시기심이 가장 무서운 법인데. 난 입단속 잘 하는 사람이니 걱정하지 말구요."

"저기, 그게 아니라……."

"그래도 어떻게 해요. 그렇게 능력 좋고 끝내주게 생긴 연인을 뒀으면 각오해야 하는 일 아니겠어요?"

제아를 바라보는 홍연의 눈빛은 묘했다.

"걱정하지 말고 용기를 가져요. 평범한 신데렐라가 최고의 왕자님을 뺏기지 않도록 내가 오늘 최선을 다할 테니까."

지금 홍연의 눈빛은 마치, 클럽에서 그녀를 변신시켜주던 지연의 눈빛 같았다. 제아보다도 더 적극적인 눈빛으로 홍연이 테이블 너머로 몸을 기울여왔다.

"오늘 한 사장님이 아가씨를 침대에 데려가지 않고는 못 배기도록. 아주 끝내주게 변신시켜줄 테니까 나만 믿어요."

팰리스 호텔의 스위트룸에 도착하자 실크 슬립 하나만을 걸친 일리안이 잠이 덜 깬 눈으로 문을 열어주었다.

"들어와, 제이드."

반나체나 다름없는 일리안의 육감적인 몸매가 바로 눈앞에 있는데도 도준의 눈에선 조금의 감흥도 일어나지 않았다. 그건 일리안도 마찬가지였다. 가운을 걸치지도 않고 소파에 앉은 일리안이 늘씬한 다리를 꼬더니 도준의 얼굴을 보곤 피식 웃었다.

"근사한 얼굴이 아주 볼 만하네? 마음 아파라."

일리안의 걱정 따위 들으려고 아침부터 달려온 게 아니기 때문에 도준은 단도직입적으로 본론부터 꺼냈다.

"일리니 계약, 어떻게 된 거지?"

"아, 그거?"

늘어지게 하품을 한 일리안이 그제야 털어놓았다.

"아침에 아버지한테 전화가 왔어. 일리니 계약은 제일 어패럴이 아닌 제일 백화점이랑 하라고."

"이유가 뭐지."

"그전에 제이드 너. 한 부회장이 미국 출장 갔다는 거 알고는 있어?"

한 부회장이 미국 출장을 간 틈을 타 연희가 오늘 밤 주주 파티를 연 것이다. 제일 그룹의 실세는 한 부회장이었지만 보이지 않는 실세는 연희였다. 아직 건재한 한 회장의 하나뿐인 외동딸이자 경영에 참여는 못하지만 막강한 대주주였으니까. 도준이 알고 있다는 듯 가볍게 고개를 끄덕이자 일리안이 가볍게 한숨을 내쉬었다.

"한 부회장 그 개자식이 우리 아버지를 만났더라고. 한국에서 찍힌 내 사진 몇 장 들고."

도준의 비상한 두뇌가 빠르게 돌아갔다. 화분에 이어 경상을 입은 갑작스러운 교통사고. 그 모든 게 결국은 시간을 끌어서 오늘 있을 일리안과의 만남에서 이루어질 일리니 단독 계약 체결을 막을 심산이었던 것이다. 아무리 막았어도 그 사진을 찍히지만 않았다면 이런 일은 일어나지 않았을 텐데. 도준이 눈살을 찌푸리며 노려보자 그 눈빛을 피한 일리안이 괜스레 화를 냈다.

"근데 생각해보니까 열 받네. 감히 누구한테 협박질이야?"

차라리 한마디라도 화를 내면 좋으련만. 침착한 도준의 모습이 일리안은 더 무섭게 느껴졌다.

"제이드 너도 잘 알지? 우리 아버지가 나를 왕실 며느리로 들이는 거에 목숨 건다는 거. 그래서 내가 SNS에 내 얼굴도 공개 안 하고 맘 편하게 노는 건데. 휴, 재수 없으려니까 한국에서 걸리네."

"그러게 조심 좀 하지 그랬어."

"취향 변하면 나랑 친구 안 하겠다고 한 게 누구더라? 너와 친구를 유지하기 위해서라도 이 정도는 놀아줘야지."

눈을 동그랗게 뜨고 새침하게 말을 받아치는 일리안은 뻔뻔해도 너무 뻔뻔했다. 결국은 이 사태를 얼른 해결해서 나 좀 살려주라는 SOS를 보낸 거였다. 호탕하고 뒤끝 없는 성격까지는 좋지만 조심성이 없는 게 일리안의 단점이었다.

"제이드, 나 어떻게 할까?"

익숙한 일인지라 도준은 생각에 잠겼다. 위기의 상황에도 그의 똑똑한 머리는 명석하게 굴러갔고 시간은 오래 걸리지 않았다.

"일리안 넌 우선 제일 백화점과 동시 계약 진행해."

"진심으로 하는 말이야?"

"대결을 원한다면 해줘야지. 아주 철저하게 망신당한 후에 일리니 매장 빼게 할 테니까."

"내가 어떻게 하면 되는데?"

재밌겠다는 듯 일리안이 도준의 말에 귀를 쫑긋 세웠다.

이후 호텔에서 나와 급한 업무를 처리한 도준은 오후 5시에 뷰티 숍에 아슬아슬하게 도착했다. 사실 몇 분 늦는다고 그에게 뭐라고 할 사람은 없지만 그럼에도 이렇게 서두르는 건 바로 제아 때문이었다. 10년이나 기다리게 했으니 더 이상은 제아를 기다리게 하고 싶지 않았다. 그게 일 초든, 일 분이든.

소파에 긴 다리를 꼬고 앉아 지루하다는 듯 손목시계를 확인하던 도준은 홍연의 뒤를 따라 다소곳하게 나오는 여자를 발견하고 시선이 얼어붙었다.

"한 사장님, 많이 기다리셨죠?"

뿌듯함이 섞인 홍연의 말조차도 그의 귀엔 들리지 않았다. 그저 눈앞에 있는 숨 막히도록 아름다운 여자를 홀린 듯이 바라볼 뿐. 블랙홀처럼 깊고 검은 눈동자에서 흘러나오는 그윽함과 터질 듯이 부풀어 오른 붉은 입술의 섹시함은 오묘한 조화였다. 다이아몬드를 머금은 듯 반짝이는 피부가 블랙 드레스 때문에 더 눈이 부셨고, 우아한 웨이브컬에 감싸인 작은 얼굴은 고혹적이었다.

"돌아봐요."

홍연의 지시에 제아가 비스듬하게 몸의 각도를 틀자 도준의 눈이 더 가늘어졌다. 앞 디자인은 심플했지만 등 라인은 과감한 백리스 디자인이었고 치마의 옆트임이 허벅지까지 과감하게 트여 있었다. 내가 고른 단아한 느낌의 드레스가 이게 맞나, 그런 착각까지 들 정도로 제아가 입은 드레스는 우아하면서도 섹시했고 고상하면서도 파격적이었다. 아찔하도록 매혹적인 제아의 변신에 도준의 심장이 미친 듯이 뛰었다.

"오빠?"

제아가 떨리는 음성으로 부르자, 그제야 도준이 소파에서 일어나 천천히 다가왔다. 원래도 멋있었지만 턱시도 차림의 도준은 숨이 막힐 만큼 더 멋있었다. 이마에 붙어 있는 밴드조차도. 도준이 다가오자 심장이 미친 듯이 뛰고 가슴은 설렌다. 그에게 예뻐 보이고 싶다는 욕심까지 들었는데 변신한 그녈 바라보는 도준의 눈빛은 변화가 없었다.

예의상이라도 예쁘다고 해주면 안 되나? 괜한 서운함에 고개를 푹 숙이는 그녀의 귓가에 도준의 나직하면서도 무심한 음성이 들려왔다.

"……예뻐."

예뻐? 고개를 휙 들자, 여자의 심장을 잡아채는 나른한 눈빛이 제아를 부드럽게 응시했다.

"지금까지 봤던 여자 중에 최고로 말이야."

"오, 오빠도 멋있어."

얼굴을 붉히며 급하게 시선을 피했지만 익숙하지 않은 킬힐 때문에 발목이 꺾여 휘청거리는 제아의 허리를 도준의 뜨거운 손이 단단히 붙들어 맸다.

"조심해야지."

"아, 킬 힐이 익숙하지 않아서."

아무렇지 않은 듯 웃어 보인 미소와 달리 정직한 몸은 괜찮지가 않았다. 드러난 등의 맨살에 도준의 손이 닿자 피부가 데일 듯이 뜨거워졌다. 맙소사, 닿기만 해도 이렇게 떨리면 어쩌라는 건지. 터질 듯이 뛰는 심장 소리가 도준에게 들릴까 봐 제아는 작게 투덜거렸다.

"이게 옷이야? 속옷만 입고 있는 기분이야."

"제발 그랬으면 좋겠군."

"……뭐?"

눈을 동그랗게 뜨고 쳐다보는 제아에게 희미한 미소를 남긴 도준은 매너 있게 조수석의 차 문을 열어주었다. 최대한 우아하게 올라타려 했지만 바닥까지 끌리는 긴 드레스 때문에 여간 불편한 게 아니었다. 한쪽 다리를 먼저 올리고 다른 한쪽 다리로 바닥을 지탱하는 바람에 치마 옆트임으로 늘씬한 각선미가 여실하게 드러났다.

운전석에 오른 도준은 쉽사리 시동을 걸 수가 없었다. 자꾸만 옆에 앉은 제아에게 시선이 가고 오감이 바짝 곤두섰다. 일정이고 뭐고 다 필요 없이 조수석의 등받이를 뒤로 확 젖히고 덮쳐버리고 싶다는 생각뿐이었다.

"김홍연 씨 안 되겠어."

도준은 애꿎은 홍연에게 불평을 돌리며 중얼거렸다. 최고의 여자로 만들어놓으라고 했더니, 최고의 요부로 변신시켜놓다니. 가까스로 불기둥처럼 솟아오르는 욕구를 내리누른 도준의 목 깊숙한 곳에서 잔뜩 억눌린 허스키한 음성이 새어 나왔다.

"안전벨트 해야지."

"아, 맞다. 또 잊었네."

머쓱하게 웃는 제아의 미소는 천진난만했다. 지금 제 모습이 얼마나 유혹적인지 알지 못한다는 듯.

도준의 차가 멈추어 선 곳은 제일 호텔이었다. 입구에서 내려 차 키를 호텔 직원에게 넘긴 후 내부로 들어서자 생화의 아찔한 향기가 진동했다.

"어디 가지 말고 내 옆에 꼭 붙어 있어."

"그러지 말라고 해도 그럴 생각이거든요? 나 버리기만 해봐. 확 물어버릴 테니까."

보통의 여자라면 '괜찮아. 난 신경 쓰지 않아도 돼.'라고 속마음을 숨길 테지만, 역시나 그의 제아는 달라도 확실하게 달랐다. 버리면 가만두지 않겠다는 듯, 앙큼한 고양이 눈으로 그를 올려다보며 진심 어린 협박을 하고 있으니.

"아이쿠, 한 사장."

"한 사장님!"

컨벤션 안으로 들어서자마자 많은 사람들이 도준을 알아보고 몰려들었다. 한 회장이 한 부회장이 아닌 도준을 후계자로 지목하려 한다는 소문이 은밀하게 돌고 있으니 그럴 만도 했다. 근사한 외모와 타고난 경영 능력을 보이고 있는 도준은 재력이나 권력이 있는 집안에서 너 나 할 것 없이 사위로 탐내고 있었다.

결론적으로 이 바닥에서 지금 가장 이슈가 되는 인물은 도준이었고, 연희는 그걸 놓치지 않았다. 아들의 주가가 가장 높을 때 튼튼한 줄이 되어줄 집안을 골라 힘을 실어주려는 것이다. 그런 도준이 극진하게 챙기는 여자 파트너에게 호기심 어린 시선이 쏠렸지만 어느 누구도 묻는 사람은 없었다. 그때였다. 웅성거리던 소리가 잦아들며 사람들 사이로 연희가 모습을 드러냈다.

"도준이 왔니?"

연희의 등장으로 인해 그나마 도준에게 쏠려 있던 이목이 그녀에게로 분산되었다.

"한 여사, 한 사장이 능력만 출중한 줄 알았더니 인물이 아주 훤해."

"아들을 아주 잘 두었어요."

"한 여사님, 한 부회장님이 미국에서 돌아오면 가족끼리 식사 한번 합시다. 내가 자리를 마련할 테니."

연희가 나타나고 나서야 도준이 말했던 소개팅이라는 의미가 실감되었다. 재벌가는 당사자가 아니라 당사자의 부모님이 소개팅을 하는 것이 진리인 듯했다.

"그런데 한 사장이 약혼이라도 한 건가? 금시초문인데."

"아드님이 워낙 극진히 챙기고 있으니 조심스러워서 못 물어보겠군, 험험."

정작 당사자에게는 묻지 못하더니 연희에게 묻는 꼴이 도준의 눈엔 우스웠다. 그냥 물어보면 대답해줄 건데.

"제가 사……."

'사랑하는 여자입니다.'라고 말을 하려는 순간, 연희가 우아하게 웃으면서 도준의 말을 가로챘다.

"아들이 아끼는 여비서예요. 제일 어패럴에서 이번에 채용

했는데 출중한 외모만큼 능력까지 아주 뛰어나다고 하더군요. 그러니 손을 놓을 수가 있나. 파트너 역할까지 이렇게 완벽하게 해내는데요. 그렇죠?"

차갑게 웃는 유리알 같은 눈동자가 도준에게 꽂혔다.

"제가 굉장히 아끼는 걸 아신다니 다행입니다. 어, 머, 니."

도준이 꽉 다문 잇새 사이로 말을 내뱉었다. 연희가 회사 비서라고 밝힌 이상 제아의 신상이 털리는 건 시간문제였다.

매섭게 쏘아보는 도준에게 태연하게 미소 짓는 연희의 눈은 마치 말을 하는 것 같았다.

'넌 나의 적수가 안 돼.'

제 아들에 대해선 잘 알지 못한다고 해도 제아를 향한 마음의 깊이만큼은 간파한 게 맞아떨어졌다.

"바쁘신 와중에도 제일 그룹 연말 주주 총회에 참석해주신 분들에게 감사의 말씀을 전달합니다. 한태영 부회장님께서 업무상 부재인 이유로 제일 어패럴 한도준 대표이사님의 연설이 있겠습니다."

사회자의 안내가 흘러나오자 도준이 고개를 틀어 제아를 응시했다.

"연설만 끝내면 나갈 거야. 그러니 여기 앉아서 쉬고 있어."

그런데도 연희와 같은 테이블에 앉아 있는 제아가 신경이 쓰이는지 도준이 발길을 못 떼자 제아가 말을 했다.

"파우더 룸 좀 갔다 올게. 그사이 연설 끝날 거잖아. 그치?"

그러니까 불안해하지 말고 잘 해. 파우더 룸 안에서 거울을 물끄러미 바라보던 제아는 홍연이 선물해준 붉은 립스틱을 꺼냈다. 피보다 약간 더 밝은 색의 발색이 참 섹시하면서도 매혹적이었다.

　―한 사장님한테 이 립스틱 실컷 먹게 해요, 알았죠?

　노골적인 홍연의 농담은 덤이었다.
　"내가 샤넬 립스틱을 바르게 되는 날이 오다니."
　색이 옅어진 입술 위에 립스틱을 바르는데 뒤에서 여자들의 날카로운 힐 소리가 귀를 어지럽혔다.
　"그쪽 정체가 뭐야? 한도준 씨랑 무슨 관계냐구."
　비추어지는 대형 거울을 통해 날 선 눈빛으로 제 뒤에 모여 있는 여자들이 보였다. 4대 1의 불리한 상황에도 제아는 주눅들지 않고 핑그르르 돌아섰다.
　"저 말씀하시는 건가요?"
　"그럼 여기 너 말고 또 있어?"
　"한도준 사장님 비서입니다."
　태연하게 대답과 함께 립스틱을 클러치에 넣으려는 제아의 손을 다른 여자가 확 쳐버렸다.
　"장난해? 우리가 그 말을 믿을 것 같아? 딱 봐도 견적 나오네. 몸으로 일하는 비서 맞지? 도준 씨가 너 같은 거랑 사귈 리는 없고. 몇 번이나 잤어?"
　바닥에 데굴거리다가 끊어져버린 붉은 립스틱을 여자의 구두 굽이 짓이겨버렸다. 왜 남의 선물을 허락도 없이. 딱 한 번밖에 바르지 못한 샤넬인데. 앙칼진 제아의 눈이 립스틱을 밟은 여자의 얼굴에 살벌하게 꽂혔다.

"내가 한 사장님과의 관계를 정확히 밝혀야 할 만큼, 네 분 중에서 한 사장님과 깊은 관계있는 분 계세요?"

당차게 돌아오는 질문에 여자들 중 누구도 쉽사리 대답을 할 수 없었다. 그도 그럴 것이 도준은 자신들의 이름조차 모르고 있을 테니까. 그럴 줄 알았다는 듯 제아는 여유롭게 웃으며 여자들에게 다가섰다.

"없나 보네요. 그럼 대답은 생략하는 걸로."

립스틱을 짓밟은 여자에게 제아가 태연하게 손을 내밀었다.

"47,000원."

"……?"

"내 립스틱 밟았으니 물어줘야죠."

"너, 너!"

기가 막힌 듯 발을 동동 구르는 여자의 모습을 휴대 전화로 찍고 여자의 구두 굽이 짓이겨버린 립스틱도 증거 사진으로 찍었다. 휴대 전화 카메라가 몇 번 찰칵찰칵 소리를 내자 당황하는 건 이제 여자들 쪽이었다.

"너 지금 뭐 하는 짓이야?"

"립스틱 값 안 주면 이 사진 보여주고 한 사장님한테 청구 좀 하려구요. 사장님 때문에 내 샤넬 립스틱이 어떻게 되었는지 보여줘야 하잖아요?"

여자 중 한 명이 클러치를 열더니 수표 한 장을 휙 내던졌다.

"돈 밝히기는. 이거나 먹고 떨어져!"

바닥에 떨어지려는 10만 원짜리 수표를 낚아챈 제아는 태연하게 클러치에 넣었다. 저런 골 빈 여자들의 돈은 뜯어줘야 제맛이라고 생각하면서. 태어나서 온실 화초처럼 자란 그녀들은 절대 산전수전 다 겪은 악바리를 상대할 수 없는 법.

"그럼 전 이만."

유유히 여자들을 지나쳐 나가려던 제아는 노크와 동시에 문이 열리면서 들어오려는 남자와 하마터면 부딪힐 뻔했다. 가까스로 중심을 잡고 바라보자 태연하게 파우더 룸 안으로 발을 들이는 남자가 보였다.

한강훈 이사님?

제아의 시선은 신경도 쓰지 않은 채 강훈이 뒤에 있는 여자들에게 매너 있는 미소를 날렸다.

"숙녀분들, 자리 좀 잠시 비켜주시겠습니까? 이 여자분이랑 내가 볼일이 있어서."

더럽다는 듯 제아를 노려본 여자들이 줄줄이 사탕처럼 파우더 룸 안을 빠져나갔다. 느낌이 좋지 않아 제아도 얼른 그 뒤를 따라나가려 했지만 덜미가 잡혀버렸다.

"그쪽은 남아야지."

불안한 예감은 어김없이 맞아떨어지는 법. 닫히는 문 사이로 체격 좋은 남자들이 문 앞에 버티고 서는 게 보였다. 닫힌 문에 느긋하게 몸을 기댄 강훈의 시선이 야릇하게 제아에게 달라붙었다.

"한도준의 신임을 톡톡히 받고 있는 여비서군. 나를 배신할 정도로 한 사장이 그렇게 좋았나?"

배신이라니, 대체 무슨 배신? 제아는 뭔 소리냐는 듯, 눈살을 찌푸렸다.

"이유나 한번 들어보자고. 한 사장의 뭐가 그렇게 좋았는지 말이야."

제아야말로 묻고 싶었다. 부산에서도 그렇고 지금도 그렇고. 대체 나한테 왜 이러냐고. 전생에 원수라도 졌냐고.

"이렇게 꾸며놓으니 몰라볼 뻔했잖아."

"이보세요, 한 이사님."

"도준이가 너 같은 거랑 진지하게 만날 일은 없을 테고. 뭔가 특별한 매력이 있나? 아니면 잠자리 기술이 죽여줘?"

매너를 상실한 눈빛과 말투. 뭐라고 해봤자 들을 생각도 없는 남자와 같이 있어서 뭐할까. 더러운 건 피하는 게 상책이지. 제아는 다시 한 번 탈출을 시도했지만 이번에도 강훈에게 붙들리고 말았다. 벽과 제 몸 사이에 제아를 가둔 강훈의 손이 능글맞을 정도로 드러난 맨 어깨를 만지작거렸다. 그 손길이 닿는 곳마다 오소소 소름이 돋아 피하려고 몸부림치는 제아를 강훈이 몸으로 더 바짝 밀어붙이며 속삭였다.

"여비서, 나한테도 한번 제시해봐."

속삭임과 동시에 강훈의 손이 치마 트임 사이를 파고들어 매끈한 허벅지의 맨살을 움켜쥐었다.

"이 자리에서 당장 널 가지려면 얼마면 되지?"

맘 같아선 쌍욕이라도 날리고 싶지만 강훈이 도준의 형임을 떠올린 제아는 최대한 성질을 억눌렀다.

"한강훈 이사님, 이러는 거 엄연히 성추행입니다. 아직 늦지 않았으니 저 놓아주세요. 그러면 지금 행동들 모른 척 잊어드릴게요."

"싫다면?"

"일 크게 키워봤자 좋을 거 없잖아요. 저한테도, 그리고 한 이사님한테도."

"내가 도준이 녀석보다 널 만족 못 시켜줄 것 같아서 그래? 돈이고 뭐고 한 사장이 침대에서 끝내주나?"

하아, 정말 상상력이 뛰어난 남자였다. 제아는 기가 막힌 눈빛으로 그를 노려보았다.

"생긴 건 그 녀석이 더 낫다는 건 인정. 하지만 밤일은 내가 더 잘할걸? 계집애처럼 생긴 녀석이 어디 힘이나 제대로 쓰겠어?"

점점 더 얼굴에 와 닿는 그의 끈적이는 숨결이 제아는 미치도록 끔찍했다.

"마지막 경고예요. 저한테서 떨어지세요."

"안 떨어지면 어떻게 할 건데?"

키득거리는 강훈의 손이 기분 나쁘게 다리의 맨살을 보란 듯이 주물럭거렸다.

"이 개자식아, 나한테서 더러운 손 떼라고."

씹어뱉듯이 침착하게 욕을 뱉어내자 강훈의 눈이 흥미롭다는 듯 가늘어졌다.

"부산에서 봤을 땐 꽤 순진하다 싶었는데 앙칼진 면도 있군. 하긴, 여자는 튕겨야 제 맛이지. 정복하는 재미가 있거든. 특히 침대에선."

"튕기는 게 아니라 너 같은 새끼는 내 취향 아니라고. 말귀 못 알아먹어?"

"취향인지 아닌지는 우선 느껴보고 결정하는 게 어때?"

그 말과 동시에 갑자기 제아의 두 다리가 살짝 떴다. 강훈이 힘으로 제아를 밀어붙여 몸이 살짝 뜬 것이다.

"도준이가 얼굴이면 나는 손이야."

"이 개자식아! 놔줘, 놔주라구!"

발버둥을 치며 손까지 휘둘러보지만 꼴에 또 운동을 열심히 했는지 때리는 제아의 손만 아플 뿐이다.

"내가 손 쓰는 스킬이 아주 뛰어나거든."

말이 끝나기 무섭게 다리를 지분거리던 손이 허벅지를 과감하게 타고 올라갔다. 팬티 끝 라인에 닿으려는 순간 제아의 손이 강훈의 뺨을 휘갈겼다.

짝―!

얼마나 세게 쳤는지 강훈의 고개가 확 돌아가며 가무잡잡한 피부인데도 뺨이 불그스름해졌다. 싸대기의 효과는 만점. 붕 떴던 몸이 가라앉고 드디어 바닥에 발이 닿았다.

"저도 스킬이 아주 뛰어나거든요. 치한 퇴치하는 손 스킬."

이런 놈은 매가 약이라고 생각하면서 나가려는 순간 거칠게 어깨가 틀어잡혀 당겨지고 이내 강훈의 커다란 손이 제아의 가는 목을 움켜쥐었다.

"네까짓 게 감히 나를 때려?"

발버둥조차 칠 수 없을 정도로 강한 손길에 숨이 탁 막혀오고 눈앞이 점점 새하얘지는 것 같은 착각마저 들었다.

"도도한 척 콧대를 세워도 상대를 봐가면서 해야지."

"윽, 윽!"

"한도준을 믿고 날 무시하나 본데 몸소 제대로 보여주지."

강훈의 눈이 위험스럽게 번들거리는 순간 강훈의 손이 드레스 탑 부분을 확 잡아당겼다. 지퍼가 나가는 소리와 함께 흘러내리려는 드레스를 희미한 정신에도 제아는 본능적으로 움켜잡았다.

"너도 곧 알게 될 거야. 한도준보다 내가 위에 있다는 걸 말이야."

지금 강훈은 눈에 보이는 게 없었다. 도준에 대한 자격지심이, 불타오르는 분노가 눈앞의 여자에게 모조리 집중되었다. 오늘 한 부회장의 부재에 주주들에게 연설을 해야 하는 건 도준이 아닌 바로 자신이었다.

"한도준 그 개자식이 아니라 바로 나 한강훈이어야 했다고. 알아? 네가 그걸 아냐고!"

매끈하게 드러난 등의 살갗에 강훈의 거친 손이 닿는 순간 제아는 숨이 넘어가기 직전이었다. 버둥거리던 가녀린 몸에서 조금씩 힘이 빠져나가면서 무너져 내렸다. 그때 쿵쿵 소리를 내던 문이 뭔가가 부서지는 소리와 함께 확 열렸다. 그리고 거짓말처럼 도준 그가 나타났다.

"개새끼."

짧게 한마디를 내뱉은 도준이 가차 없이 강훈을 움켜잡아 바닥에 내동댕이쳤다. 그러곤 무너져 내리는 제아의 몸을 가까스로 품으로 받아냈다.

붉게 올라와 있는 목의 상처, 격하게 숨을 할딱이며 눈조차 제대로 뜨지 못하는 제아의 모습이 도준의 잔인한 본능을 서슴없이 자극했다. 감히, 감히 너를. 불길한 예감에 자리를 지키지 않고 따라 나오지 않았다면.

생각만 해도 끔찍했다. 온몸의 피가 거꾸로 솟으면서 최고치로 차오른 아드레날린이 심장에서 폭발했다. 눈이 뒤집힌 도준이 바닥에 널브러진 강훈을 향해 발길질을 했다.

"윽!"

짓밟고 뭉개고를 반복하는 도준의 잇새로 살벌한 말이 흘러나왔다.

"너 같은 새끼는 죽어야 해."

그런데 뒤에서 갑자기 제아가 그의 등을 와락 껴안았다.

"오빠, 그만해!"

꼭 껴안아 맞닿은 등과 가슴에서 거칠게 뛰는 서로의 심장 박동이 느껴졌다. 살인이라도 저지를 것 같은 무시무시한 그의 모습에 겁이 난 제아가 달려든 것이다.

"오빠, 제발……."

속삭이는 듯한 그 한마디에 등 근육이 미세하게 떨리면서 경직되어 있던 몸이 서서히 이완되고 발길질이 멈추었다.

"내 것에 손대지 말라는 경고, 뼛속에라도 박아놓으라고 했을 텐데."

비틀거리며 일어난 강훈이 피가 섞인 침을 바닥에 뱉어냈다. 퉁퉁 부은 얼굴이 가관이었다.

"돈에 눈이 어두워서 먼저 유혹한 건 저 여자야."

반사적으로 강훈에게 주먹이 나가려는 도준의 손을 제아가 살그머니 잡았다.

'무서워서 피하는 게 아니라 더러워서 피하는 거야.'

손과 손을 통해 타고 흐르는 따스한 온기에 폭주했던 아드레날린이 점차 가라앉자 도준은 제아의 어깨에 제 재킷을 둘러주고 몸을 틀었다.

"한도준, 여자를 만나도 수준에 맞게 가려서 만나야지. 수준 낮은 싸구려랑 연애질이라니 창피한 줄 알아라."

도준의 손에 다시 불끈 힘이 들어가자 제아가 다시 그의 손을 꼭 쥔다. 가만히 있으라는 듯, 참으라는 듯. 때려도 내가 때릴 거야. 도준이 얌전히 있자 흘러내리려는 드레스를 움켜쥔 제아는 차분하게 돌아섰다.

짜악―.

온 힘을 다해 저 뻔뻔한 얼굴을 때리고 나니 속이 풀린다.

"수준 낮은 싸구려한테 쌍 싸대기 맞아버려서 어쩌죠? 창피해서 얼굴이나 들고 다니시겠어요?"

얼얼한 손을 털며 파우더 룸을 나오자 난데없이 플래시가 터졌다. 도준이 급하게 제아에게 재킷을 뒤집어씌웠다.

"이것들이!"

그 뒤를 쫓아 나오던 강훈도 플래시 세례에 당황한 듯 쥐어터진 얼굴을 급하게 양손으로 가렸다.

"한도준 사장님, 그 여자분은 누구죠?"

"형제끼리 한 여자를 두고 싸운 겁니까?"

"안에서 무슨 일이 있었던 겁니까?"

"형제끼리 여자 한 명을 추행한 건 아니시죠?"

경호원들이 왜 들어오지 않나 했더니 냄새 맡고 달려든 기자들을 막고 있었던 것이다. 뒤늦게 몰려든 경호원들이 기자들을 막아섰고 그들의 호위를 받으며 두 사람은 무사하게 주차장까지 내려왔다. 기자들이 출입할 수 없는 전용 주차장인데도 제아는 여전히 재킷을 머리에 뒤집어쓴 채 움직이지 않았다.

"문제아, 여기는 안전해."

도준의 한마디에 그제야 제아가 재킷을 살짝 내리고 눈을 빼꼼하게 내밀었다.

"누가 주차장에 나타날 수도 있잖아. 주차장을 빠져나갔을 때 창문으로 볼 수도 있고."

상황답지 않게 그 모습이 귀여워서 도준은 픽, 웃음이 새어나왔다. 이러니 참을 수가 있나.

"선팅되어서 밖에선 안 보여."

"……아, 맞다."

그제야 재킷이 스르륵 얼굴에서 미끄러져 내리면서 제아의 얼굴이 드러났다. 새하얀 목에 선명하게 나 있는 붉은 자국은 며칠이 지나면 시퍼런 멍으로 변하겠지. 그 아픔이 고스란히 전달되자 도준은 마음이 찢기듯이 아프다. 얼마나 아프고 무서웠을까. 가슴속에서 또다시 뭔가가 치밀어 올랐지만 가까스로 잠재웠다.

"문제아, 비싼 차들이 왜 불법인 걸 알면서도 선팅을 진하게 해놓는지 알아?"

"그냥 과시욕 아니야? 재수 없는 개멋 부리는 거잖아."

"그럴지도. 근데 난 아니야."

도준의 몸이 운전석을 넘어왔다.

"마음 놓고 너한테 이러려고."

촉촉한 무언가가 목에 와 닿자 제아가 깜짝 놀랐다.

"뭐 하는 거야?"

예민한 목의 살갗을 도준이 입술과 혀로 부드럽게 쓸어내리고 있었다. 나른한 웃음을 머금은 도준의 눈이 지그시 올려다보자 색기 짙은 그 눈빛에 찌르르, 전기가 통하는 듯하고 묘한 기대감에 드러난 맨살에 오소소, 소름까지 돋아 올랐다.

"내 거에 더러운 게 닿았으니 소독해야지."

다시 목 사이를 파고들어 예민한 살결을 진하게 머금는 도준의 입술 때문에 가쁜 숨이 터져 나왔다. 지분거리던 입술을 목에서 떼자 제아가 앙큼한 눈빛으로 그를 바라보며 야릇하게 웃는다.

"소독 끝났으면 상 줄게."

무슨…… 상? 제아의 몸이 살그머니 조수석을 넘어 운전석에 안착했다. 정확히는 그의 허벅지 위로.

"제때 나타나준 슈퍼맨에게 내리는 상."

도발적인 자태로 그를 타고 올라 입술을 내리는 제아는 지금 최고의 여자이자 최고의 요부였다. 아주 제대로 그를 미치게 만드는.

입술이 깊게 섞일수록 좌석 옆부분을 더듬던 도준의 손이 버튼을 찾아냈고, 곧이어 운전석의 등받이가 서서히 뒤로 넘어갔다.

Episode 18

몸과 마음이 하나 되어

뷰티 숍에 들러 화려했던 최고의 아이템을 해제한 제아는 정확히 2시간 만에 평소의 모습으로 돌아왔다.

다사다난했던 오늘 하루가 남긴 건 바로 영광스러운 상처뿐이었다. 강훈이 낸 목의 상처, 그리고 그 위에 연고처럼 덧발라진 도준의 키스 마크.

괜찮다는데도 마냥 미안했는지 도준은 운전하는 내내 제아의 손을 놓지 않았다. 그때 도준의 휴대 전화가 울렸고 그가 블루투스를 연결하자 제아에게도 낯익은 음성이 들려왔다.

[도준 선배, 나 한지로입니다.]

제아가 무슨 말을 하려 하자 도준이 손을 들어 보였다. 아무 말도 하지 말라는 듯이.

"무슨 일이지?"

[오늘 시간 괜찮으면 저랑 술 한잔하시죠.]

제아를 물끄러미 바라본 도준이 곧 흔쾌하게 오케이했다.

"30분 후에 연락하도록 하지."

전화를 끊자마자 제아가 기다렸다는 듯 말했다.

"오빠 아직 환자거든? 술은 무슨 술이야."

"한지로, 지연이만큼 너한테 친한 친구라면서."

"……응."

"그럼 친해져야지."

잠시 생각에 잠긴 제아도 이윽고 얌전하게 고개를 끄덕였다. 서로 성질 죽이고 노력해보겠다는데 굳이 말릴 이유는 없으니까. 그런데 집 앞 대문까지 데려다주고 사라지는 도준을 보니 이상하게 불안했다.

"별일은 없겠지?"

하지만 이미 벌어진 이상 믿는 수밖에 없다. 지극히 주관적인 한지로와 달리 지극히 이성적인 도준을.

제아는 집에 들어오자마자 쓰러지듯 잠이 들었다. 끈덕지게 울리는 휴대 전화 소리에 눈도 제대로 뜨지 못한 제아의 손이 휴대 전화를 더듬더듬 찾았다.

"음, 여보세요."

[문 비서!]

낯익은 음성에 눈이 번쩍 뜨이고 침대에서 몸이 벌떡 일어나졌다.

"……유 실장님?"

[이 새벽에 전화해서 진짜 미안한데, 좀 와주면 안 될까?]

"예에?"

[내가 아주 죽겠어요. 얼른 와서 문 비서 친구랑 한 사장 좀 말려줘 봐.]

웬만해선 당황하지 않는 인호의 말에 잠이 확 달아났다.

"지금 바로 갈 테니까 어딘지 알려주세요."

[내가 문자로 주소 찍어 보낼 테니 지금 바로 좀 와줘요.]

새벽이라 그런지 다행히 차는 막히지 않았고, 제아는 30여 분 만에 인호가 알려준 청담동 술집 앞에 도착했다.

도착하고 보니 지로의 친구가 운영하는 술집이었다. 언제부터 나와 있었는지 초조하게 제아를 기다리고 있던 인호가 그녀를 격하게 반겼다.

"어이쿠, 문 비서! 얼른, 얼른!"

인호는 제아를 보자마자 다짜고짜 손을 덥석 잡고 안으로 끌고 들어갔다.

"아주 망나니 대 리틀 망나니. 세기의 만남이라니까요? 내가 못살아, 아주!"

빠르게 계단을 내려간 인호가 술집의 문을 활짝 열어젖혔다. 눈앞에 펼쳐진 믿을 수 없는 광경에 제아는 말조차 제대로 잇기 힘들었다.

"이게 대체……."

넓은 호프집 내부의 테이블과 의자를 한쪽으로 밀어놓아 만들어진 넓은 공백을 가득 채우고 있는 건 무릎을 꿇고 있는 건장한 남자들 수십 명이었다.

"재네들, 저렇게 덩치는 커도 고등학생들입니다."

인호의 말을 듣고 보니 얼굴도 꽤 앳되어 보이고 중간중간 교복 입은 남학생들도 보였다. 게다가 그 교복도 도준의 모교인 남한고.

"시작은 문 비서 친구가, 마무리는 도준이가 했어요. 내가 제발 집에 가라고 해도 하늘 같은 선배 말 들어야 한다고 꿈쩍을 안 하네요."

"문제아!"

그제야 지로의 친구인 현민이 꽤 곤란한 표정으로 다가오는 게 보인다.

"현민아, 미안."

잘못한 거 하나 없는 제아의 사과에 현민이 머쓱한 웃음을 지었다.

"네가 왜 미안해. 선배가 골든 벨까지 울리고 쟤네들 여기서 벌 주는 대가로 일 매출의 몇 배 이상 계산까지 해줬는데."

"그래도."

"잘됐지, 뭐. 저것들 걸핏하면 뒷골목에서 패싸움해서 머리 아팠는데 선배랑 지로가 아주 제대로 휘어잡아놔서 다신 여기서 패싸움 안 하겠다고 다짐까지 받았어. 몇 번이나 경찰한테 잡히고 끌려가고 그래도 안 고쳐지던 놈들이 선배 말 한마디에 죽는 시늉까지 다 하더라. 그게 바로 전설의 흑 표범의 카리스마겠지? 난 못 봤는데 애들이 쥐어터지면서도 아주 반했더라고. 지로도 지로지만 선배만 하겠냐? 주먹이 녹슬지 않았어, 하하하!"

아, 이걸 따라서 같이 웃어야 하나 말아야 하나.

"넌 웃음이 나오나 보다? 그럼 나 그냥 가면 돼?"

모른 척 돌아서려는 제아의 팔을 현민이 얼른 잡았다.

"너 가면 어떻게 해. 이 상황 수습할 사람 너밖에 없잖아."

"불량 학생들 선도했고 너 매출도 올렸으니까 된 거 아니야?"

제아의 눈빛이 인호에게 향했다. '저는 왜 불렀어요?'라는 듯. 그걸 눈치챈 현민이 얼른 대신 대답을 했다.

"얘네들 덩치만 컸지 다 미성년자다. 새벽이니까 택시비 쥐어줘서 돌려보내야지. 그런데 선배 말만 듣는다고 꼼짝을 안 하잖아. 그리고……."

"그리고?"

"마감 시간이 거의 다 되어서 나도 정리하고 쉬어야 할 거 아니야. 쟤네들도 꿈쩍도 안 하지 룸에서 술판 벌이는 두 남자도 꼼짝 안 하지. 나 좀 살려주라, 응?"

틀린 말은 아니기에 한숨을 깊게 내쉰 제아가 인호와 합류해서 학생들을 설득해봤지만 어느 누구 하나 꼼짝도 하지 않는다.

"어이, 학생. 이 누나가 전설의 흑 표범님 애인님이거든? 흑 표범 아저씨가 이 누나 말에는 꿈뻑해서 이 누나가 가라고 하면 가도 되는 거야."

인호를 힐끗 바라본 남학생이 톡 쏘아붙였다.

"하늘 같은 대선배님입니다! 아저씨 아니거든요?"

"그럼 나는 왜 아저씨냐? 걔랑 나랑 동갑이거든?"

"에이, 말도 안 돼요!"

"어헛! 이 자식이 그래도! 생긴 건 내가 더 동안이거든?"

이래서 남자는 다 커도 애라고 하는 걸까. 피식 웃음을 흘린 제아가 인호의 앞을 막아섰다.

"놔둬요. 도준 오빠가 직접 나와서 가라고 해야죠 뭐."

이 시기의 남학생들이 어떤지 제아는 잘 알고 있다. 원칙적으로 설득했다가는 날이 새도 끝이 없을 테고 방법은 하나뿐. 소년들이 우러러보는 대선배가 직접 귀가 명령을 내리게 하는 수밖에. 하지만 룸 안은 밖보다 더 난장판이었다. 찌르는 듯한 알코올 냄새에 옆에 주르륵 세워진 빈 술병만 보면 회사에서 단체 회식 온 거라 착각할 정도였다. 테이블에 이마를 박아버린 지로와 달리 도준은 흐트러짐 없는 자세로 술을 마시고 있었다. 조금 이상한 게 있다면 그녀가 들어갔는데도 도준이 시선조차 주지 않는 것 정도?

"한 사장 멀쩡해 보이죠? 근데 저게 엄청 취한 겁니다."

"설마요."

"누가 뭐라고 해도 넌 지껄여라 난 부어라 마셔라다 이겁니다. 내가 괜히 문 비서 불렀겠습니까? 이대로 놔두면 하루 꼴딱 새고 쓰러질 때까지 마셔요. 그리고 그렇게 쓰러지면 이삼일은 기본으로 정신없이 잠만 잡니다. 자는 거야 좋지만 워낙 업무도 밀려 있어서 상황이 상황인지라."

인호가 어깨를 으쓱하자 제아가 걱정 말라는 듯 웃었다.

"걱정 말고 나가 계세요."

"부탁 좀 할게요."

인호가 나가자 제아는 도준의 옆에 자리를 잡고 앉아 그의 이름을 불렀다.

"도준 오빠, 나 왔어."

"……."

"오빠 때문에 이 새벽에 불려 나왔는데 쳐다보지도 않아?"

"……."

"나 문제아야."

문제아란 세 글자에 드디어 반응이 왔다. 술잔을 가져가던 손을 멈추고 도준이 고개를 틀었다. 바짝 핏발이 선 동공이 그녀를 담고 있었다.

"……문제아, 제아?"

취하긴 단단히 취했나 보다. 그답지 않게 무장 해제된 웃음을 짓는 걸 보니. 그 미소가 너무 천진난만하게 예뻐 보였다. 지금의 도준은 어른이 아닌 10년 전의 미소년 이준 같았다.

"우리 집에 가자. 밖에 있는 후배들도 집에 좀 보내주…… 어후, 담배가 왜 이렇게……."

도준의 발밑에 몸뚱이가 꺾인 담배가 수두룩했다.

"담배 피우고 싶은데 네가 없잖아. 그래도 참았어."

혼내지 말라는 듯 나긋나긋한 말투까지.

"잘했어."

"담배 참느라 죽는 줄 알았어."

쪽―.

무방비하게 다가온 도준의 입술이 제아의 입술에 짧게 닿았다가 떨어졌다. 보기만 해도 좋은지 생글생글 미소를 머금은 도준이 제아의 어깨에 살그머니 어깨를 기대며 웅얼거렸다.

"너 오니까 이제…… 졸린다."

아, 정말 꽉 안아주고 싶을 만큼 사랑스럽다.

"오빠 자더라도 밖에 있는 후배들 좀 보내주고 자자, 응?"

제아의 설득에도 술에 취한 도준은 제 할 말만 웅얼거렸다.

"제아 넌 몰라. 10년 동안 내가 어떻게 살았는지. 지옥도 그런 지옥이 없었어."

단 한 번도 지난 10년에 대해서 언급한 적 없던 도준의 입에서 취중 진담이 새어 나오고 있었다.

"그래도 버텼어."

오로지 한 여자만을 품는 남자의 절절한 진심이 애달프게 와 닿았다.

"이대로 무너지면."

독백 같은 그의 속삭임에 눈가가 시큰하게 젖어들었다.

"절대 널 못 볼 것 같아서."

그렇게 보고 싶었으면 돌아오면 되지 왜 10년이나 버틴 건데. 한도준, 바보 같아. 10년을 기다린 난 속이 편했을 것 같아? 제아는 제아대로 그가 원망스러웠다.

그때 느닷없이 들려온 건…….

"사랑한다."

단 한 번도 해준 적 없었던 그 말에 그녀의 심장이 미친 듯이 요동친다. 눈을 감고 있던 도준이 지그시 눈을 뜨고 그녀를 올려다보며 입술을 가까이 했다.

"내가 널 너무 사랑해서. 그래서 미칠 것 같아."

맞닿은 입술 사이로 뜨거운 숨과 함께 싸한 알코올의 향이 제아마저 취하게 만들었다.

제아로선 오랜만에 가족과 오붓하게 지내는 주말 저녁이었다. 부모님과 함께 드라마까지 시청하고 나서야 샤워를 한 후 제 방으로 들어왔다. 그런데 침대에 누워도 잠이 오지 않는다. 자정이 넘었는데도 부재중 메시지 하나 없는 휴대 전화가 자꾸만 신경에 거슬렸다.

"설마 또 무슨 일 있는 건 아니겠지?"

어제의 도준은 취한 사람이라는 게 믿기지 않을 정도로 고분고분 말을 잘 들었다. 물론 그래서 취한 거겠지만. 도준의 한마디에 고등학생들은 모두 집으로 귀가를 했고 본인도 인호와 함께 집으로 돌아갔다. 그리고 인호에게 집에 잘 모셔다 놓았다는 연락까지 받긴 했지만 아무리 바빠도 하루에 한 번씩은 메시지라도 남기는 도준인데.

"에휴, 연락 횟수에 연연하지 말자!"

그렇게 스스로를 타이르며 이불을 돌돌 말아 다리 사이에 끼우던 그때 전화가 왔다. 액정에 떠 있는 '유인호 실장님'이라는 발신인에 제아는 덜컥 불안함을 느꼈다. 설마 한지로랑 둘이 또 술판 벌이고 있는 거 아니겠지?

"네, 실장님."

[문 비서, 혹시 한 사장 만나고 있습니까?]

"오빠는 실장님이 집에 데려다주셨잖아요. 그 이후로 전 오빠한테 연락 받은 것도 없는데요?"

[그래요? 그럼 이 녀석 대체 어디 간 거야?]

"무슨 일 있어요?"

[사실은…… 한 사장이 사라졌습니다.]

"네에?"

[경비실에 확인해보니 아침부터 나갔다는데 휴대 전화도 꺼져 있고 갈 만한 데는 다 뒤졌는데. 아, 문 비서가 그 집 좀 확인해줄래요?]

"무슨 집이요?"

[문 비서는 모르나?]

"……?"

[이런, 한 사장이 말 안 했나 보네요.]

휴대 전화 너머, 잠시 뜸을 들이던 인호가 결심한 듯 말을 이었다.

[29-8번지 문 비서 집 근처 아닙니까? 그 번지수 집을 한 사장이 사들여서 리모델링했는데. 얼핏 듣기로 문 비서 선물해주려고 한다고 했어요.]

자, 잠깐! 제아의 뇌리를 번뜩 스쳐 지나가는 게 있었다. 몇 달 전부터 그녀의 집 맞은편에 나란히 있던 집 두 채가 허물어지고 리모델링 공사를 하고 있었다.

─평범한 이 동네에 안 어울리게 무슨 집을 저렇게 넓고 호화스럽게 짓나 몰라. 젊은 남자가 사들였다는데.

윤영의 말을 대수롭게 생각하지 않고 넘겼는데 그 젊은 남자가 도준이었을 줄이야. 대체 내가 모르는 게 얼마나 많이 남은 거야!

"제가 어떻게 그 집에 들어갈 수 있죠?"

[대문이랑 현관문 비번 같으니 한번 가봐요. 비번은 메시지로 보내줄 테니. 한 사장 잔뜩 취하고 나면 컨디션이 최악이라 꼭 확인을 해야 해요.]

"제가 지금 바로 가볼게요."

통화를 끝내고 살그머니 나오자 거실은 다행히 짙은 어둠에 잠겨 있었다. 대문을 나서자마자 공사가 막 끝난 그 집으로 제아는 내달렸다. 반질거리는 마호가니 색 대문을 빤히 바라보던 제아가 비번을 입력하자 육중한 대문이 소리 없이 열렸다. 추운 날씨에도 이제 막 깔린 파릇파릇한 잔디는 서걱거리는 소리를 내며 발에 밟혔다.

현관문까지 열고 들어가 불을 켠 제아는 오늘로서 두 번째로 말문이 막혀버렸다. 어린 시절, 미래에 살고 싶은 집에 대해 무심코 흘렸던 말들이 현실이 되어 눈앞에 펼쳐진 것이다. 따스한 원목으로 지어진 내부 구조, 벽난로와 함께 앤티크한 인테리어, 나선형으로 이루어진 계단, 어둑한 하늘을 아낌없이 비추어주는 투명한 지붕까지.

"……말도 안 돼. 그걸 다 기억하고 있었어?"

수많은 생각과 감정들이 머릿속을 가득 채웠지만 그 모든 것들은 잠시 후에. 우선은 도준을 찾는 게 급선무였다. 따스한 온기가 도는 내부로 보아 분명 사람이 있었다. 침실로 보이는 방의 문을 활짝 열자 거실의 새하얀 불빛이 넓은 방으로 야릇하게 스며들었다. 안으로 발을 들이자마자 침대 위에 길게 늘어진 장신의 실루엣이 보였다. 행방불명되었다는 도준이었다.

"도준 오빠!"

제아가 다가가 어깨를 흔들자 시체처럼 꿈쩍도 하지 않던 도준이 겨우 꿈틀 몸을 움직였다.

"오빠 대체 여기 왜 있는 거야?"

'그리고 이 집은 또 뭐고.'

그 말이 목구멍까지 치밀어 올랐지만 참았다. 잠에서 막 깨어난 그를 몰아붙이고 싶지 않은 마음에서였다.

"제아야."

꼭 잠긴 허스키한 그의 음성이 귓가를 나른하게 훑어 내렸다.

"언제부터 여기 있었던 거야? 지금 몇 시인 줄이나 알아? 밥은 먹었어? 아니, 안 먹었지. 먹었을 리가 없지. 이 시간까지 쫄쫄 굶었겠지! 어휴, 정말 이게 무슨 짓이야! 내가 정말 오빠 때문에 못 살아! 우선 대충 먹을 것 좀 챙…… 꺄앗!"

속상함에 우르르 잔소리를 쏟아내던 제아를 반쯤 몸을 일으킨 도준이 제 품으로 끌어당긴 것이다. 단단한 침대가 출렁일 만큼 제아와 도준의 몸이 파묻혔다.

제아는 손목을 틀어 잡힌 채 자신을 내려다보고 있는 도준을 가만히 올려다보았다. 반듯한 이마 위로 부드럽게 찰랑이는 머리칼, 나른하게 휘어지는 길고 가는 눈매. 살짝 잠에 취해 있는 지금의 도준은 정말 유혹 그 자체였다.

"왜, 왜 이래…… 갑자기."

'사람 심장 터지게 그렇게 쳐다보지 말란 말이야.'라고 차마 말은 못 하겠고. 미묘한 자세와 분위기에 제아는 마른침만 꿀꺽 삼켰다.

"가지 마."

짙은 색기가 묻어나는 도준의 눈빛이 제아를 천천히 조여오기 시작했다.

"그냥 같이 있어."

그 말이 끝남과 동시에 도준이 얼굴을 내려 제아의 목덜미 사이에 얼굴을 파묻었다. 목덜미의 예민한 살갗에 닿는 그의 뜨거운 숨결에 자꾸만 정신이 몽롱해져간다.

"우리 제아 샤워했구나. 좋은 냄새 나네."

"자기 전이니까…… 당연히 샤워했지."

다시 얼굴을 든 도준이 가만히 제아를 내려다본다. 거실에서 스며드는 밝은 빛을 등진 도준의 얼굴은 꽤 어두웠지만, 야릇하게 날이 선 제아의 본능은 느낄 수 있었다. 그가 지금 욕망에 지독하게 사로잡혀 있다는 걸.

"······키스해도 돼?"

서서히 내려오는 입술을 홀린 듯이 바라보자.

"지금 밤인데."

피식 휘어지는 입꼬리가 매혹적이라 미칠 것 같다.

"보내고 싶지가 않네."

젠틀맨을 가장한 야수가 포악한 눈빛으로 집어삼킬 듯 내려다보며 묻는다.

"문제아, 자고 가라."

오늘 밤 널 안고 싶은데, 허락해줄 거냐고.

온갖 생각과 감정들이 제아의 머릿속에서 엉켜들었다. 샤워는 한 지 얼마 안 됐고, 속옷은 섹시한 걸로 입었나? 첫 경험은 엄청 아프다던데. 이렇게 덜컥 오빠와 잠을 자도 되는 걸까? 결론은 내려졌다. 오늘은 역사를 이룰 날이 아니라는 것.

—내가 널 너무 사랑해서. 그래서 미칠 것 같아.

거절하려는 순간 어젯밤 그가 했던 고백이 고막을 울리고 심장을 흔들었다. 이렇게 애틋하고 날 원하는데. 가장 중요한 건 자신 또한 그를 원한다는 것. 복잡했던 머릿속이 순식간에 깨끗해졌다. 더 이상의 망설임은 부질없는 짓. 서로가 서로를 원하면 그걸로 되는 거다.

제아의 망설임을 느꼈는지 도준이 짙은 호흡과 함께 말을 했다.

"도망치고 싶으면 도망쳐도 돼."

"내가 왜 도망가야 해? 나 절대 도망 안 가."

떨리는 손끝이 대담하게 도준의 목을 휘어감아 제게로 끌어내린다. 제아가 보낸 무언의 허락은 입술이 닿는 순간 해일처럼 다가왔다.

"나도 오빠를 원해. ……읍!"

거칠게 입술이 부딪치고 몸이 부딪쳤다. 성급해진 도준의 손이 제아의 몸에 걸쳐진 옷가지들을 찢듯이 벗겨냈다. 브래지어의 후크가 툭, 힘없이 나가떨어지는 순간은 잠깐 부끄러웠지만 잠시뿐이었다.

"예뻐…… 너무 예뻐."

감탄에 마지않아 중얼거리는 도준의 속삭임에 수줍게 가슴을 가리기도 전에 뜨거운 숨이 가슴을 뒤덮었다. 수줍고 부끄러워할 틈조차 주지 않고 도준은 숨 가쁘고 거칠게 몰아갔다. 위에서 내리누르는 남자의 묵직한 무게감이 이렇게나 아찔하게 느껴질 줄은 몰랐다. 무자비하게 온몸을 지배하는 생경한 감각에 그저 덜덜 떨면서 눈을 질끈 감고 느낄 뿐이었다. 어떤 것도 돌려주는 건 없다. 오로지 도준의 독무였다. 딱 숨이 넘어가기 직전…….

"멈출까?"

귓가를 적시는 그의 속삭임은 마지막 배려였다. 그 짧은 한 마디를 내뱉기 위해 그가 얼마나 인내하고 있는지를 느끼며 제아는 불현듯 깨달았다. 도준에게 반한 건 그의 외모가 아니라 영혼까지 빨아들일 것 같은 흡입력 있는 고독한 눈빛이었다는 걸.

고독한 왕자님을 발견했고 세상에 하나밖에 없는 오빠가 되었다. 그리고 잊지 못할 첫사랑이 되었고 내 남자가 되어가는 지금, 눈앞의 도준은 그녀가 온몸과 마음을 다해 품어주어야 할 남자다. 내 몸이 찢기고 내 영혼이 빨려서 사라지는 한이 있더라도.

"멈추지 마, 제발."

드러난 도준의 맨가슴을 더듬으며 자극하는 제아의 손길이 야릇했다.

"넌 내가 얼마나 나쁜 놈인지 몰라."

파르르 떨리는 제아의 속눈썹 위로 도준이 자잘한 입맞춤을 쏟아부었다.

"어린 널 볼 때마다 내가 얼마나 이런 상상을 했는지."

피 한 방울 안 섞인 철부지 동생을 여자로 인식했던 그 순간부터 그는 스스로에게 끊임없이 채찍질을 했다. 나쁜 놈, 더러운 놈, 추악한 놈. 어떻게 감히, 고마우신 분들의 딸을……

"끊임없이 하고 또 했지."

상상조차 할 수 없는 몸 곳곳에 그의 손과 입술이 넘나들었고, 그것들이 주는 황홀한 감각에 제아의 몸은 막 물에서 건져 올린 물고기처럼 파닥거렸다. 세세한 근육으로 이루어진 단단한 몸에 보드라운 몸이 잡아먹힐 듯 짓눌러질 때마다 제아는 몇 번이나 꼴딱꼴딱, 숨이 넘어갔다.

"그런데도 멈출 수가 없었어."

은밀한 곳에 입술이 닿을 때마다 독백이 흘러들었고, 그만큼 제아의 몸은 지독한 감각에 젖어들었다.

"그렇게라도 해야 숨이 쉬어지니까."

누구보다도 지켜줘야 하는 소중한 존재를 상상 속에서 탐해야 한다는 죄책감.

"난 괴물이었어."

그래서 방황하고 또 방황하며 스스로 괴물이 되었다. 뭐든지 부수고 피를 봐야만 들끓던 더러운 욕망이 그나마 가라앉았다.

"오빠인 척, 가족인 척 흉내 내면서 피 한 방울 안 섞인 동생을 탐한 더러운 괴물. 그게 나 한도준이야."

그 마지막 말에 반응하듯 도준을 넘어뜨리고 그 위를 타고 오른 제아가 주도권을 손에 거머쥐었다. 매끈한 다리로 그를 휘감은 채 제 남자를 내려다보는 기분은 상상 이상이었다. 어떤 여자도 이 남자를 이렇게 내려다보지는 못하겠지.

"내가 먼저 오빨 사랑한 거야."

제 몸이 당한 만큼 도준의 눈부신 나신에 철저하게 돌려주었다. 달콤한 입술이 수줍게 건네는 감각이 도준을 벼랑 끝까지 몰아가고 있었다.

"괴물을 유혹한 건 바로 나라구."

되돌아온 제아의 치명적인 고백에 도준이 다시 주도권을 거머쥐었다. 요부처럼 제 몸을 타고 올라 입술로 애무하는 제아는 더 이상 순진한 소녀가 아니었다.

동생도 소녀도 아닌 성숙할 대로 성숙한, 따스한 몸으로 그를 온전하게 품어줄 내 여자.

몸 밑에 깔린 채 짙은 열기에 사로잡힌 눈을 들어 과감히 눈을 마주치는 제아를 내려다보며 다시 한 번 깨달았다. 작은 소녀였던 이 여자를 얼마나 사랑하는지.

"겁도 없이 괴물을 유혹했으니."

지독한 속삭임이 나른한 온몸으로 서서히 스며들었다.

"이젠 감당해야지."

제아의 온몸이 거칠게 흠빨리고 물어뜯겼다. 민감하고 여린 살갗이 흠집이 나고 부풀어 올라 아파 죽을 것 같은데도 가슴이 벅차오른다. 눈물이 나면서도 심장이 설렌다. 온몸 샅샅이 흔적을 남긴 도준의 입술이 제아의 입술에 키스를 퍼붓고 미끄러지듯이 다시 내려간다. 목을 지나 수줍음 가득 꽃이 피어버린 가슴에서 한참 머물렀고 납작한 배를 지나 다리 사이에 머무르는 순간 격한 호흡이 터져 나왔다.

"오, 오빠!"

맙소사, 맙소사. 끔찍할 것 같은 오르가즘에 발악을 하는 순간 도준이 얼굴을 들었고 이내 뜨거운 무언가가 다리 사이로 밀려들었다.

"사랑해, 미치도록."

귓가에 쏟아지는 도준의 아찔하도록 달콤한 고백과 함께.
달구어진 꼬챙이에 쑤셔지는 것 같은 통증은 잠깐뿐이었고,
이내 거칠게 흔들리는 몸만큼 황홀한 감각도 폭죽 터지듯이
몸에서 터져나갔다.

어깨 위로 거칠게 쏟아지는 뜨거운 숨결과 귓가를 적시는
갈라진 그의 숨소리가 미치도록 섹시했다. 그래서 그녀는 미
친 듯이 도준에게 매달리고 온몸으로 옥죄었다.

"처, 천천히…… 오빠…… 제발."

간절한 제아의 속삭임에도 도준은 거칠고 빠르게 움직였다.
제 밑에서 황홀한 감각에 몸부림치며 그를 받아내는 제아의
모습이 그를 이성이 없는 벼랑 끝까지 몰고 갔다. 치받는 속도
가 빨라질수록 제아는 숨이 꼴까닥 넘어갈 것만 같았다. 이리
저리 몸이 뒤집히고 자세가 몇 번이나 바뀌었는데도 도준은
멈추지 않았다. 절정에 다다르고 있다는 걸 마음과 마음이 통
한 서로가 느끼는 순간, 도준의 입술이 달뜬 숨을 토해내는 입
술을 집어삼켰다.

"으윽!"

도준의 뜨거운 무언가가 몸 안에서 나른하게 퍼져나가는 감
각은 최고였다. 남녀가 몸을 섞는 게 이토록 뜨거운 거였나.
이토록 황홀한 거였나.

"문제아, 사랑한다. 미치도록."

"나도 사랑해. 한도준을……."

땀으로 번들거리는 두 개의 몸이 빈틈없이 밀착되어 서로를 휘감자 제아는 그대로 까무룩, 정신을 놔버렸다.

물 먹은 솜처럼 나른하게 늘어진 몸의 상태를 만끽하며 제아는 서서히 정신이 돌아왔다. 잠깐 잠이 들었던 걸까, 아니면 기절을 했던 걸까. 처음 느껴보는 절정의 황홀함에 정신줄을 놓아버린 것도 같다. 무거운 눈꺼풀을 들어 올려 벽시계를 바라보자 벌써 아침 7시였다.

"으으으으……."

저절로 앓는 소리가 입술에서 흘러나왔다. 새벽 내내 도준에게 온몸이 흠빨리고 물어뜯겨 성한 곳이 없었다. 게다가 몇 시간 동안 다양한 자세로 도준을 상대한 덕에 쓰지 않던 근육이 마디마디 욱신욱신 쑤신다. 손끝조차 움직일 힘이 없어 침대에 몸을 늘어뜨렸다.

맨살에 와 닿는 아침 공기는 꽤 서늘했지만 아직까지도 몸 안을 감도는 열기는 여전했다. 금방 식어버리기에는 너무 뜨겁고 너무 격렬했으니까. 새벽 내내 도준은 딱 1라운드만 뛰었다. 누가 보면 '에게, 겨우.' 이러겠지만 안 해본 사람은 모른다. 그 라운드가 몇 라운드를 합친 것보다 길었으니까. 그렇게 길게 참아낸 도준의 인내심과 끈기에 박수를 보내고 싶을 정도였다.

제아 자신은 몇 번이나 숨이 넘어갈 만큼 절정에 다다랐지만 도준은 무서울 만큼 그 모든 걸 참아냈다. 급하다고 한입에 꿀꺽해버리는 게 아니었다. 아껴왔던 음식을 먹는 것처럼 지극히 느릿하고 섬세하게, 미세한 부분까지 맛보고 음미하는 미식가였다. 단순하게 맛만 본 게 아니라 철저하게 분석하고 파헤쳤다. 미세한 반응만 보이면 기가 막히게 눈치채고 집요하게 파고들어서 숨을 꼴딱 넘어가게 했다.

　실습과 복습, 그리고 예습의 반복. 부끄럽긴 하지만 인정해야 했다. 침대에서의 도준은 미치도록 섹시했고, 밤일도 아주 우수하다는 걸. 경험이 많다고 의심을 할 정도로 말이다.

　양반은 못 되는지 도준이 침실에 딸린 욕실에서 걸어 나왔다. 다행히도 허리에 타월을 두르고 있어서 제아는 남몰래 안도의 한숨을 내쉬었다. 새벽에야 이성을 잃고 도준과 알몸으로 부대끼고 비벼대고 했다지만 지금은 엄연히⋯⋯.

　"일어났어?"

　나른한 표정으로 응시하는 제아의 눈빛에 타월로 머리를 털던 도준이 고개를 틀었다. 눈이 마주치자 제아는 얼굴을 붉히며 시선을 피했다. 저 완벽한 몸의 세세한 근육이 어떤 일을 하고 어떻게 움직였는지 기억이 나버려서.

　샤워를 했는지 산뜻한 보디 워시 향을 풍기는 도준이 다가왔고, 곧 침대가 가볍게 출렁이며 제아를 뒤에서 바짝 안아왔다. 서늘한 기운을 머금은 그의 맨살이 열기를 머금은 등에 닿자 저절로 기분 좋은 신음이 새어 나왔다.

"으음, 좋다."

"그 신음, 유혹으로 받아들여도 되나?"

"무, 무슨!"

난 아직 몸이 회복되지 않았다구! 화들짝 놀라 품에서 벗어나려는 제아를 도준이 나직한 웃음소리를 흘리며 다시 품으로 끌어안았다.

그렇게 제아를 꼭 껴안은 채 도준은 한동안 말이 없었다. 그리고 제아도 굳이 어떤 말로 이 분위기를 깨고 싶지는 않았다. 말 한마디 오가지 않아도 서로에 대한 절절한 마음을 열렬하게 몸으로 느끼고 있으니까.

그러다가 느닷없이 어느 잡지에서 읽었던 구절이 떠올랐다. 남자와 잠자리를 한 여자들은 그 후에 남자들에게 사랑한다는 말을 듣고 싶어 한다고. 하지만 그녀는 아니다. 사랑한다고 고백받고 싶은 것보다 고백하고 싶다.

"한도준 씨, 사랑해."

생뚱맞은 제아의 사랑 고백에 등 뒤에서 도준이 흠칫하는 게 느껴진다.

"제아, 넌 너무 급해."

선수를 빼앗겨버린 게 조금은 분한지 벌을 주려는 듯 도준이 가볍게 목덜미를 깨물었다. 민감하게 서버린 살갗이 아픈데도 그게 또 야릇한 자극으로 다가왔다.

"좀 기다려주면 안 되나."

그답지 않게 투정을 부리는 말투였다.

"내가 먼저 말하도록."

도준이 좀 더 몸을 밀착시켰고 제아도 그의 품으로 더 파고들었다. 서로의 맨살이 완벽하게 닿는 이 밀착감이 미치도록 좋았다.

목덜미를 잘근거리던 입술이 귓가로 올라와 속삭였다.

"내가 더 사랑해."

그리고 앙증맞은 귓불까지 잘근잘근 씹으며 고백을 되돌려 주었다.

"네가 상상할 수 없을 만큼."

지독한 사랑 고백에 심장이 타들어가는 느낌이었다. 이 순간이 영원했으면…… 가만히 눈을 감고 곧 끝날 행복감에 젖어들던 그때, 이불 밑에서 엉큼하게 움직이는 그의 손길이 느껴졌다. 살그머니 배를 어루만지더니 다리 사이로 파고들려는 순간 제아가 휙 몸을 틀어 그를 노려보았다.

"오늘은 그만."

"……왜."

사탕을 빼앗긴 것처럼 잔뜩 불만 어린 도준의 눈빛과 표정이 어린아이 같았다.

"한 번 하면 몇 시간이잖아. 오빠는 일해야 하고 나도…… 할 일이 무지 많아서. 그래서 안 돼."

새하얀 이불 시트를 몸에 돌돌 말아 일어나던 제아는 도준이 그 시트를 다시 끌어당기는 바람에 침대 위에 주저앉았다. 그럼에도 자꾸만 그가 이불을 끌어당기자 새빨갛게 달아오른 얼굴로 시트를 잡고 있는 손에 힘을 꽉 주었다. 이 시트가 벗겨지면 알몸이었으니까. 그것도 새벽에 까무룩 기절을 해서 씻지도 않고 잠이 들어버렸는데.

그 모습이 귀여운지 도준의 나른한 눈매에 웃음기가 배어 있었다.

"왜, 왜 이래? 가야 된다니까, 정말."

짙어진 그 눈빛에 어떤 기억이 머릿속을 채우고, 어떤 감각들이 스멀스멀 몸에서 피어올랐다. 격렬하고 뜨거웠던 그와의 잠자리가 떠올라 제아는 또다시 정신이 혼미해지려 한다. 지금의 도준을 또렷하게 기억하는 건 머리보다 솔직한 몸이었다. 부끄러운 건 부끄러운 거고. 좋았던 건 좋았던 거니까.

"제아야, 나 오늘 집에 안 갈 거야."

"······?"

"그러니까 서두르지 말라고."

그녀가 왜 급하게 가려는지 알고 있다는 듯한 도준의 말에 제아는 가슴이 철렁 내려앉았다.

설마, 내가 도우미라는 걸 알고 있는 건 아니겠지?

불현듯 스치는 불안감에 그녀의 몸이 경직되었다. 모르는 사람들은 바보 같다고 할지도 모른다. 돈 많은 애인 놔두고 왜 그러냐고. 하지만 제아는 도준이 돈 많은 애인이라서 이러는 거다. 돈 많은 남편이 아닌 애인이라서.

도준이 주는 선물은 당연하다는 듯 쿨하게 받겠지만, 직접적으로 돈으로 받는 건 절대 사양이었다. 바보 같다고 해도 좋아. 흙 수저의 마지막 자존심이고, 또 후에 연회와 다시 부 딪치게 되는 그 자리에서 당당하기 위함이었다.

생각에 잠겨 무방비해진 제아를 도준이 가만히 보고 있을 리가 없었다. 반쯤 일으켜진 제아의 몸을 그가 다시 품으로 낚아챘다.

"꺄악!"

긴장하지 말라는 듯 도준의 손이 느릿하게 그녀의 등을 쓸 어내렸다.

"문제아, 겨울 아침은 길어."

도준은 제아를 향한 배려를 거두기로 했다. 청소하러 갈 만 큼 체력이 남아돌게 하려고 배려를 해준 건 아니었으니.

남자들과 달리 여자들은 처음이 굉장히 힘들다고 했다. 그 래서 참고 또 참으며 인내했다. 서로가 서로에게 처음이었던 첫 경험, 제아는 그가 정신을 못 차릴 정도로 벼랑 끝까지 그 의 본능을 몰아갔다.

제아의 영혼은 순수했지만 몸은 그렇지 않았고, 눈빛은 수 줍었지만 몸짓은 도발적이었다. 미세한 감각에도 몸을 떨며 반응을 하던 제아는 솔직했고, 대담했고, 요염했다. 한마디로 그를 정신 못 차리게 한 요부.

도준은 제아를 몸 밑에 깔고 새빨갛게 달아오른 얼굴을 가 만히 내려다보았다.

수줍음을 담고 있는 제아의 저 맑은 동공을 지독한 황홀감 으로 다시 채워주고 싶다. 촉촉하고 뜨겁게 제 몸을 옭아매고 빨아들이던 제아가 떠올라 순식간에 몸이 달아오르면서 경직이 되었다. 홀린 듯이 입술을 내리자 기다렸다는 듯 제아가 입술을 벌렸다.

짧지만 격렬했던 입맞춤 후 도준이 드디어 가슴에 품고 있던 말을 했다.

"조금만 더 기다려줘."

연희와 남은 계약 기간은 1년.

"한도준이란 이름만 남기고 다 버린 후에."

제일 그룹과 관련된 모든 걸 끝내고 자유로워진 몸으로 새롭게 시작할 것이다.

"너랑 결혼할 거야."

난 너만 있으면 되니까. 그 말뜻을 이해하려는 듯 제아는 느릿하게 눈을 몇 번 깜빡였다.

무슨 말을 하려고 제아가 입술을 벌리는 순간, 도준은 그 입을 제 입술로 막아버렸다. 그 말뜻을 이해하면 분명 반대할 게 뻔한 앙큼한 입술이니까. 제아가 버둥거릴수록 도준은 더욱더 격렬하게 새벽의 기억을 더듬었다. 정신을 쏙 빼놔버려야지 앙큼하게 반대를 못 할 테니까.

제아의 몸을 돌돌 말고 있던 이불이 잠깐 허공으로 휘날리면서 침대 밑바닥에 떨어지고, 뒤를 이어 그가 허리에 두르고 있던 타월마저도 바닥에 떨어졌다.

〈2권에 계속〉

날 미치게 하는 그대 1

초판 1쇄 인쇄 2017년 9월 10일
초판 1쇄 발행 2017년 9월 25일

지은이 이달아 ┃ 펴낸이 강성욱 ┃ 책임 기획 전주예 ┃ 기획 편집 송진아 고은결 ┃ 디자인 김선경
일러스트 최제희 ┃ 로고 김미현 ┃ 교정 서진영 류혜선
펴낸곳 테라스북 ┃ 등록 제25100-2013-000012호.
주소 (134-826) 서울특별시 강동구 동남로 65길 13 2층
전화 070-4794-5826 ┃ 팩스 0505-911-5826
블로그 http://terracebook.blog.me ┃ 전자우편 terracebook@naver.com
ISBN 978-89-94300-78-8 (04810)
ISBN 978-89-94300-75-7 (SET)

이 도서의 국립중앙도서관 출판시도서목록(CIP)은 서지정보유통지원시스템 홈페이지(http://www.seoji.nl.go.kr)와
국가자료공동목록시스템(http://www.nl.go.kr/kolisnet)에서 이용하실 수 있습니다. (CIP제어번호: CIP2017022262)